escuincles

3

alejandro

EDICIONES B
GRUPO ZETA

Barcelona • Bogotá • Buenos Aires • Caracas • Madrid • México D.F. • Montevideo • Quito • Santiago de Chile

1.ª edición: Abril 2005

© Alejandro Ochoa

© 2005. Ediciones B México, S.A. de C.V.
   Bradley 52, Colonia Anzures. 11590, México, D.F.
   www.edicionesb-america.com

ISBN: 970-710-181-4

Impreso en los talleres de Quebecor World

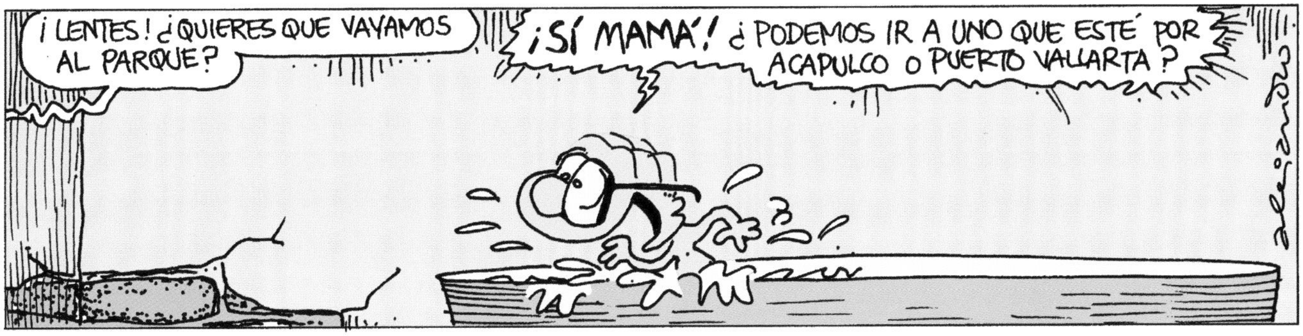
¡LENTES! ¿QUIERES QUE VAYAMOS AL PARQUE?
¡SÍ MAMÁ! ¿PODEMOS IR A UNO QUE ESTÉ POR ACAPULCO O PUERTO VALLARTA?

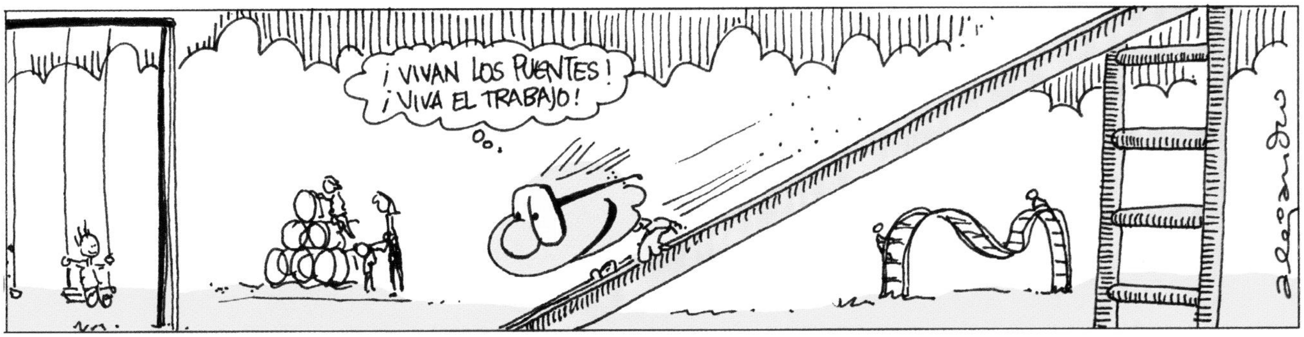
¡VIVAN LOS PUENTES! ¡VIVA EL TRABAJO!

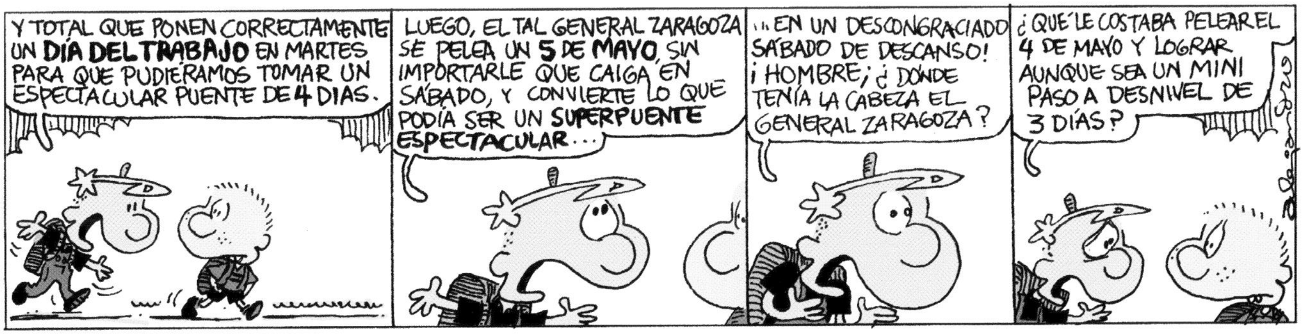
Y TOTAL QUE PONEN CORRECTAMENTE UN DÍA DEL TRABAJO EN MARTES PARA QUE PUDIÉRAMOS TOMAR UN ESPECTACULAR PUENTE DE 4 DÍAS.
LUEGO, EL TAL GENERAL ZARAGOZA SE PELEA UN 5 DE MAYO, SIN IMPORTARLE QUE CAIGA EN SÁBADO, Y CONVIERTE LO QUE PODÍA SER UN SUPERPUENTE ESPECTACULAR...
...EN UN DESCONGRACIADO SÁBADO DE DESCANSO! ¡HOMBRE, ¿DÓNDE TENÍA LA CABEZA EL GENERAL ZARAGOZA?
¿QUÉ LE COSTABA PELEAR EL 4 DE MAYO Y LOGRAR AUNQUE SEA UN MINI PASO A DESNIVEL DE 3 DÍAS?

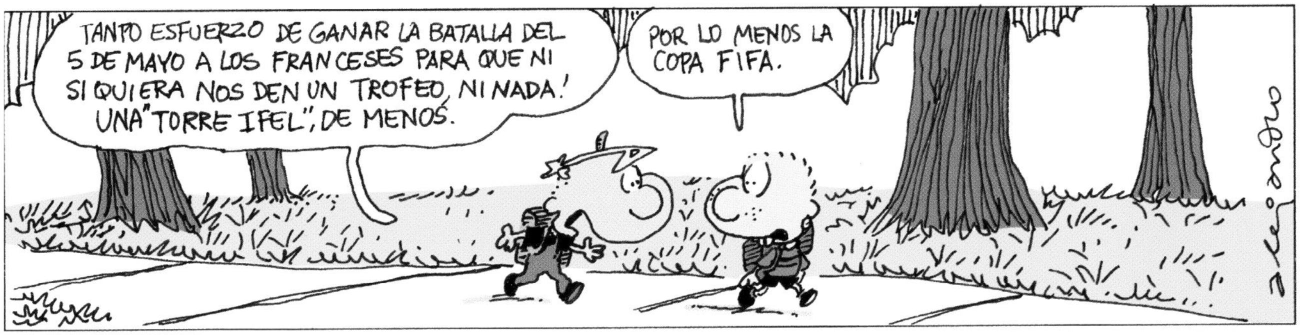
TANTO ESFUERZO DE GANAR LA BATALLA DEL 5 DE MAYO A LOS FRANCESES PARA QUE NI SIQUIERA NOS DEN UN TROFEO, NI NADA! UNA "TORRE IFEL", DE MENOS.
POR LO MENOS LA COPA FIFA.

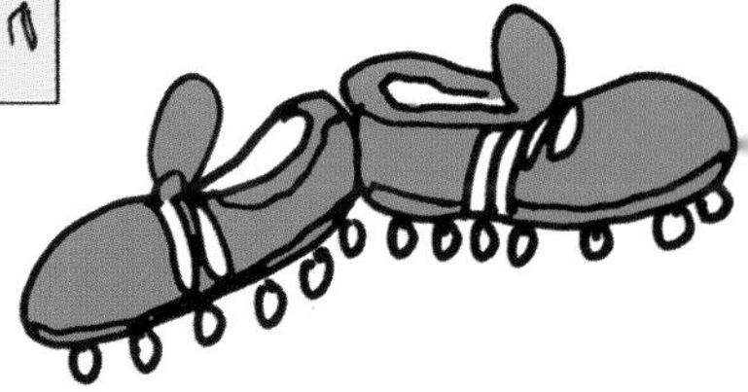

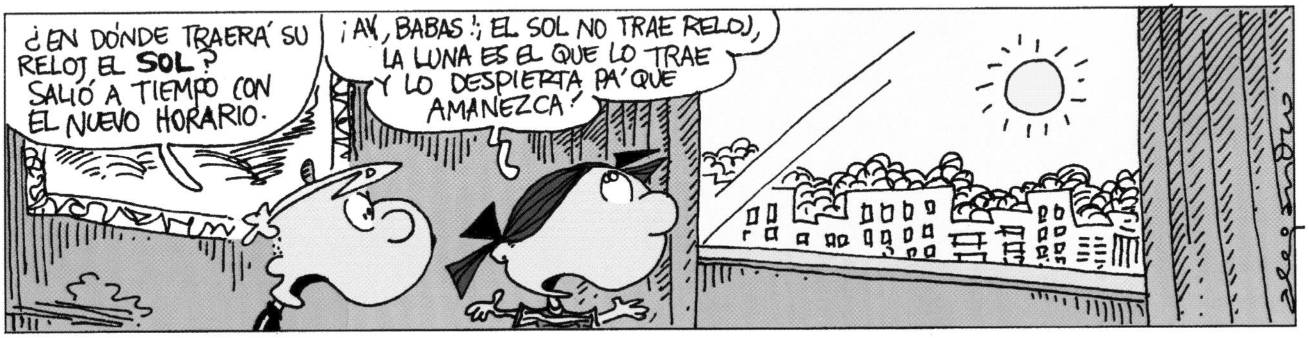
¿EN DÓNDE TRAERÁ SU RELOJ EL **SOL**? SALIÓ A TIEMPO CON EL NUEVO HORARIO.
¡AY, BABAS!; EL SOL NO TRAE RELOJ, LA LUNA ES EL QUE LO TRAE Y LO DESPIERTA PA' QUE AMANEZCA!

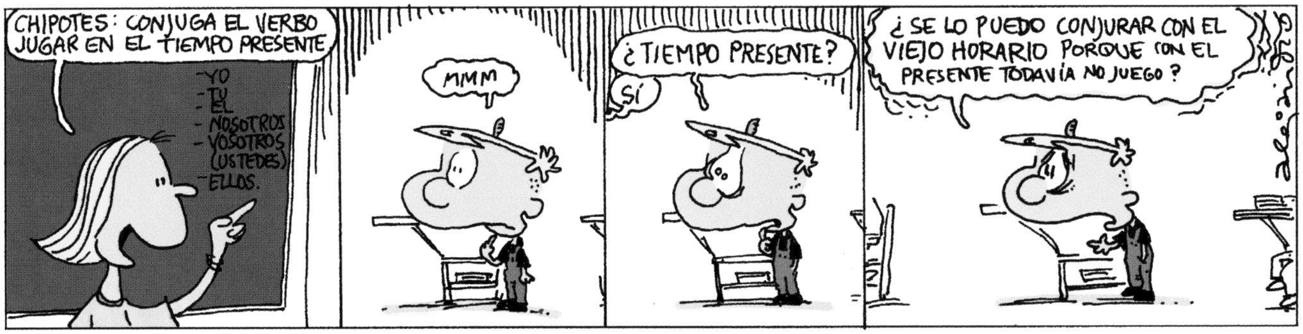
CHIPOTES: CONJUGA EL VERBO JUGAR EN EL TIEMPO PRESENTE
-YO
-TÚ
-ÉL
-NOSOTROS
-VOSOTROS (USTEDES)
-ELLOS.
MMM
¿TIEMPO PRESENTE?
SÍ
¿SE LO PUEDO CONJURAR CON EL VIEJO HORARIO PORQUE CON EL PRESENTE TODAVÍA NO JUEGO?

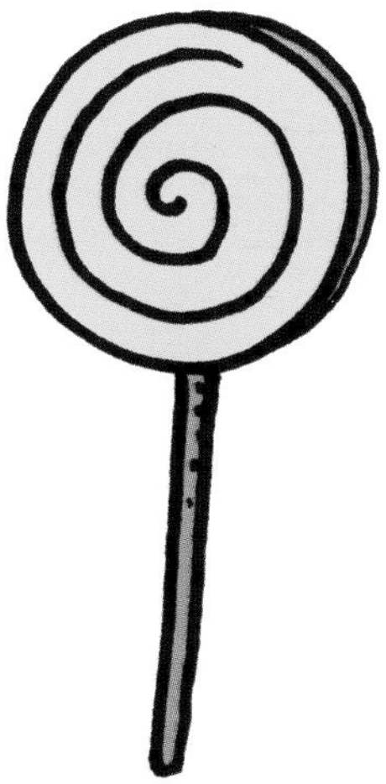

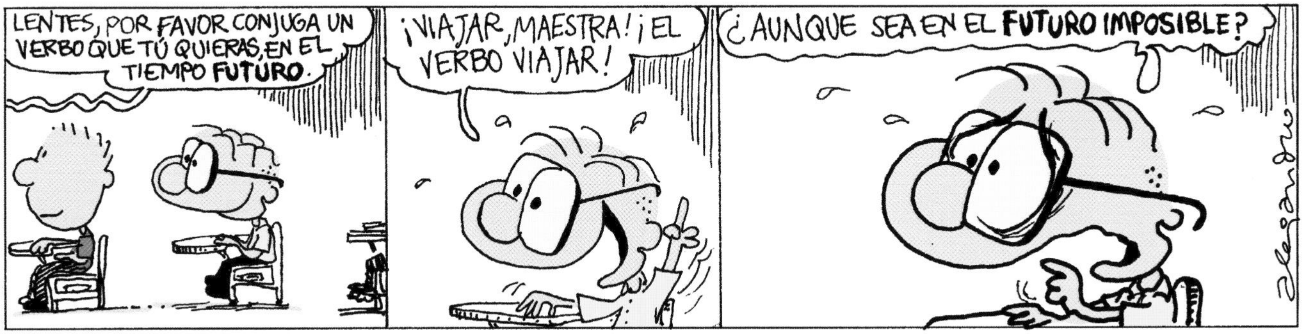
LENTES, POR FAVOR CONJUGA UN VERBO QUE TÚ QUIERAS, EN EL TIEMPO **FUTURO**.
¡VIAJAR, MAESTRA! ¡EL VERBO VIAJAR!
¿AUNQUE SEA EN EL **FUTURO IMPOSIBLE**?

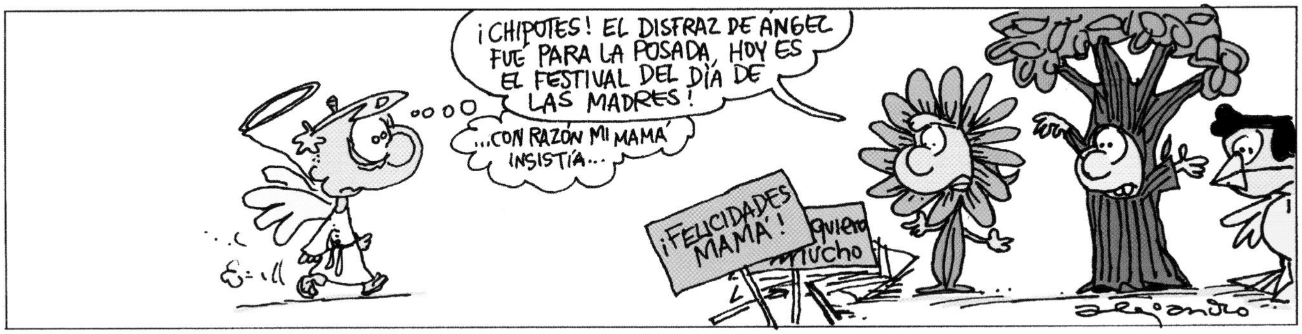
¡CHIPOTES! EL DISFRAZ DE ÁNGEL FUE PARA LA POSADA, HOY ES EL FESTIVAL DEL DÍA DE LAS MADRES!
...CON RAZÓN MI MAMÁ INSISTÍA...
¡FELICIDADES MAMÁ!

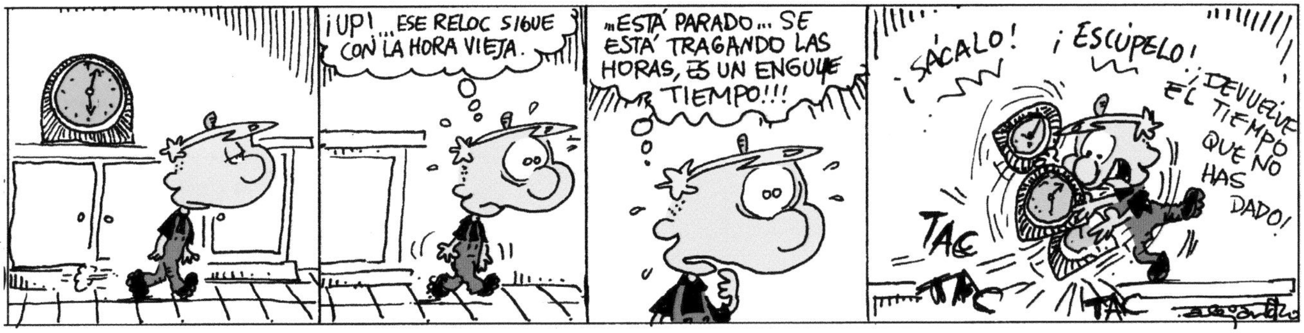
¡UP!... ESE RELOC SIGUE CON LA HORA VIEJA.
...ESTÁ PARADO... SE ESTÁ TRAGANDO LAS HORAS, ES UN ENGULLE TIEMPO!!!
¡SÁCALO!
¡ESCÚPELO!
¡DEVUELVE EL TIEMPO QUE NO HAS DADO!
TAC
TAC
TAC

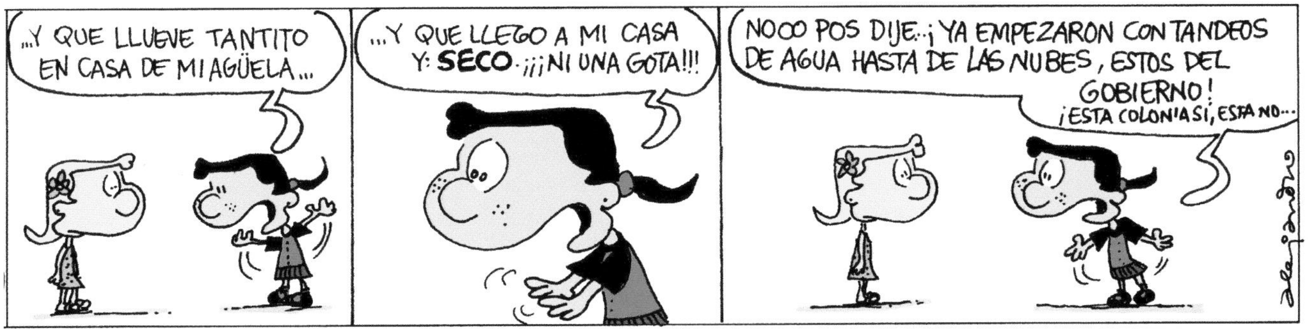
...Y QUE LLUEVE TANTITO EN CASA DE MI AGÜELA...
...Y QUE LLEGO A MI CASA Y: SECO ¡¡¡NI UNA GOTA!!!
NOOO POS DIJE...¡YA EMPEZARON CON TANDEOS DE AGUA HASTA DE LAS NUBES, ESTOS DEL GOBIERNO!
¡ESTA COLONIA SI, ESTA NO...

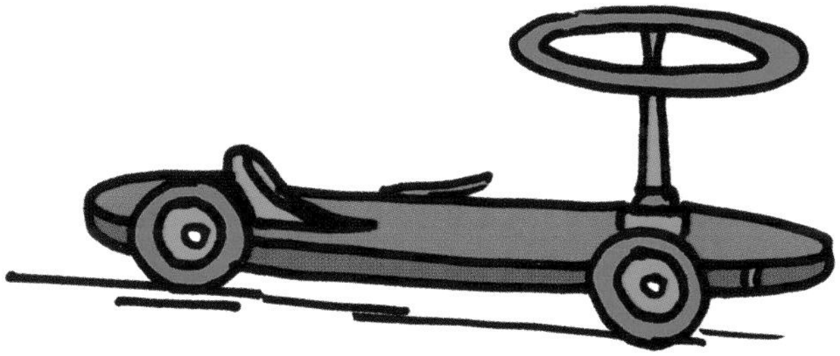

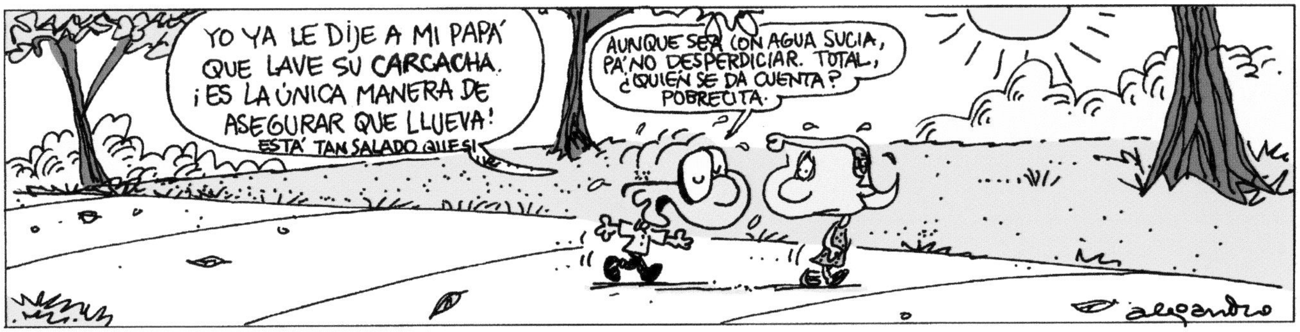
YO YA LE DIJE A MI PAPÁ QUE LAVE SU CARCACHA. ¡ES LA ÚNICA MANERA DE ASEGURAR QUE LLUEVA!
ESTÁ TAN SALADO QUE SI
AUNQUE SEA CON AGUA SUCIA, PA'NO DESPERDICIAR. TOTAL, ¿QUIÉN SE DA CUENTA? POBRECITA.

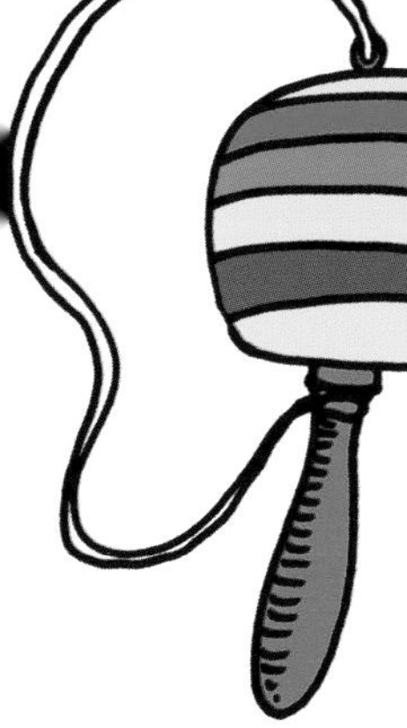

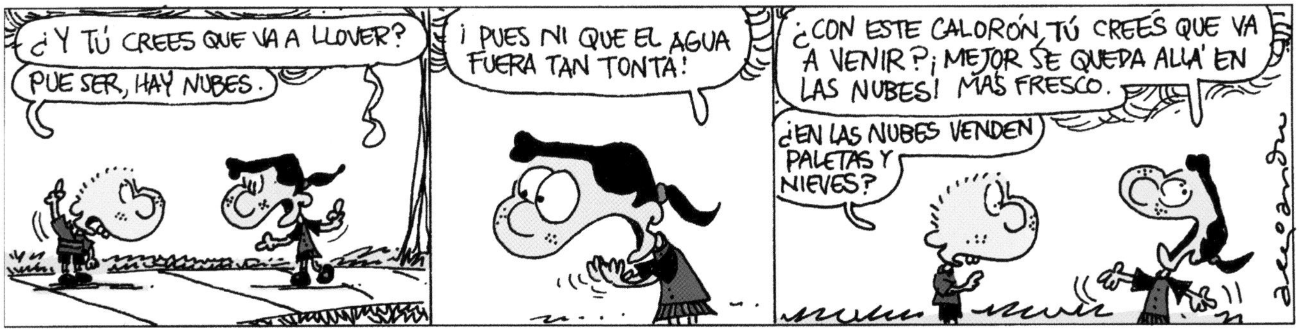

¿Y TÚ CREES QUE VA A LLOVER?
PUE SER, HAY NUBES.
¡PUES NI QUE EL AGUA FUERA TAN TONTA!
¿CON ESTE CALORÓN, TÚ CREES QUE VA A VENIR? ¡MEJOR SE QUEDA ALLÁ EN LAS NUBES! MÁS FRESCO.
¿EN LAS NUBES VENDEN PALETAS Y NIEVES?

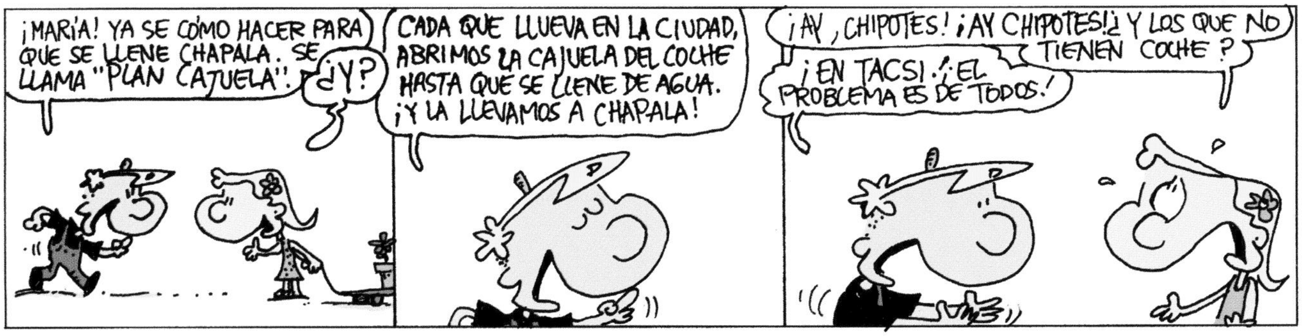

¡MARÍA! YA SE CÓMO HACER PARA QUE SE LLENE CHAPALA. SE LLAMA "PLAN CAJUELA".
¿Y?
CADA QUE LLUEVA EN LA CIUDAD, ABRIMOS LA CAJUELA DEL COCHE HASTA QUE SE LLENE DE AGUA. ¡Y LA LLEVAMOS A CHAPALA!
¡AY, CHIPOTES! ¡AY CHIPOTES! ¿Y LOS QUE NO TIENEN COCHE?
¡EN TACSI! ¡EL PROBLEMA ES DE TODOS!

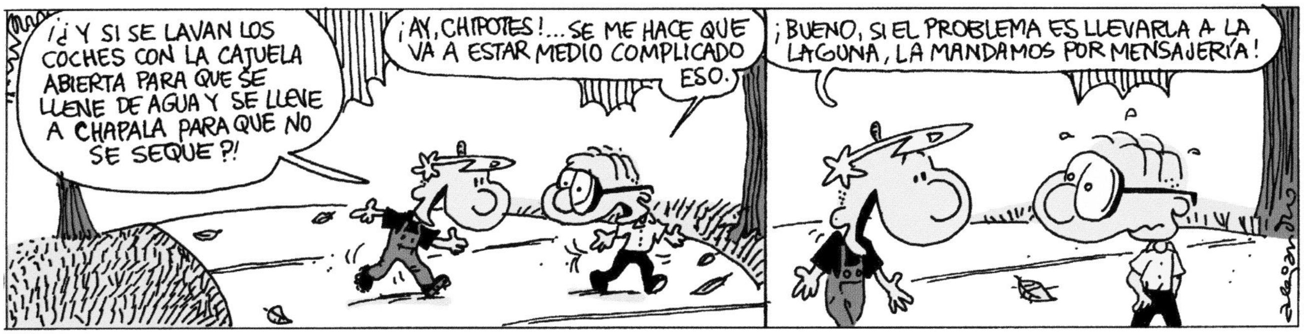

¡¿Y SI SE LAVAN LOS COCHES CON LA CAJUELA ABIERTA PARA QUE SE LLENE DE AGUA Y SE LLEVE A CHAPALA PARA QUE NO SE SEQUE?!
¡AY, CHIPOTES!... SE ME HACE QUE VA A ESTAR MEDIO COMPLICADO ESO.
¡BUENO, SI EL PROBLEMA ES LLEVARLA A LA LAGUNA, LA MANDAMOS POR MENSAJERÍA!

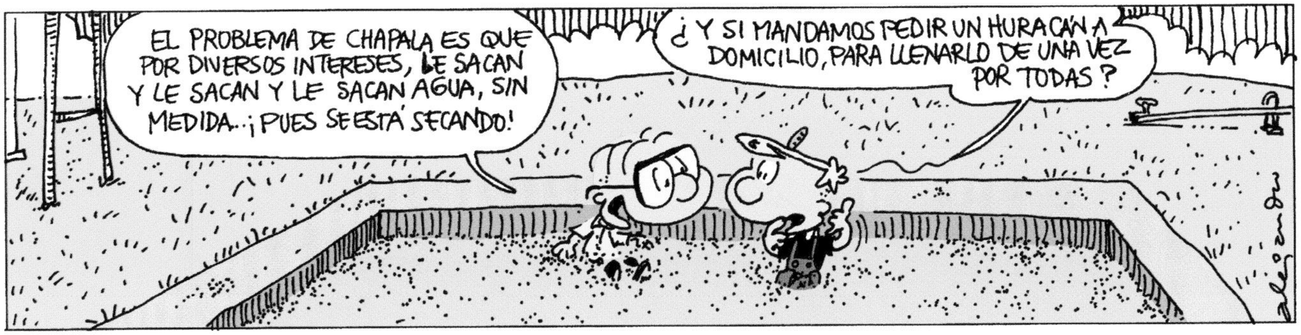

EL PROBLEMA DE CHAPALA ES QUE POR DIVERSOS INTERESES, LE SACAN Y LE SACAN Y LE SACAN AGUA, SIN MEDIDA... ¡PUES SE ESTÁ SECANDO!
¿Y SI MANDAMOS PEDIR UN HURACÁN A DOMICILIO, PARA LLENARLO DE UNA VEZ POR TODAS?

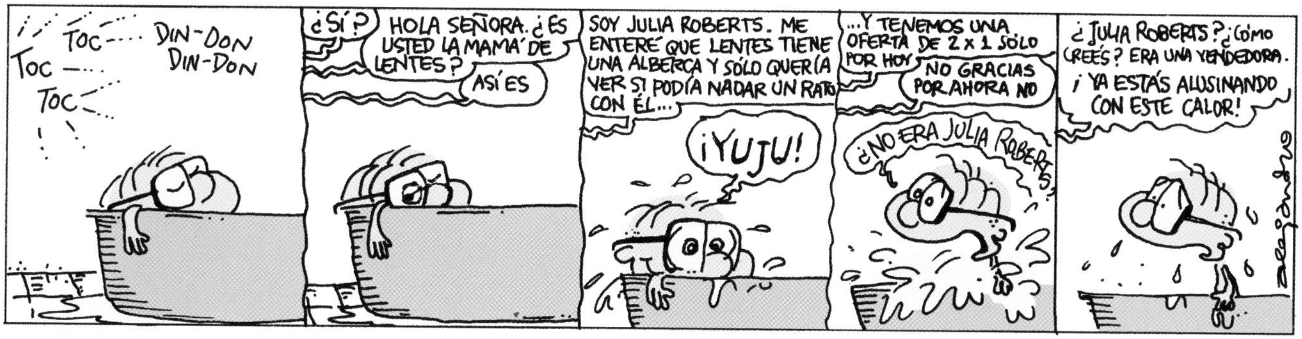
TOC ... TOC ... TOC ...
DIN-DON DIN-DON
¿SÍ?
HOLA SEÑORA. ¿ES USTED LA MAMÁ DE LENTES?
ASÍ ES
SOY JULIA ROBERTS. ME ENTERÉ QUE LENTES TIENE UNA ALBERCA Y SÓLO QUERÍA VER SI PODÍA NADAR UN RATO CON ÉL...
¡YUJU!
...Y TENEMOS UNA OFERTA DE 2 x 1 SÓLO POR HOY
NO GRACIAS POR AHORA NO
¿NO ERA JULIA ROBERTS?
¿JULIA ROBERTS? ¿CÓMO CREES? ERA UNA VENDEDORA.
¡YA ESTÁS ALUSINANDO CON ESTE CALOR!

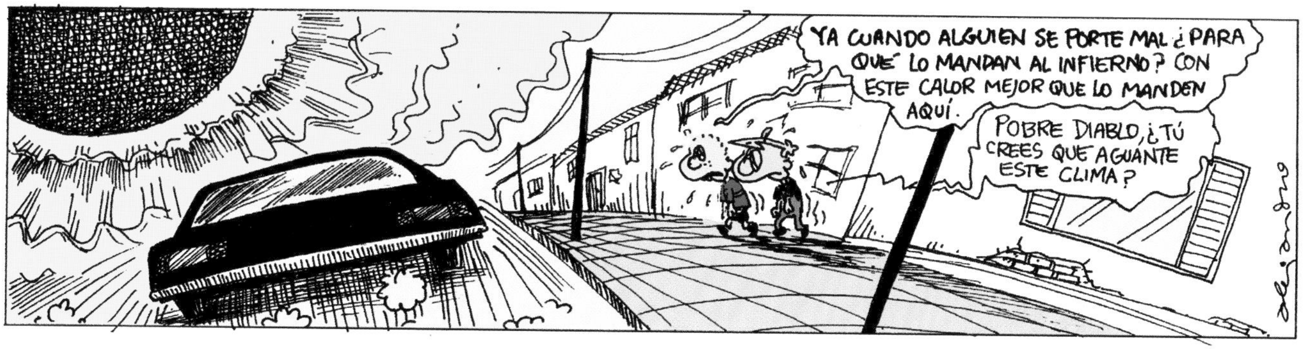
YA CUANDO ALGUIEN SE PORTE MAL ¿PARA QUÉ LO MANDAN AL INFIERNO? CON ESTE CALOR MEJOR QUE LO MANDEN AQUÍ.
POBRE DIABLO, ¿TÚ CREES QUE AGUANTE ESTE CLIMA?

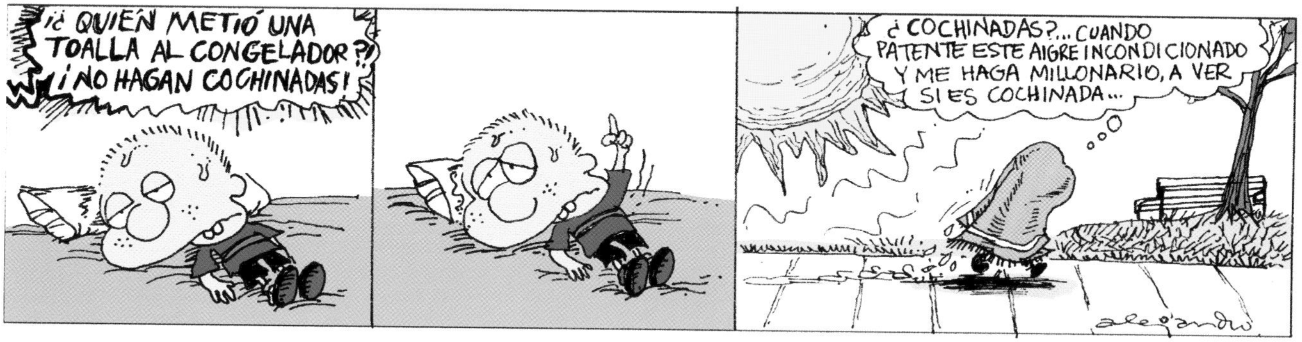
¿¿QUIÉN METIÓ UNA TOALLA AL CONGELADOR?! ¡NO HAGAN COCHINADAS!
¿COCHINADAS?... CUANDO PATENTE ESTE AIGRE INCONDICIONADO Y ME HAGA MILLONARIO, A VER SI ES COCHINADA...

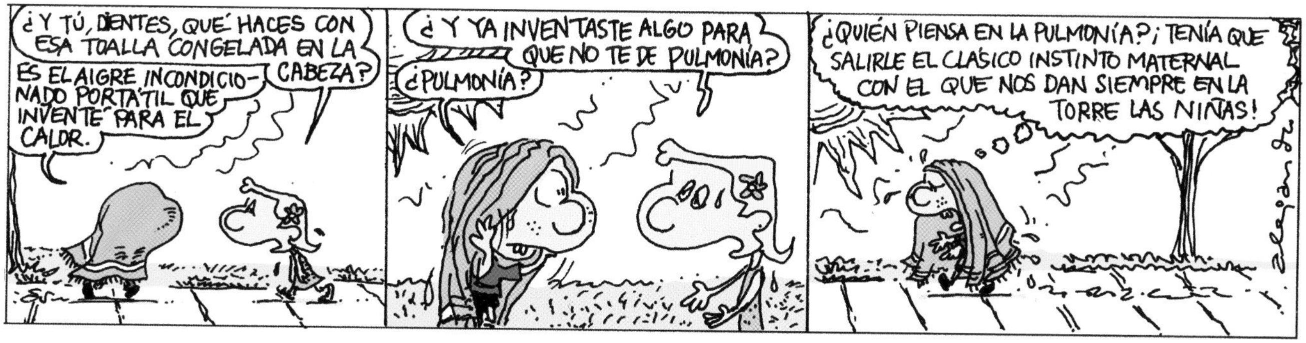
¿Y TÚ, DIENTES, QUÉ HACES CON ESA TOALLA CONGELADA EN LA CABEZA?
ES EL AIGRE INCONDICIONADO PORTÁTIL QUE INVENTÉ PARA EL CALOR.
¿Y YA INVENTASTE ALGO PARA QUE NO TE DÉ PULMONÍA?
¿PULMONÍA?
¿QUIÉN PIENSA EN LA PULMONÍA? ¡TENÍA QUE SALIRLE EL CLÁSICO INSTINTO MATERNAL CON EL QUE NOS DAN SIEMPRE EN LA TORRE LAS NIÑAS!

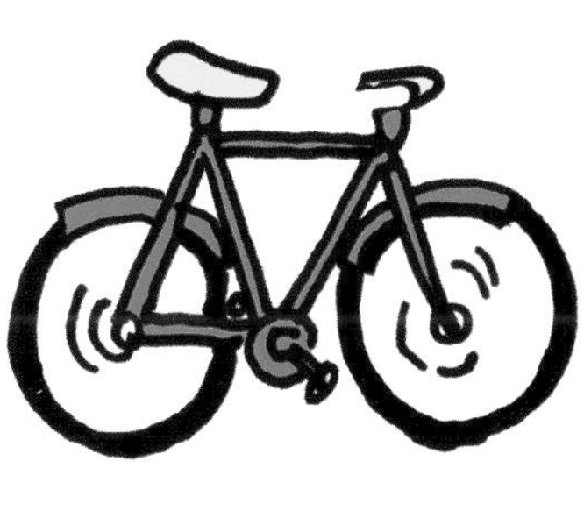

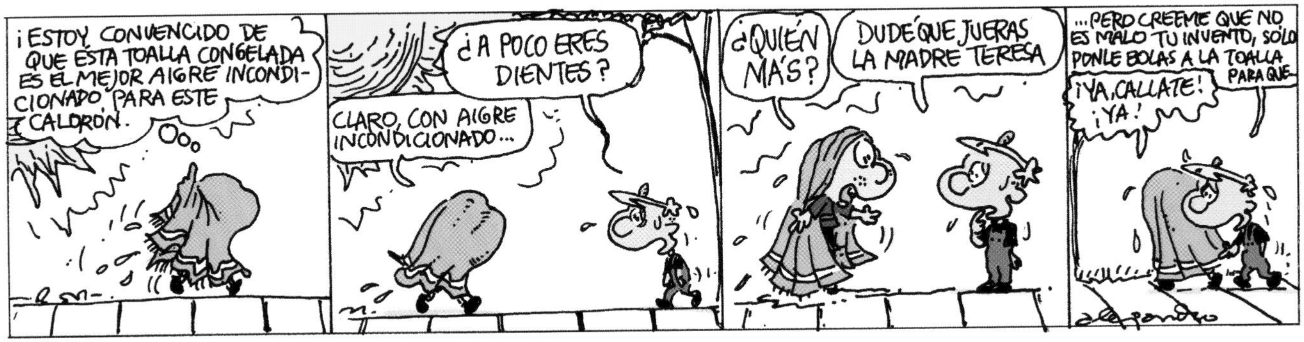
¡ESTOY CONVENCIDO DE QUE ESTA TOALLA CONGELADA ES EL MEJOR AIGRE INCONDICIONADO PARA ESTE CALDRÓN.
¿A POCO ERES DIENTES?
CLARO, CON AIGRE INCONDICIONADO...
¿QUIÉN MÁS?
DUDÉ QUE JUERAS LA MADRE TERESA
...PERO CRÉEME QUE NO ES MALO TU INVENTO, SÓLO PONLE BOLAS A LA TOALLA PARA QUE
¡YA, CALLATE! ¡YA!
alejandro

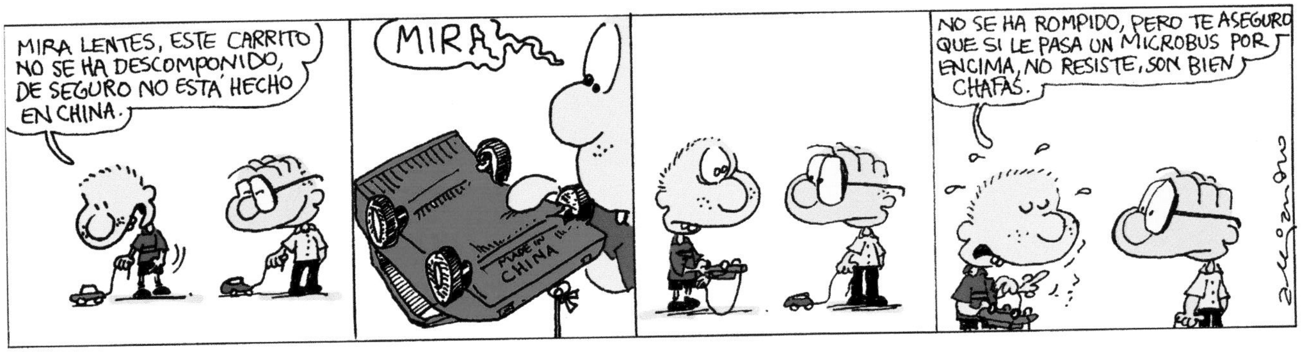
MIRA LENTES, ESTE CARRITO NO SE HA DESCOMPONIDO, DE SEGURO NO ESTÁ HECHO EN CHINA.
MIRA
MADE IN CHINA
NO SE HA ROMPIDO, PERO TE ASEGURO QUE SI LE PASA UN MICROBUS POR ENCIMA, NO RESISTE, SON BIEN CHAFAS.
alejandro

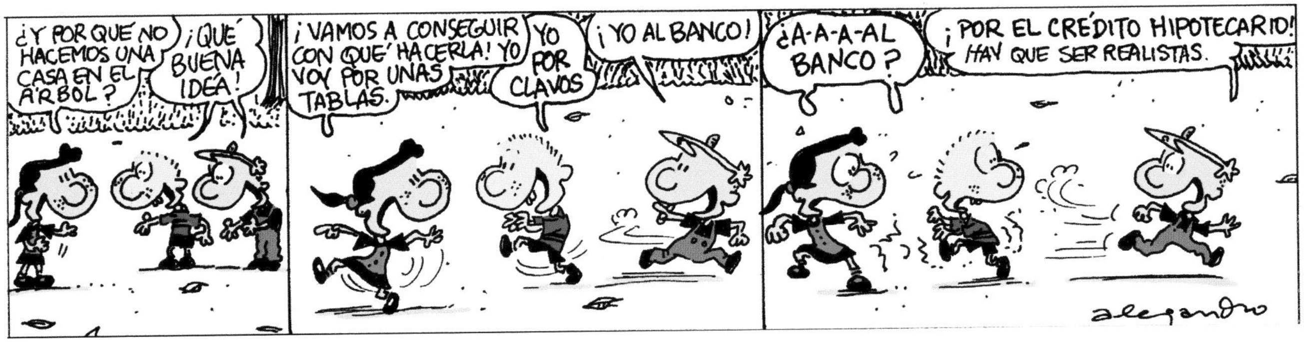
¿Y POR QUE NO HACEMOS UNA CASA EN EL ÁRBOL?
¡QUÉ BUENA IDEA!
¡VAMOS A CONSEGUIR CON QUÉ HACERLA! YO VOY POR UNAS TABLAS.
YO POR CLAVOS
¡YO AL BANCO!
¿A-A-A-AL BANCO?
¡POR EL CRÉDITO HIPOTECARIO! HAY QUE SER REALISTAS.
alejandro

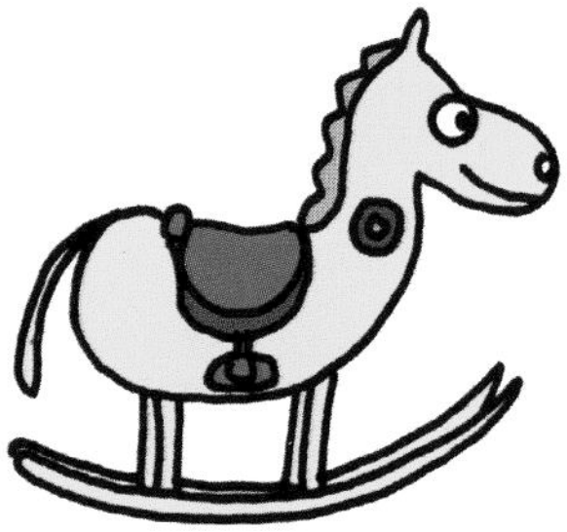

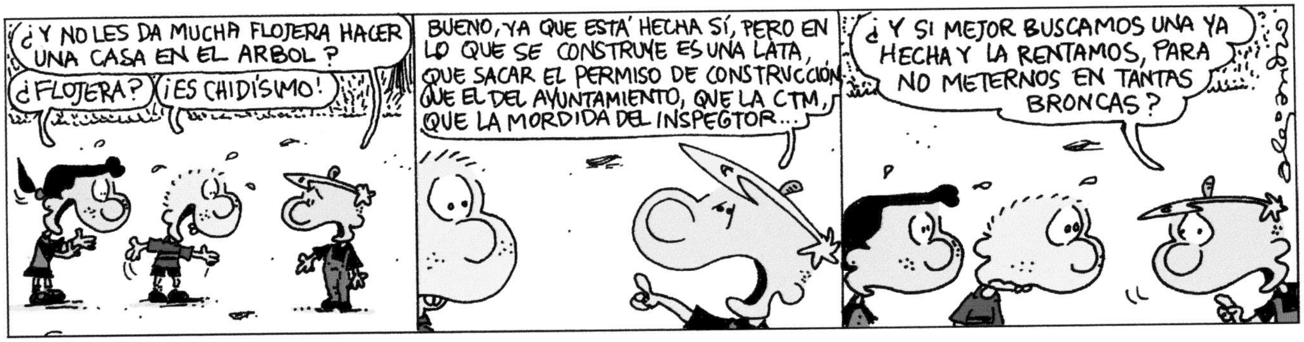
¿Y NO LES DA MUCHA FLOJERA HACER UNA CASA EN EL ARBOL?
¿FLOJERA?
¡ES CHIDÍSIMO!
BUENO, YA QUE ESTÁ HECHA SÍ, PERO EN LO QUE SE CONSTRUYE ES UNA LATA, QUE SACAR EL PERMISO DE CONSTRUCCIÓN, QUE EL DEL AYUNTAMIENTO, QUE LA CTM, QUE LA MORDIDA DEL INSPECTOR...
¿Y SI MEJOR BUSCAMOS UNA YA HECHA Y LA RENTAMOS, PARA NO METERNOS EN TANTAS BRONCAS?
alejandro

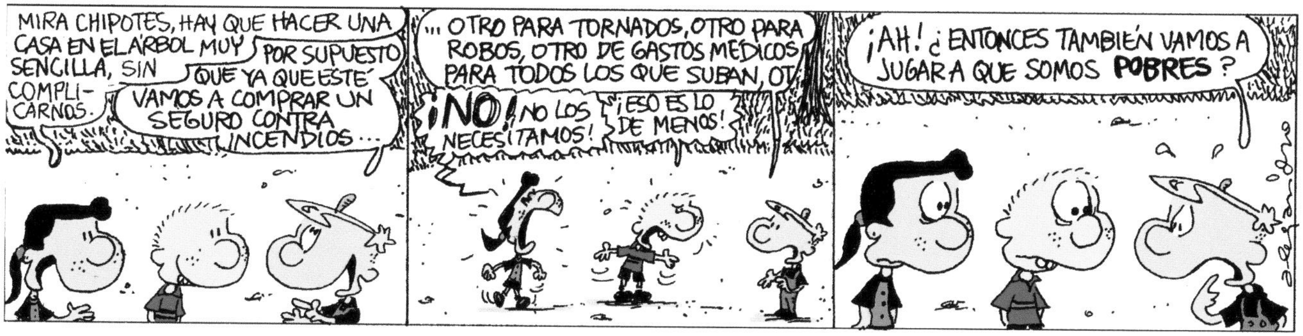
MIRA CHIPOTES, HAY QUE HACER UNA CASA EN EL ÁRBOL MUY SENCILLA, SIN COMPLICARNOS.
POR SUPUESTO QUE YA QUE ESTÉ VAMOS A COMPRAR UN SEGURO CONTRA INCENDIOS...
...OTRO PARA TORNADOS, OTRO PARA ROBOS, OTRO DE GASTOS MÉDICOS PARA TODOS LOS QUE SUBAN, OT
¡NO! NO LOS NECESITAMOS!
¡ESO ES LO DE MENOS!
¡AH! ¿ENTONCES TAMBIÉN VAMOS A JUGAR A QUE SOMOS POBRES?

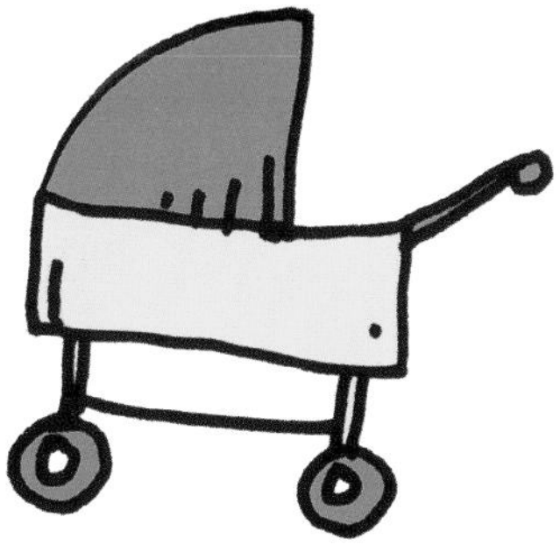

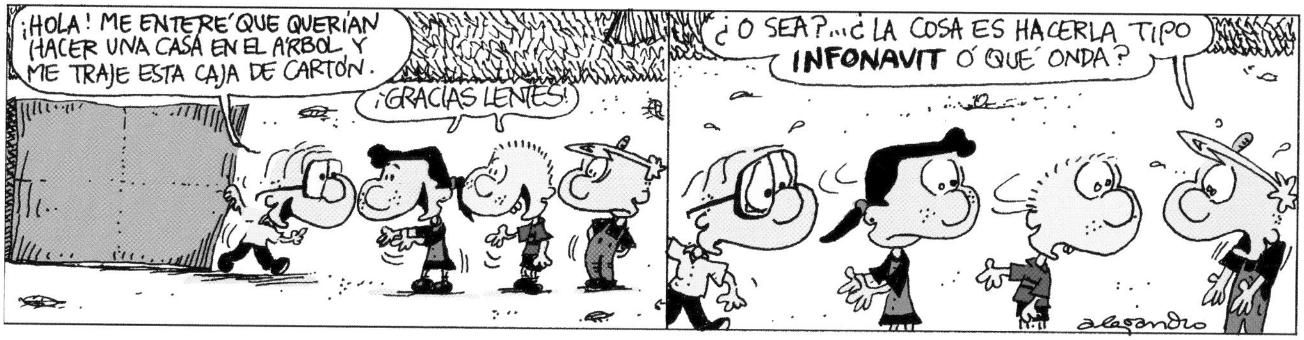
¡HOLA! ME ENTERÉ QUE QUERÍAN HACER UNA CASA EN EL ÁRBOL Y ME TRAJE ESTA CAJA DE CARTÓN.
¡GRACIAS LENTES!
¿O SEA?...¿LA COSA ES HACERLA TIPO INFONAVIT O QUÉ ONDA?

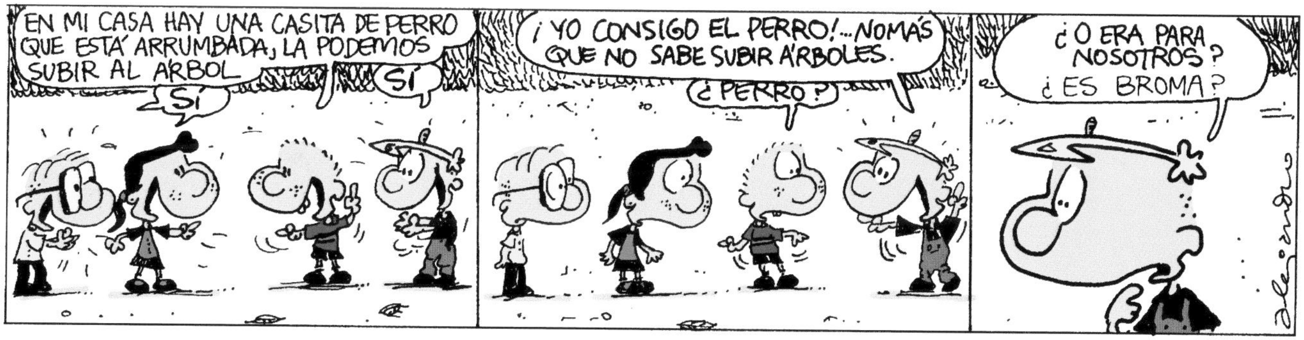
EN MI CASA HAY UNA CASITA DE PERRO QUE ESTÁ ARRUMBADA, LA PODEMOS SUBIR AL ÁRBOL
SÍ
SÍ
¡YO CONSIGO EL PERRO!...NOMÁS QUE NO SABE SUBIR ÁRBOLES.
¿PERRO?
¿O ERA PARA NOSOTROS? ¿ES BROMA?

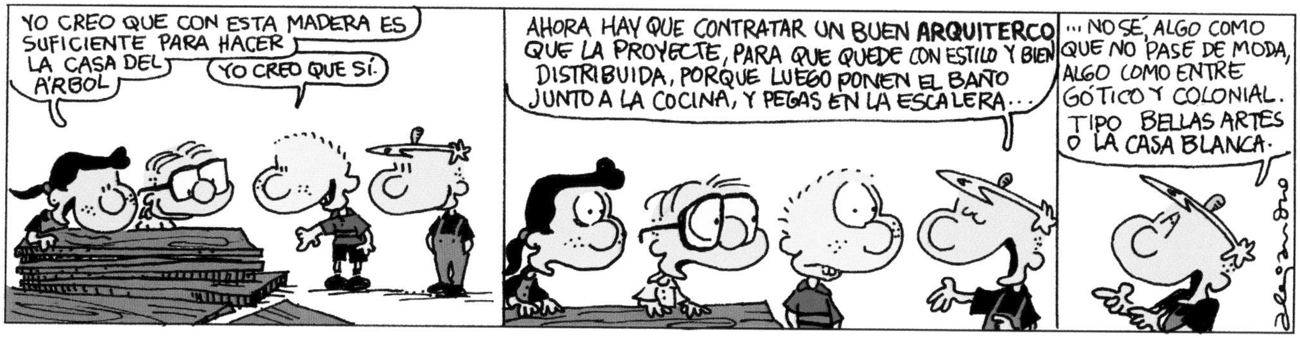
YO CREO QUE CON ESTA MADERA ES SUFICIENTE PARA HACER LA CASA DEL ÁRBOL
YO CREO QUE SÍ.
AHORA HAY QUE CONTRATAR UN BUEN ARQUITERCO QUE LA PROYECTE, PARA QUE QUEDE CON ESTILO Y BIEN DISTRIBUIDA, PORQUE LUEGO PONEN EL BAÑO JUNTO A LA COCINA, Y PEGAS EN LA ESCALERA...
...NO SÉ, ALGO COMO QUE NO PASE DE MODA, ALGO COMO ENTRE GÓTICO Y COLONIAL. TIPO BELLAS ARTES O LA CASA BLANCA.

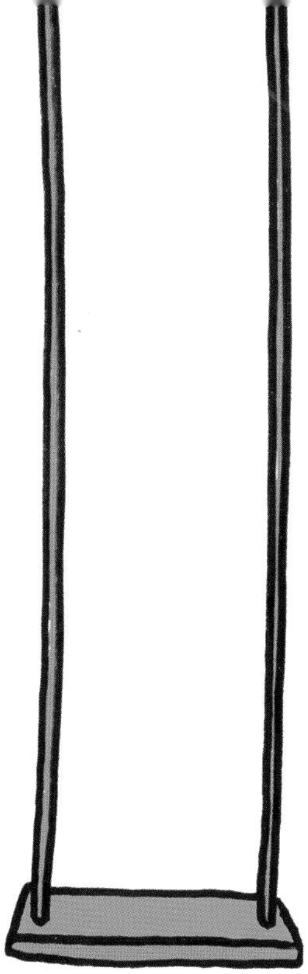

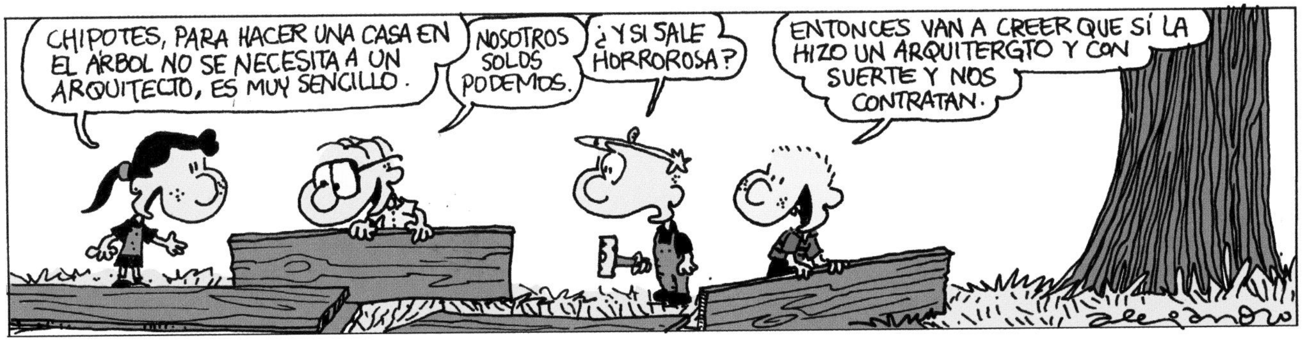
CHIPOTES, PARA HACER UNA CASA EN EL ÁRBOL NO SE NECESITA A UN ARQUITECTO, ES MUY SENCILLO.
NOSOTROS SOLOS PODEMOS.
¿Y SI SALE HORROROSA?
ENTONCES VAN A CREER QUE SÍ LA HIZO UN ARQUITERGTO Y CON SUERTE Y NOS CONTRATAN.

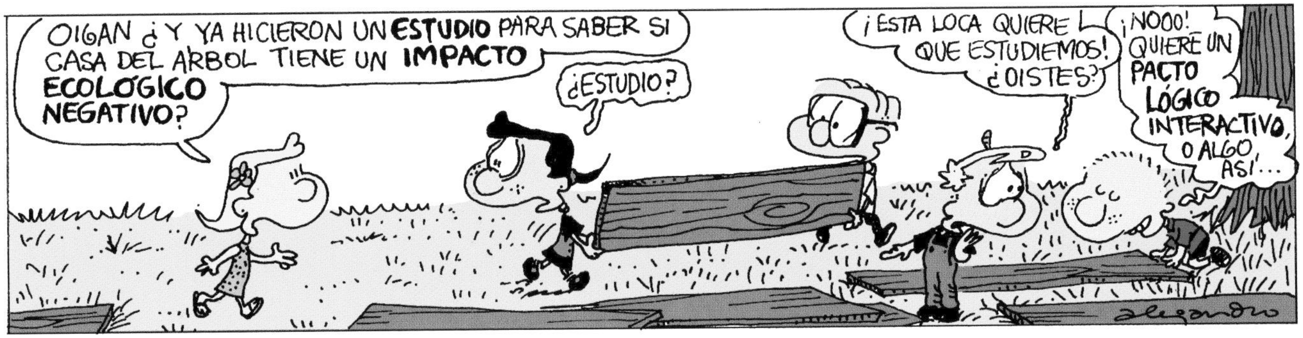
OIGAN ¿Y YA HICIERON UN ESTUDIO PARA SABER SI CASA DEL ÁRBOL TIENE UN IMPACTO ECOLÓGICO NEGATIVO?
¿ESTUDIO?
¡ESTA LOCA QUIERE QUE ESTUDIEMOS! ¿OISTES?
¡NOOO! QUIERE UN PACTO LÓGICO INTERACTIVO, O ALGO ASÍ...

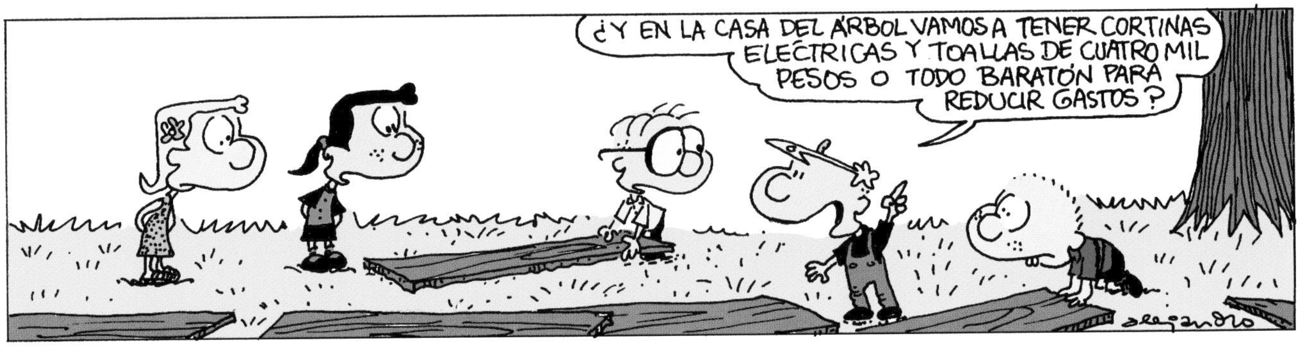
¿Y EN LA CASA DEL ÁRBOL VAMOS A TENER CORTINAS ELÉCTRICAS Y TOALLAS DE CUATRO MIL PESOS O TODO BARATÓN PARA REDUCIR GASTOS?

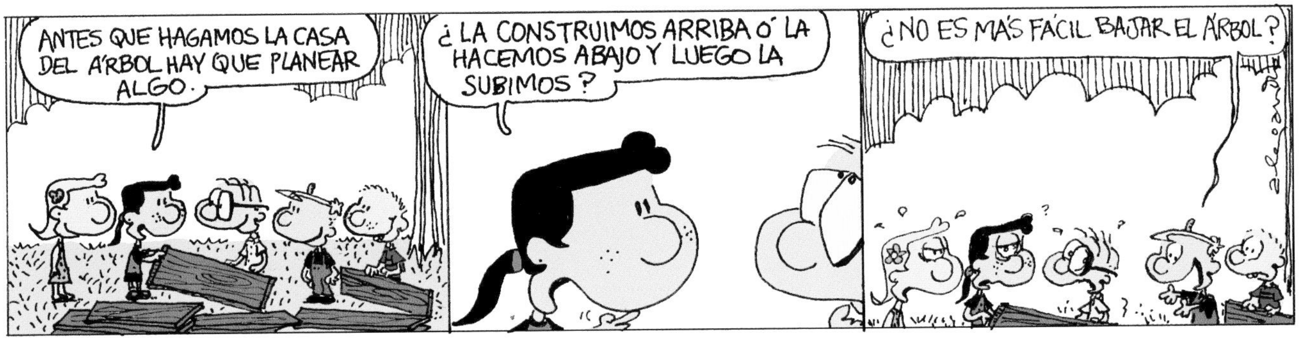
ANTES QUE HAGAMOS LA CASA DEL ÁRBOL HAY QUE PLANEAR ALGO.
¿LA CONSTRUIMOS ARRIBA Ó LA HACEMOS ABAJO Y LUEGO LA SUBIMOS?
¿NO ES MÁS FÁCIL BAJAR EL ÁRBOL?

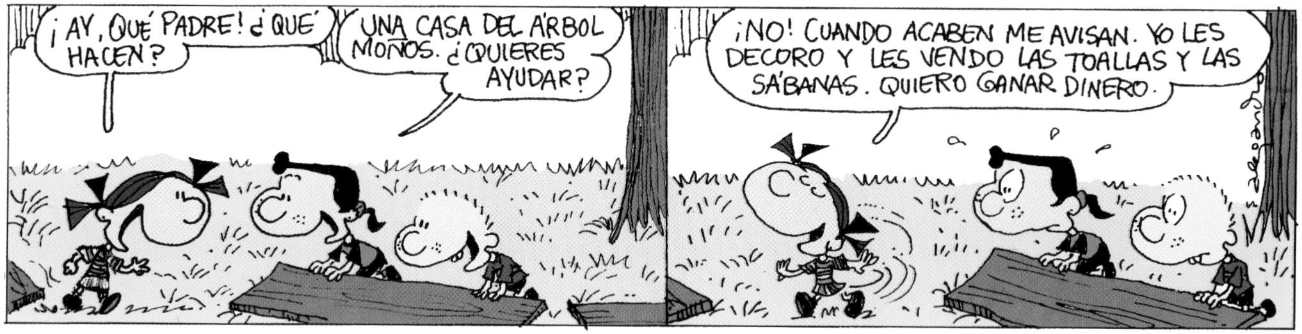
¡AY, QUÉ PADRE! ¿QUÉ HACEN?
UNA CASA DEL ÁRBOL MOÑOS. ¿QUIERES AYUDAR?
¡NO! CUANDO ACABEN ME AVISAN. YO LES DECORO Y LES VENDO LAS TOALLAS Y LAS SÁBANAS. QUIERO GANAR DINERO.

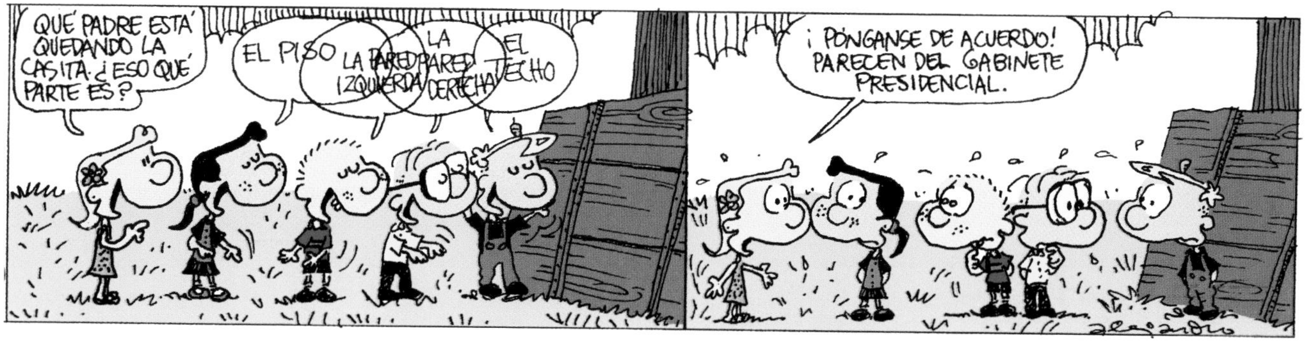
QUÉ PADRE ESTÁ QUEDANDO LA CASITA. ¿ESO QUÉ PARTE ES?
EL PISO
LA PARED IZQUIERDA
LA PARED DERECHA
EL TECHO
¡PÓNGANSE DE ACUERDO! PARECEN DEL GABINETE PRESIDENCIAL.

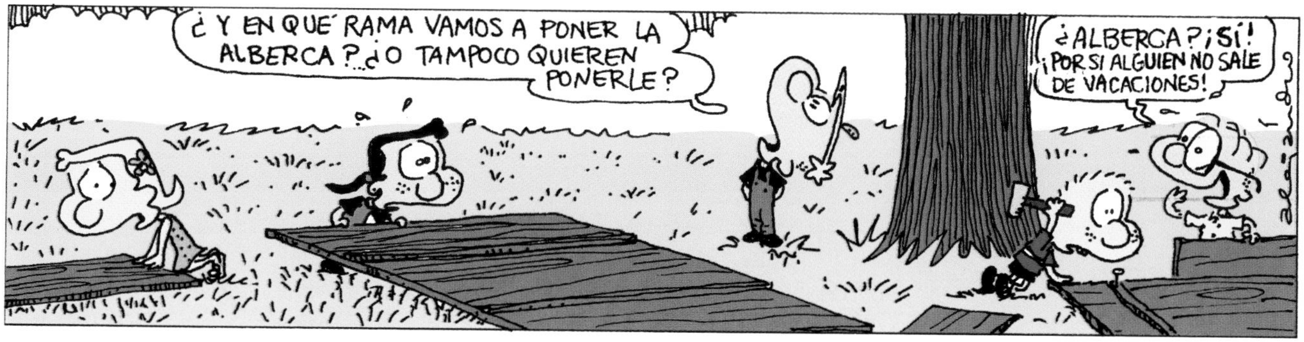
¿Y EN QUÉ RAMA VAMOS A PONER LA ALBERCA? ¿O TAMPOCO QUIEREN PONERLE?
¿ALBERCA? ¡SÍ! ¡POR SI ALGUIEN NO SALE DE VACACIONES!

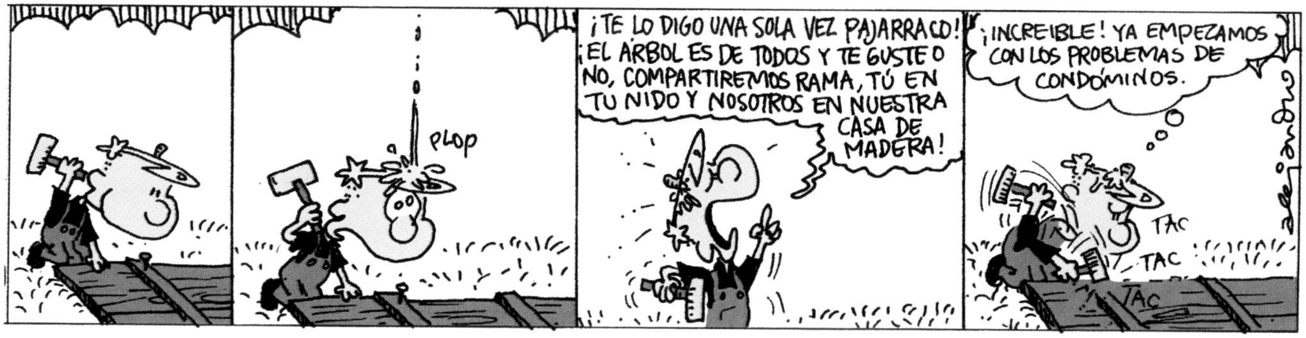
PLOP
¡TE LO DIGO UNA SOLA VEZ PAJARRACO! ¡EL ÁRBOL ES DE TODOS Y TE GUSTE O NO, COMPARTIREMOS RAMA, TÚ EN TU NIDO Y NOSOTROS EN NUESTRA CASA DE MADERA!
¡INCREÍBLE! YA EMPEZAMOS CON LOS PROBLEMAS DE CONDÓMINOS.
TAC
TAC
TAC

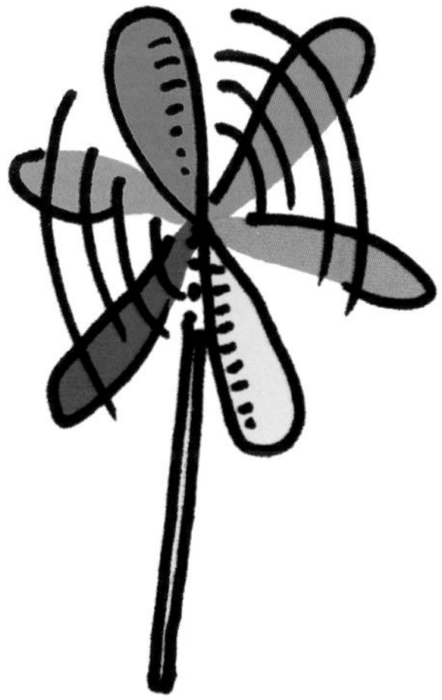

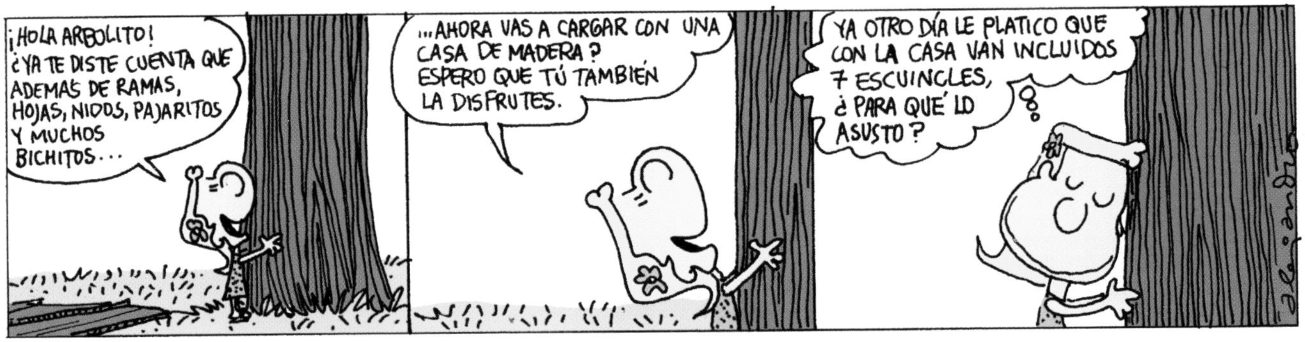
¡HOLA ARBOLITO! ¿YA TE DISTE CUENTA QUE ADEMÁS DE RAMAS, HOJAS, NIDOS, PAJARITOS Y MUCHOS BICHITOS...
...AHORA VAS A CARGAR CON UNA CASA DE MADERA? ESPERO QUE TÚ TAMBIÉN LA DISFRUTES.
YA OTRO DÍA LE PLATICO QUE CON LA CASA VAN INCLUIDOS 7 ESCUINCLES, ¿PARA QUÉ LO ASUSTO?
alejandro

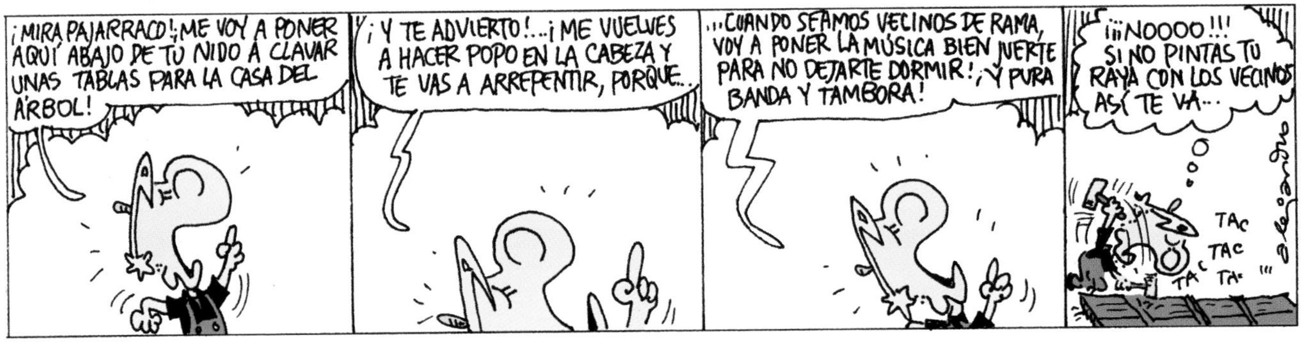
¡MIRA PAJARRACO! ¡ME VOY A PONER AQUÍ ABAJO DE TU NIDO A CLAVAR UNAS TABLAS PARA LA CASA DEL ÁRBOL!
¡Y TE ADVIERTO!... ¡ME VUELVES A HACER POPÓ EN LA CABEZA Y TE VAS A ARREPENTIR, PORQUE...
...CUANDO SEAMOS VECINOS DE RAMA, VOY A PONER LA MÚSICA BIEN FUERTE PARA NO DEJARTE DORMIR! ¡Y PURA BANDA Y TAMBORA!
¡¡¡NOOOO!!! SI NO PINTAS TU RAYA CON LOS VECINOS ASÍ TE VA...
TAC
TAC
TAC
alejandro

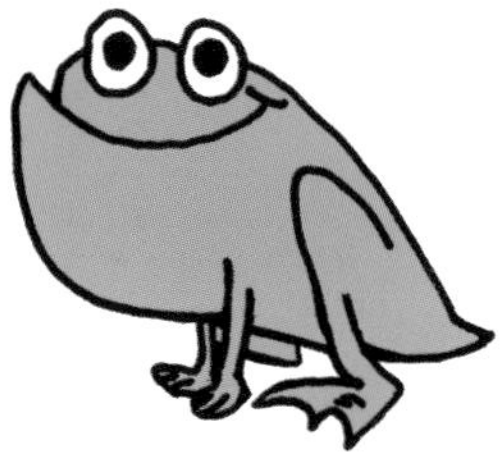

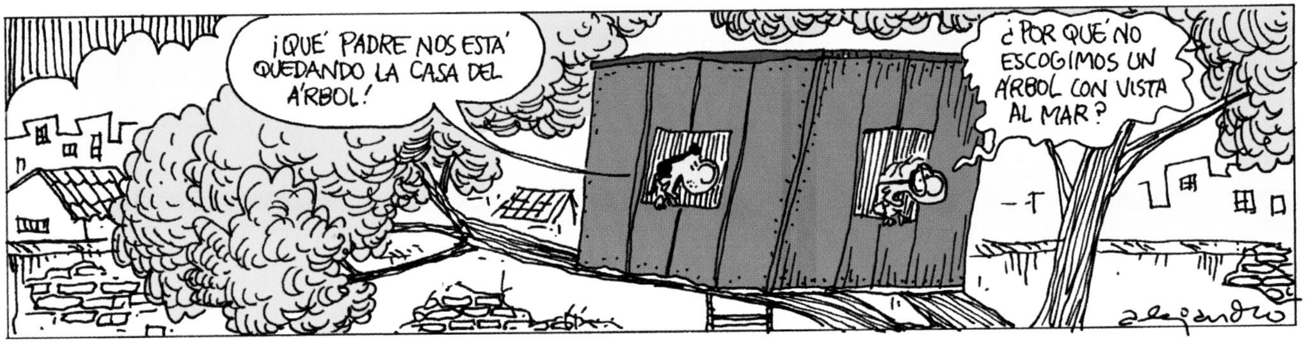
¡QUÉ PADRE NOS ESTÁ QUEDANDO LA CASA DEL ÁRBOL!
¿POR QUÉ NO ESCOGIMOS UN ÁRBOL CON VISTA AL MAR?
alejandro

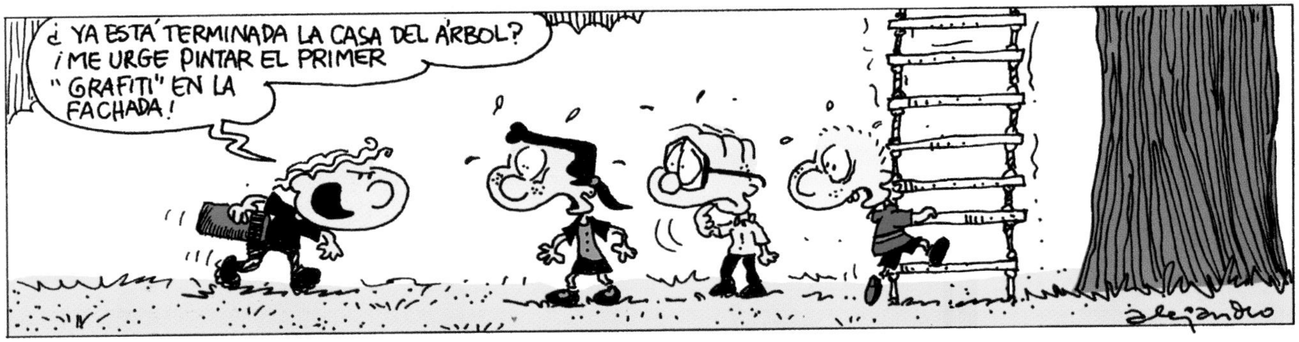
¿YA ESTÁ TERMINADA LA CASA DEL ÁRBOL? ¡ME URGE PINTAR EL PRIMER "GRAFITI" EN LA FACHADA!
alejandro

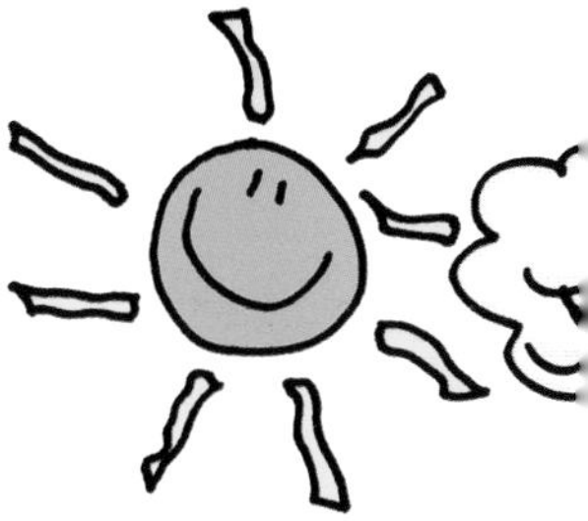

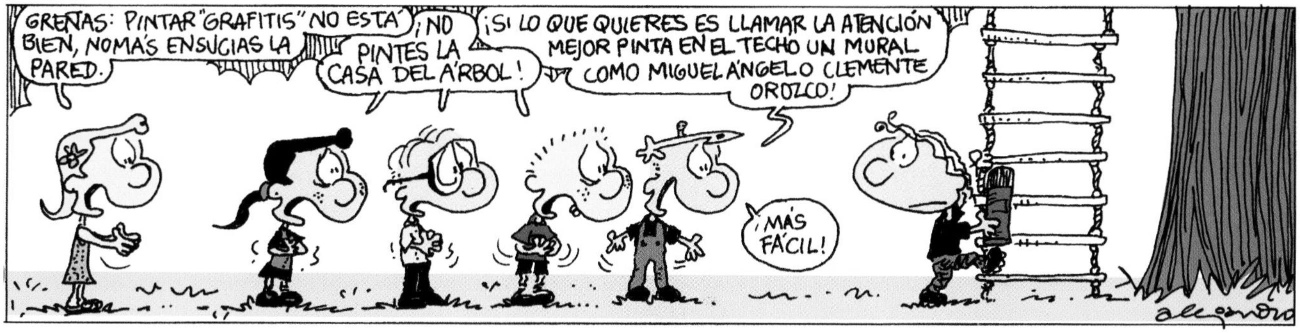
GREÑAS: PINTAR "GRAFITIS" NO ESTÁ BIEN, NOMÁS ENSUCIAS LA PARED.
¡NO PINTES LA CASA DEL ÁRBOL!
¡SI LO QUE QUIERES ES LLAMAR LA ATENCIÓN MEJOR PINTA EN EL TECHO UN MURAL COMO MIGUEL ÁNGELO CLEMENTE OROZCO!
¡MÁS FÁCIL!

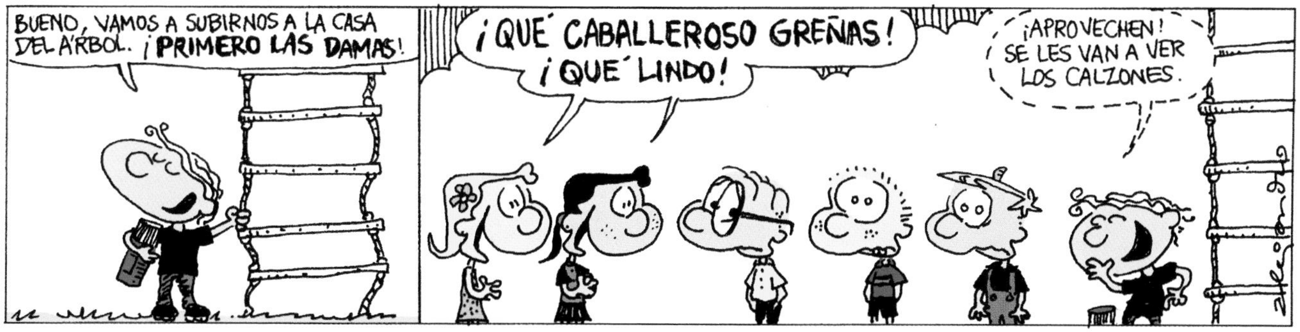
BUENO, VAMOS A SUBIRNOS A LA CASA DEL ÁRBOL. ¡PRIMERO LAS DAMAS!
¡QUÉ CABALLEROSO GREÑAS! ¡QUÉ LINDO!
¡APROVECHEN! SE LES VAN A VER LOS CALZONES.

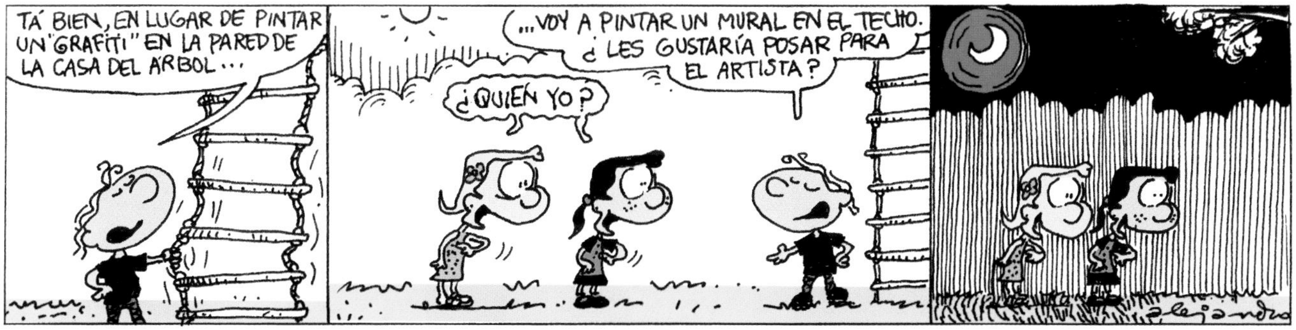
TÁ BIEN, EN LUGAR DE PINTAR UN "GRAFITI" EN LA PARED DE LA CASA DEL ÁRBOL...
...VOY A PINTAR UN MURAL EN EL TECHO. ¿LES GUSTARÍA POSAR PARA EL ARTISTA?
¿QUIÉN YO?

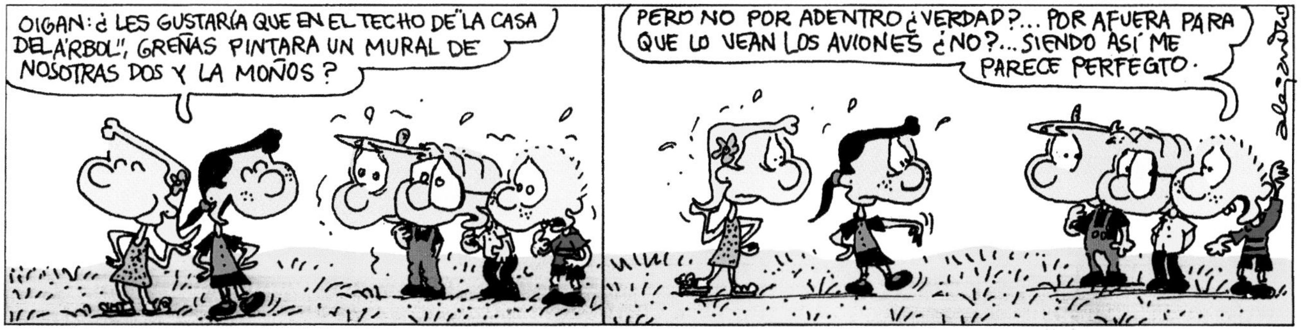
OIGAN: ¿LES GUSTARÍA QUE EN EL TECHO DE "LA CASA DEL ÁRBOL", GREÑAS PINTARA UN MURAL DE NOSOTRAS DOS Y LA MOÑOS?
PERO NO POR ADENTRO ¿VERDAD?... POR AFUERA PARA QUE LO VEAN LOS AVIONES ¿NO?... SIENDO ASÍ ME PARECE PERFECTO.

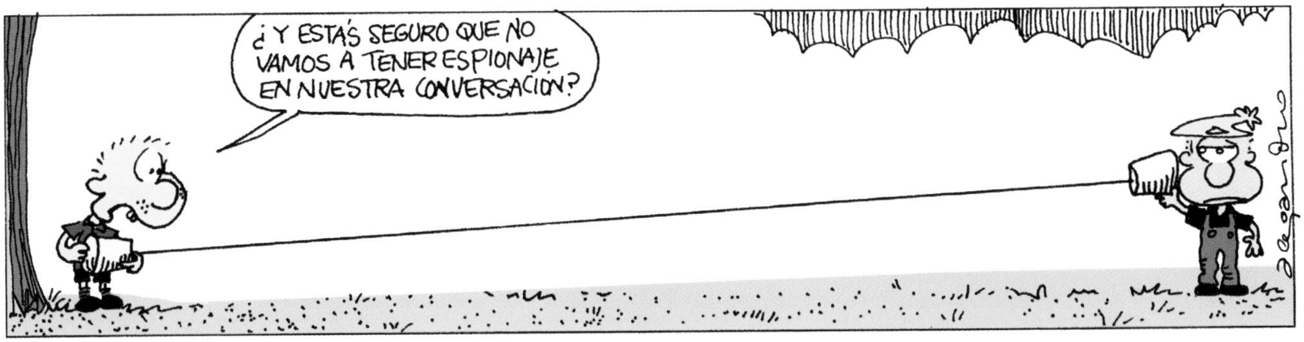
¿Y ESTÁS SEGURO QUE NO VAMOS A TENER ESPIONAJE EN NUESTRA CONVERSACIÓN?

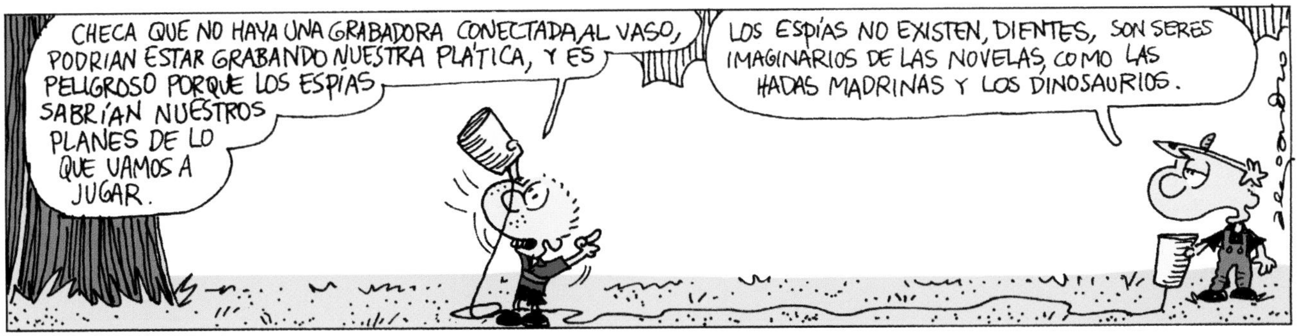
CHECA QUE NO HAYA UNA GRABADORA CONECTADA AL VASO, PODRIAN ESTAR GRABANDO NUESTRA PLÁTICA, Y ES PELIGROSO PORQUE LOS ESPÍAS SABRÍAN NUESTROS PLANES DE LO QUE VAMOS A JUGAR.
LOS ESPÍAS NO EXISTEN, DIENTES, SON SERES IMAGINARIOS DE LAS NOVELAS, COMO LAS HADAS MADRINAS Y LOS DINOSAURIOS.

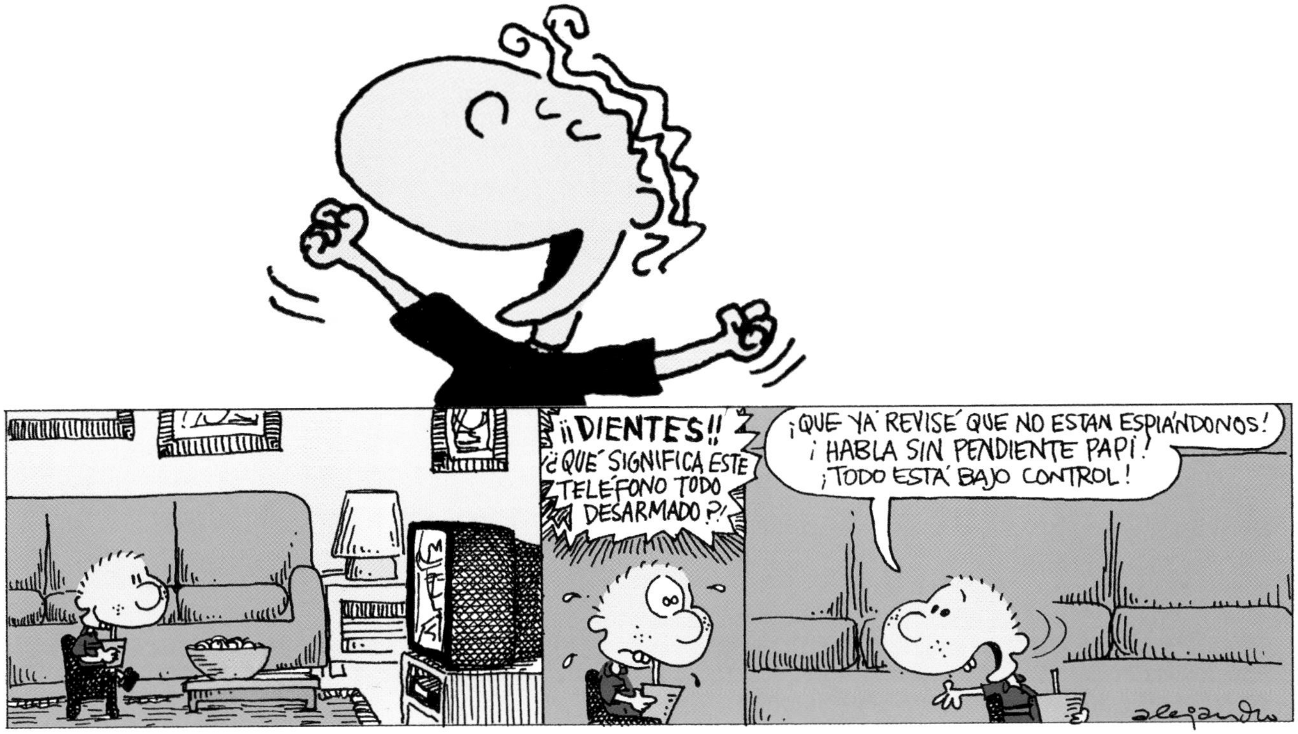
¡¡DIENTES!! ¿QUÉ SIGNIFICA ESTE TELÉFONO TODO DESARMADO?!
¡QUE YA REVISÉ QUE NO ESTAN ESPIÁNDONOS! ¡HABLA SIN PENDIENTE PAPI! ¡TODO ESTÁ BAJO CONTROL!

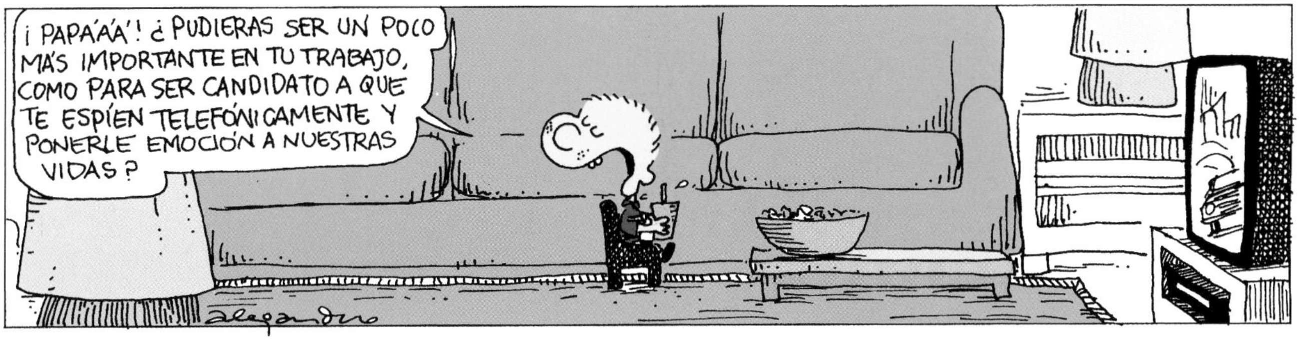
¡PAPÁÁÁ! ¿PUDIERAS SER UN POCO MÁS IMPORTANTE EN TU TRABAJO, COMO PARA SER CANDIDATO A QUE TE ESPÍEN TELEFÓNICAMENTE Y PONERLE EMOCIÓN A NUESTRAS VIDAS?
alejandro

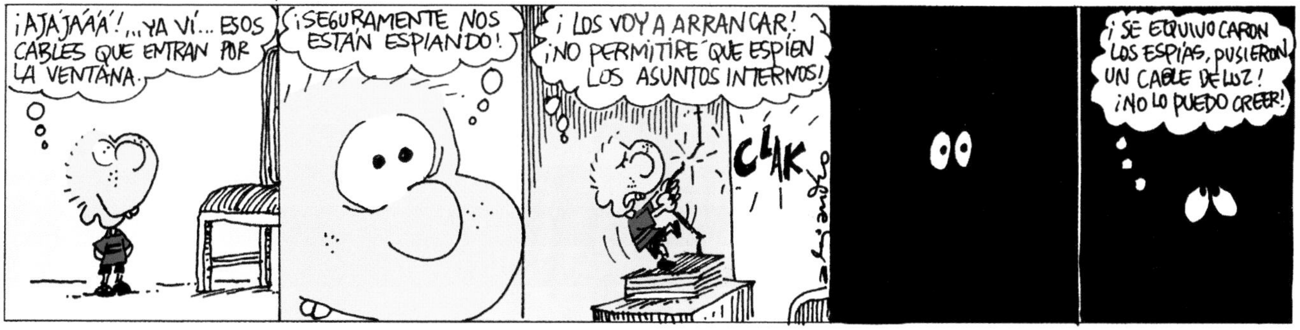
¡AJÁJÁÁÁ!... YA VI... ESOS CABLES QUE ENTRAN POR LA VENTANA.
¡SEGURAMENTE NOS ESTÁN ESPIANDO!
¡LOS VOY A ARRANCAR! ¡NO PERMITIRÉ QUE ESPÍEN LOS ASUNTOS INTERNOS!
CLAK
¡SE EQUIVOCARON LOS ESPÍAS, PUSIERON UN CABLE DE LUZ! ¡NO LO PUEDO CREER!

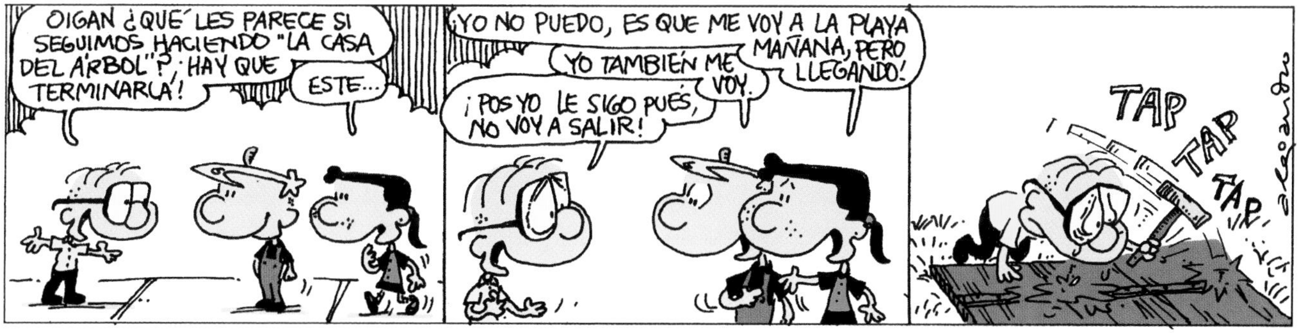
OIGAN ¿QUÉ LES PARECE SI SEGUIMOS HACIENDO "LA CASA DEL ÁRBOL"? ¡HAY QUE TERMINARLA!
ESTE...
¡YO NO PUEDO, ES QUE ME VOY A LA PLAYA MAÑANA, PERO LLEGANDO!
YO TAMBIÉN ME VOY.
¡POS YO LE SIGO PUES, NO VOY A SALIR!
TAP
TAP
TAP
alejandro

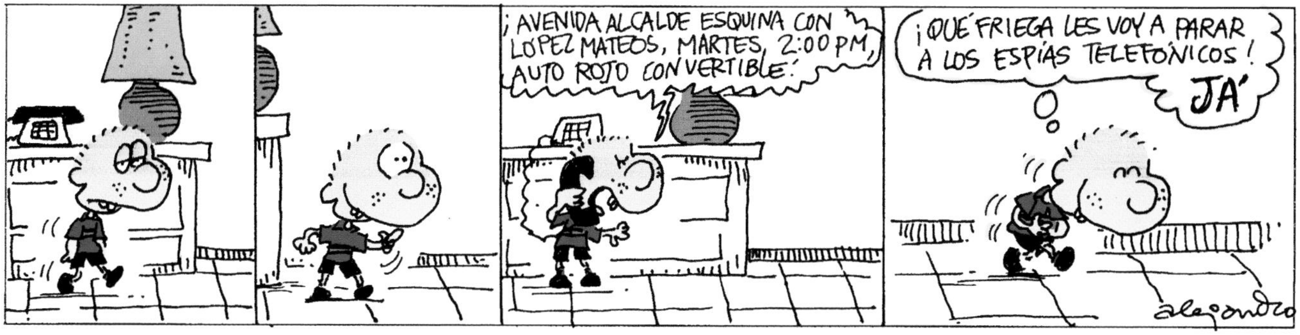
¡AVENIDA ALCALDE ESQUINA CON LÓPEZ MATEOS, MARTES, 2:00 PM, AUTO ROJO CONVERTIBLE!
¡QUÉ FRIEGA LES VOY A PARAR A LOS ESPÍAS TELEFÓNICOS! JÁ
alejandro

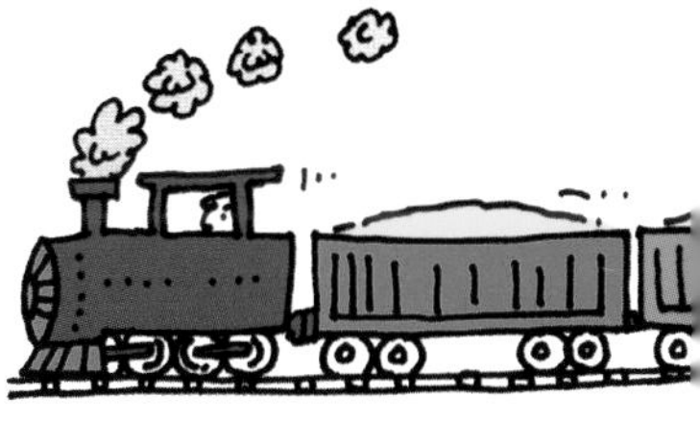

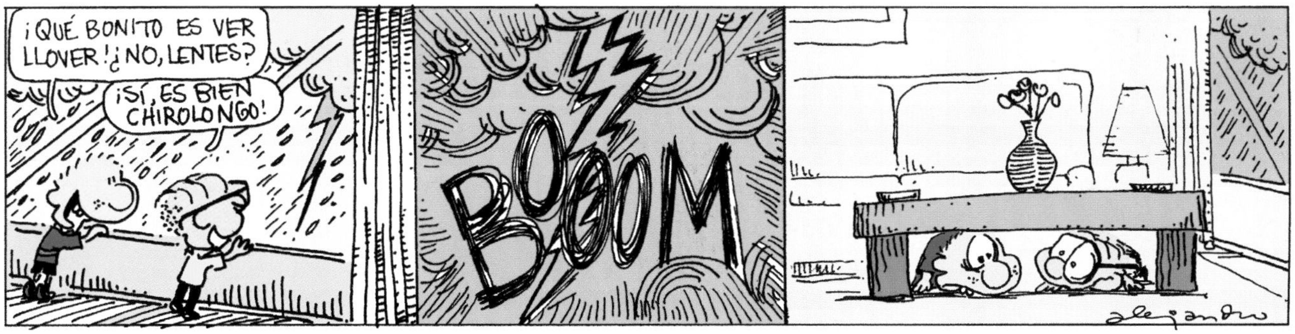
¡QUÉ BONITO ES VER LLOVER! ¿NO, LENTES?
¡SÍ, ES BIEN CHIROLONGO!
BOOOM

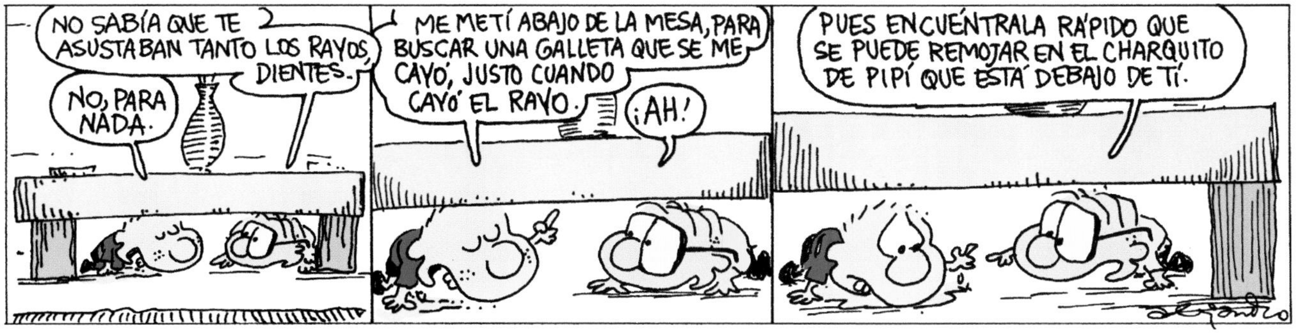
NO SABÍA QUE TE ASUSTABAN TANTO LOS RAYOS, DIENTES.
NO, PARA NADA.
ME METÍ ABAJO DE LA MESA, PARA BUSCAR UNA GALLETA QUE SE ME CAYÓ, JUSTO CUANDO CAYÓ EL RAYO.
¡AH!
PUES ENCUÉNTRALA RÁPIDO QUE SE PUEDE REMOJAR EN EL CHARQUITO DE PIPÍ QUE ESTÁ DEBAJO DE TÍ.

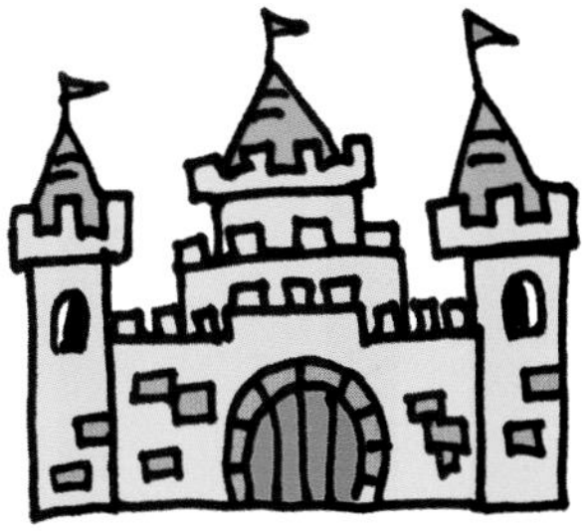

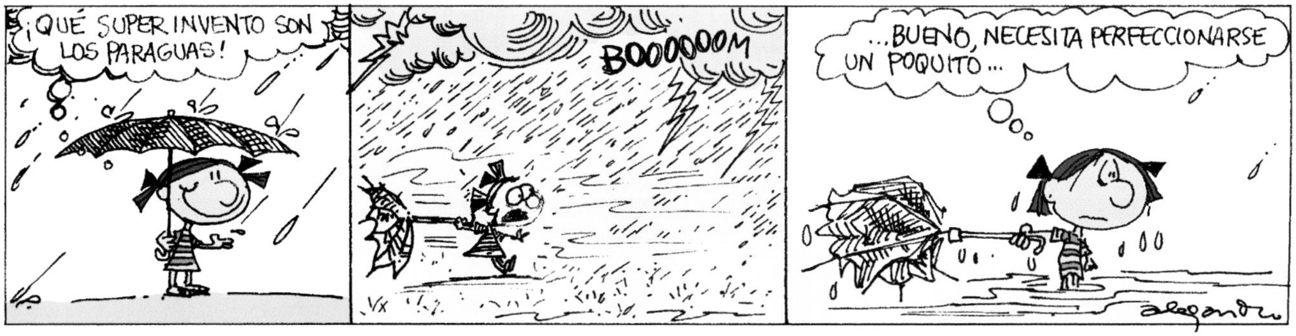
¡QUÉ SUPER INVENTO SON LOS PARAGUAS!
BOOOOOOM
...BUENO, NECESITA PERFECCIONARSE UN POQUITO...

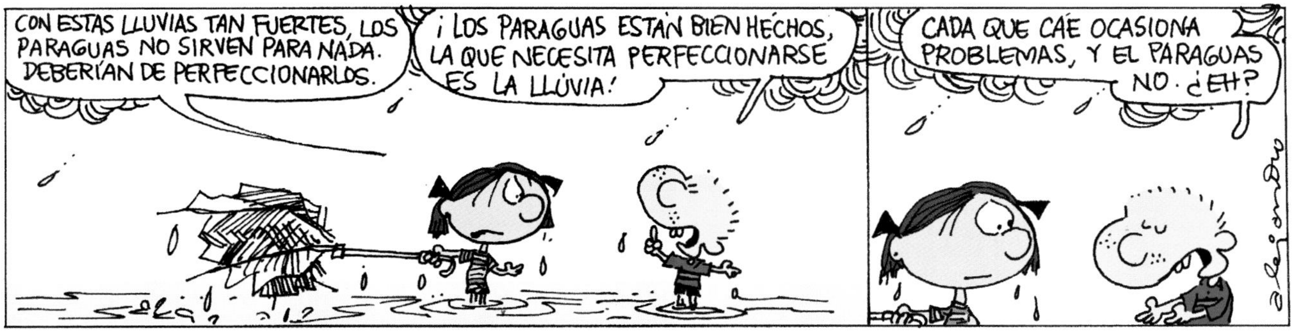
CON ESTAS LLUVIAS TAN FUERTES, LOS PARAGUAS NO SIRVEN PARA NADA. DEBERÍAN DE PERFECCIONARLOS.
¡LOS PARAGUAS ESTÁN BIEN HECHOS, LA QUE NECESITA PERFECCIONARSE ES LA LLÚVIA!
CADA QUE CAE OCASIONA PROBLEMAS, Y EL PARAGUAS NO. ¿EH?

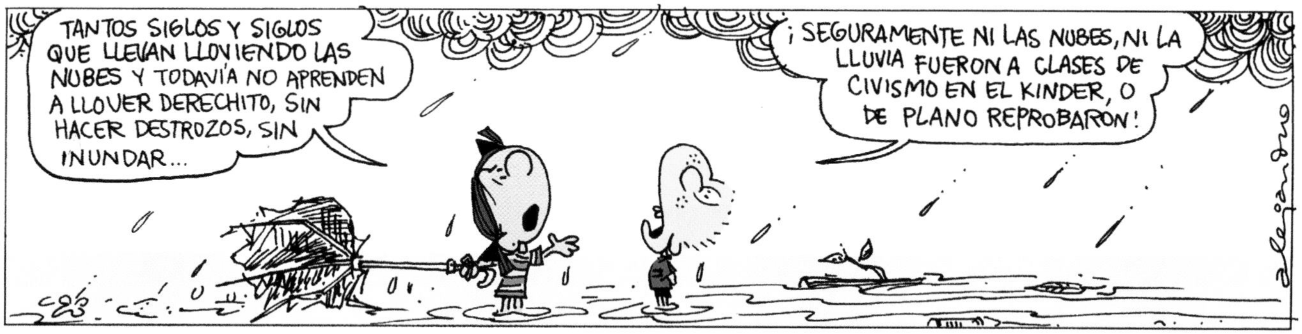
TANTOS SIGLOS Y SIGLOS QUE LLEVAN LLOVIENDO LAS NUBES Y TODAVÍA NO APRENDEN A LLOVER DERECHITO, SIN HACER DESTROZOS, SIN INUNDAR...
¡SEGURAMENTE NI LAS NUBES, NI LA LLUVIA FUERON A CLASES DE CIVISMO EN EL KINDER, O DE PLANO REPROBARON!
alejandro

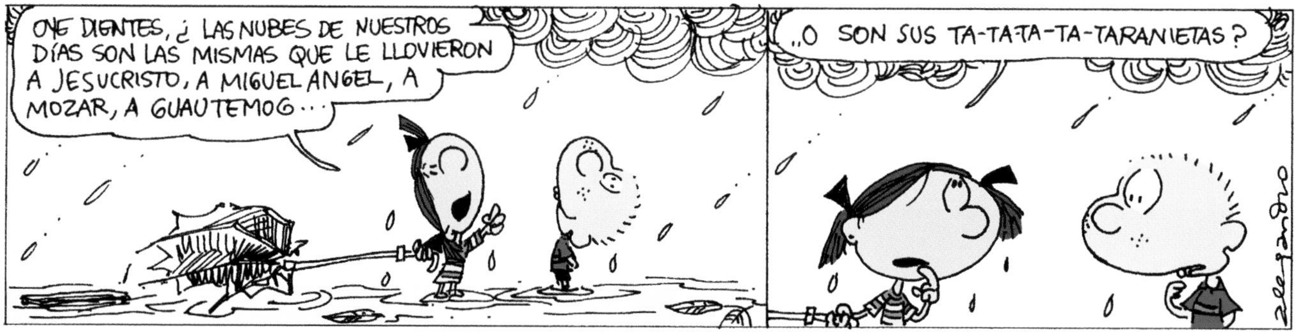
OYE DIENTES, ¿LAS NUBES DE NUESTROS DÍAS SON LAS MISMAS QUE LE LLOVIERON A JESUCRISTO, A MIGUEL ANGEL, A MOZAR, A GUAUTEMOC...
...O SON SUS TA-TA-TA-TA-TARANIETAS?
alejandro

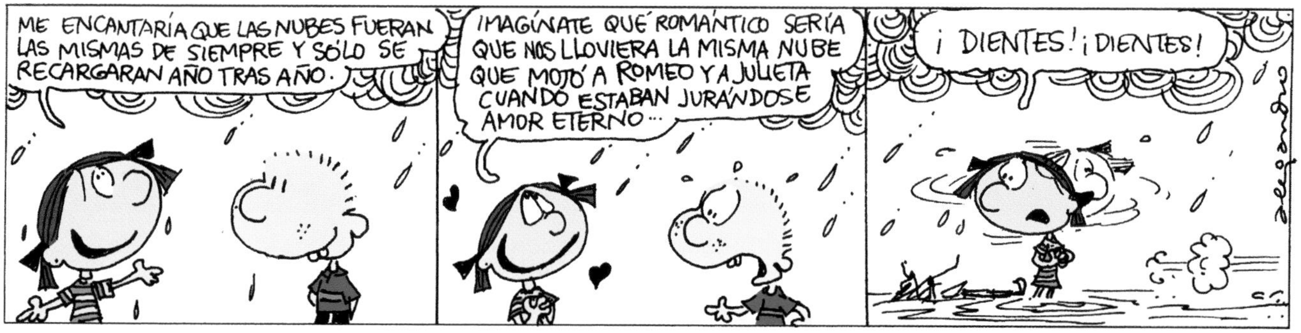
ME ENCANTARÍA QUE LAS NUBES FUERAN LAS MISMAS DE SIEMPRE Y SÓLO SE RECARGARAN AÑO TRAS AÑO.
¡IMAGÍNATE QUÉ ROMÁNTICO SERÍA QUE NOS LLOVIERA LA MISMA NUBE QUE MOJÓ A ROMEO Y A JULIETA CUANDO ESTABAN JURÁNDOSE AMOR ETERNO...
¡DIENTES! ¡DIENTES!
alejandro

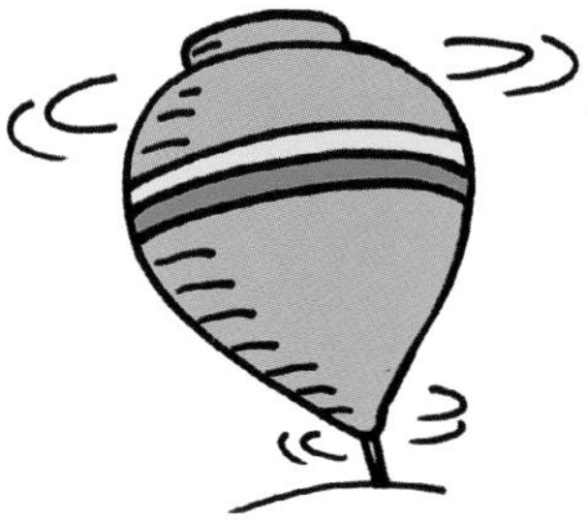

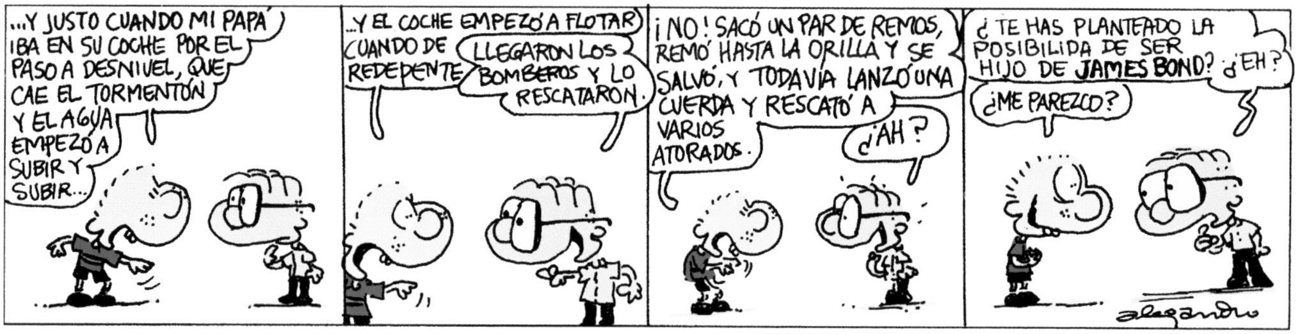
...Y JUSTO CUANDO MI PAPÁ IBA EN SU COCHE POR EL PASO A DESNIVEL, QUE CAE EL TORMENTÓN Y EL AGUA EMPEZÓ A SUBIR Y SUBIR...
...Y EL COCHE EMPEZÓ A FLOTAR CUANDO DE REPENTE
LLEGARON LOS BOMBEROS Y LO RESCATARON.
¡NO! SACÓ UN PAR DE REMOS, REMÓ HASTA LA ORILLA Y SE SALVÓ, Y TODAVÍA LANZÓ UNA CUERDA Y RESCATÓ A VARIOS ATORADOS.
¿AH?
¿TE HAS PLANTEADO LA POSIBILIDA DE SER HIJO DE JAMES BOND?
¿EH?
¿ME PAREZCO?
alejandro

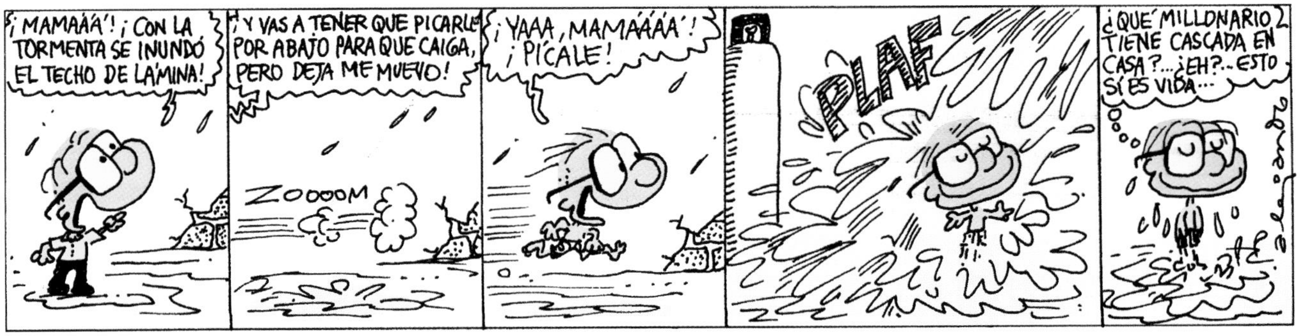
¡MAMAAÁ! ¡CON LA TORMENTA SE INUNDÓ EL TECHO DE LÁMINA!
¡Y VAS A TENER QUE PICARLE POR ABAJO PARA QUE CAIGA, PERO DEJA ME MUEVO!
ZOOOOM
¡YAAA, MAMÁÁÁÁ! ¡PÍCALE!
PLAF
¿QUÉ MILLONARIO TIENE CASCADA EN CASA?... ¿EH?.. ESTO SÍ ES VIDA...
alejandro

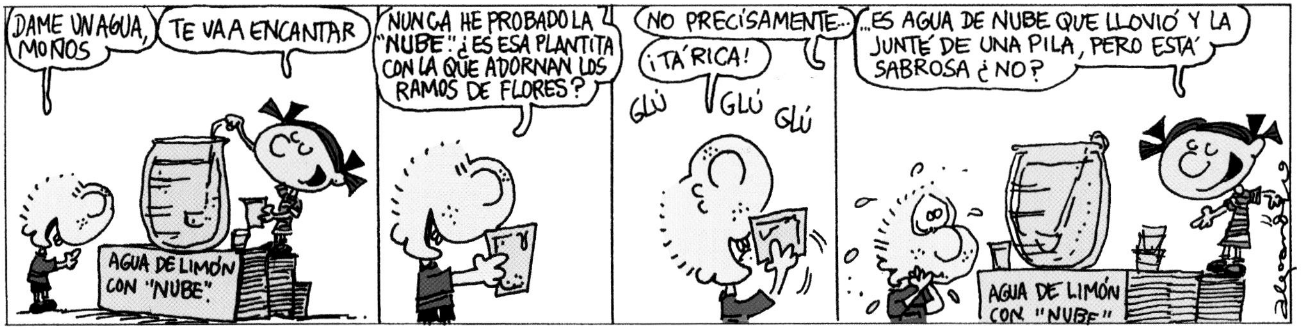
DAME UN AGUA, MOÑOS
TE VA A ENCANTAR
AGUA DE LIMÓN CON "NUBE"
NUNCA HE PROBADO LA "NUBE" ¿ES ESA PLANTITA CON LA QUE ADORNAN LOS RAMOS DE FLORES?
NO PRECISAMENTE...
¡TÁ RICA!
GLÚ GLÚ GLÚ
...ES AGUA DE NUBE QUE LLOVIÓ Y LA JUNTÉ DE UNA PILA, PERO ESTÁ SABROSA ¿NO?
AGUA DE LIMÓN CON "NUBE"
alejandro

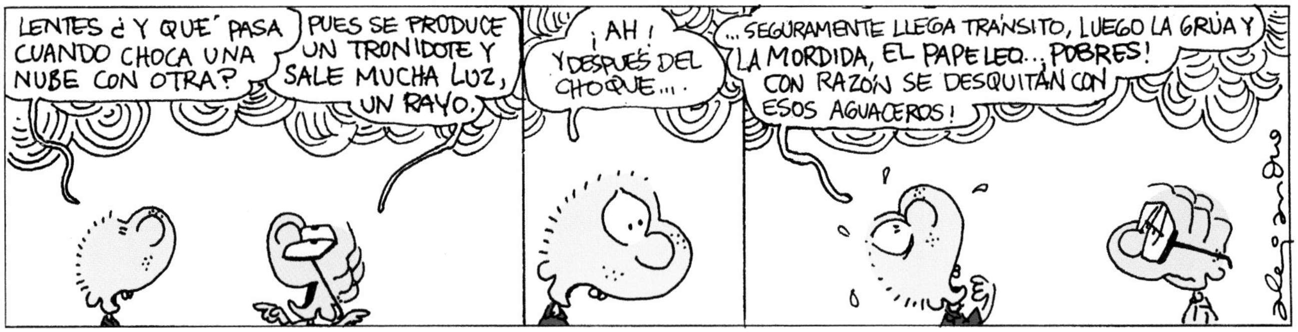
LENTES ¿Y QUÉ PASA CUANDO CHOCA UNA NUBE CON OTRA?
PUES SE PRODUCE UN TRONIDOTE Y SALE MUCHA LUZ, UN RAYO.
¡AH! Y DESPUÉS DEL CHOQUE...
...SEGURAMENTE LLEGA TRÁNSITO, LUEGO LA GRÚA Y LA MORDIDA, EL PAPELEO... POBRES! CON RAZÓN SE DESQUITAN CON ESOS AGUACEROS!
alejandro

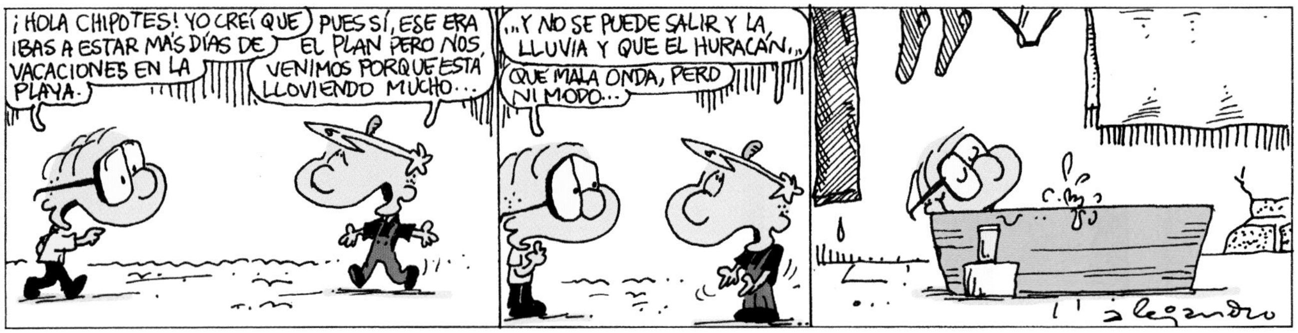
¡HOLA CHIPOTES! YO CREÍ QUE IBAS A ESTAR MÁS DÍAS DE VACACIONES EN LA PLAYA.
PUES SÍ, ESE ERA EL PLAN PERO NOS VENIMOS PORQUE ESTÁ LLOVIENDO MUCHO...
...Y NO SE PUEDE SALIR Y LA LLUVIA Y QUE EL HURACÁN...
QUÉ MALA ONDA, PERO NI MODO...
alejandro

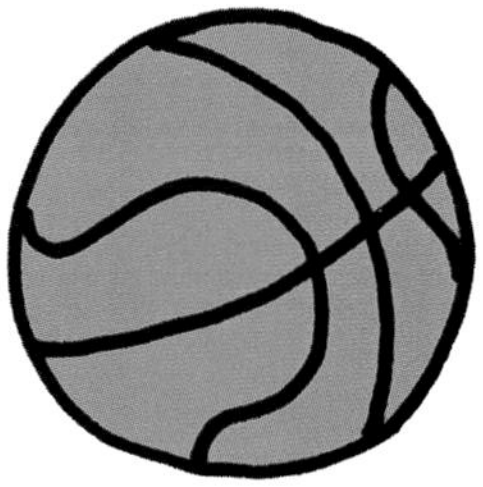

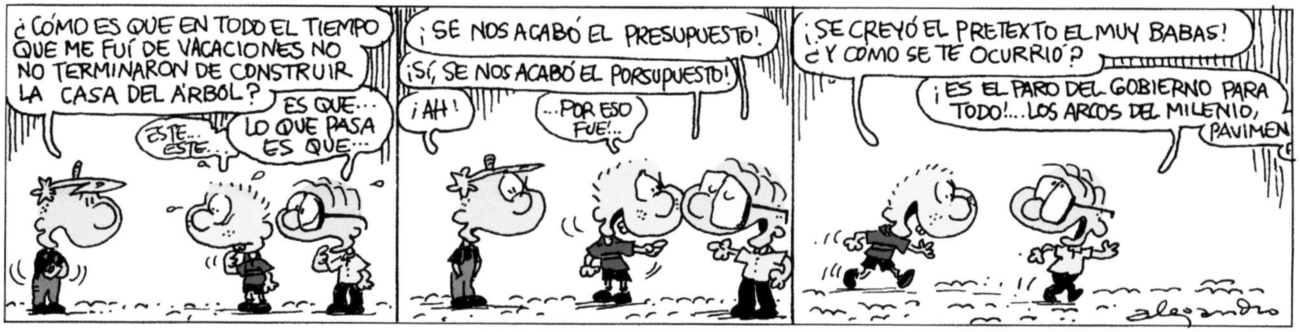
¿CÓMO ES QUE EN TODO EL TIEMPO QUE ME FUÍ DE VACACIONES NO NO TERMINARON DE CONSTRUIR LA CASA DEL ÁRBOL?
ESTE... ESTE...
ES QUE... LO QUE PASA ES QUE...
¡SE NOS ACABÓ EL PRESUPUESTO!
¡SÍ, SE NOS ACABÓ EL PORSUPUESTO!
¡AH!
...POR ESO FUE!...
¡SE CREYÓ EL PRETEXTO EL MUY BABAS! ¿Y COMO SE TE OCURRIÓ?
¡ES EL PARO DEL GOBIERNO PARA TODO!... LOS ARCOS DEL MILENIO, PAVIMEN
alejandro

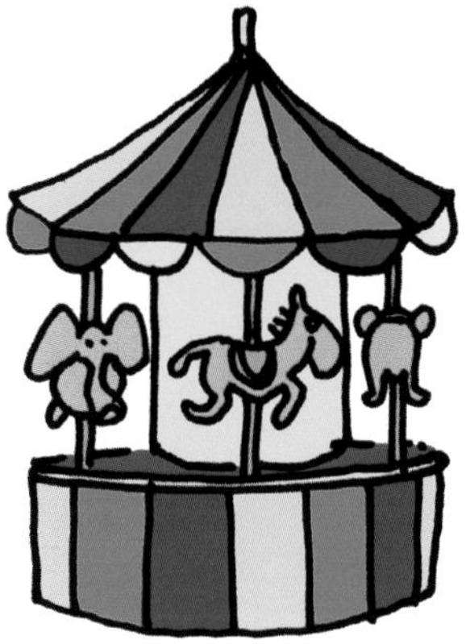

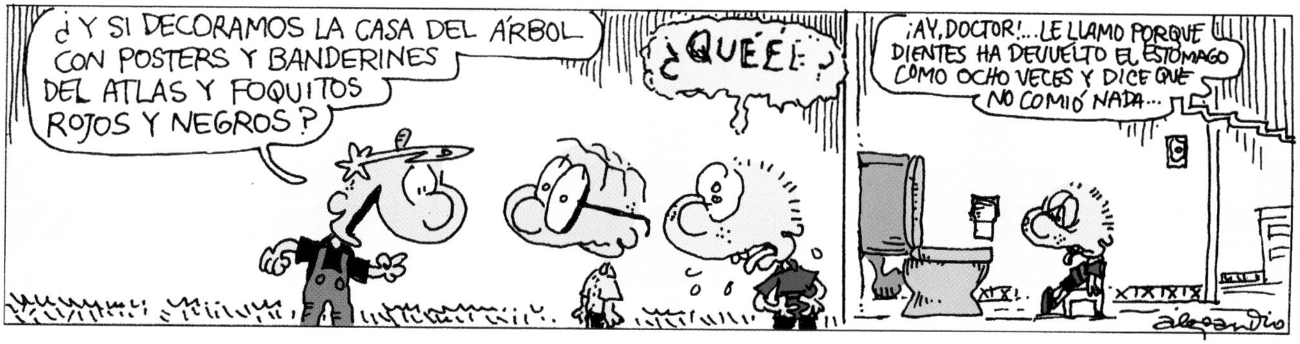
¿Y SI DECORAMOS LA CASA DEL ÁRBOL CON POSTERS Y BANDERINES DEL ATLAS Y FOQUITOS ROJOS Y NEGROS?
¿QUEE!
¡AY, DOCTOR!... LE LLAMO PORQUE DIENTES HA DEVUELTO EL ESTÓMAGO COMO OCHO VECES Y DICE QUE NO COMIÓ NADA...
alejandro

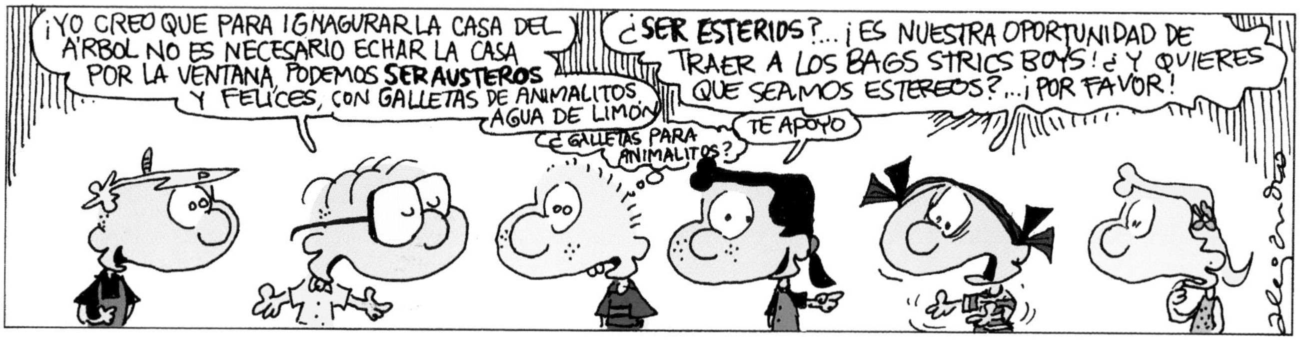
¡YO CREO QUE PARA IGNAGURAR LA CASA DEL ÁRBOL NO ES NECESARIO ECHAR LA CASA POR LA VENTANA, PODEMOS SER AUSTEROS Y FELICES, CON GALLETAS DE ANIMALITOS AGUA DE LIMÓN
¿GALLETAS PARA ANIMALITOS?
¿SER ESTERIOS?... ¡ES NUESTRA OPORTUNIDAD DE TRAER A LOS BAGS STRICS BOYS! ¿Y QUIERES QUE SEAMOS ESTEREOS?... ¡POR FAVOR!
TE APOYO
alejandro

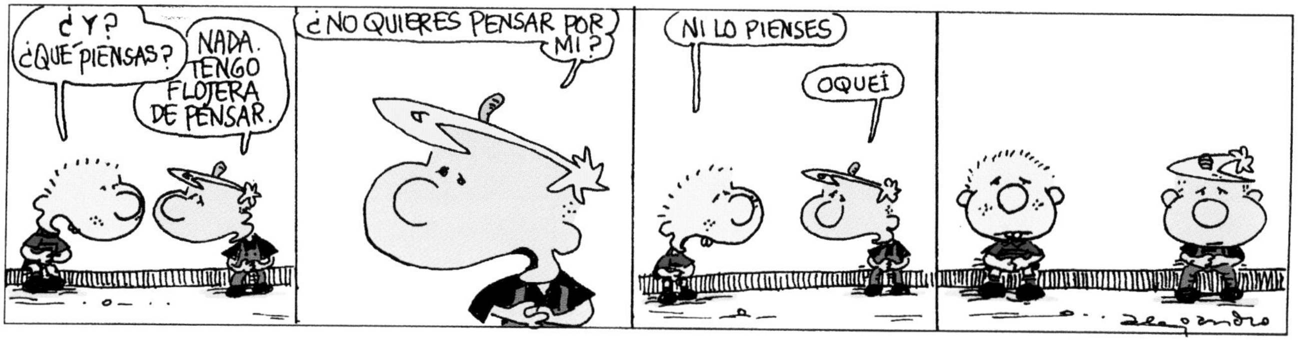
¿Y? ¿QUÉ PIENSAS?
NADA. TENGO FLOJERA DE PENSAR.
¿NO QUIERES PENSAR POR MI?
NI LO PIENSES
OQUEÍ
alejandro

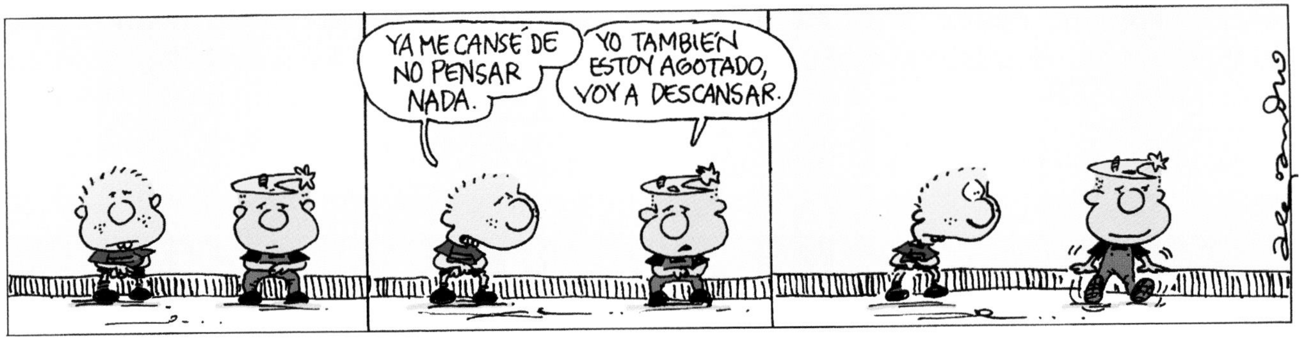
YA ME CANSÉ DE NO PENSAR NADA.
YO TAMBIÉN ESTOY AGOTADO, VOY A DESCANSAR.

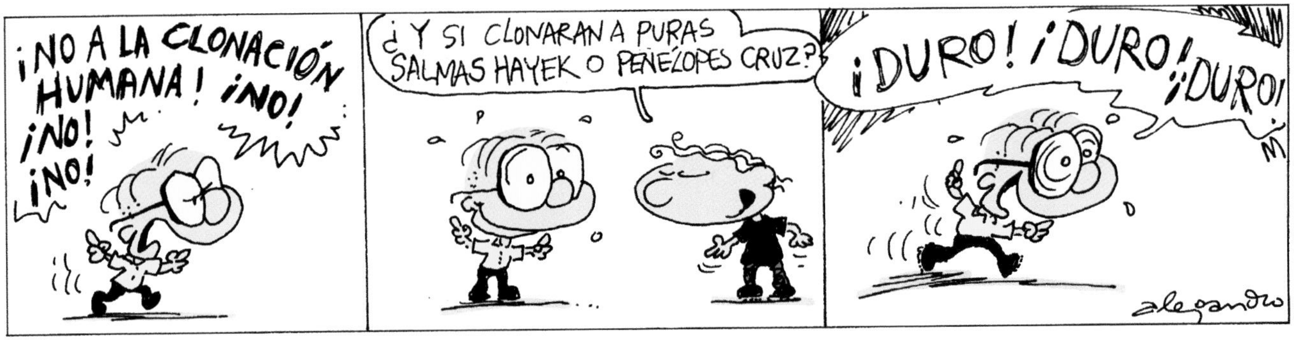
¡NO A LA CLONACIÓN HUMANA! ¡NO! ¡NO! ¡NO!
¿Y SI CLONARAN A PURAS SALMAS HAYEK O PENÉLOPES CRUZ?
¡DURO! ¡DURO! ¡DURO!

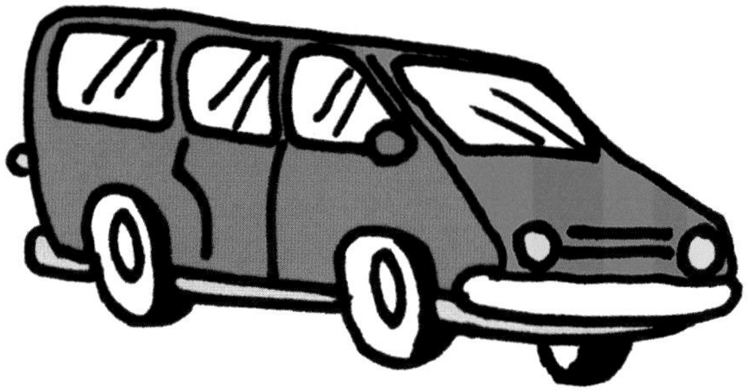

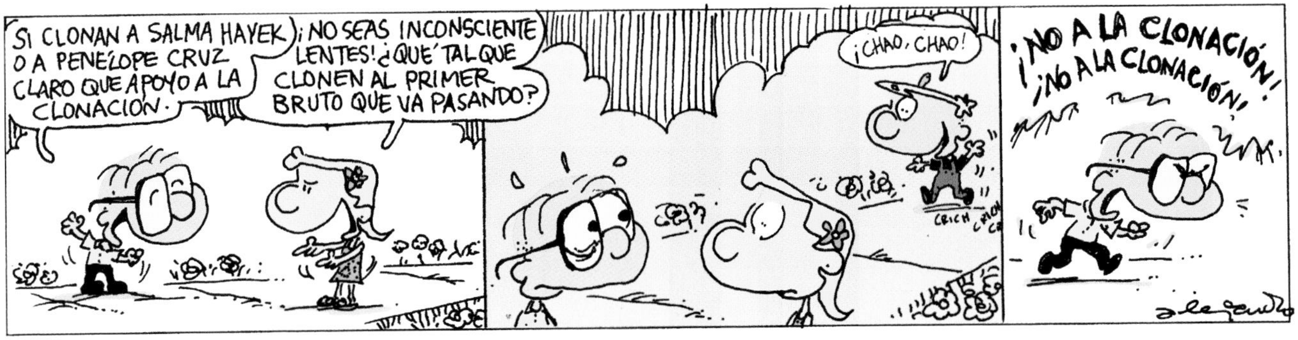
SI CLONAN A SALMA HAYEK O A PENÉLOPE CRUZ CLARO QUE APOYO A LA CLONACIÓN.
¡NO SEAS INCONSCIENTE LENTES! ¿QUÉ TAL QUE CLONEN AL PRIMER BRUTO QUE VA PASANDO?
¡CHAO, CHAO!
¡NO A LA CLONACIÓN! ¡NO A LA CLONACIÓN!

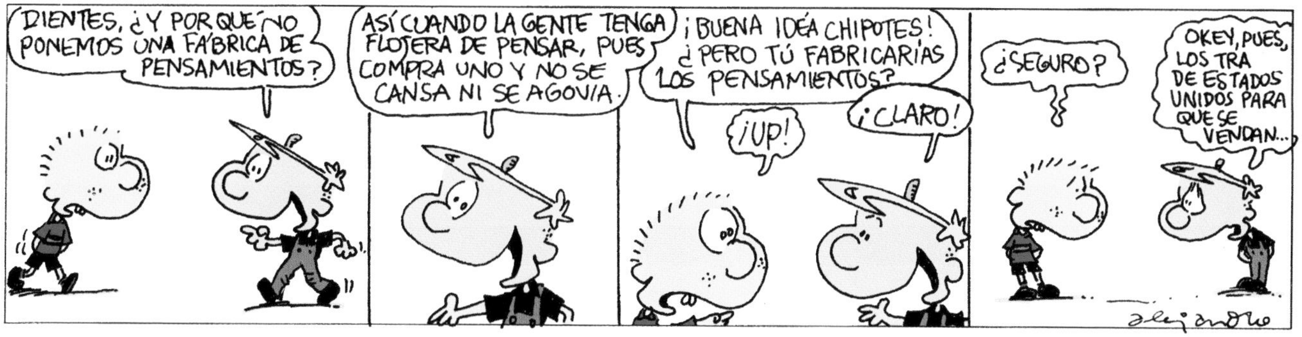
DIENTES, ¿Y PORQUE NO PONEMOS UNA FÁBRICA DE PENSAMIENTOS?
ASÍ CUANDO LA GENTE TENGA FLOJERA DE PENSAR, PUES COMPRA UNO Y NO SE CANSA NI SE AGOVIA.
¡BUENA IDEA CHIPOTES! ¿PERO TÚ FABRICARÍAS LOS PENSAMIENTOS?
¡UP!
¡CLARO!
¿SEGURO?
OKEY, PUES, LOS TRA DE ESTADOS UNIDOS PARA QUE SE VENDAN...

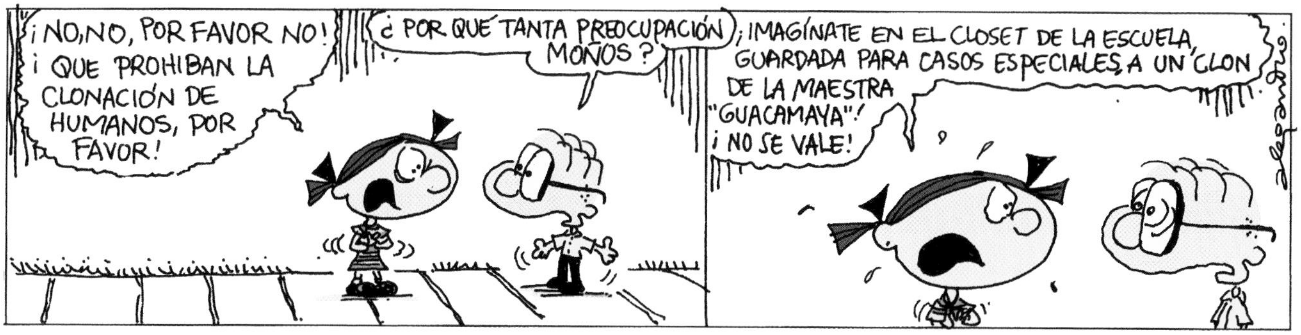
¡NO, NO, POR FAVOR NO! ¡QUE PROHIBAN LA CLONACIÓN DE HUMANOS, POR FAVOR!
¿POR QUÉ TANTA PREOCUPACIÓN MOÑOS?
¡IMAGÍNATE EN EL CLOSET DE LA ESCUELA, GUARDADA PARA CASOS ESPECIALES, A UN CLÓN DE LA MAESTRA "GUACAMAYA"! ¡NO SE VALE!

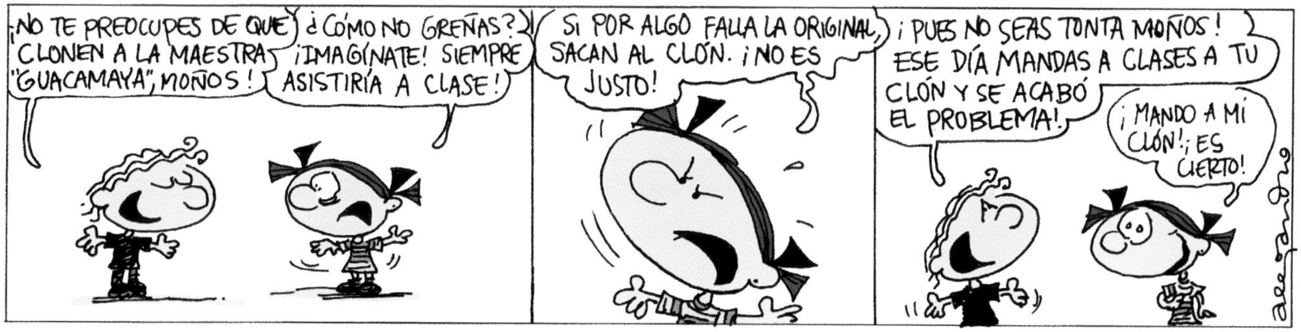
¡NO TE PREOCUPES DE QUE CLONEN A LA MAESTRA "GUACAMAYA", MOÑOS!
¿CÓMO NO GREÑAS? ¡IMAGÍNATE! SIEMPRE ASISTIRÍA A CLASE!
SI POR ALGO FALLA LA ORIGINAL, SACAN AL CLÓN. ¡NO ES JUSTO!
¡PUES NO SEAS TONTA MOÑOS! ESE DÍA MANDAS A CLASES A TU CLÓN Y SE ACABÓ EL PROBLEMA!
¡MANDO A MI CLÓN! ¡ES CIERTO!

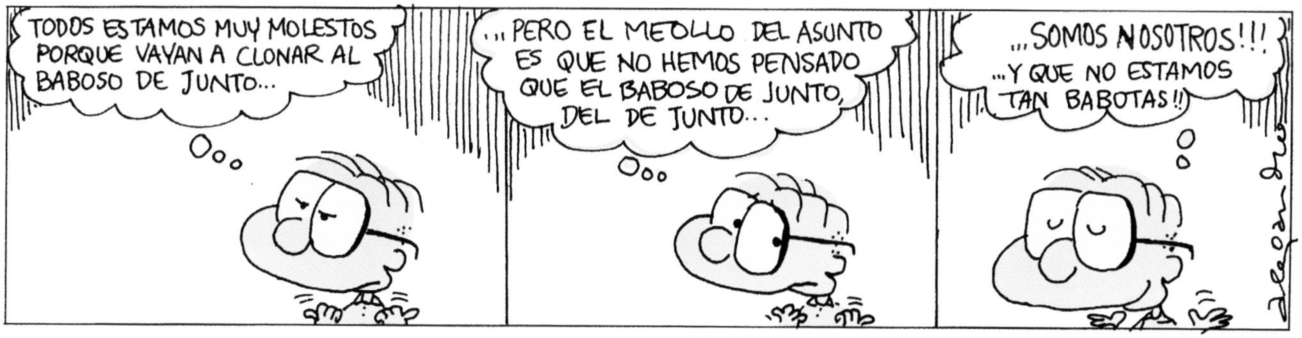
TODOS ESTAMOS MUY MOLESTOS PORQUE VAYAN A CLONAR AL BABOSO DE JUNTO...
...PERO EL MEOLLO DEL ASUNTO ES QUE NO HEMOS PENSADO QUE EL BABOSO DE JUNTO, DEL DE JUNTO...
...SOMOS NOSOTROS!!!
...Y QUE NO ESTAMOS TAN BABOTAS!!

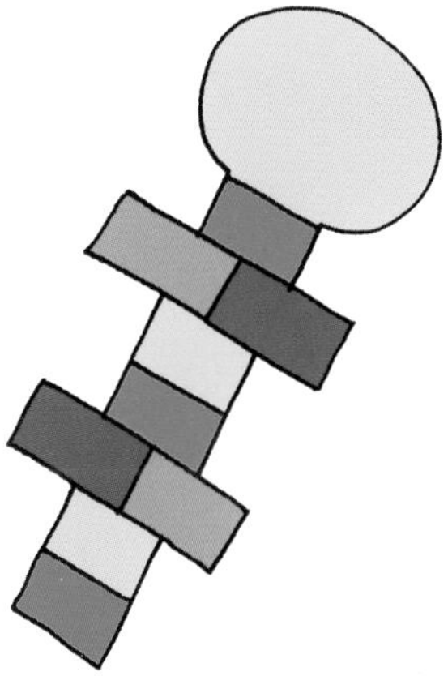

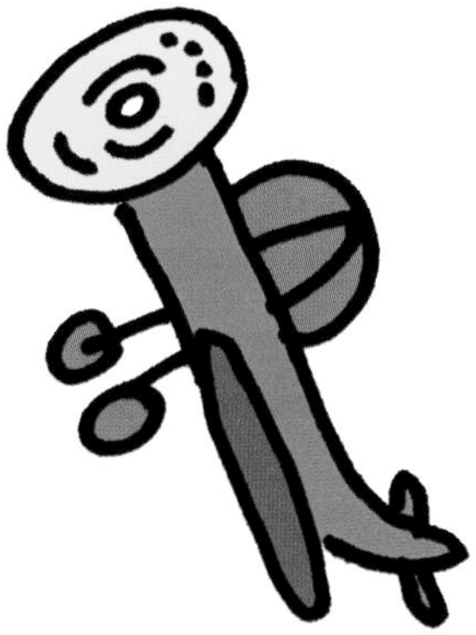

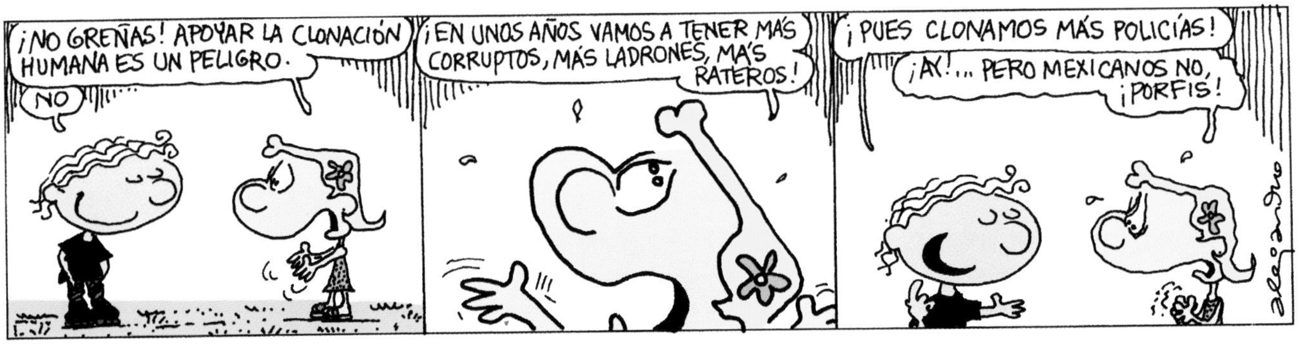
¡NO GREÑAS! APOYAR LA CLONACIÓN HUMANA ES UN PELIGRO.
NO
¡EN UNOS AÑOS VAMOS A TENER MÁS CORRUPTOS, MÁS LADRONES, MÁS RATEROS!
¡PUES CLONAMOS MÁS POLICÍAS!
¡AY!... PERO MEXICANOS NO, ¡PORFIS!

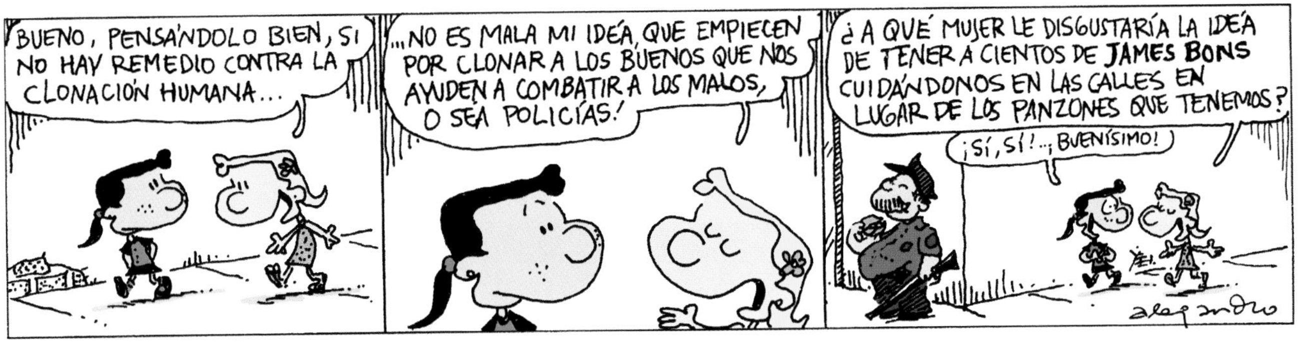
BUENO, PENSÁNDOLO BIEN, SI NO HAY REMEDIO CONTRA LA CLONACIÓN HUMANA...
...NO ES MALA MI IDEA, QUE EMPIECEN POR CLONAR A LOS BUENOS QUE NOS AYUDEN A COMBATIR A LOS MALOS, O SEA POLICÍAS!
¿A QUÉ MUJER LE DISGUSTARÍA LA IDEA DE TENER A CIENTOS DE JAMES BONS CUIDÁNDONOS EN LAS CALLES EN LUGAR DE LOS PANZONES QUE TENEMOS?
¡SÍ, SÍ!... ¡BUENÍSIMO!

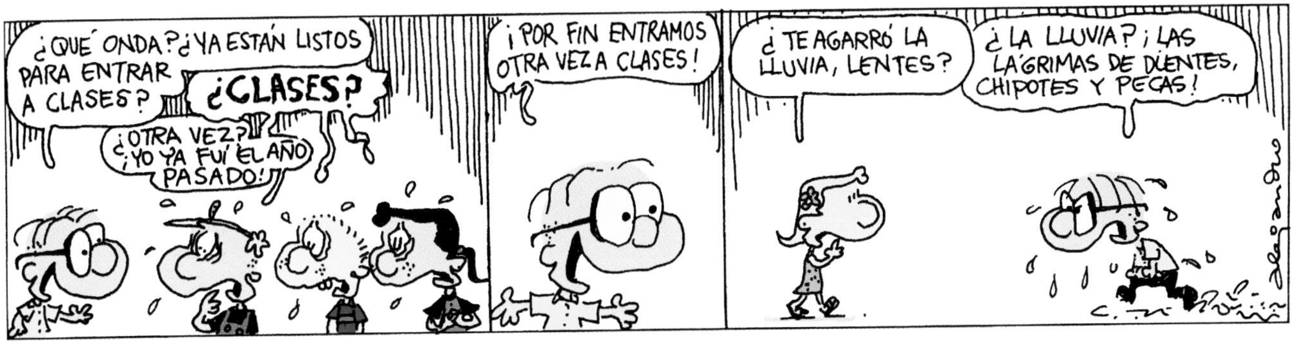
¿QUÉ ONDA? ¿YA ESTÁN LISTOS PARA ENTRAR A CLASES?
¿CLASES?
¿OTRA VEZ? ¡YO YA FUÍ EL AÑO PASADO!
¡POR FIN ENTRAMOS OTRA VEZ A CLASES!
¿TE AGARRÓ LA LLUVIA, LENTES?
¿LA LLUVIA? ¡LAS LÁGRIMAS DE DUENTES, CHIPOTES Y PECAS!

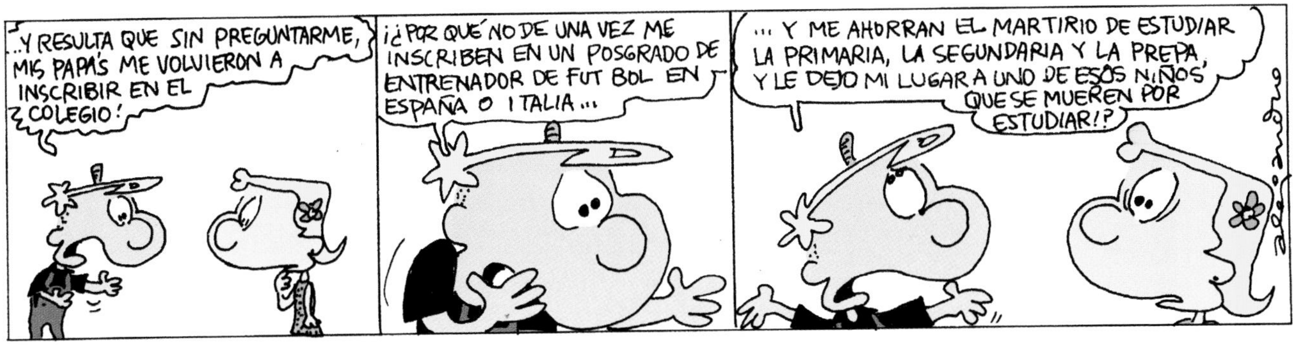
...Y RESULTA QUE SIN PREGUNTARME, MIS PAPÁS ME VOLVIERON A INSCRIBIR EN EL COLEGIO!
¡¿POR QUÉ NO DE UNA VEZ ME INSCRIBEN EN UN POSGRADO DE ENTRENADOR DE FUT BOL EN ESPAÑA O ITALIA...
... Y ME AHORRAN EL MARTIRIO DE ESTUDIAR LA PRIMARIA, LA SEGUNDARIA Y LA PREPA, Y LE DEJO MI LUGAR A UNO DE ESOS NIÑOS QUE SE MUEREN POR ESTUDIAR!?

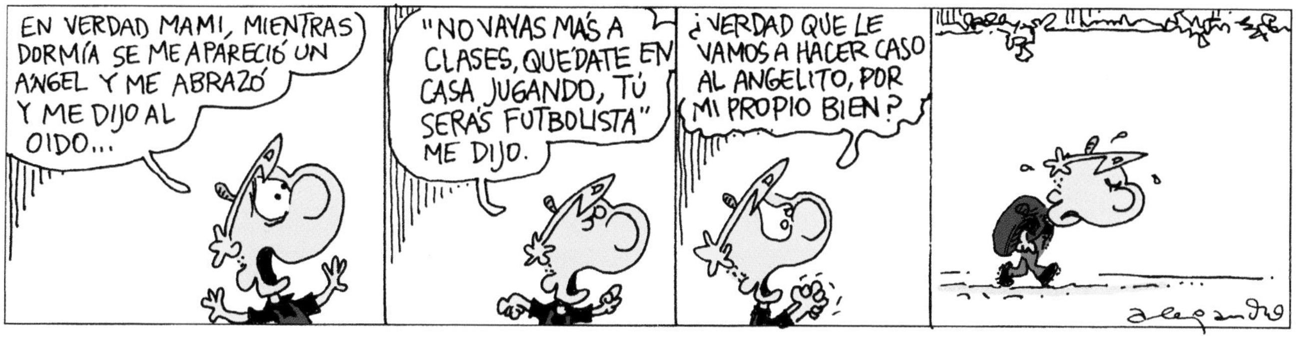
EN VERDAD MAMI, MIENTRAS DORMÍA SE ME APARECIÓ UN ÁNGEL Y ME ABRAZÓ Y ME DIJO AL OIDO...
"NO VAYAS MÁS A CLASES, QUÉDATE EN CASA JUGANDO, TÚ SERÁS FUTBOLISTA" ME DIJO.
¿VERDAD QUE LE VAMOS A HACER CASO AL ANGELITO, POR MI PROPIO BIEN?

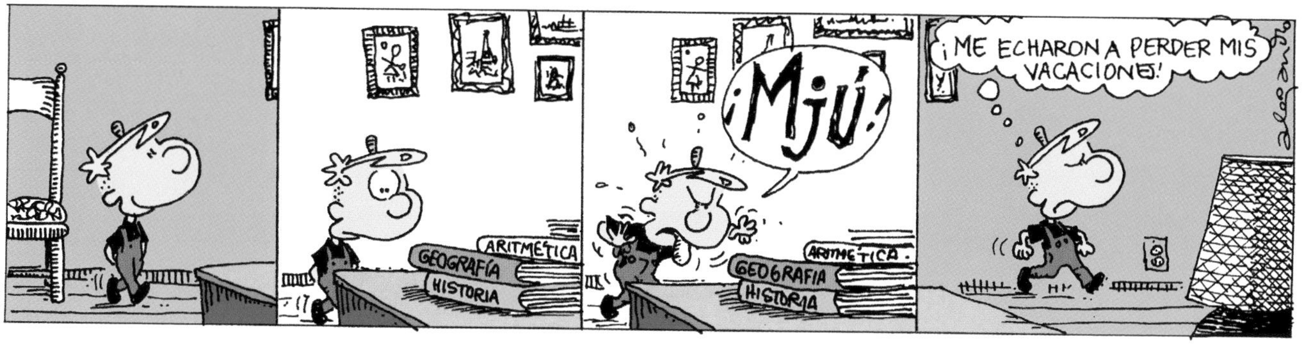
ARITMÉTICA
GEOGRAFÍA
HISTORIA
¡MJÚ!
ARITMÉTICA
GEOGRAFIA
HISTORIA
¡ME ECHARON A PERDER MIS VACACIONES!

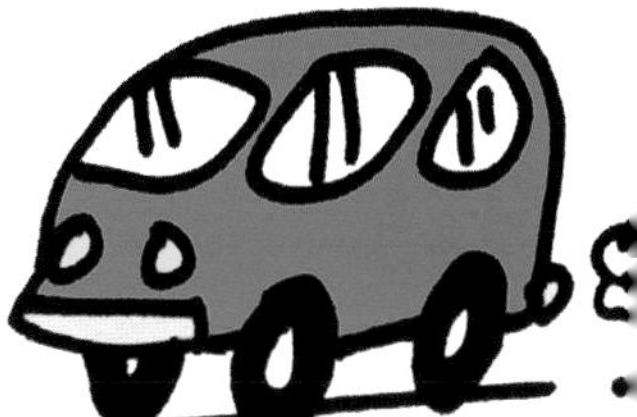

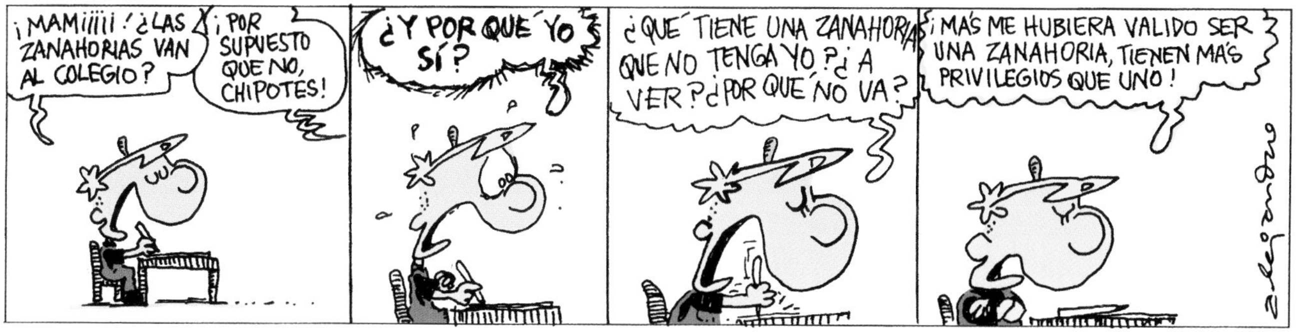
¡MAMiiiii! ¿LAS ZANAHORIAS VAN AL COLEGIO?
¡POR SUPUESTO QUE NO, CHIPOTES!
¿Y POR QUÉ YO SÍ?
¿QUÉ TIENE UNA ZANAHORIA QUE NO TENGA YO? ¿A VER? ¿POR QUÉ NO VA?
¡MÁS ME HUBIERA VALIDO SER UNA ZANAHORIA, TIENEN MÁS PRIVILEGIOS QUE UNO!

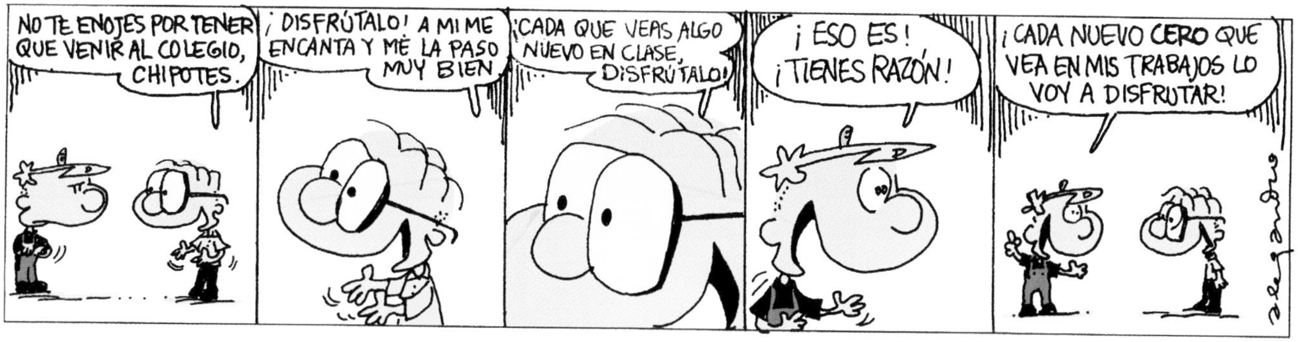
NO TE ENOJES POR TENER QUE VENIR AL COLEGIO, CHIPOTES.
¡DISFRÚTALO! A MI ME ENCANTA Y ME LA PASO MUY BIEN
¡CADA QUE VEAS ALGO NUEVO EN CLASE, DISFRÚTALO!
¡ESO ES! ¡TIENES RAZÓN!
¡CADA NUEVO CERO QUE VEA EN MIS TRABAJOS LO VOY A DISFRUTAR!

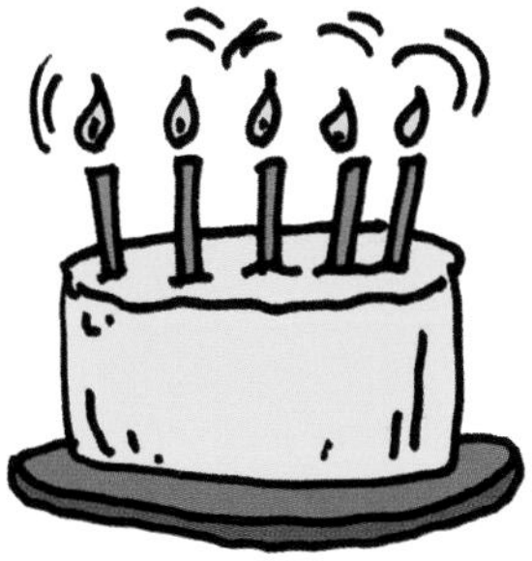

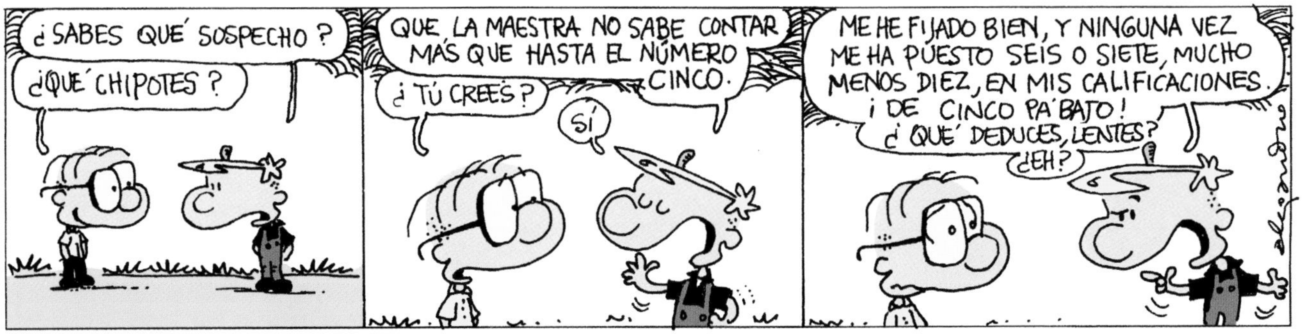
¿SABES QUÉ SOSPECHO?
¿QUÉ CHIPOTES?
QUE LA MAESTRA NO SABE CONTAR MÁS QUE HASTA EL NÚMERO CINCO.
¿TÚ CREES?
SÍ
ME HE FIJADO BIEN, Y NINGUNA VEZ ME HA PUESTO SEIS O SIETE, MUCHO MENOS DIEZ, EN MIS CALIFICACIONES. ¡DE CINCO PA'BAJO!
¿QUÉ DEDUCES, LENTES?
¿EH?

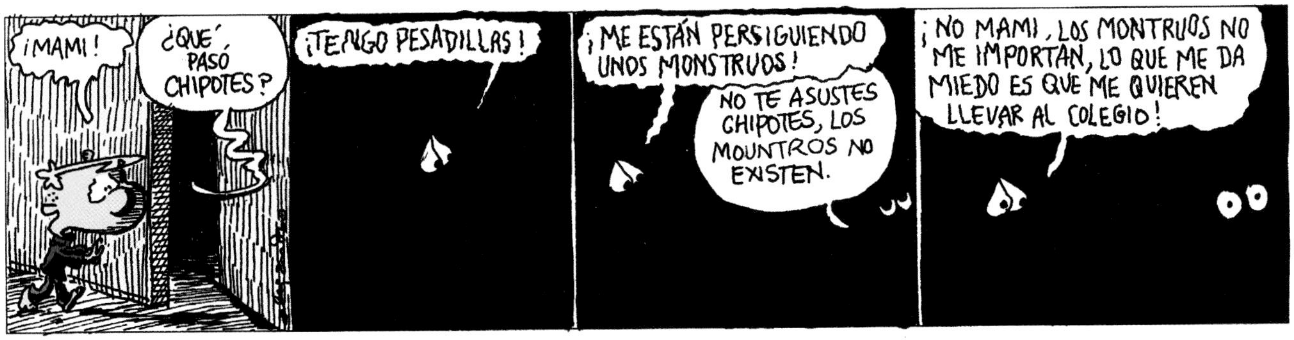
¡MAMI!
¿QUÉ PASÓ CHIPOTES?
¡TENGO PESADILLAS!
¡ME ESTÁN PERSIGUIENDO UNOS MONSTRUOS!
NO TE ASUSTES CHIPOTES, LOS MOUNTROS NO EXISTEN.
¡NO MAMI, LOS MONTRUOS NO ME IMPORTAN, LO QUE ME DA MIEDO ES QUE ME QUIEREN LLEVAR AL COLEGIO!

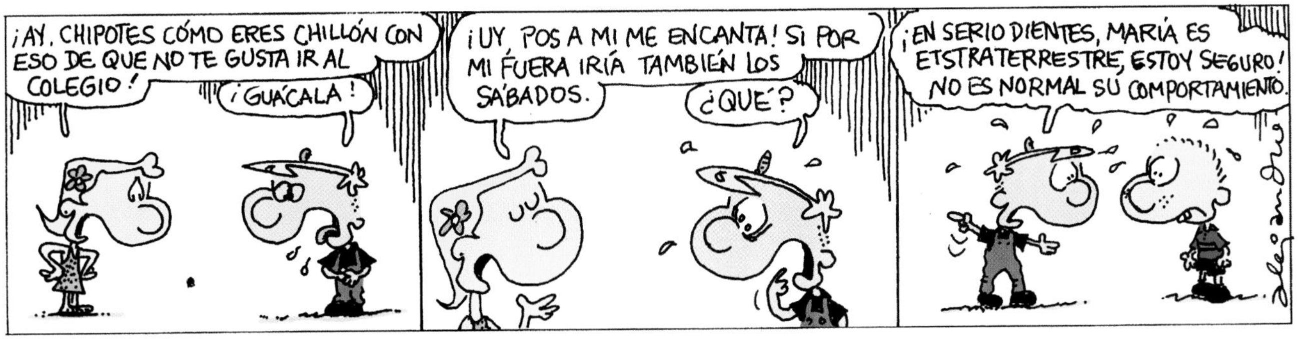
¡AY, CHIPOTES CÓMO ERES CHILLÓN CON ESO DE QUE NO TE GUSTA IR AL COLEGIO!
¡GUÁCALA!
¡UY, POS A MI ME ENCANTA! SI POR MI FUERA IRÍA TAMBIÉN LOS SÁBADOS.
¿QUÉ?
¡EN SERIO DIENTES, MARÍA ES ETSTRATERRESTRE, ESTOY SEGURO! NO ES NORMAL SU COMPORTAMIENTO.

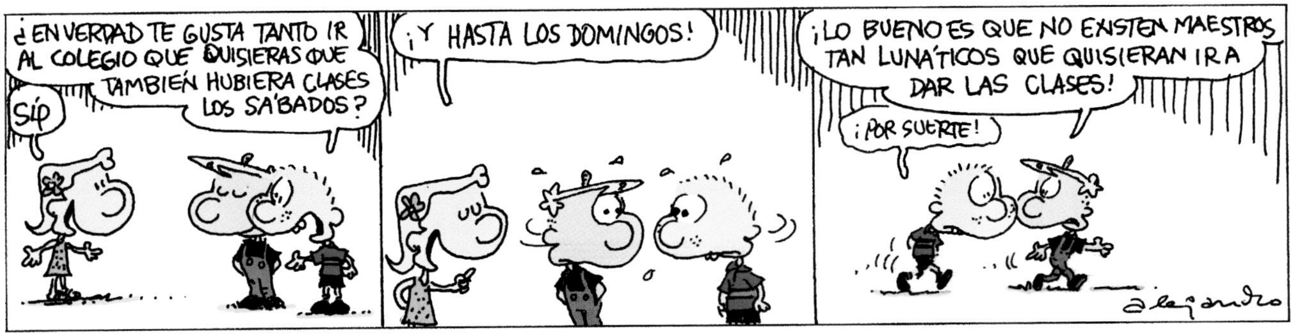
¿EN VERDAD TE GUSTA TANTO IR AL COLEGIO QUE QUISIERAS QUE TAMBIÉN HUBIERA CLASES LOS SÁBADOS?
SÍP
¡Y HASTA LOS DOMINGOS!
¡LO BUENO ES QUE NO EXISTEN MAESTROS TAN LUNÁTICOS QUE QUISIERAN IR A DAR LAS CLASES!
¡POR SUERTE!

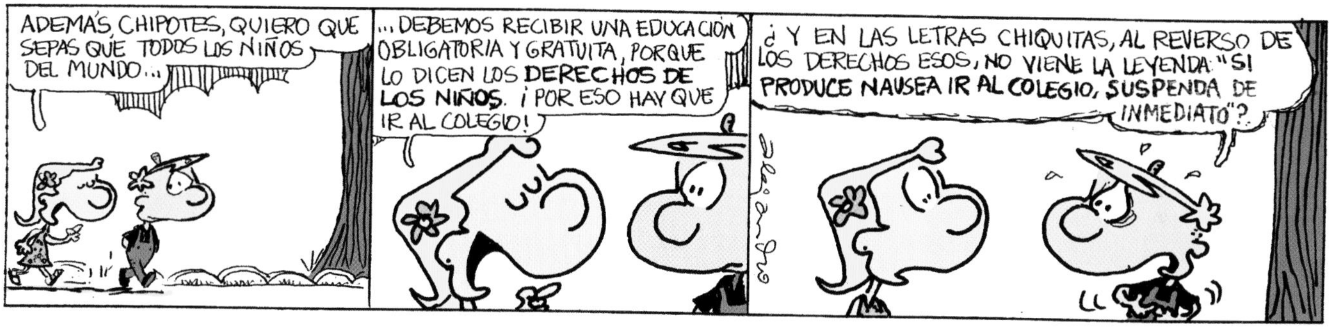
ADEMÁS, CHIPOTES, QUIERO QUE SEPAS QUE TODOS LOS NIÑOS DEL MUNDO...
...DEBEMOS RECIBIR UNA EDUCACIÓN OBLIGATORIA Y GRATUITA, PORQUE LO DICEN LOS **DERECHOS DE LOS NIÑOS**. ¡POR ESO HAY QUE IR AL COLEGIO!
¿Y EN LAS LETRAS CHIQUITAS, AL REVERSO DE LOS DERECHOS ESOS, NO VIENE LA LEYENDA: "SI PRODUCE NAUSEA IR AL COLEGIO, SUSPENDA DE INMEDIATO"?

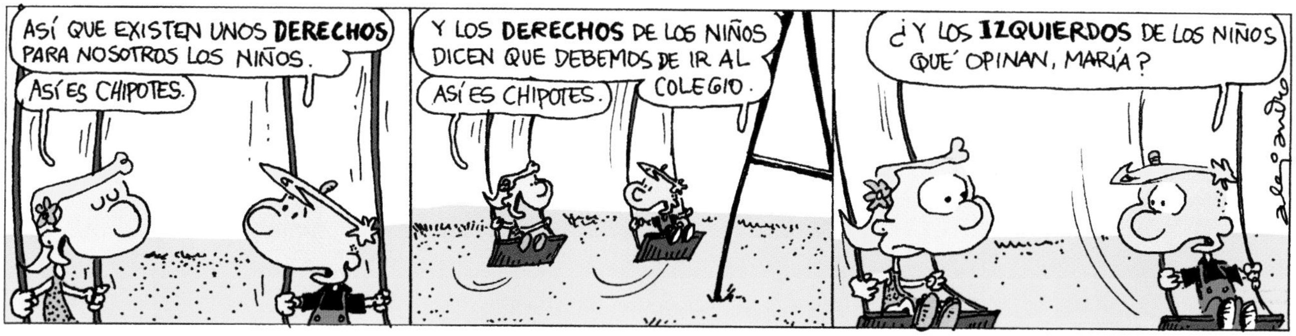
ASÍ QUE EXISTEN UNOS **DERECHOS** PARA NOSOTROS LOS NIÑOS.
ASÍ ES CHIPOTES.
Y LOS **DERECHOS** DE LOS NIÑOS DICEN QUE DEBEMOS DE IR AL COLEGIO.
ASÍ ES CHIPOTES.
¿Y LOS **IZQUIERDOS** DE LOS NIÑOS QUÉ OPINAN, MARÍA?

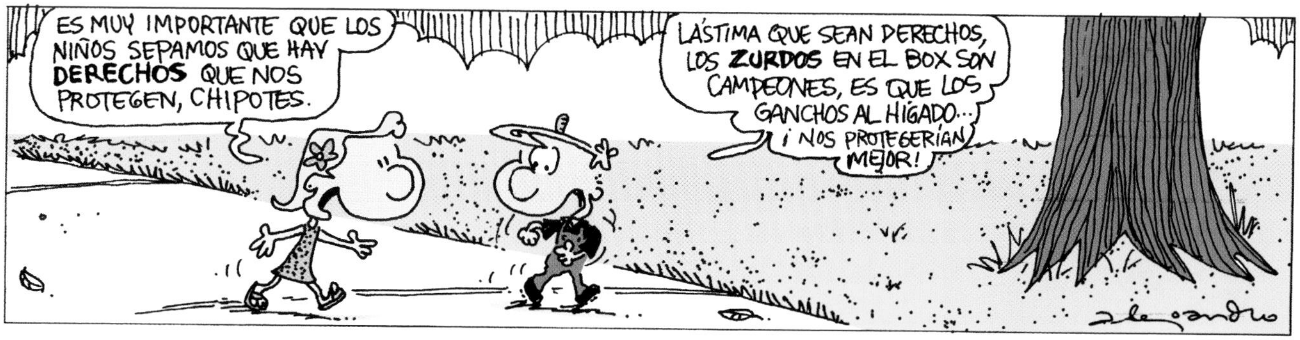
ES MUY IMPORTANTE QUE LOS NIÑOS SEPAMOS QUE HAY **DERECHOS** QUE NOS PROTEGEN, CHIPOTES.
LÁSTIMA QUE SEAN DERECHOS, LOS **ZURDOS** EN EL BOX SON CAMPEONES, ES QUE LOS GANCHOS AL HÍGADO... ¡NOS PROTEGERÍAN **MEJOR**!

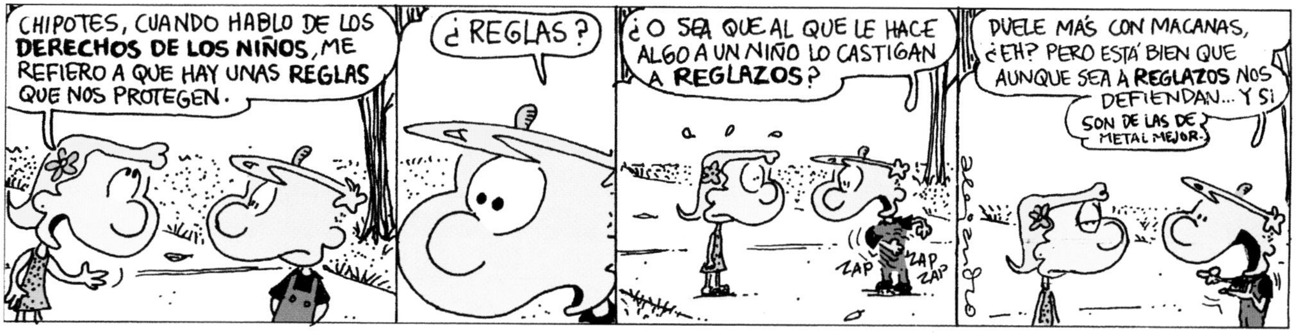
CHIPOTES, CUANDO HABLO DE LOS **DERECHOS DE LOS NIÑOS**, ME REFIERO A QUE HAY UNAS **REGLAS** QUE NOS PROTEGEN.
¿REGLAS?
¿O SEA QUE AL QUE LE HACE ALGO A UN NIÑO LO CASTIGAN A **REGLAZOS**?
ZAP
ZAP
ZAP
DUELE MÁS CON MACANAS, ¿EH? PERO ESTÁ BIEN QUE AUNQUE SEA A **REGLAZOS** NOS DEFIENDAN... Y SI SON DE LAS DE METAL MEJOR.

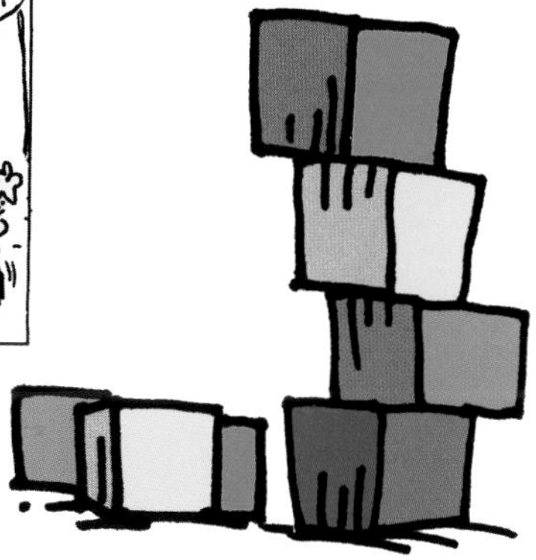

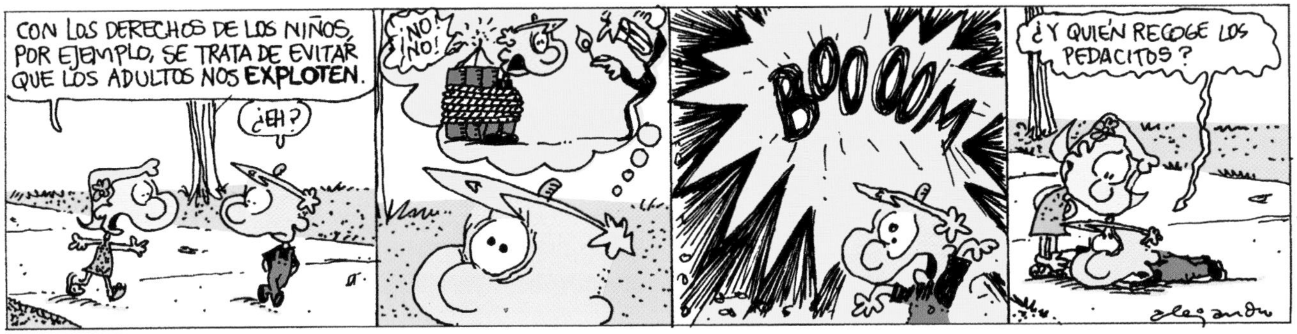
CON LOS DERECHOS DE LOS NIÑOS, POR EJEMPLO, SE TRATA DE EVITAR QUE LOS ADULTOS NOS **EXPLOTEN**.
¿EH?
¡NO! ¡NO!
BOOOOOM
¿Y QUIÉN RECOGE LOS PEDACITOS?

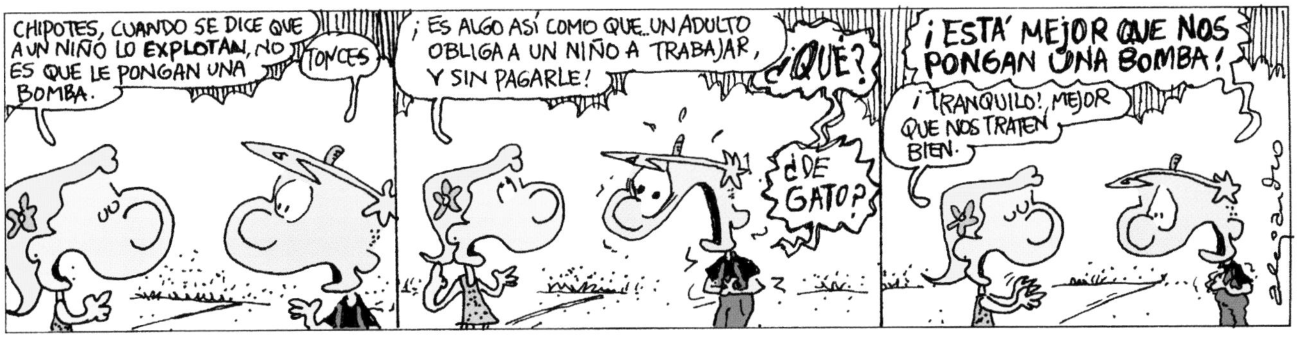
CHIPOTES, CUANDO SE DICE QUE A UN NIÑO LO **EXPLOTAN**, NO ES QUE LE PONGAN UNA BOMBA.
¿TONCES?
¡ES ALGO ASÍ COMO QUE... UN ADULTO OBLIGA A UN NIÑO A TRABAJAR, Y SIN PAGARLE!
¡¿QUÉ?!
¿DE GATO?
¡ESTÁ MEJOR QUE NOS PONGAN UNA BOMBA!
¡TRANQUILO!, MEJOR QUE NOS TRATEN BIEN.

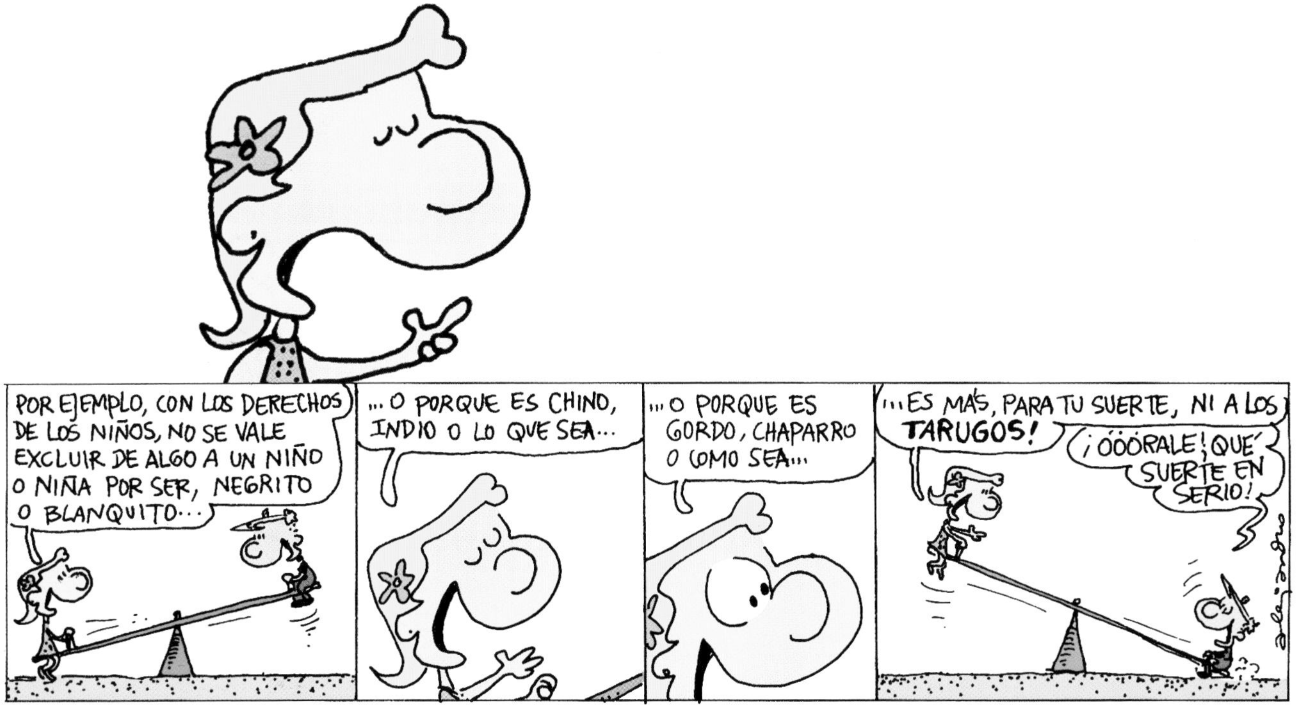
POR EJEMPLO, CON LOS DERECHOS DE LOS NIÑOS, NO SE VALE EXCLUIR DE ALGO A UN NIÑO O NIÑA POR SER, NEGRITO O BLANQUITO...
...O PORQUE ES CHINO, INDIO O LO QUE SEA...
...O PORQUE ES GORDO, CHAPARRO O COMO SEA...
...ES MÁS, PARA TU SUERTE, NI A LOS **TARUGOS**!
¡ÓOÓRALE! ¡QUÉ SUERTE EN SERIO!

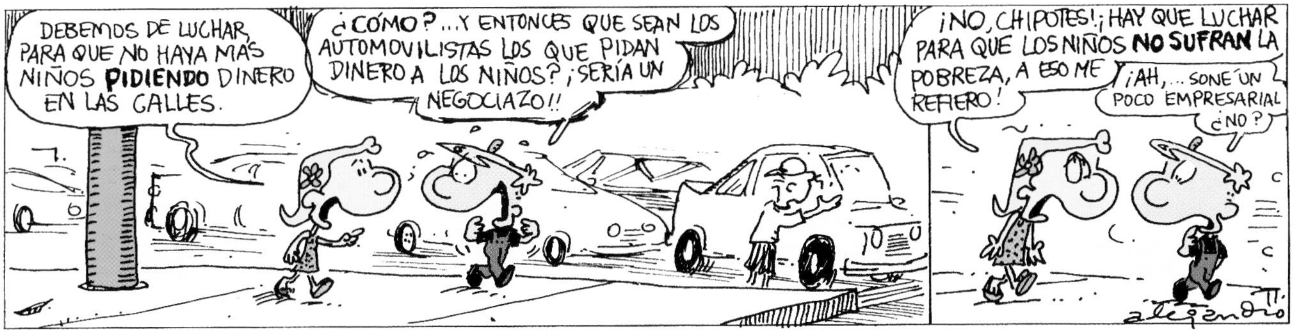
DEBEMOS DE LUCHAR PARA QUE NO HAYA MÁS NIÑOS **PIDIENDO** DINERO EN LAS CALLES.
¿CÓMO?... Y ENTONCES QUE SEAN LOS AUTOMOVILISTAS LOS QUE PIDAN DINERO A LOS NIÑOS? ¡SERÍA UN NEGOCIAZO!!
¡NO, CHIPOTES! ¡HAY QUE LUCHAR PARA QUE LOS NIÑOS **NO SUFRAN** LA POBREZA, A ESO ME REFIERO!
¡AH,... SONÉ UN POCO EMPRESARIAL ¿NO?

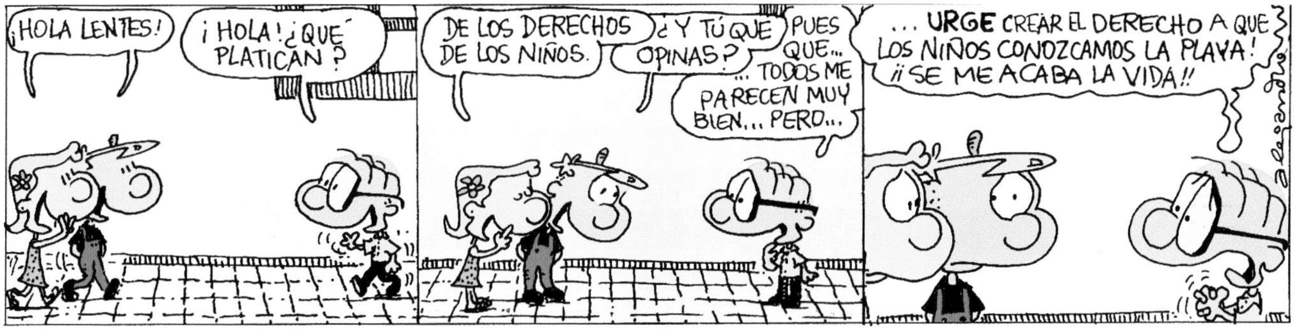
¡HOLA LENTES!
¡HOLA! ¿QUÉ PLATICAN?
DE LOS DERECHOS DE LOS NIÑOS.
¿Y TÚ QUÉ OPINAS?
PUES QUE...
... TODOS ME PARECEN MUY BIEN... PERO...
... **URGE** CREAR EL DERECHO A QUE LOS NIÑOS CONOZCAMOS LA PLAYA! ¡¡SE ME ACABA LA VIDA!!

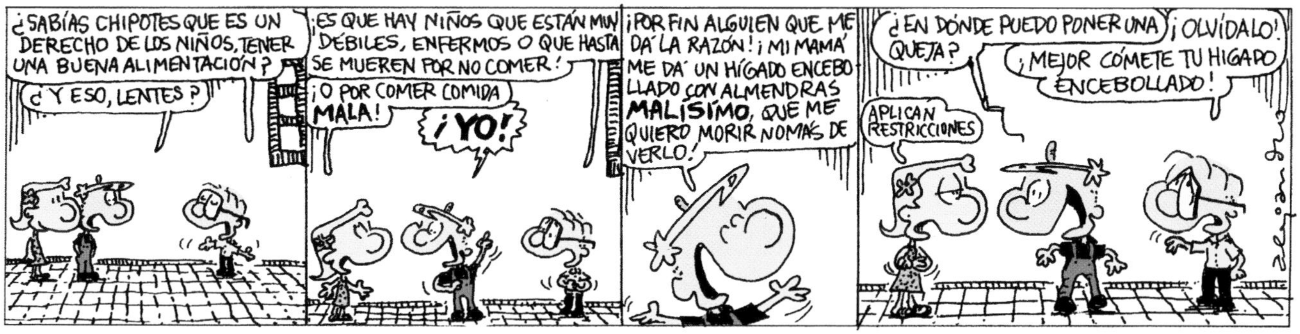
¿SABÍAS CHIPOTES QUE ES UN DERECHO DE LOS NIÑOS, TENER UNA BUENA ALIMENTACIÓN?
¿Y ESO, LENTES?
¡ES QUE HAY NIÑOS QUE ESTÁN MUY DÉBILES, ENFERMOS O QUE HASTA SE MUEREN POR NO COMER!
¡O POR COMER COMIDA **MALA**!
¡YO!
¡POR FIN ALGUIEN QUE ME DÁ LA RAZÓN! ¡MI MAMÁ ME DÁ UN HÍGADO ENCEBOLLADO CON ALMENDRAS **MALÍSIMO**, QUE ME QUIERO MORIR NOMÁS DE VERLO!
¿EN DÓNDE PUEDO PONER UNA QUEJA?
APLICAN RESTRICCIONES
¡OLVÍDALO! ¡MEJOR CÓMETE TU HÍGADO ENCEBOLLADO!

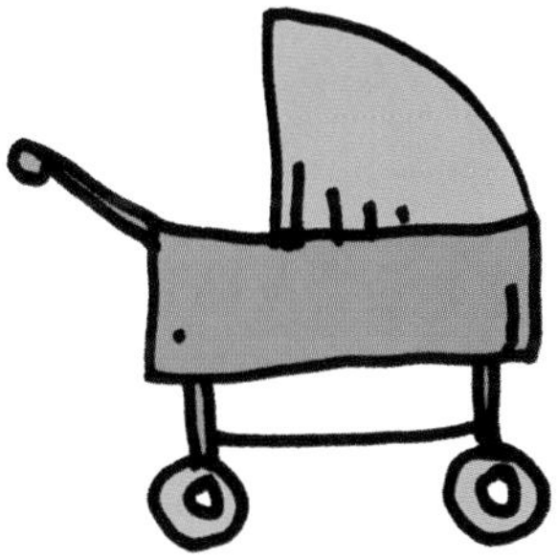

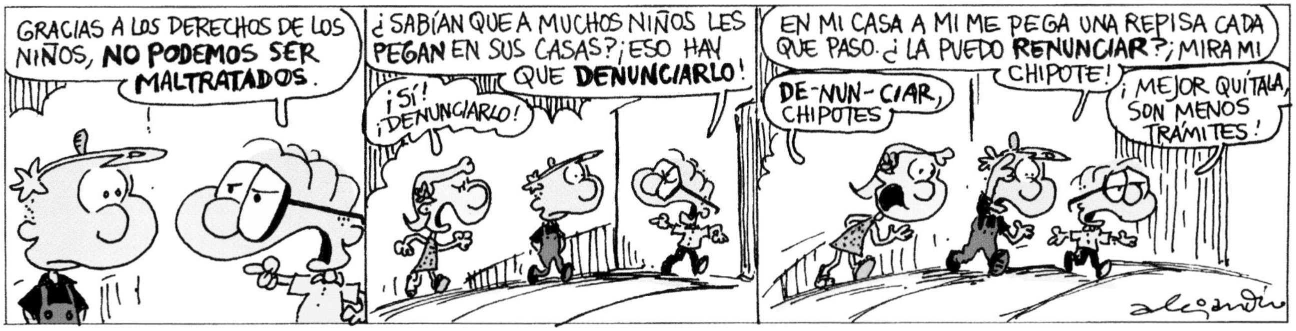
GRACIAS A LOS DERECHOS DE LOS NIÑOS, **NO PODEMOS SER MALTRATADOS**.
¿SABÍAN QUE A MUCHOS NIÑOS LES **PEGAN** EN SUS CASAS? ¡ESO HAY QUE **DENUNCIARLO**!
¡SÍ! ¡DENUNCIARLO!
EN MI CASA A MI ME PEGA UNA REPISA CADA QUE PASO. ¿LA PUEDO **RENUNCIAR**? ¡MIRA MI CHIPOTE!
DE-NUN-CIAR, CHIPOTES
¡MEJOR QUÍTALA, SON MENOS TRÁMITES!

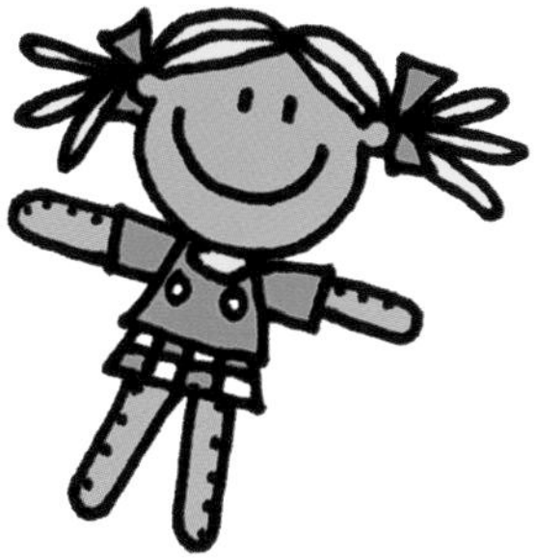

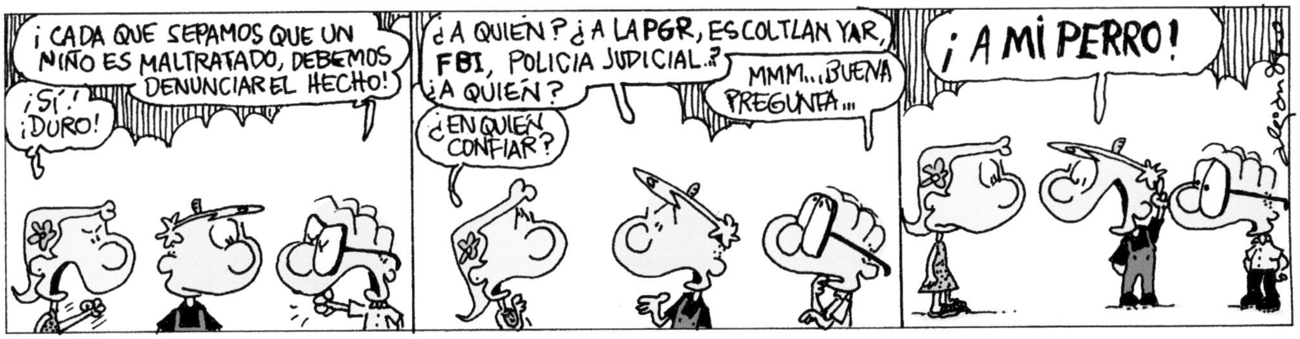
¡CADA QUE SEPAMOS QUE UN NIÑO ES MALTRATADO, DEBEMOS DENUNCIAR EL HECHO!
¡SÍ! ¡DURO!
¿A QUIÉN? ¿A LA PGR, ESCOLTLAN YAR, FBI, POLICÍA JUDICIAL...? ¿A QUIÉN?
¿EN QUIÉN CONFIAR?
MMM... BUENA PREGUNTA...
¡A MI PERRO!

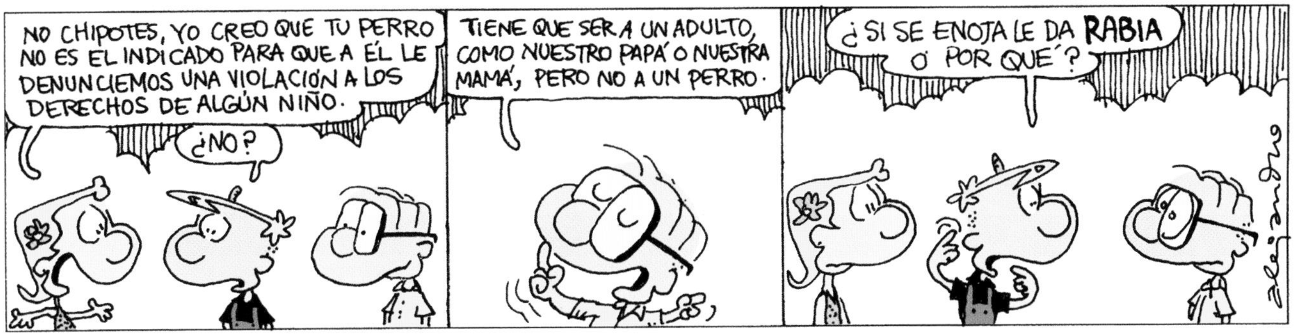
NO CHIPOTES, YO CREO QUE TU PERRO NO ES EL INDICADO PARA QUE A ÉL LE DENUNCIEMOS UNA VIOLACIÓN A LOS DERECHOS DE ALGÚN NIÑO.
¿NO?
TIENE QUE SER A UN ADULTO, COMO NUESTRO PAPÁ O NUESTRA MAMÁ, PERO NO A UN PERRO.
¿SI SE ENOJA LE DA RABIA O POR QUÉ?

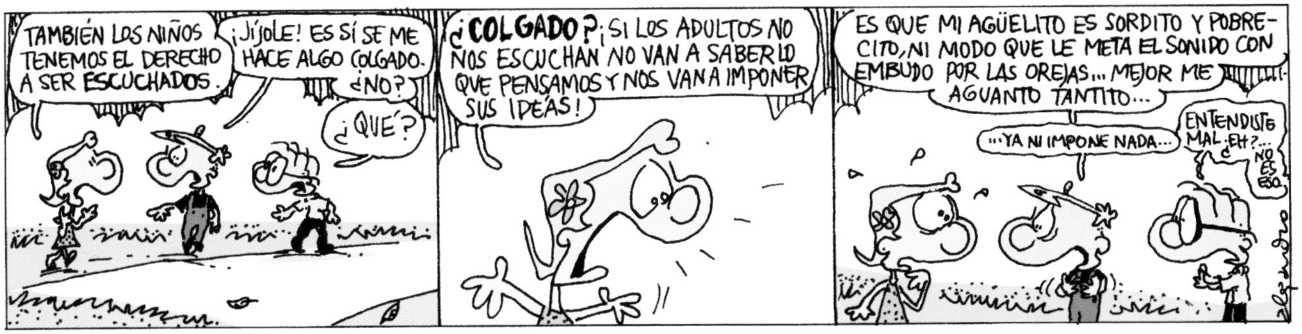
TAMBIÉN LOS NIÑOS TENEMOS EL DERECHO A SER ESCUCHADOS.
¡JÍJOLE! ES SÍ SE ME HACE ALGO COLGADO. ¿NO?
¿QUÉ?
¿COLGADO? ¡SI LOS ADULTOS NO NOS ESCUCHAN NO VAN A SABER LO QUE PENSAMOS Y NOS VAN A IMPONER SUS IDEAS!
ES QUE MI AGÜELITO ES SORDITO Y POBRECITO, NI MODO QUE LE META EL SONIDO CON EMBUDO POR LAS OREJAS... MEJOR ME AGUANTO TANTITO...
...YA NI IMPONE NADA...
ENTENDISTE MAL, ¿EH?... NO ES ESO.

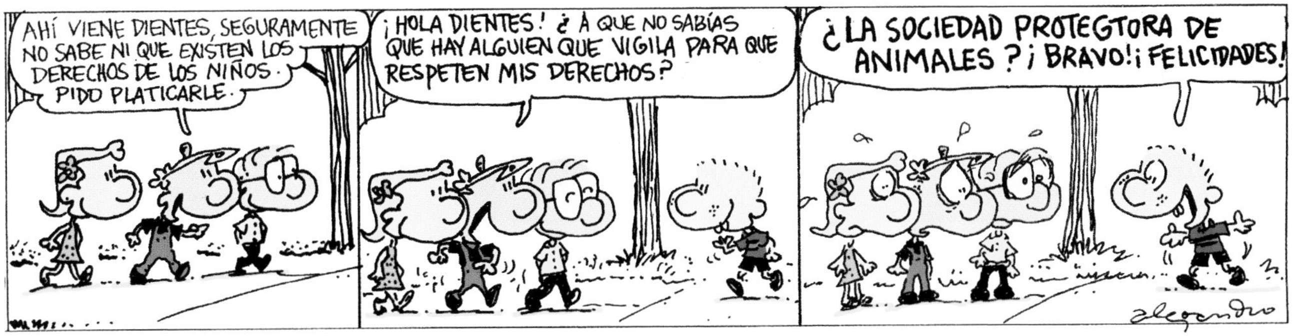
AHÍ VIENE DIENTES, SEGURAMENTE NO SABE NI QUE EXISTEN LOS DERECHOS DE LOS NIÑOS. PIDO PLATICARLE.
¡HOLA DIENTES! ¿A QUE NO SABÍAS QUE HAY ALGUIEN QUE VIGILA PARA QUE RESPETEN MIS DERECHOS?
¿LA SOCIEDAD PROTECTORA DE ANIMALES? ¡BRAVO! ¡FELICIDADES!

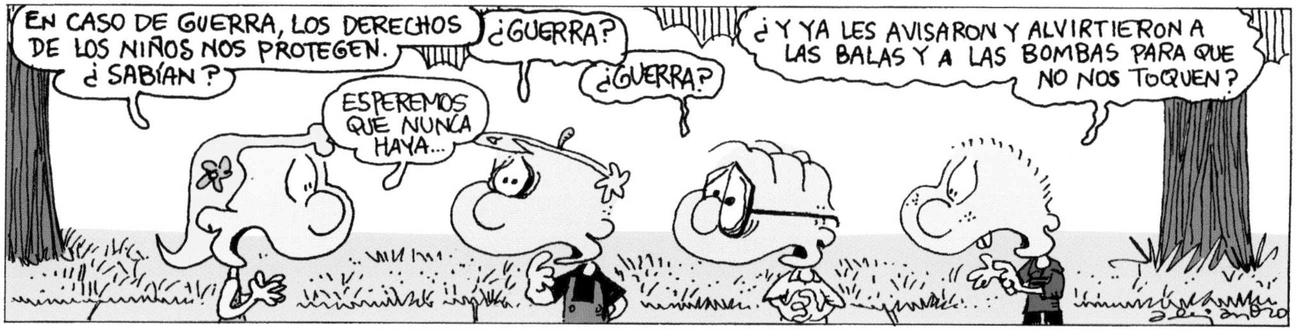
EN CASO DE GUERRA, LOS DERECHOS DE LOS NIÑOS NOS PROTEGEN. ¿SABÍAN?
ESPEREMOS QUE NUNCA HAYA...
¿GUERRA?
¿GUERRA?
¿Y YA LES AVISARON Y ALVIRTIERON A LAS BALAS Y A LAS BOMBAS PARA QUE NO NOS TOQUEN?
alejandro

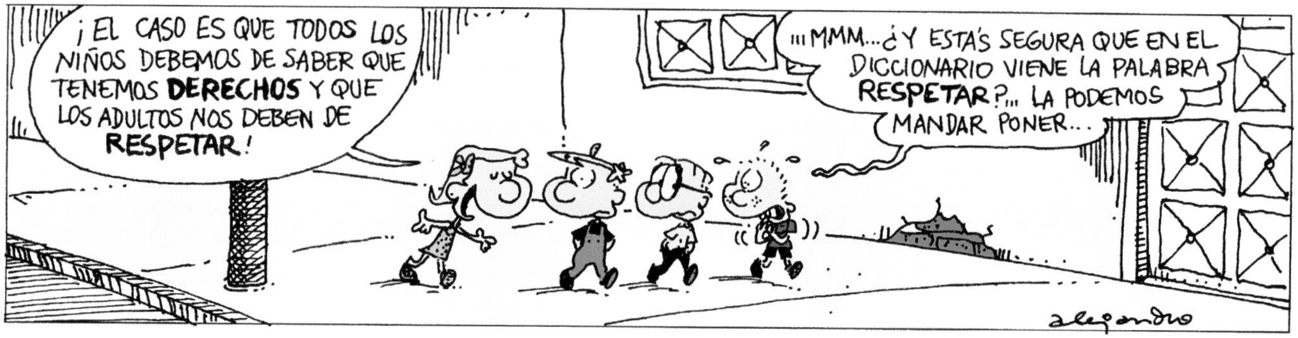
¡EL CASO ES QUE TODOS LOS NIÑOS DEBEMOS DE SABER QUE TENEMOS DERECHOS Y QUE LOS ADULTOS NOS DEBEN DE RESPETAR!
¡¡¡MMM...¿Y ESTÁS SEGURA QUE EN EL DICCIONARIO VIENE LA PALABRA RESPETAR?... LA PODEMOS MANDAR PONER...
alejandro

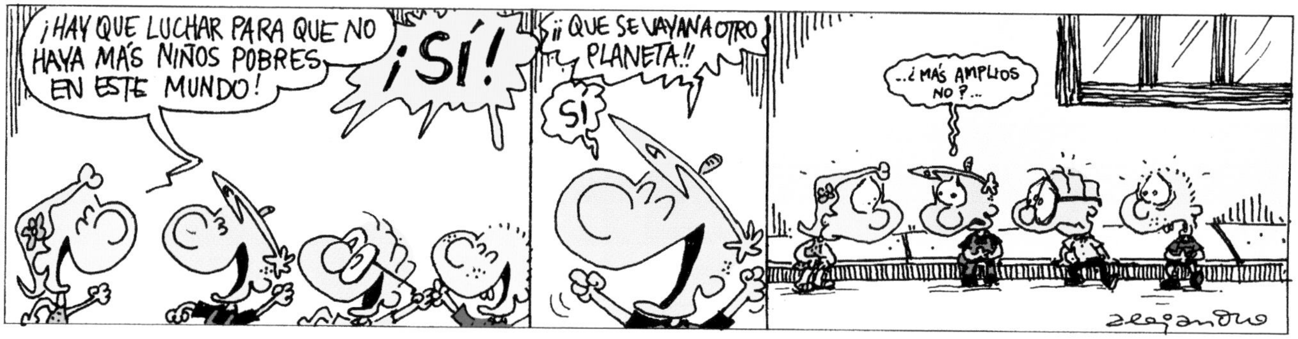
¡HAY QUE LUCHAR PARA QUE NO HAYA MÁS NIÑOS POBRES EN ESTE MUNDO!
¡SÍ!
¡¡QUE SE VAYAN A OTRO PLANETA!!
SÍ
...¿MÁS AMPLIOS NO?...
alejandro

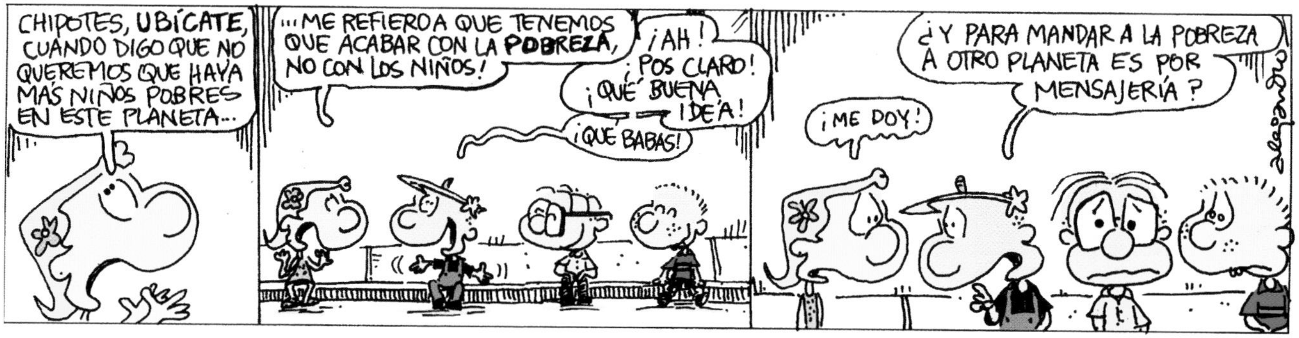
CHIPOTES, UBÍCATE, CUANDO DIGO QUE NO QUEREMOS QUE HAYA MÁS NIÑOS POBRES EN ESTE PLANETA...
...ME REFIERO A QUE TENEMOS QUE ACABAR CON LA POBREZA, NO CON LOS NIÑOS!
¡AH! ¡POS CLARO! ¡QUÉ BUENA IDEA!
¡QUE BABAS!
¡ME DOY!
¿Y PARA MANDAR A LA POBREZA A OTRO PLANETA ES POR MENSAJERÍA?
alejandro

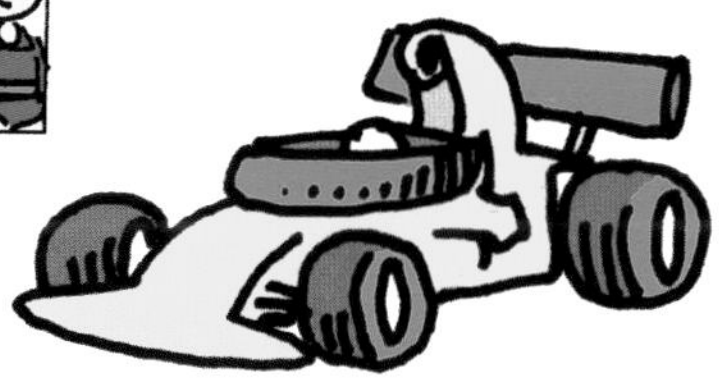

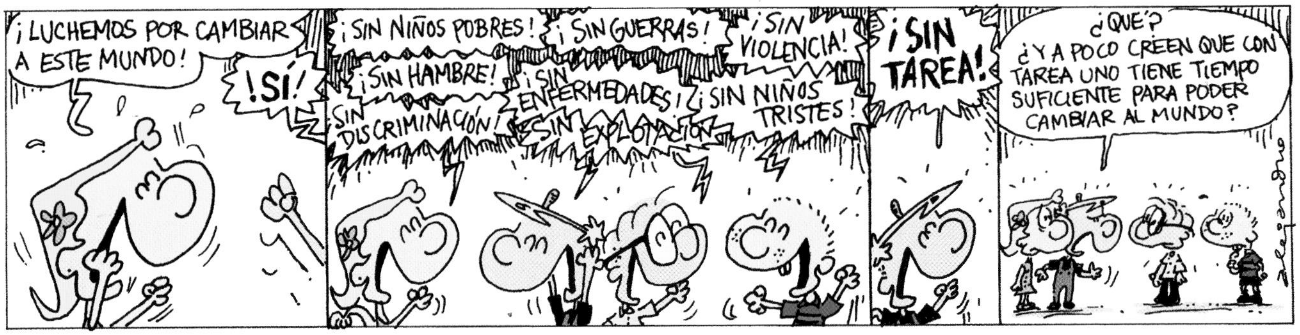
¡LUCHEMOS POR CAMBIAR A ESTE MUNDO!
¡SÍ!
¡SIN NIÑOS POBRES!
¡SIN GUERRAS!
¡SIN VIOLENCIA!
¡SIN HAMBRE!
¡SIN ENFERMEDADES!
¡SIN NIÑOS TRISTES!
SIN DISCRIMINACIÓN!
¡SIN EXPLOTACIÓN!
¡SIN TAREA!
¿QUÉ? ¿Y A POCO CREEN QUE CON TAREA UNO TIENE TIEMPO SUFICIENTE PARA PODER CAMBIAR AL MUNDO?

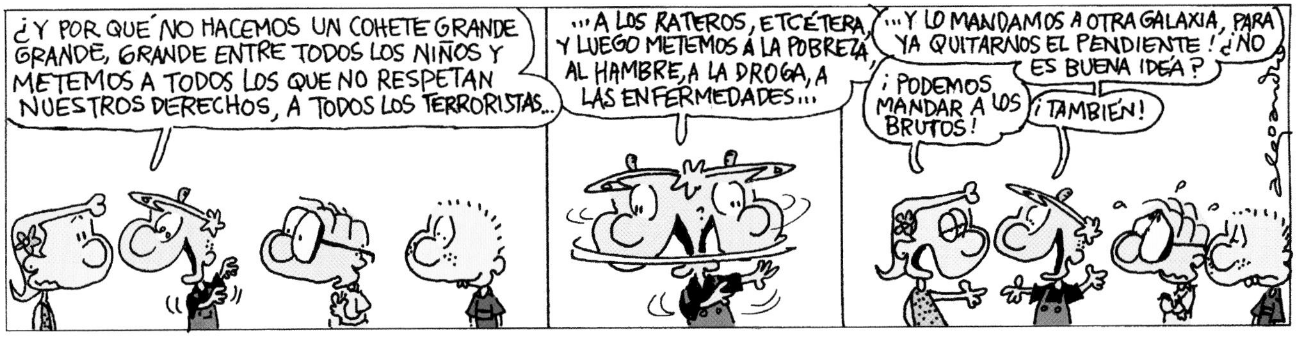
¿Y POR QUÉ NO HACEMOS UN COHETE GRANDE GRANDE, GRANDE ENTRE TODOS LOS NIÑOS Y METEMOS A TODOS LOS QUE NO RESPETAN NUESTROS DERECHOS, A TODOS LOS TERRORISTAS...
...A LOS RATEROS, ETCÉTERA, Y LUEGO METEMOS A LA POBREZA, AL HAMBRE, A LA DROGA, A LAS ENFERMEDADES...
...Y LO MANDAMOS A OTRA GALAXIA, PARA YA QUITARNOS EL PENDIENTE! ¿NO ES BUENA IDEA?
¡PODEMOS MANDAR A LOS BRUTOS!
¡TAMBIÉN!

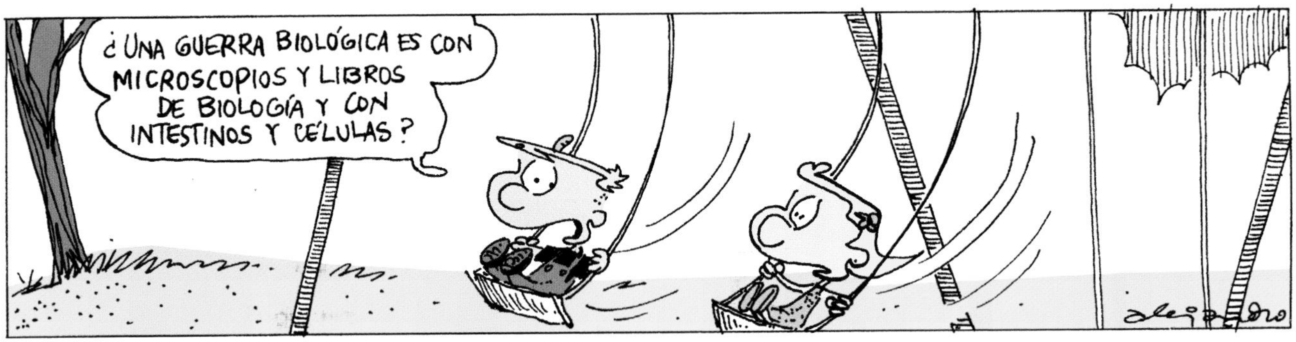
¿UNA GUERRA BIOLÓGICA ES CON MICROSCOPIOS Y LIBROS DE BIOLOGÍA Y CON INTESTINOS Y CÉLULAS?

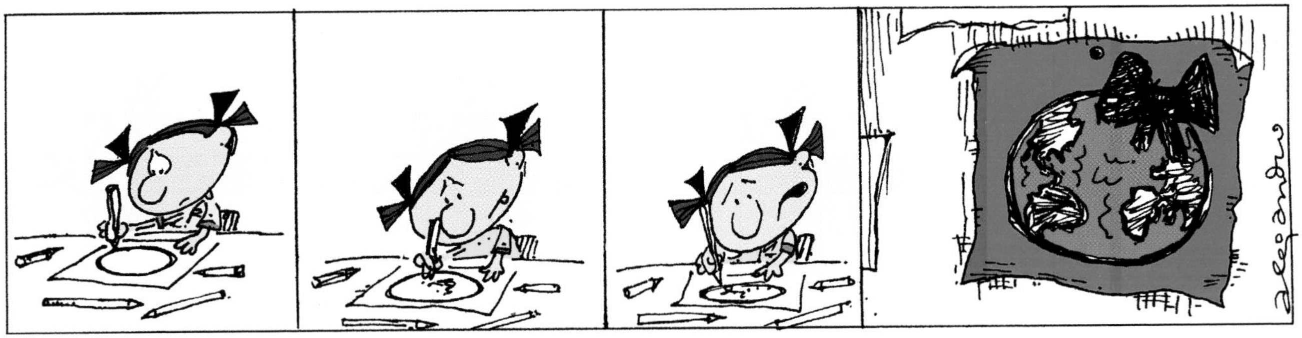

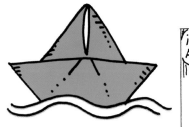

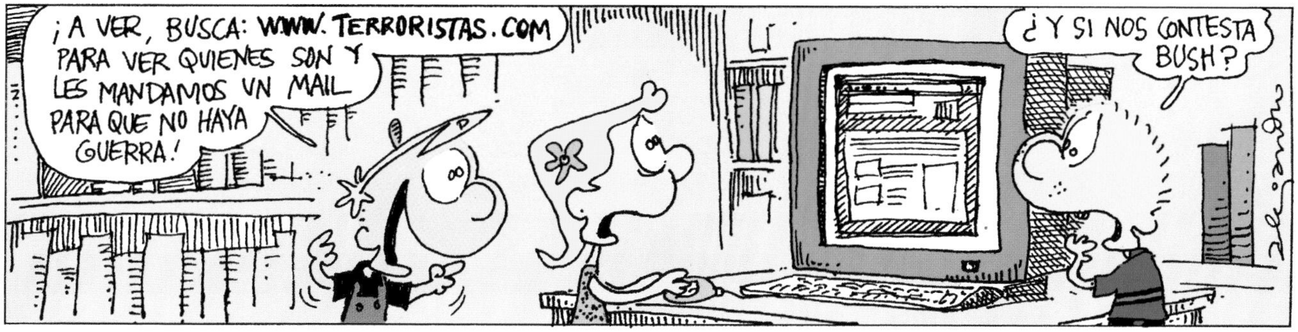
¡A VER, BUSCA: WWW.TERRORISTAS.COM PARA VER QUIENES SON Y LES MANDAMOS UN MAIL PARA QUE NO HAYA GUERRA!
¿Y SI NOS CONTESTA BUSH?

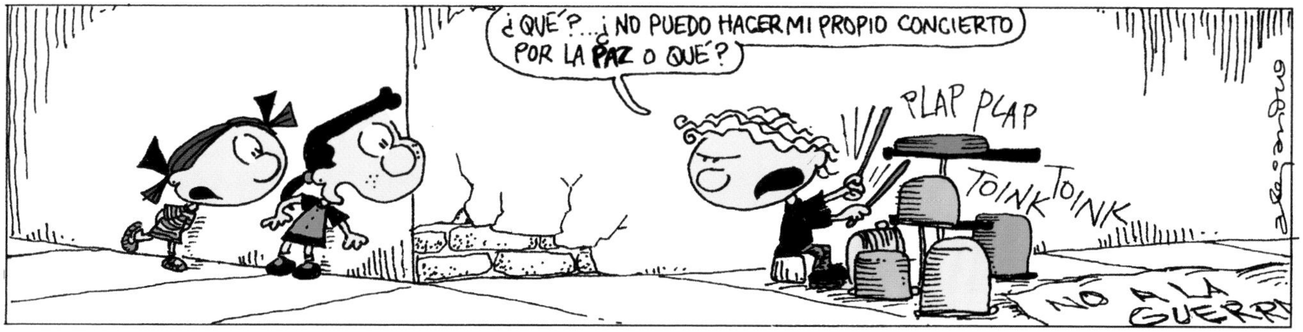
¿QUÉ?... ¡NO PUEDO HACER MI PROPIO CONCIERTO POR LA PAZ O QUÉ?
PLAP PLAP
TOINK TOINK
NO A LA GUERR

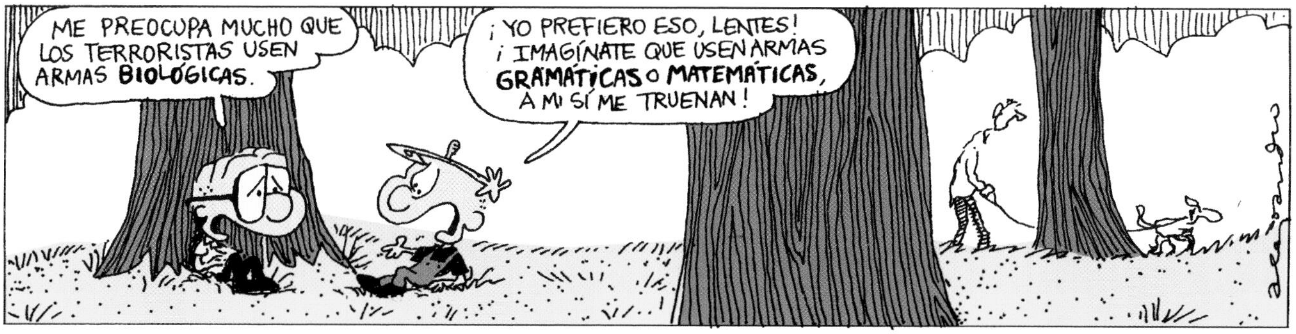
ME PREOCUPA MUCHO QUE LOS TERRORISTAS USEN ARMAS BIOLÓGICAS.
¡YO PREFIERO ESO, LENTES! ¡IMAGÍNATE QUE USEN ARMAS GRAMÁTICAS O MATEMÁTICAS, A MI SÍ ME TRUENAN!

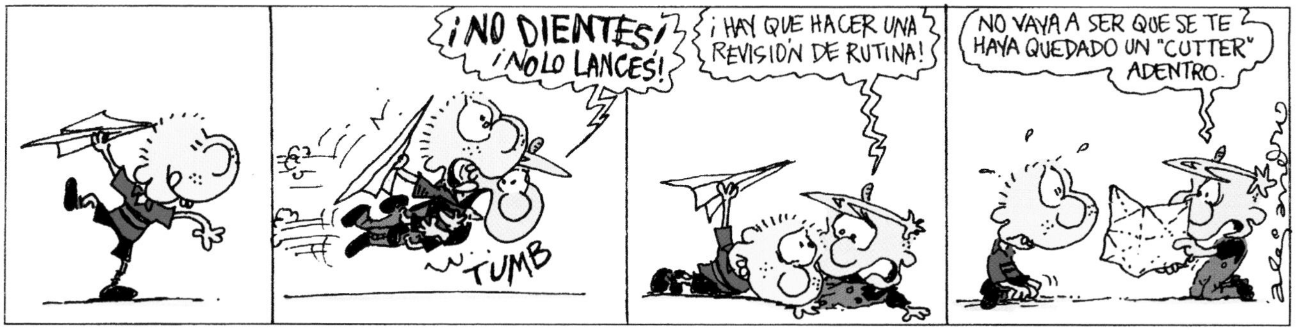
¡NO DIENTES! ¡NO LO LANCES!
TUMB
¡HAY QUE HACER UNA REVISIÓN DE RUTINA!
NO VAYA A SER QUE SE TE HAYA QUEDADO UN "CUTTER" ADENTRO.

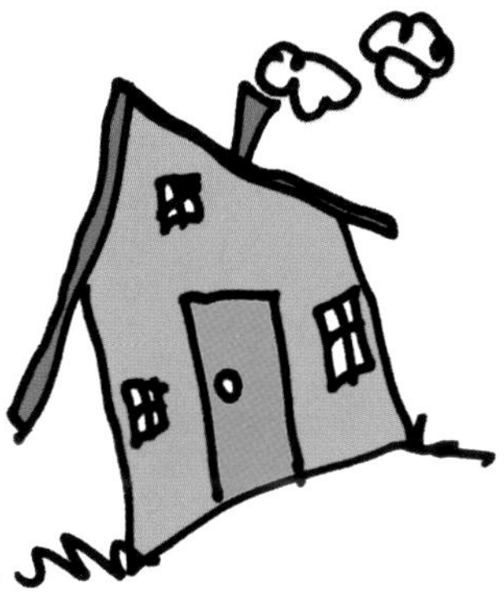

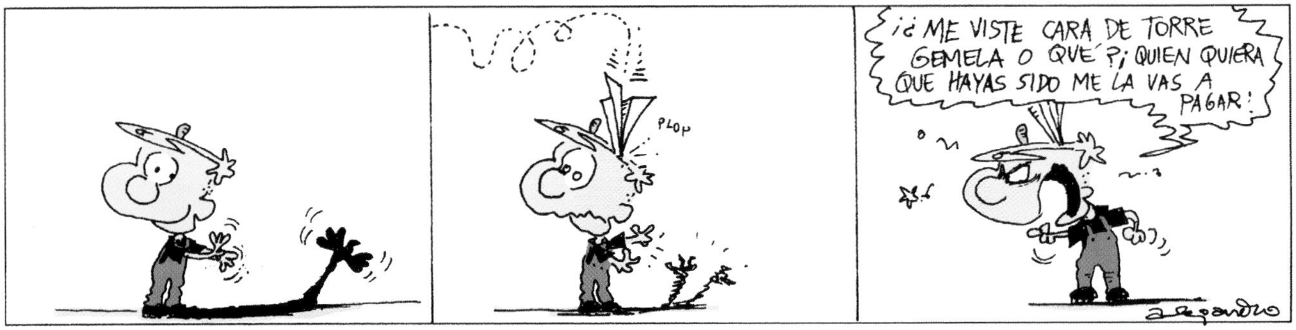
PLOP
¡¿ME VISTE CARA DE TORRE GEMELA O QUÉ?¡ QUIEN QUIERA QUE HAYAS SIDO ME LA VAS A PAGAR!
alejandro

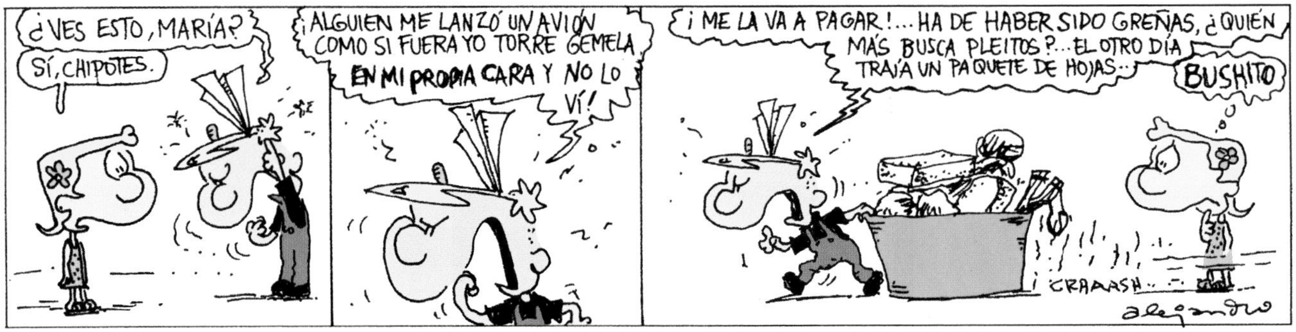
¿VES ESTO, MARÍA?
SÍ, CHIPOTES.
¡ALGUIEN ME LANZÓ UN AVIÓN COMO SI FUERA YO TORRE GEMELA EN MI PROPIA CARA Y NO LO VÍ!
¡ME LA VA A PAGAR!... HA DE HABER SIDO GREÑAS, ¿QUIÉN MÁS BUSCA PLEITOS?... EL OTRO DÍA TRAÍA UN PAQUETE DE HOJAS...
BUSHITO
¡CRAAASH!
alejandro

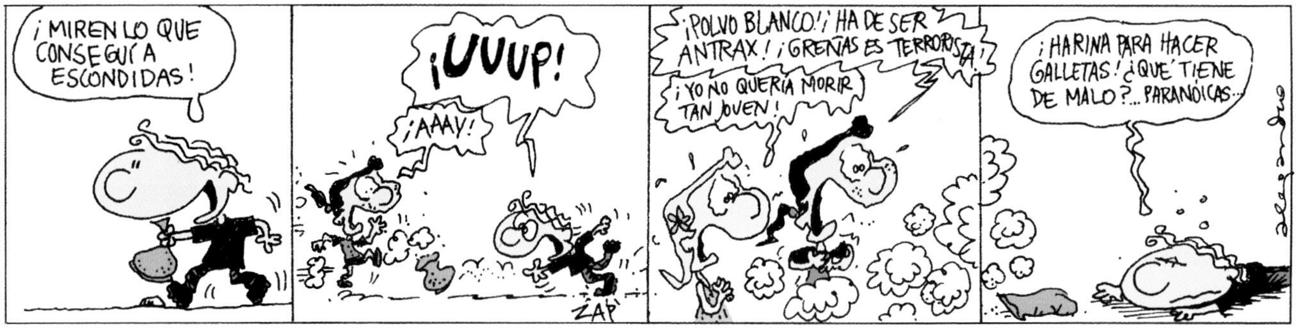
¡MIREN LO QUE CONSEGUÍ A ESCONDIDAS!
¡UUUP!
¡AAAY!
ZAP
¡POLVO BLANCO! ¡HA DE SER ANTRAX! ¡GREÑAS ES TERRORISTA!
¡YO NO QUERÍA MORIR TAN JOVEN!
¡HARINA PARA HACER GALLETAS! ¿QUÉ TIENE DE MALO?... PARANOICAS...
alejandro

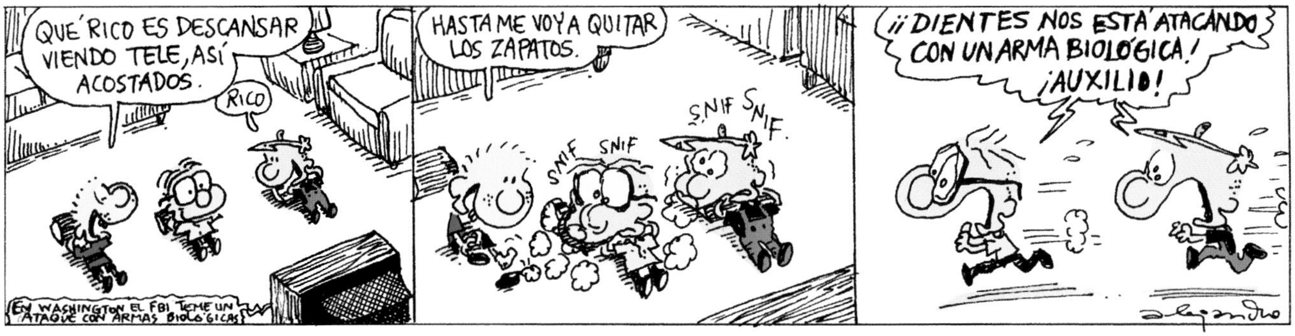
QUÉ RICO ES DESCANSAR VIENDO TELE, ASÍ ACOSTADOS.
RICO
EN WASHINGTON EL FBI TEME UN ATAQUE CON ARMAS BIOLÓGICAS
HASTA ME VOY A QUITAR LOS ZAPATOS.
SNIF SNIF
SNIF SNIF
¡¡DIENTES NOS ESTÁ ATACANDO CON UN ARMA BIOLÓGICA! ¡AUXILIO!
alejandro

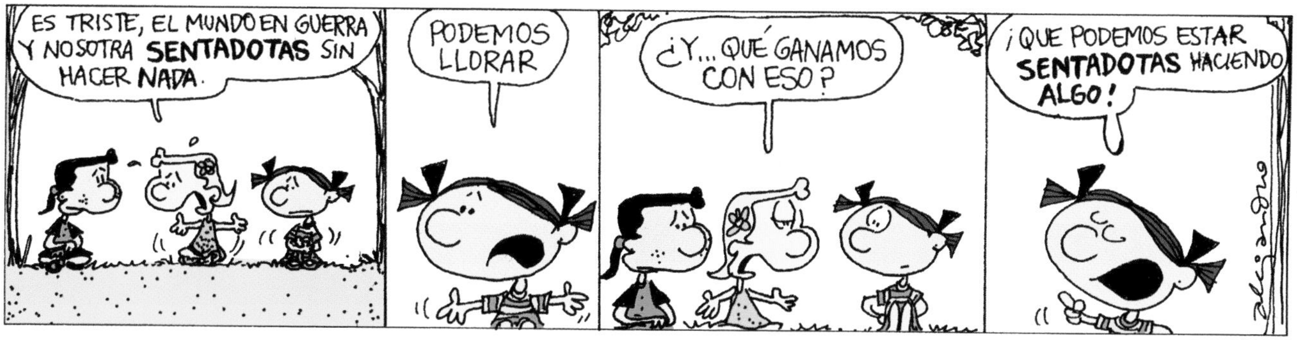
ES TRISTE, EL MUNDO EN GUERRA Y NOSOTRA SENTADOTAS SIN HACER NADA.
PODEMOS LLORAR
¿Y... QUÉ GANAMOS CON ESO?
¡QUE PODEMOS ESTAR SENTADOTAS HACIENDO ALGO!

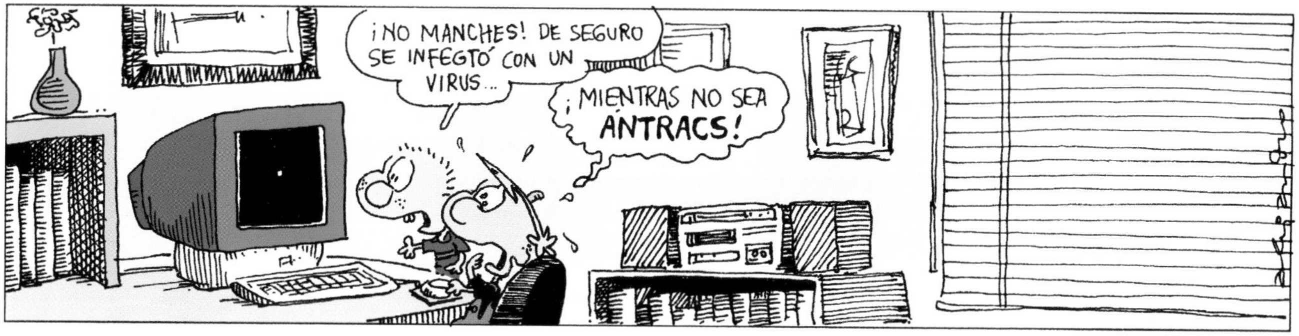
¡NO MANCHES! DE SEGURO SE INFECTÓ CON UN VIRUS...
¡MIENTRAS NO SEA ÁNTRACS!

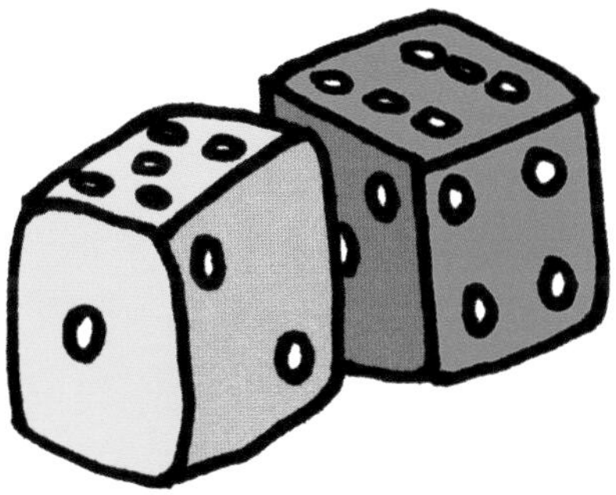

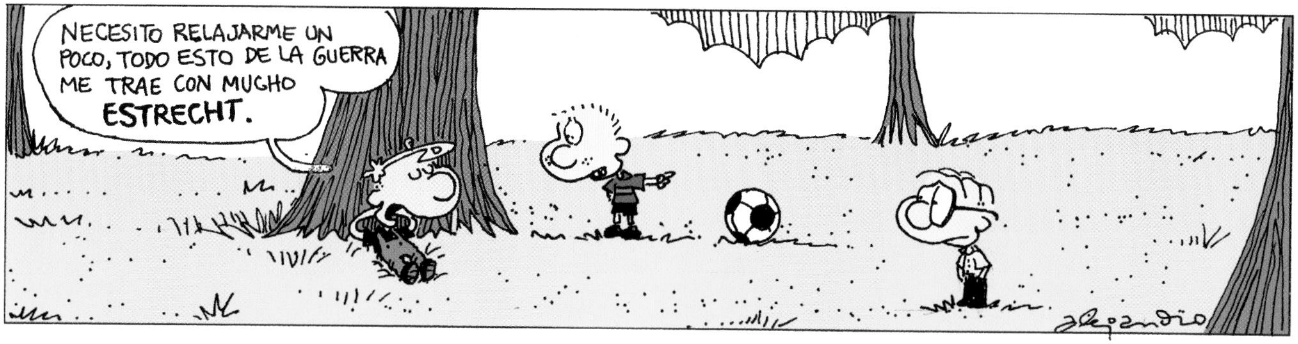
NECESITO RELAJARME UN POCO, TODO ESTO DE LA GUERRA ME TRAE CON MUCHO ESTRECHT.

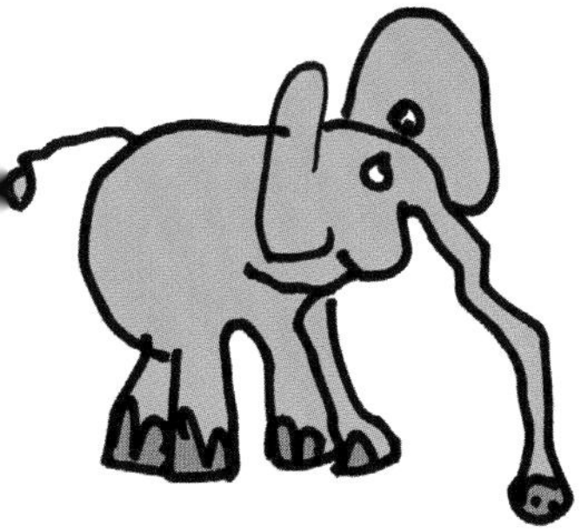

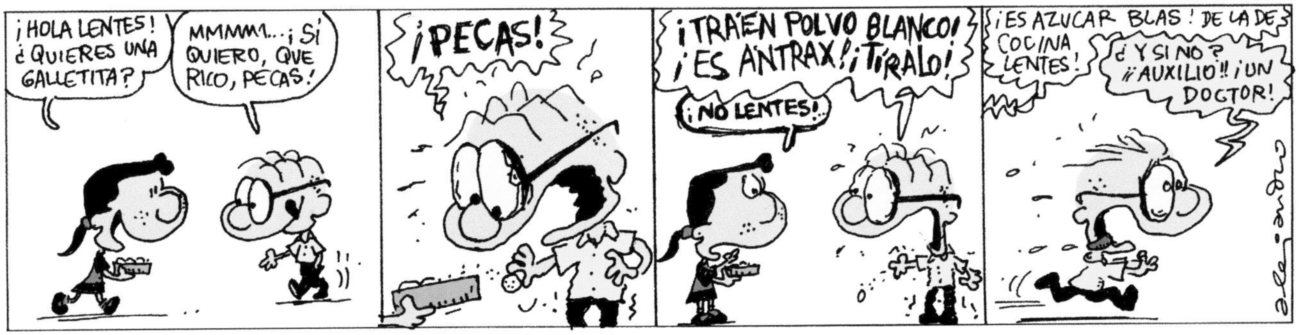
¡HOLA LENTES! ¿QUIERES UNA GALLETITA?
MMMM... ¡SÍ QUIERO, QUE RICO, PECAS!
¡PECAS!
¡TRAEN POLVO BLANCO! ¡ES ÁNTRAX! ¡TÍRALO!
¡NO LENTES!
¡ES AZUCAR BLAS! DE LA DE COCINA LENTES!
¿Y SI NO? ¡¡AUXILIO!! ¡UN DOCTOR!

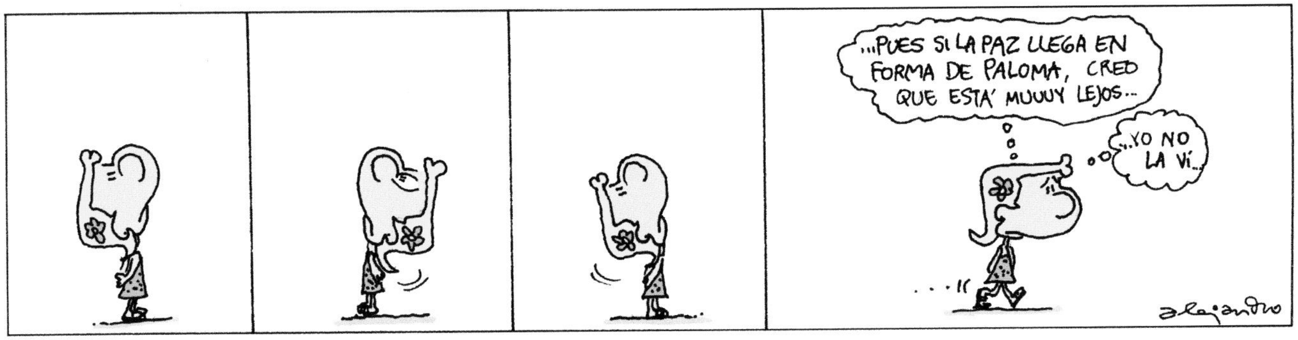
...PUES SI LA PAZ LLEGA EN FORMA DE PALOMA, CREO QUE ESTÁ MUUUY LEJOS...
...YO NO LA VÍ...

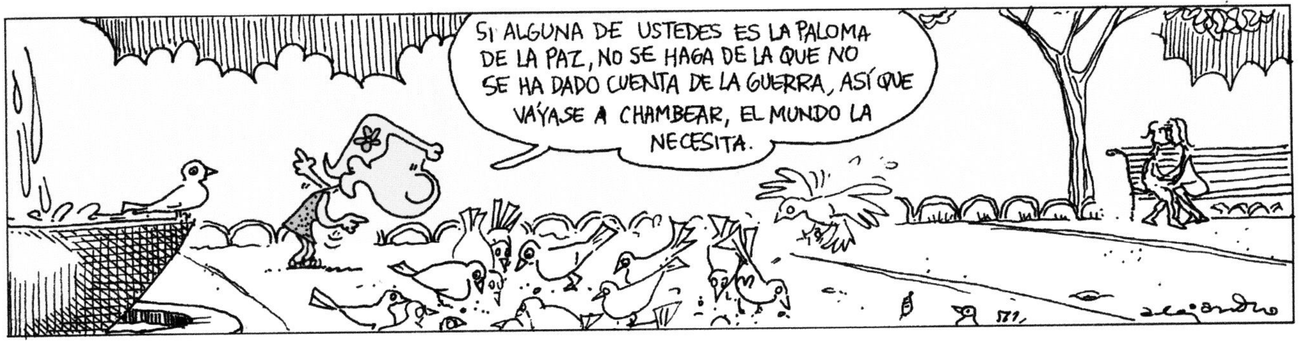
SI ALGUNA DE USTEDES ES LA PALOMA DE LA PAZ, NO SE HAGA DE LA QUE NO SE HA DADO CUENTA DE LA GUERRA, ASÍ QUE VÁYASE A CHAMBEAR, EL MUNDO LA NECESITA.

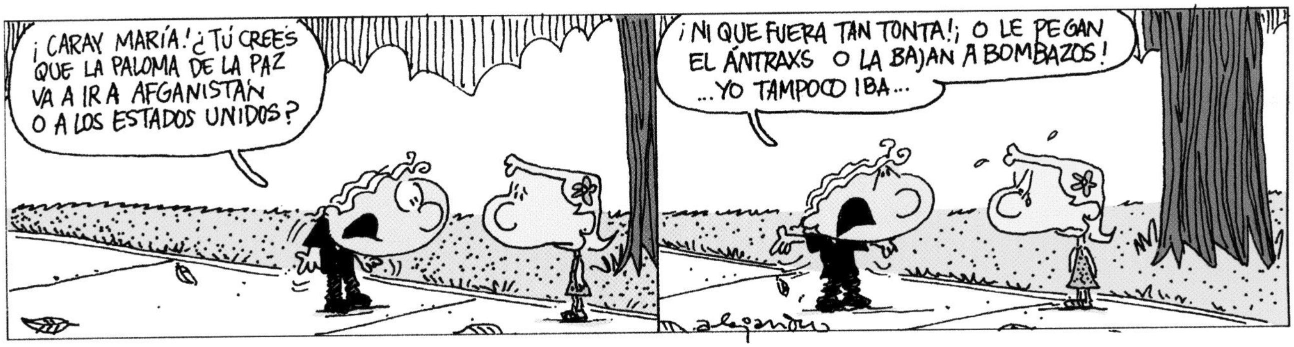
¡CARAY MARÍA! ¿TÚ CREES QUE LA PALOMA DE LA PAZ VA A IR A AFGANISTÁN O A LOS ESTADOS UNIDOS?
¡NI QUE FUERA TAN TONTA!; O LE PEGAN EL ÁNTRAXS O LA BAJAN A BOMBAZOS!
...YO TAMPOCO IBA...

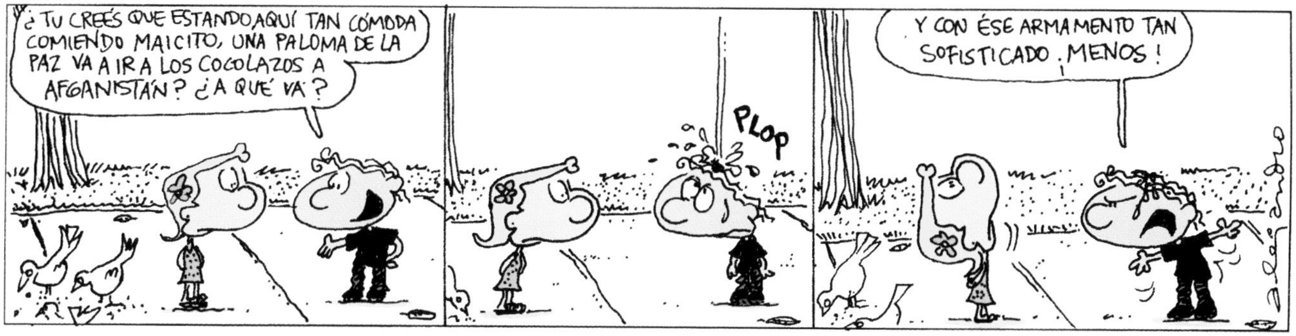

¿TU CREÉS QUE ESTANDO AQUÍ TAN CÓMODA COMIENDO MAICITO, UNA PALOMA DE LA PAZ VA A IR A LOS COCOLAZOS A AFGANISTÁN? ¿A QUÉ VA?
PLOP
Y CON ÉSE ARMAMENTO TAN SOFISTICADO ¡MENOS!

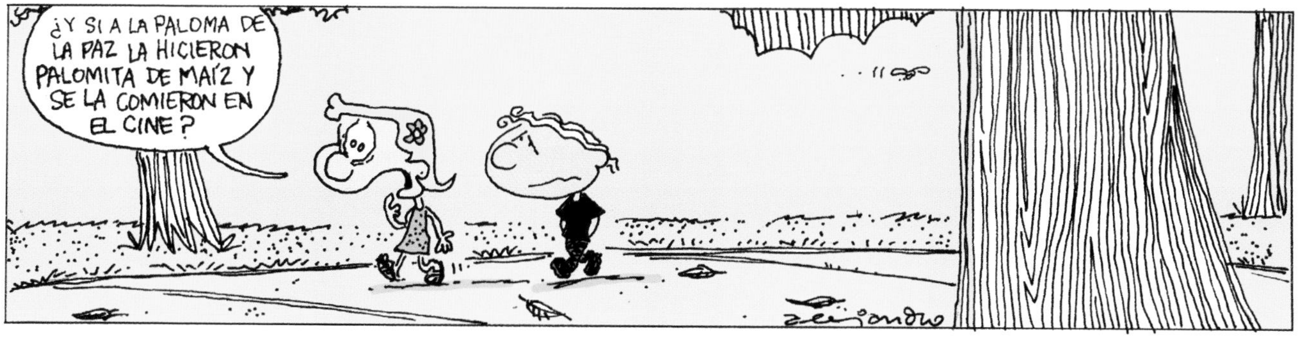

¿Y SI A LA PALOMA DE LA PAZ LA HICIERON PALOMITA DE MAÍZ Y SE LA COMIERON EN EL CINE?

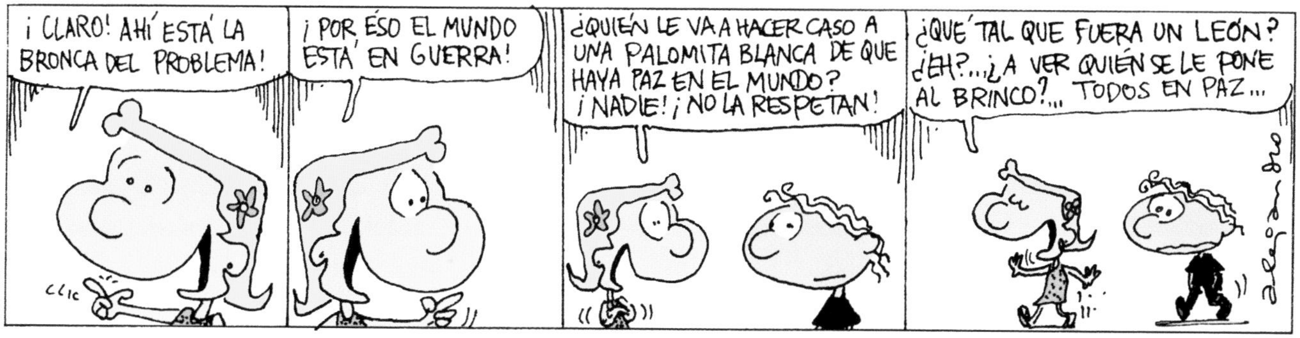

¡CLARO! AHÍ ESTÁ LA BRONCA DEL PROBLEMA!
CLIC
¡POR ÉSO EL MUNDO ESTÁ EN GUERRA!
¿QUIÉN LE VA A HACER CASO A UNA PALOMITA BLANCA DE QUE HAYA PAZ EN EL MUNDO? ¡NADIE! ¡NO LA RESPETAN!
¿QUÉ TAL QUE FUERA UN LEÓN? ¿EH?... ¡A VER QUIÉN SE LE PONE AL BRINCO?... TODOS EN PAZ...

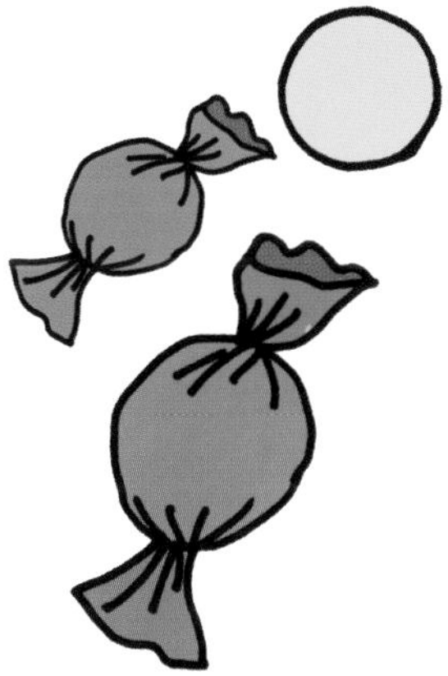

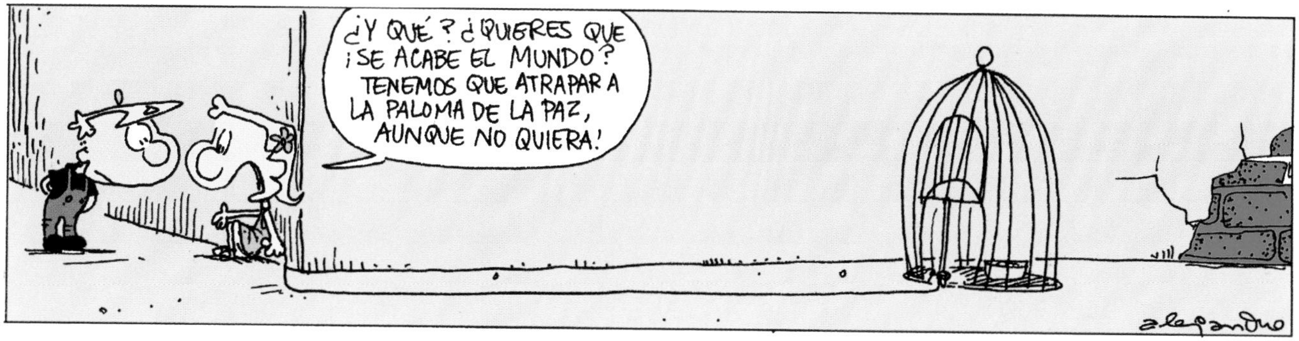

¿Y QUÉ? ¿QUIERES QUE ¡SE ACABE EL MUNDO? TENEMOS QUE ATRAPAR A LA PALOMA DE LA PAZ, AUNQUE NO QUIERA!

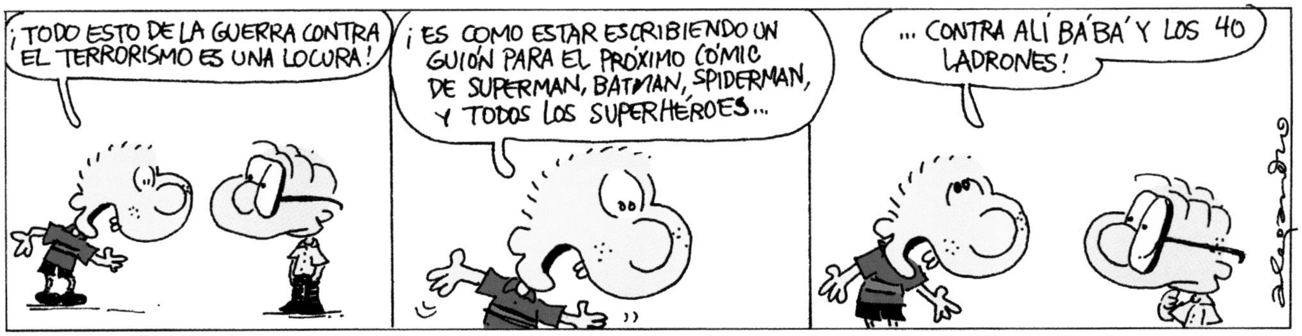
¡TODO ESTO DE LA GUERRA CONTRA EL TERRORISMO ES UNA LOCURA!
¡ES COMO ESTAR ESCRIBIENDO UN GUIÓN PARA EL PRÓXIMO CÓMIC DE SUPERMAN, BATMAN, SPIDERMAN, Y TODOS LOS SUPERHÉROES...
... CONTRA ALÍ BÁBA Y LOS 40 LADRONES!

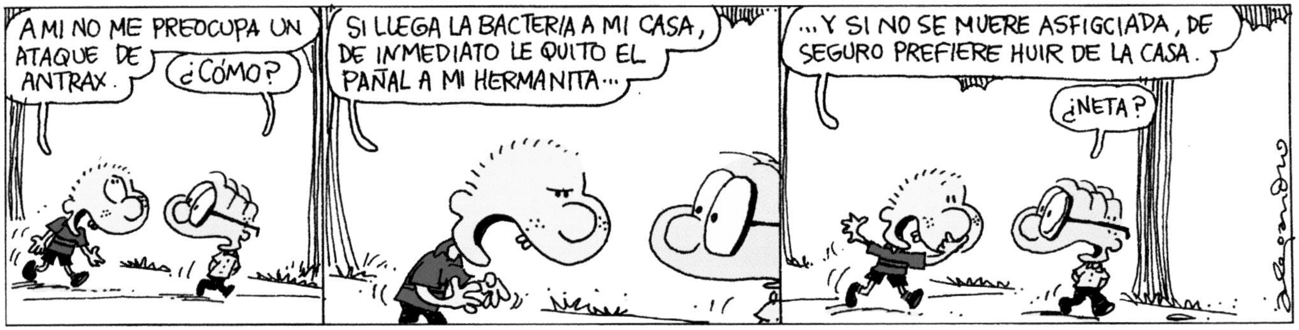
A MI NO ME PREOCUPA UN ATAQUE DE ANTRAX.
¿CÓMO?
SI LLEGA LA BACTERIA A MI CASA, DE INMEDIATO LE QUITO EL PAÑAL A MI HERMANITA...
...Y SI NO SE MUERE ASFIGCIADA, DE SEGURO PREFIERE HUIR DE LA CASA.
¿NETA?

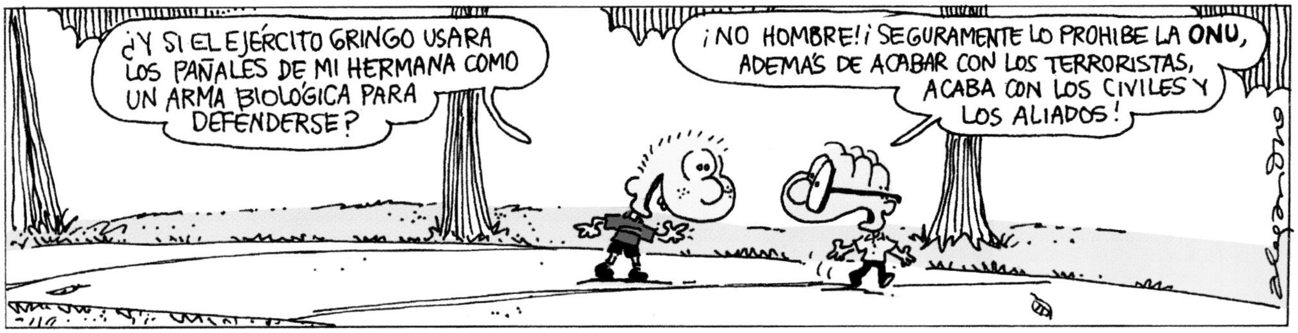
¿Y SI EL EJÉRCITO GRINGO USARA LOS PAÑALES DE MI HERMANA COMO UN ARMA BIOLÓGICA PARA DEFENDERSE?
¡NO HOMBRE! ¡SEGURAMENTE LO PROHIBE LA ONU, ADEMÁS DE ACABAR CON LOS TERRORISTAS, ACABA CON LOS CIVILES Y LOS ALIADOS!

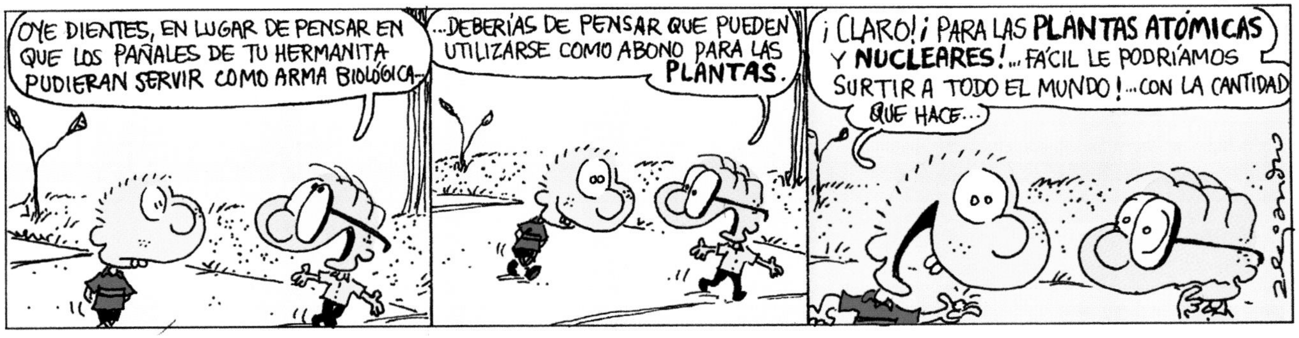
OYE DIENTES, EN LUGAR DE PENSAR EN QUE LOS PAÑALES DE TU HERMANITA PUDIERAN SERVIR COMO ARMA BIOLÓGICA...
...DEBERÍAS DE PENSAR QUE PUEDEN UTILIZARSE COMO ABONO PARA LAS PLANTAS.
¡CLARO! ¡PARA LAS PLANTAS ATÓMICAS Y NUCLEARES!... FÁCIL LE PODRÍAMOS SURTIR A TODO EL MUNDO!... CON LA CANTIDAD QUE HACE...

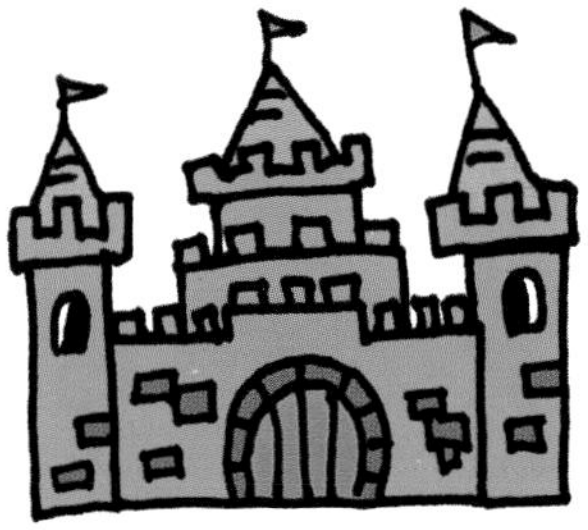

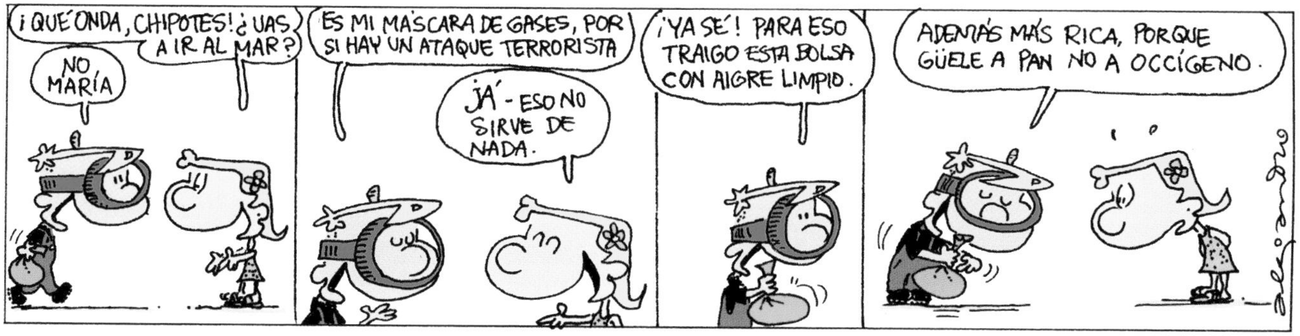
¡QUÉ ONDA, CHIPOTES! ¿VAS A IR AL MAR?
NO MARÍA
ES MI MÁSCARA DE GASES, POR SI HAY UN ATAQUE TERRORISTA
JÁ - ESO NO SIRVE DE NADA.
¡YA SÉ! PARA ESO TRAIGO ESTA BOLSA CON AIGRE LIMPIO.
ADEMÁS MÁS RICA, PORQUE GÜELE A PAN NO A OCCÍGENO.

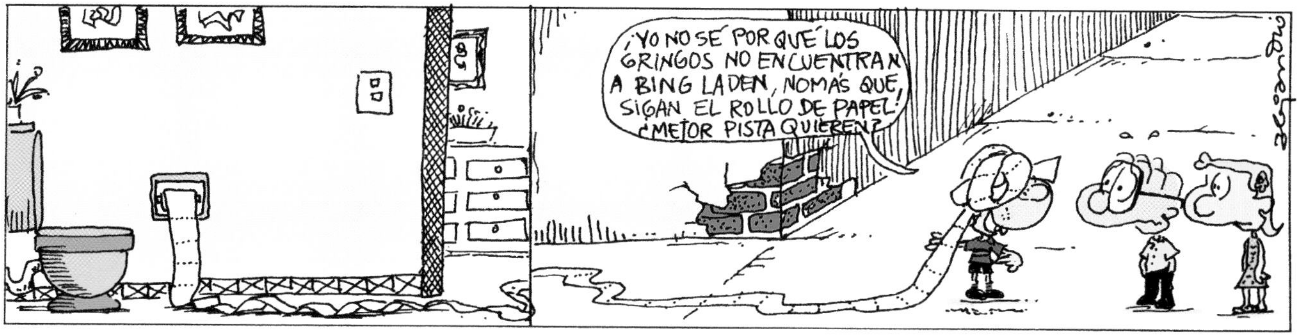
¡YO NO SÉ POR QUÉ LOS GRINGOS NO ENCUENTRAN A BING LADEN, NOMÁS QUE SIGAN EL ROLLO DE PAPEL! ¿MEJOR PISTA QUIEREN?

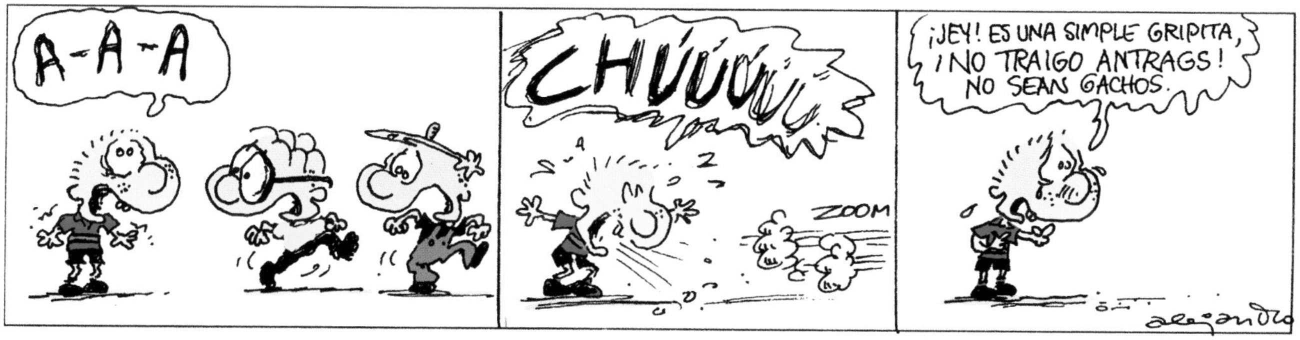
A-A-A
CHÚÚÚÚÚÚ
ZOOM
¡JEY! ES UNA SIMPLE GRIPITA, ¡NO TRAIGO ANTRAGS! NO SEANS GACHOS.

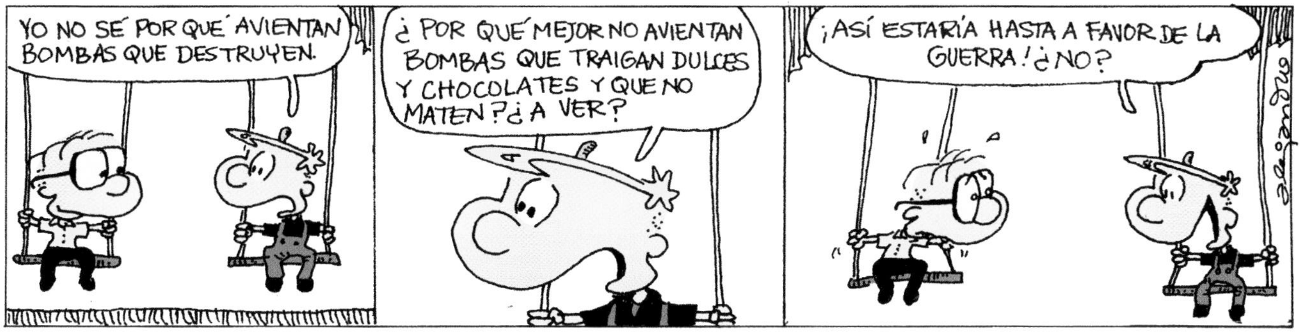
YO NO SÉ POR QUÉ AVIENTAN BOMBAS QUE DESTRUYEN.
¿POR QUÉ MEJOR NO AVIENTAN BOMBAS QUE TRAIGAN DULCES Y CHOCOLATES Y QUE NO MATEN? ¿A VER?
¡ASÍ ESTARÍA HASTA A FAVOR DE LA GUERRA! ¿NO?

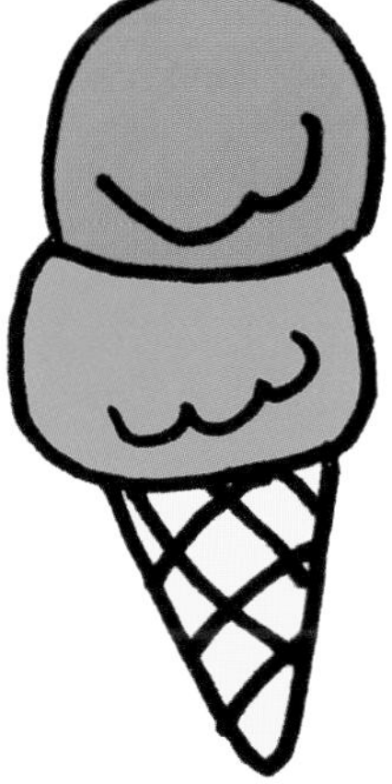

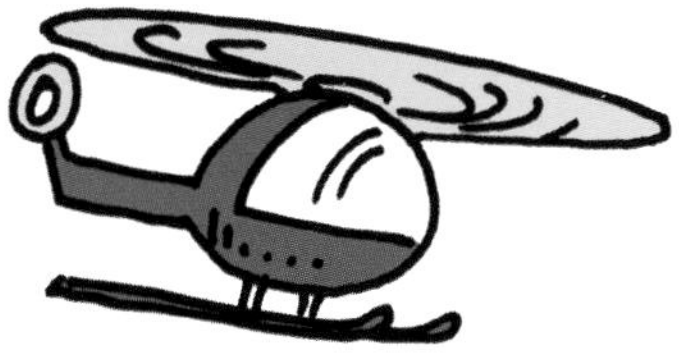

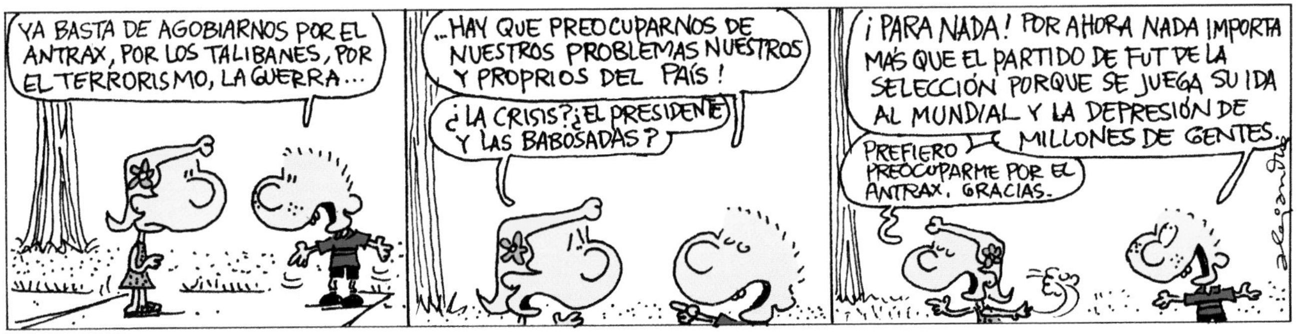
YA BASTA DE AGOBIARNOS POR EL ANTRAX, POR LOS TALIBANES, POR EL TERRORISMO, LA GUERRA...
...HAY QUE PREOCUPARNOS DE NUESTROS PROBLEMAS NUESTROS Y PROPRIOS DEL PAÍS!
¿LA CRISIS? ¿EL PRESIDENTE Y LAS BABOSADAS?
¡PARA NADA! POR AHORA NADA IMPORTA MÁS QUE EL PARTIDO DE FUT DE LA SELECCIÓN PORQUE SE JUEGA SU IDA AL MUNDIAL Y LA DEPRESIÓN DE MILLONES DE GENTES.
PREFIERO PREOCUPARME POR EL ANTRAX. GRACIAS.

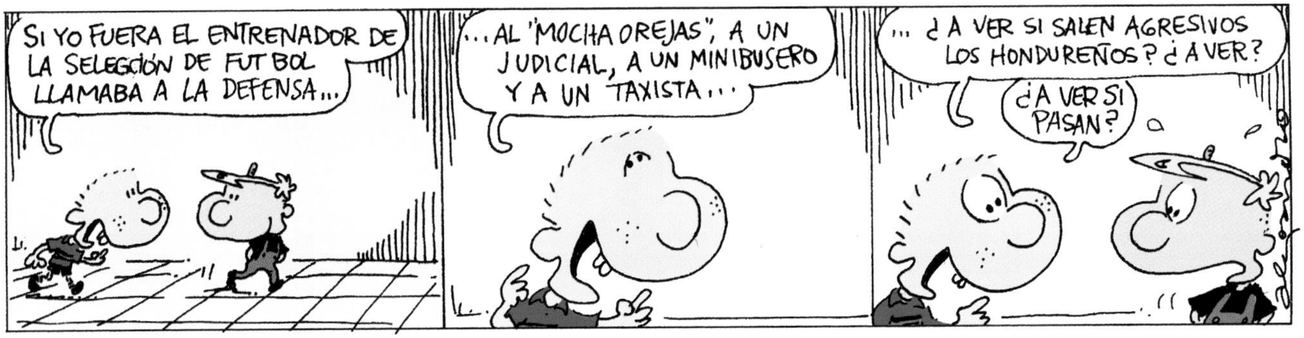
SI YO FUERA EL ENTRENADOR DE LA SELECCIÓN DE FUTBOL LLAMABA A LA DEFENSA...
...AL "MOCHA OREJAS", A UN JUDICIAL, A UN MINIBUSERO Y A UN TAXISTA...
... ¿A VER SI SALEN AGRESIVOS LOS HONDUREÑOS? ¿A VER?
¿A VER SI PASAN?

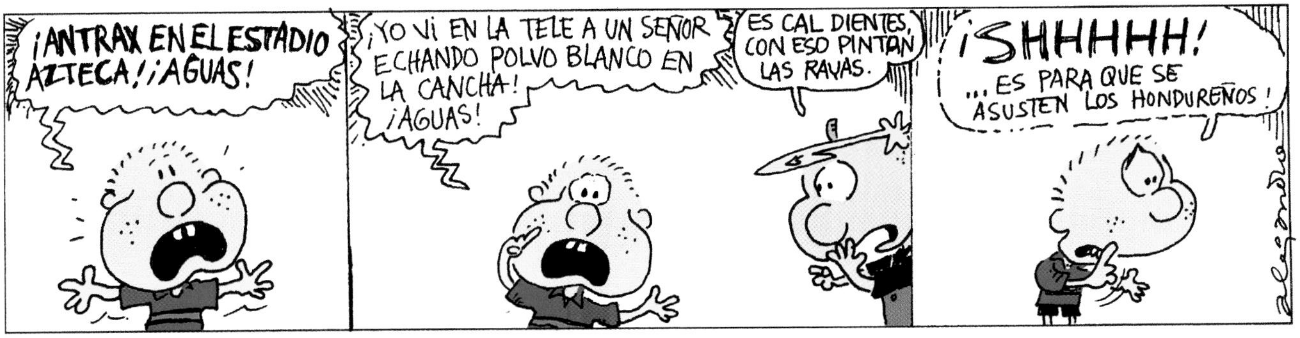
¡ANTRAX EN EL ESTADIO AZTECA! ¡AGUAS!
¡YO VI EN LA TELE A UN SEÑOR ECHANDO POLVO BLANCO EN LA CANCHA! ¡AGUAS!
ES CAL DIENTES, CON ESO PINTAN LAS RAYAS.
¡SHHHHH! ...ES PARA QUE SE ASUSTEN LOS HONDUREÑOS!

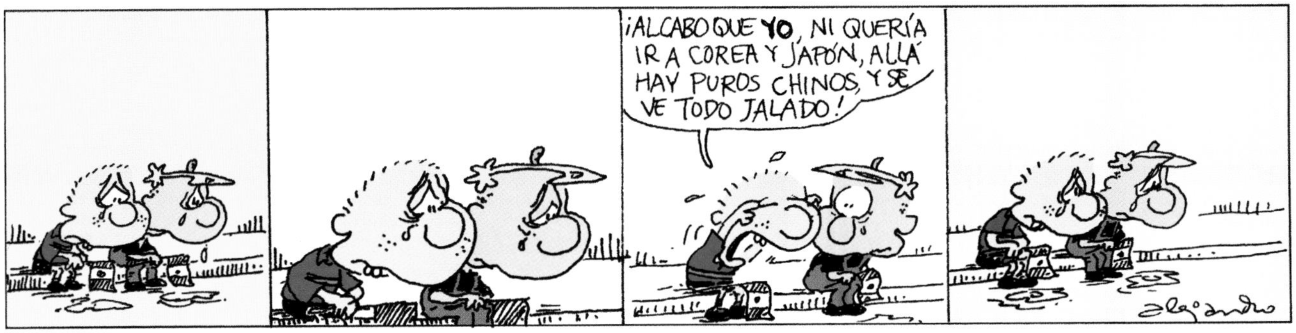
¡AL CABO QUE YO, NI QUERÍA IR A COREA Y JAPÓN, ALLÁ HAY PUROS CHINOS, Y SE VE TODO JALADO!

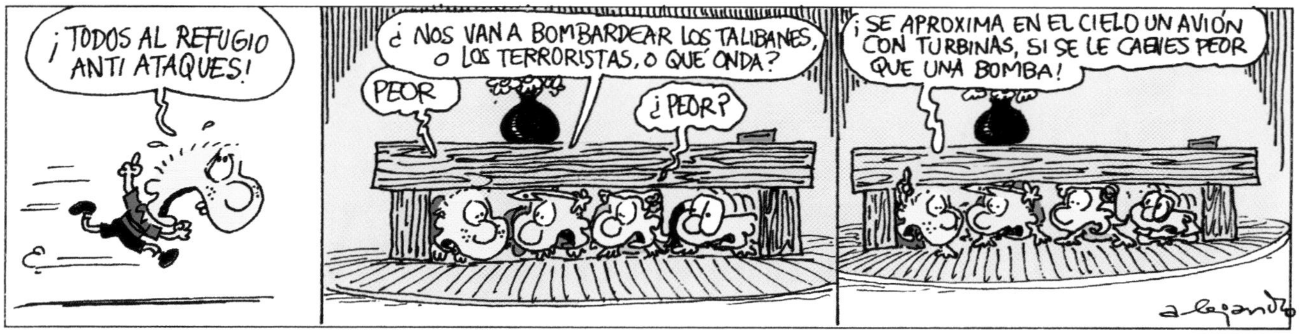
¡TODOS AL REFUGIO ANTI ATAQUES!
¿NOS VAN A BOMBARDEAR LOS TALIBANES, O LOS TERRORISTAS, O QUÉ ONDA?
PEOR
¿PEOR?
¡SE APROXIMA EN EL CIELO UN AVIÓN CON TURBINAS, SI SE LE CAEN ES PEOR QUE UNA BOMBA!

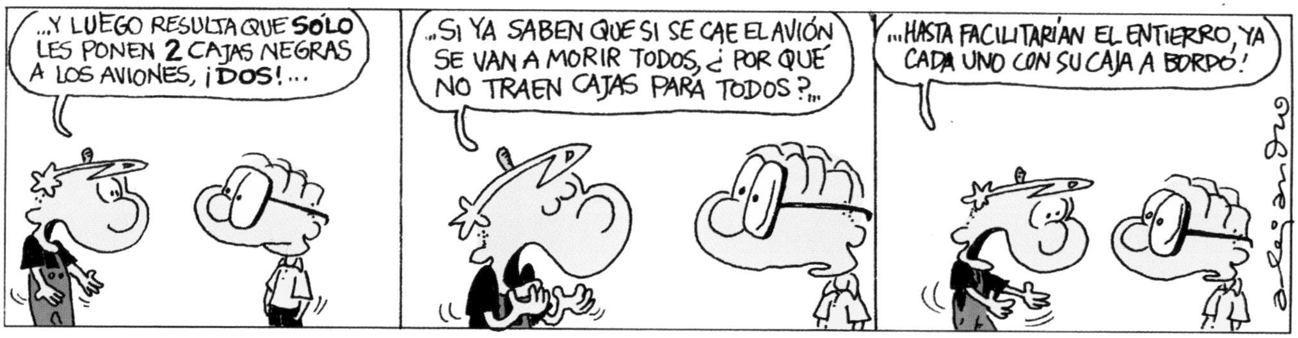
...Y LUEGO RESULTA QUE SÓLO LES PONEN 2 CAJAS NEGRAS A LOS AVIONES, ¡DOS!...
...SI YA SABEN QUE SI SE CAE EL AVIÓN SE VAN A MORIR TODOS, ¿POR QUÉ NO TRAEN CAJAS PARA TODOS?...
...HASTA FACILITARÍAN EL ENTIERRO, YA CADA UNO CON SU CAJA A BORDO!

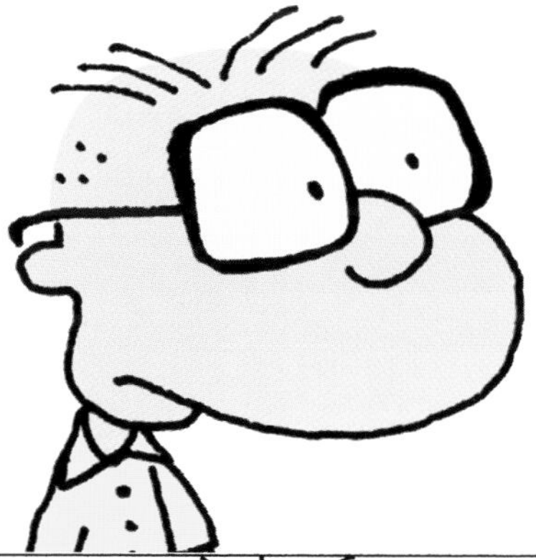

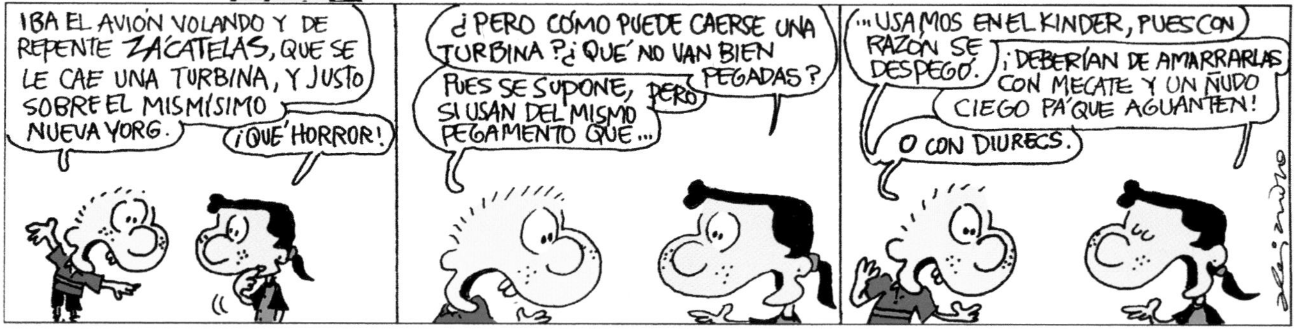
IBA EL AVIÓN VOLANDO Y DE REPENTE ZACATELAS, QUE SE LE CAE UNA TURBINA, Y JUSTO SOBRE EL MISMÍSIMO NUEVA YORG.
¡QUÉ HORROR!
¿PERO CÓMO PUEDE CAERSE UNA TURBINA? ¿QUÉ NO VAN BIEN PEGADAS?
PUES SE SUPONE, PERO SI USAN DEL MISMO PEGAMENTO QUE...
...USAMOS EN EL KINDER, PUES CON RAZÓN SE DESPEGÓ.
¡DEBERÍAN DE AMARRARLAS CON MECATE Y UN ÑUDO CIEGO PA'QUE AGUANTEN!
O CON DIURECS.

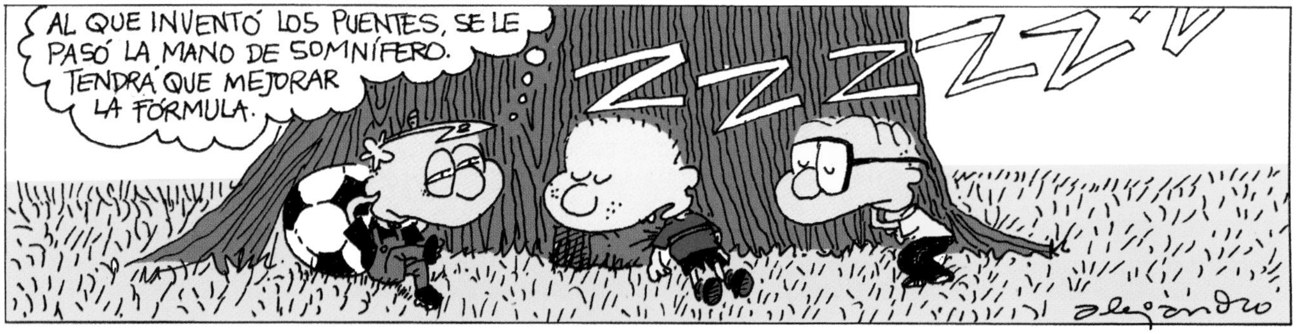
AL QUE INVENTÓ LOS PUENTES, SE LE PASÓ LA MANO DE SOMNÍFERO. TENDRÁ QUE MEJORAR LA FÓRMULA.
ZZZZZZ
alejandro

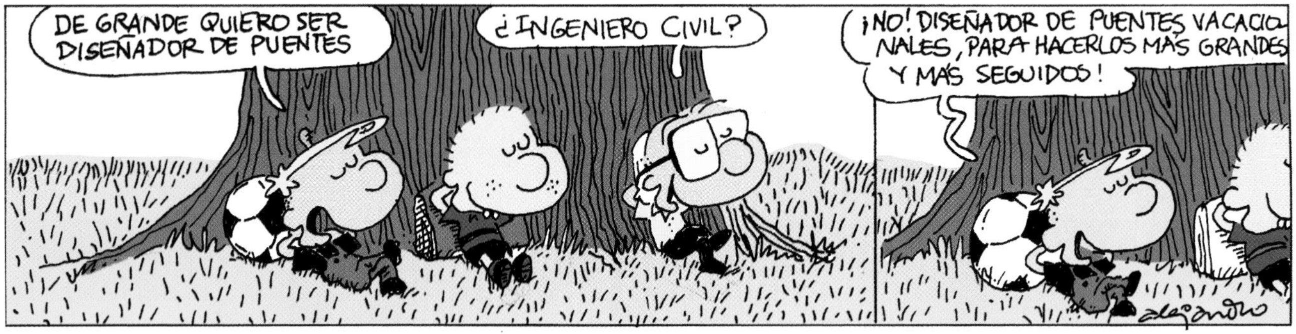
DE GRANDE QUIERO SER DISEÑADOR DE PUENTES
¿INGENIERO CIVIL?
¡NO! DISEÑADOR DE PUENTES VACACIONALES, PARA HACERLOS MÁS GRANDES Y MÁS SEGUIDOS!
alejandro

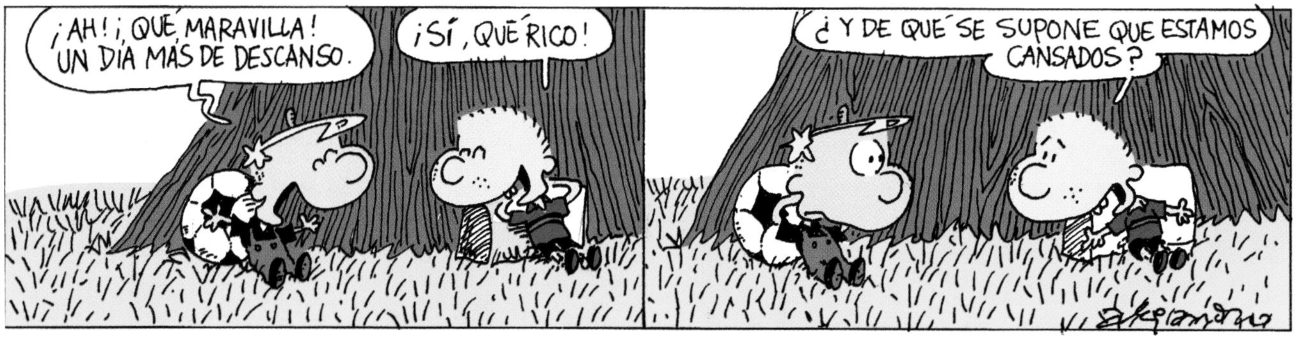
¡AH! ¡QUÉ MARAVILLA! UN DÍA MÁS DE DESCANSO.
¡SÍ, QUÉ RICO!
¿Y DE QUÉ SE SUPONE QUE ESTAMOS CANSADOS?
alejandro

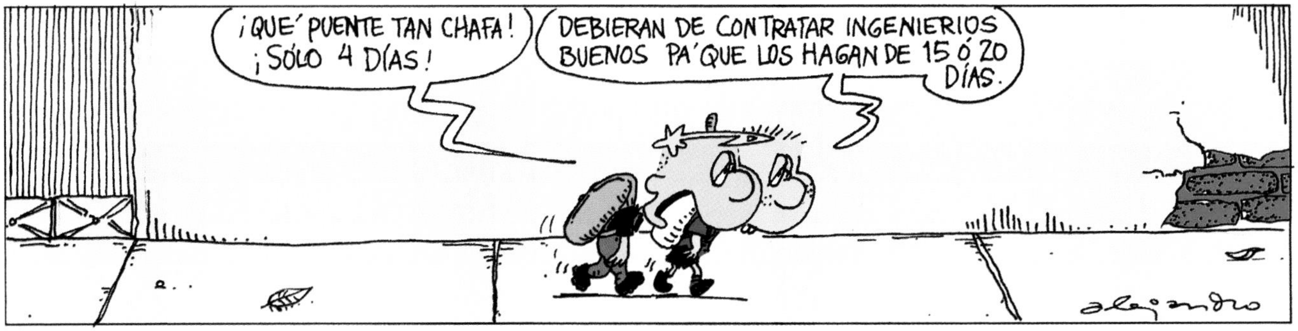
¡QUÉ PUENTE TAN CHAFA! ¡SÓLO 4 DÍAS!
DEBIERAN DE CONTRATAR INGENIERIOS BUENOS PA'QUE LOS HAGAN DE 15 Ó 20 DÍAS.
alejandro

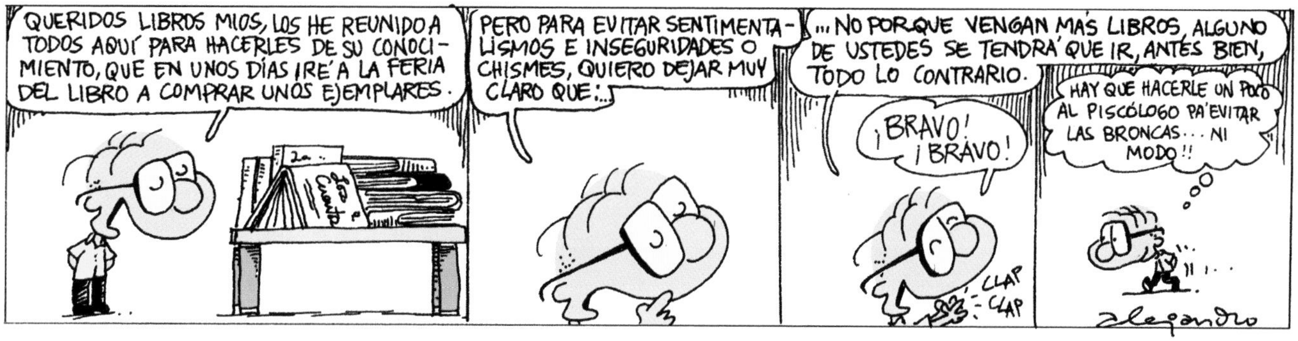
QUERIDOS LIBROS MIOS, LOS HE REUNIDO A TODOS AQUÍ PARA HACERLES DE SU CONOCIMIENTO, QUE EN UNOS DÍAS IRÉ A LA FERIA DEL LIBRO A COMPRAR UNOS EJEMPLARES.
PERO PARA EVITAR SENTIMENTALISMOS E INSEGURIDADES O CHISMES, QUIERO DEJAR MUY CLARO QUE:...
...NO PORQUE VENGAN MÁS LIBROS, ALGUNO DE USTEDES SE TENDRÁ QUE IR, ANTES BIEN, TODO LO CONTRARIO.
¡BRAVO! ¡BRAVO!
CLAP CLAP
HAY QUE HACERLE UN POCO AL PSICÓLOGO PA' EVITAR LAS BRONCAS... NI MODO!!
alejandro

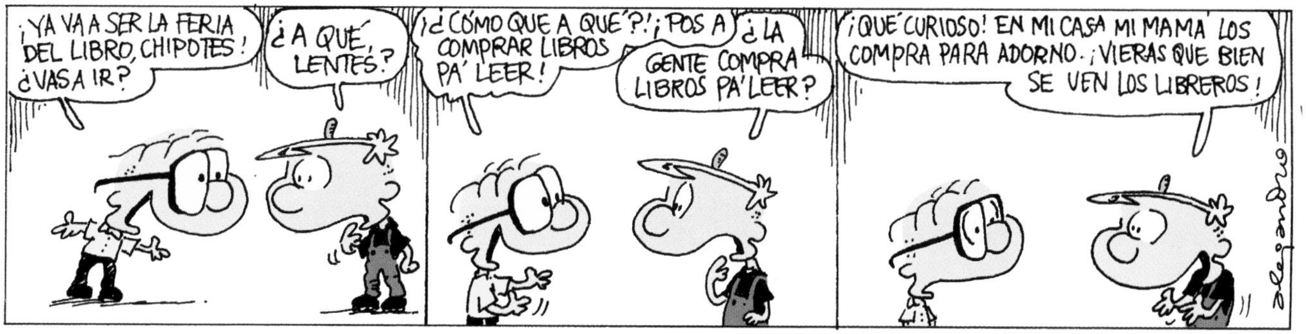
¡YA VA A SER LA FERIA DEL LIBRO, CHIPOTES! ¿VAS A IR?
¿A QUÉ, LENTES?
¡¿CÓMO QUE A QUÉ?! ¡POS A COMPRAR LIBROS PA' LEER!
¿LA GENTE COMPRA LIBROS PA' LEER?
¡QUÉ CURIOSO! EN MI CASA MI MAMÁ LOS COMPRA PARA ADORNO. ¡VIERAS QUE BIEN SE VEN LOS LIBREROS!
alejandro

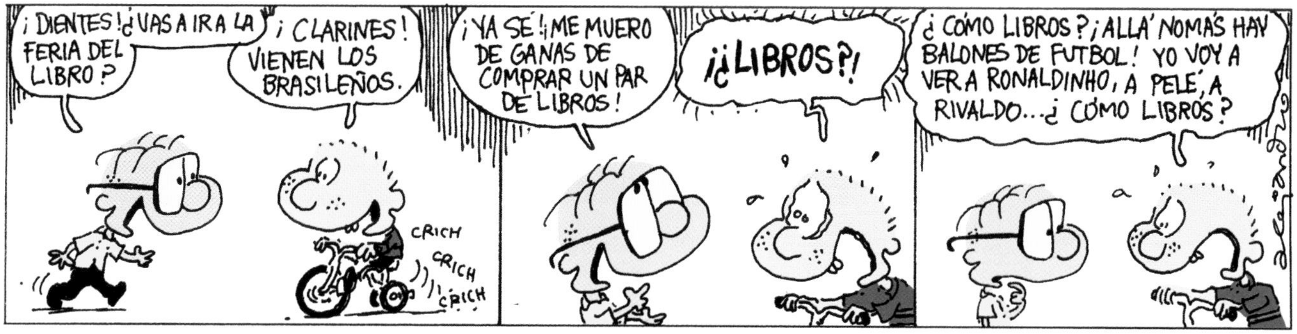
¡DIENTES! ¿VAS A IR A LA FERIA DEL LIBRO?
¡CLARINES! VIENEN LOS BRASILEÑOS.
CRICH CRICH CRICH
¡YA SÉ! ¡ME MUERO DE GANAS DE COMPRAR UN PAR DE LIBROS!
¡¿LIBROS?!
¿CÓMO LIBROS? ¡ALLÁ NOMÁS HAY BALONES DE FUTBOL! YO VOY A VER A RONALDINHO, A PELÉ, A RIVALDO... ¿CÓMO LIBROS?
alejandro

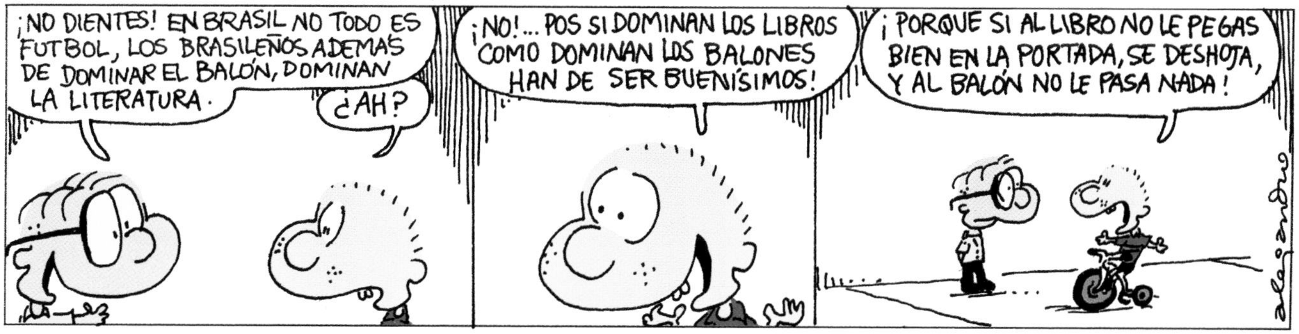
¡NO DIENTES! EN BRASIL NO TODO ES FUTBOL, LOS BRASILEÑOS ADEMÁS DE DOMINAR EL BALÓN, DOMINAN LA LITERATURA.
¿AH?
¡NO!... POS SI DOMINAN LOS LIBROS COMO DOMINAN LOS BALONES HAN DE SER BUENÍSIMOS!
¡PORQUE SI AL LIBRO NO LE PEGAS BIEN EN LA PORTADA, SE DESHOJA, Y AL BALÓN NO LE PASA NADA!
alejandro

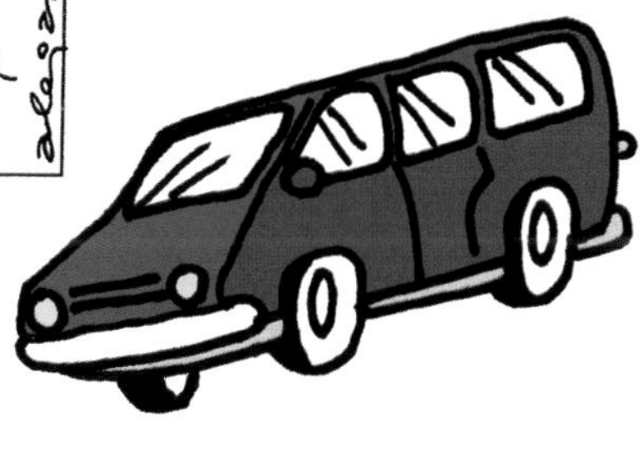

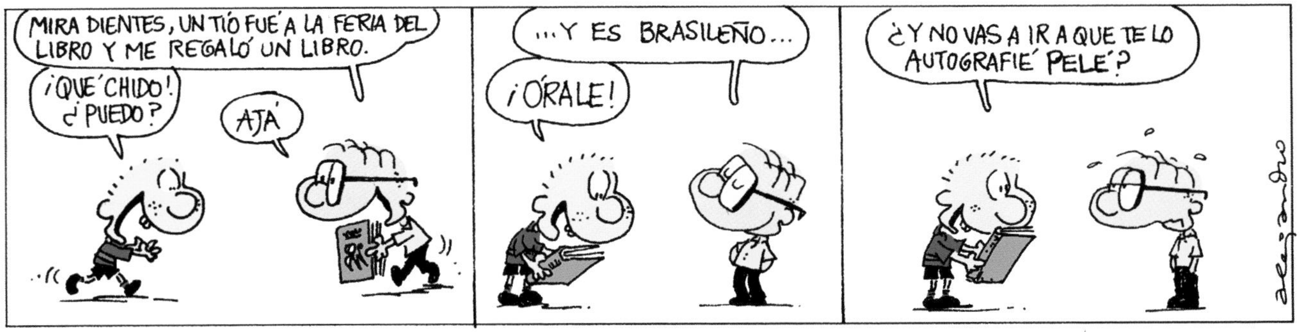
MIRA DIENTES, UN TÍO FUE A LA FERIA DEL LIBRO Y ME REGALÓ UN LIBRO.
¡QUÉ CHIDO! ¿PUEDO?
AJÁ
...Y ES BRASILEÑO...
¡ÓRALE!
¿Y NO VAS A IR A QUE TE LO AUTOGRAFÍE PELÉ?

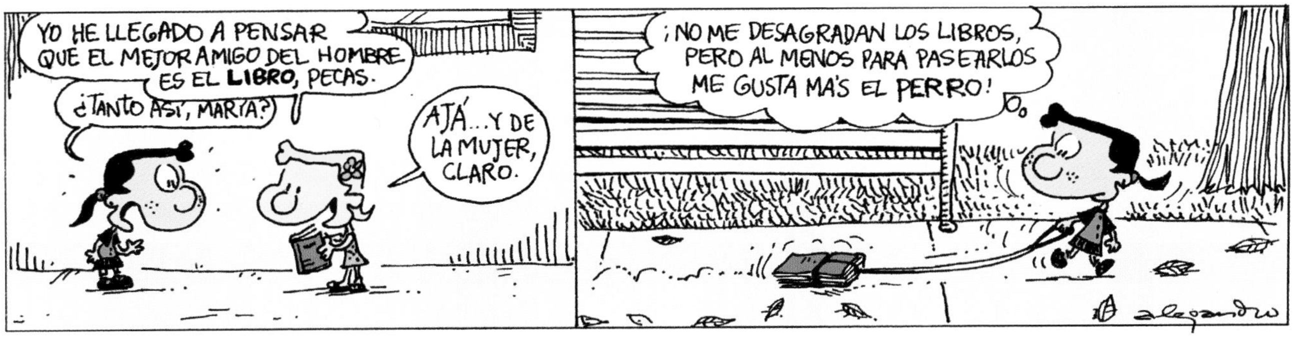
YO HE LLEGADO A PENSAR QUE EL MEJOR AMIGO DEL HOMBRE ES EL **LIBRO**, PECAS.
¿TANTO ASÍ, MARÍA?
AJÁ... Y DE LA MUJER, CLARO.
¡NO ME DESAGRADAN LOS LIBROS, PERO AL MENOS PARA PASEARLOS ME GUSTA MÁS EL **PERRO**!

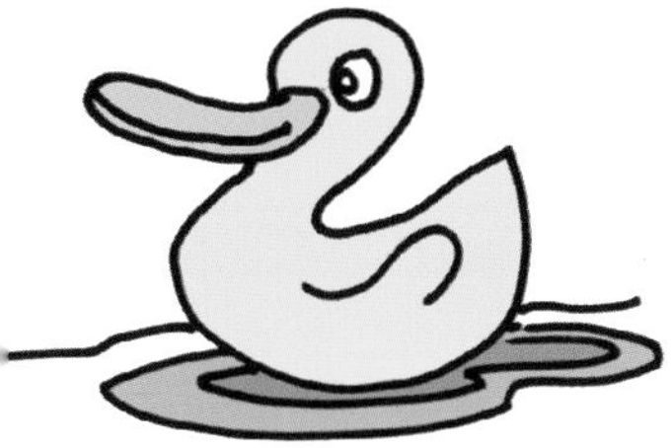

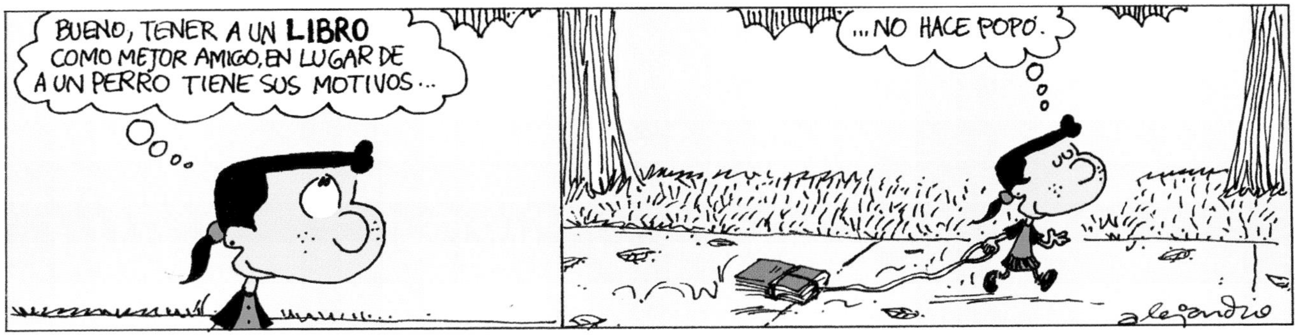
BUENO, TENER A UN **LIBRO** COMO MEJOR AMIGO, EN LUGAR DE A UN PERRO TIENE SUS MOTIVOS...
...NO HACE POPÓ.

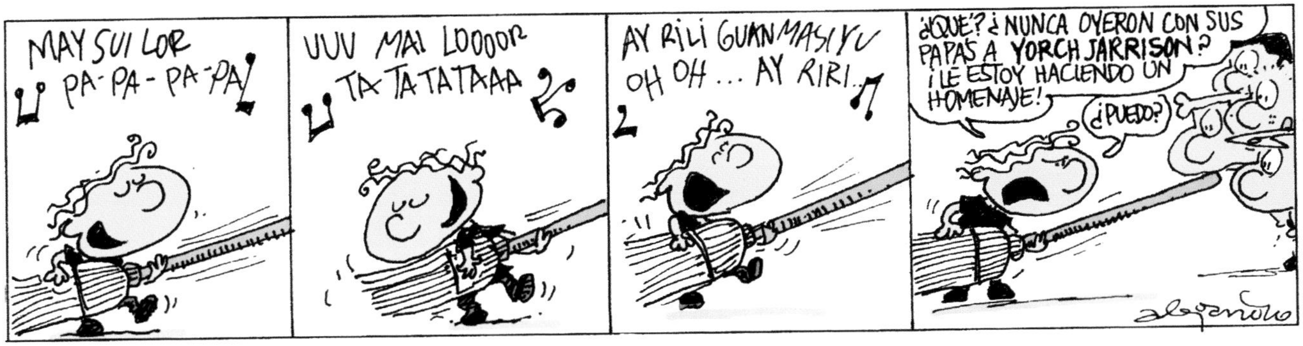
MAY SUI LOR PA-PA-PA-PA
UUU MAI LOOOOR TA TATATAAA
AY RILI GUANMASI YU OH OH... AY RIRI
¿QUÉ? ¿NUNCA OYERON CON SUS PAPÁS A **YORCH JARRISON**? ¡LE ESTOY HACIENDO UN HOMENAJE!
¿PUEDO?

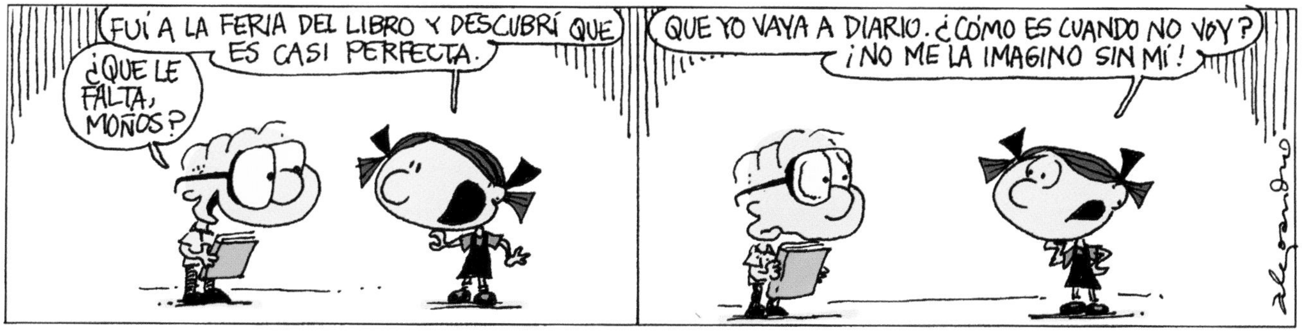
FUÍ A LA FERIA DEL LIBRO Y DESCUBRÍ QUE ES CASI PERFECTA.
¿QUE LE FALTA, MOÑOS?
QUE YO VAYA A DIARIO. ¿CÓMO ES CUANDO NO VOY? ¡NO ME LA IMAGINO SIN MÍ!

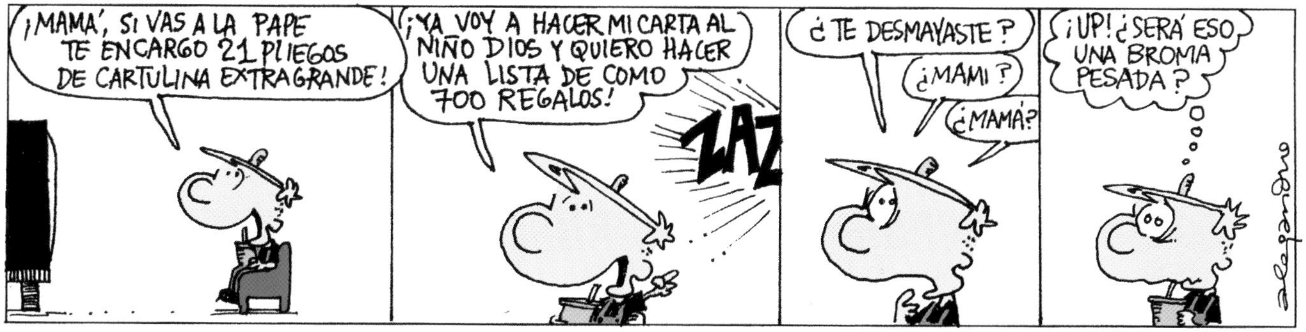
¡MAMÁ, SI VAS A LA PAPE TE ENCARGO 21 PLIEGOS DE CARTULINA EXTRAGRANDE!
¡YA VOY A HACER MI CARTA AL NIÑO DIOS Y QUIERO HACER UNA LISTA DE COMO 700 REGALOS!
ZAZ
¿TE DESMAYASTE?
¿MAMI?
¿MAMÁ?
¡UP! ¿SERÁ ESO UNA BROMA PESADA?

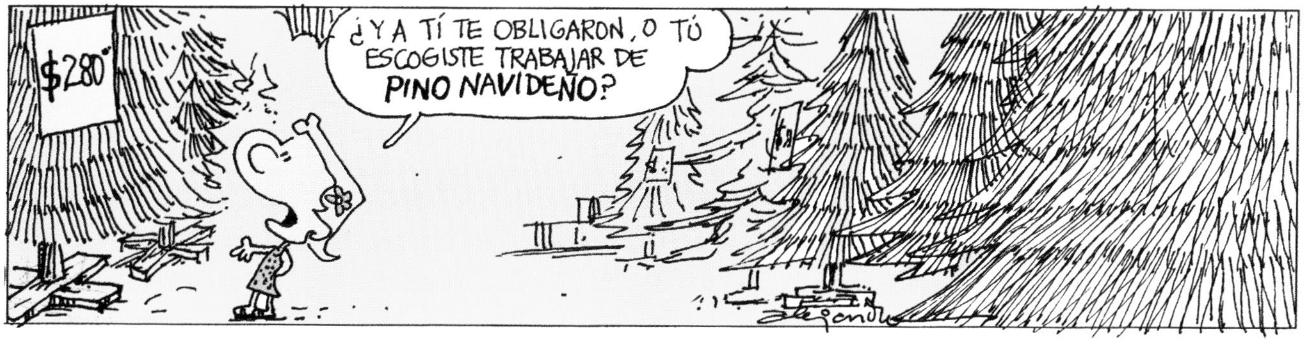
$280
¿Y A TÍ TE OBLIGARON, O TÚ ESCOGISTE TRABAJAR DE PINO NAVIDEÑO?

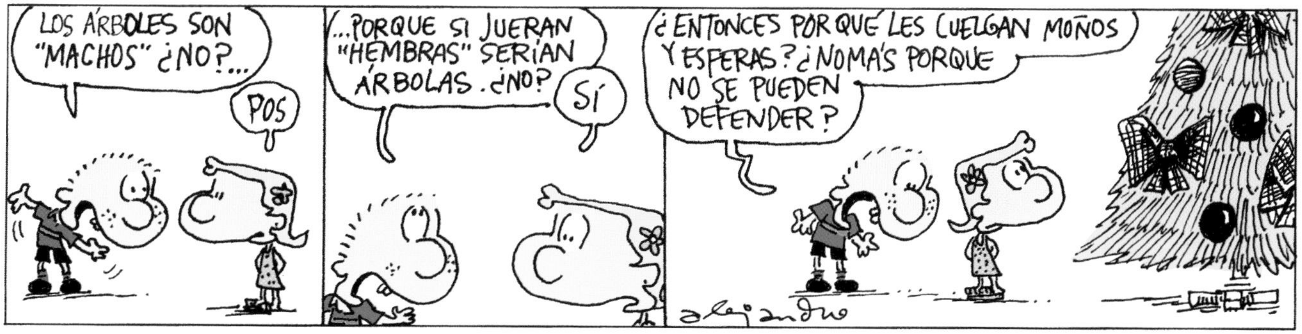
LOS ÁRBOLES SON "MACHOS" ¿NO?...
POS
...PORQUE SI JUERAN "HEMBRAS" SERÍAN ÁRBOLAS. ¿NO?
SÍ
¿ENTONCES POR QUÉ LES CUELGAN MOÑOS Y ESFERAS? ¿NOMÁS PORQUE NO SE PUEDEN DEFENDER?

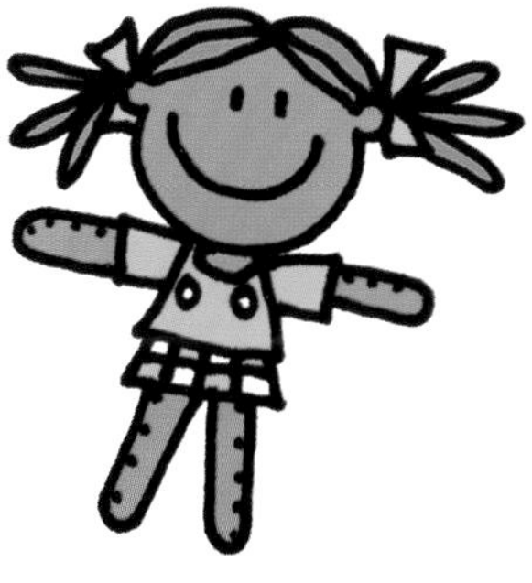

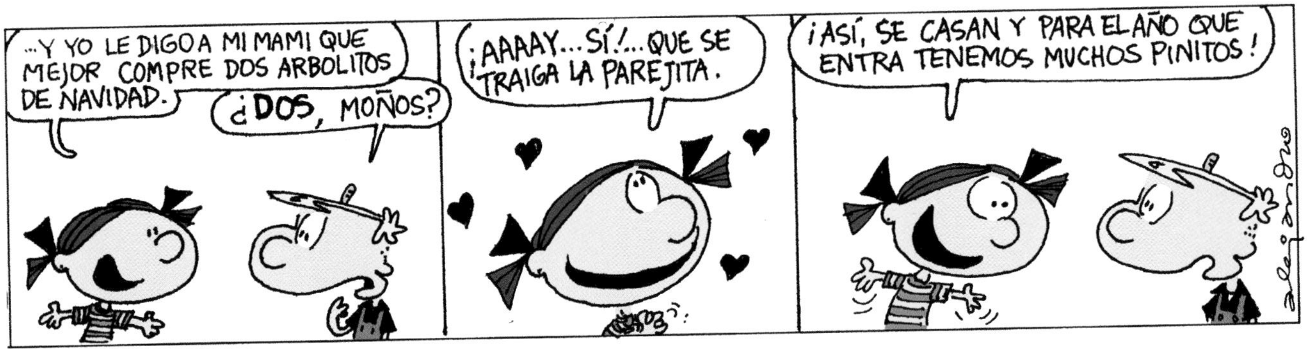
...Y YO LE DIGO A MI MAMI QUE MEJOR COMPRE DOS ARBOLITOS DE NAVIDAD.
¿DOS, MOÑOS?
¡AAAAY...SÍ!...QUE SE TRAIGA LA PAREJITA.
¡ASÍ, SE CASAN Y PARA EL AÑO QUE ENTRA TENEMOS MUCHOS PINITOS!
alejandro

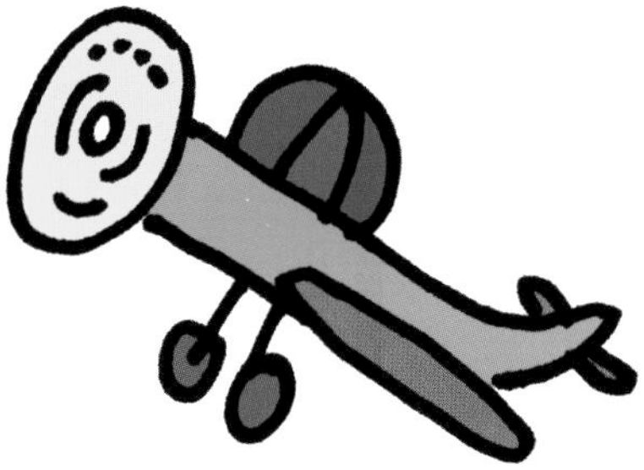

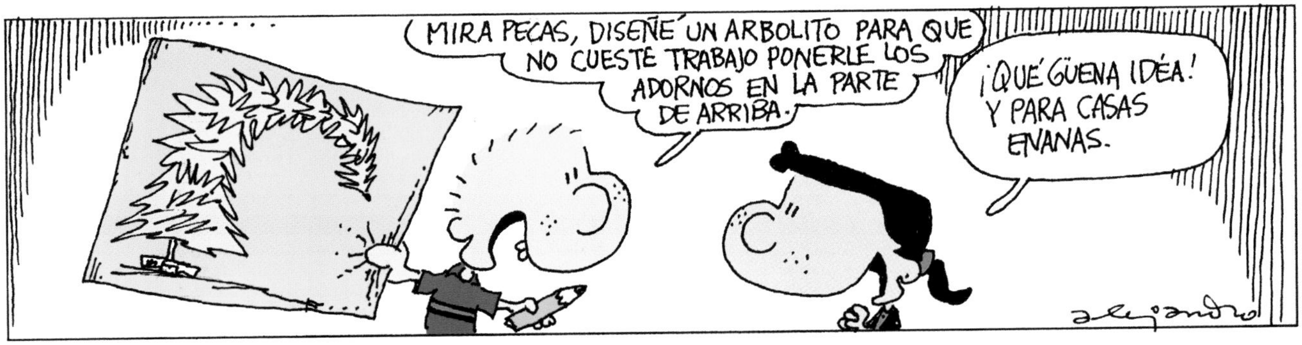
MIRA PECAS, DISEÑÉ UN ARBOLITO PARA QUE NO CUESTE TRABAJO PONERLE LOS ADORNOS EN LA PARTE DE ARRIBA.
¡QUÉ GÜENA IDÉA! Y PARA CASAS ENANAS.
alejandro

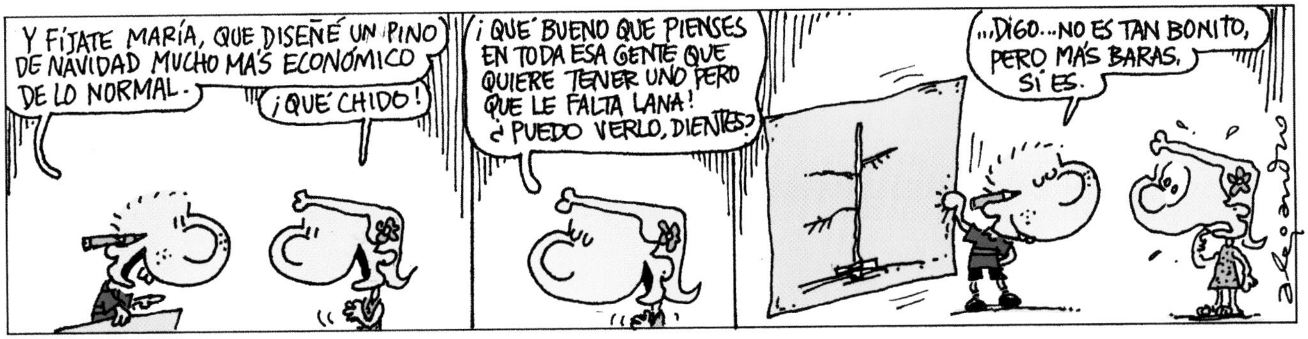
Y FÍJATE MARÍA, QUE DISEÑÉ UN PINO DE NAVIDAD MUCHO MÁS ECONÓMICO DE LO NORMAL.
¡QUÉ CHIDO!
¡QUÉ BUENO QUE PIENSES EN TODA ESA GENTE QUE QUIERE TENER UNO PERO QUE LE FALTA LANA! ¿PUEDO VERLO, DIENTES?
...DIGO...NO ES TAN BONITO, PERO MÁS BARAS, SÍ ES.
alejandro

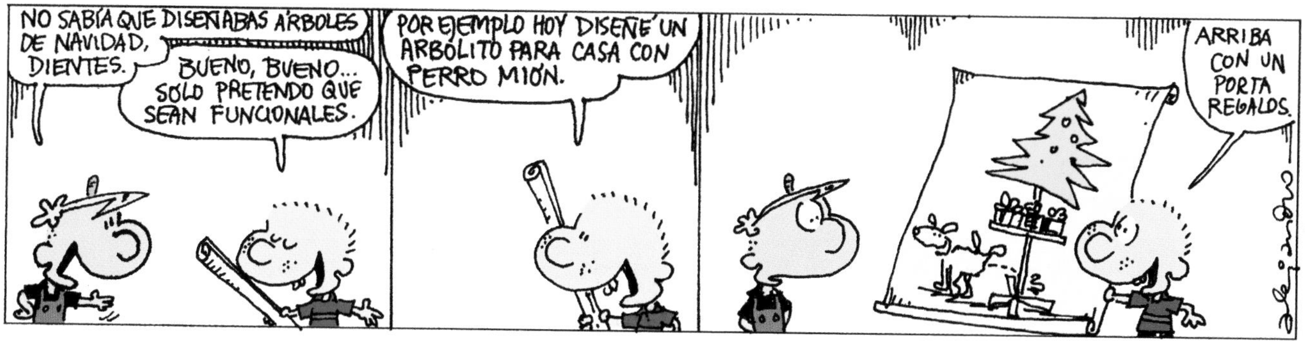
NO SABÍA QUE DISEÑABAS ÁRBOLES DE NAVIDAD, DIENTES.
BUENO, BUENO... SOLO PRETENDO QUE SEAN FUNCIONALES.
POR EJEMPLO HOY DISEÑÉ UN ARBOLITO PARA CASA CON PERRO MIÓN.
ARRIBA CON UN PORTA REGALOS.
alejandro

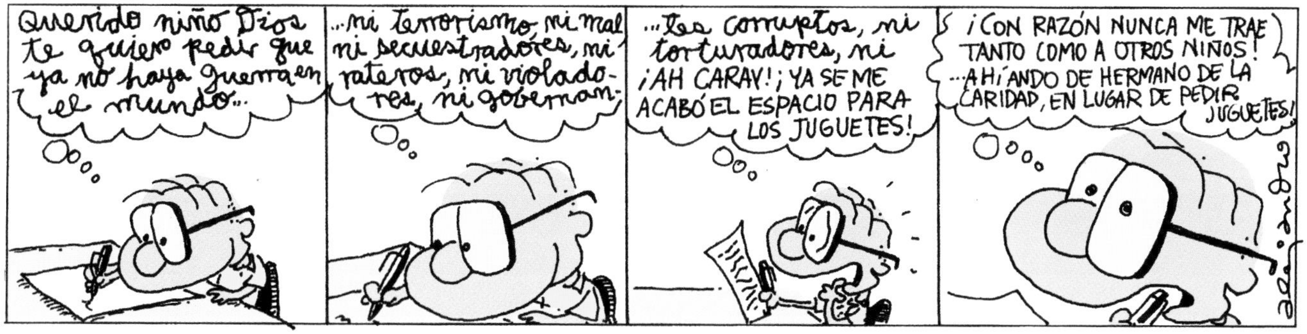
Querido niño Dios te quiero pedir que ya no haya guerra en el mundo...
...ni terrorismo, ni mal ni secuestradores, ni rateros, ni violadores, ni goberman-
...tes corruptos, ni torturadores, ni ¡AH CARAY! ¡YA SE ME ACABÓ EL ESPACIO PARA LOS JUGUETES!
¡CON RAZÓN NUNCA ME TRAE TANTO COMO A OTROS NIÑOS! ...AHÍ ANDO DE HERMANO DE LA CARIDAD, EN LUGAR DE PEDIR JUGUETES!
alejandro

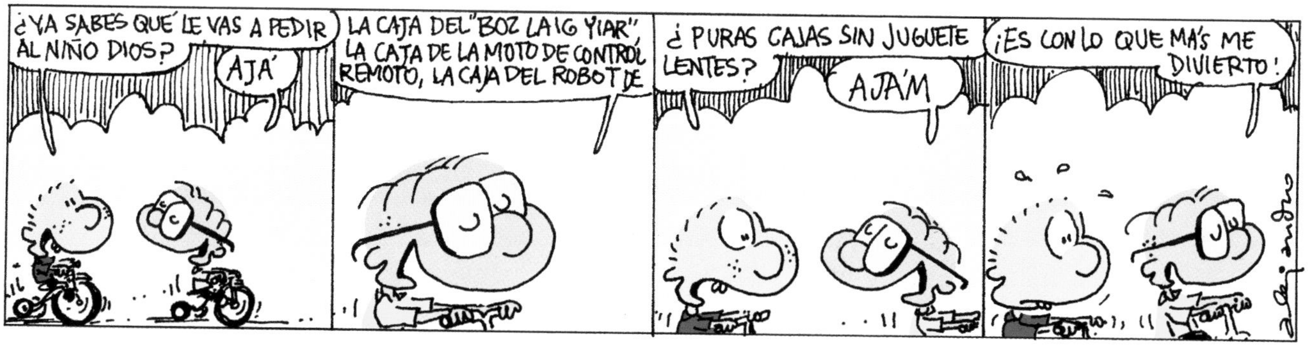
¿YA SABES QUÉ LE VAS A PEDIR AL NIÑO DIOS?
AJÁ
LA CAJA DEL "BOZ LAIG YIAR", LA CAJA DE LA MOTO DE CONTROL REMOTO, LA CAJA DEL ROBOT DE
¿PURAS CAJAS SIN JUGUETE LENTES?
AJÁ'M
¡ES CON LO QUE MÁS ME DIVIERTO!
alejandro

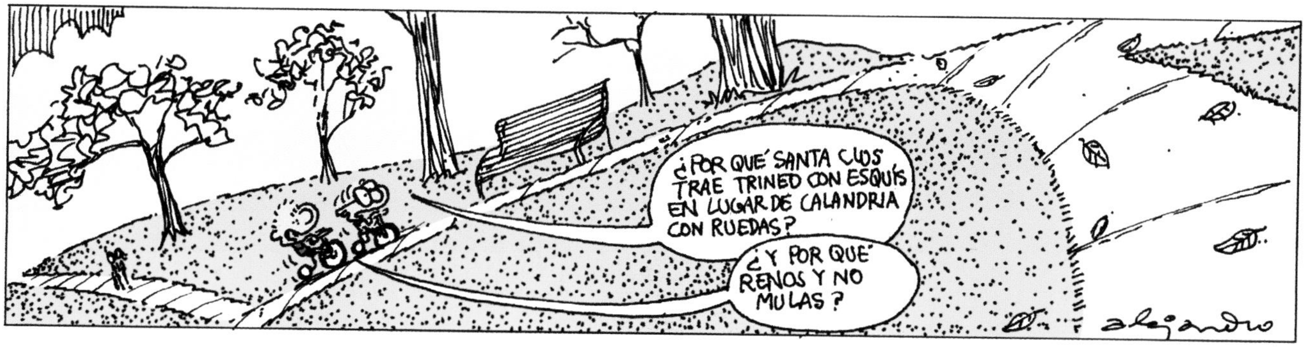
¿POR QUÉ SANTA CLOS TRAE TRINEO CON ESQUÍS EN LUGAR DE CALANDRIA CON RUEDAS?
¿Y POR QUÉ RENOS Y NO MULAS?
alejandro

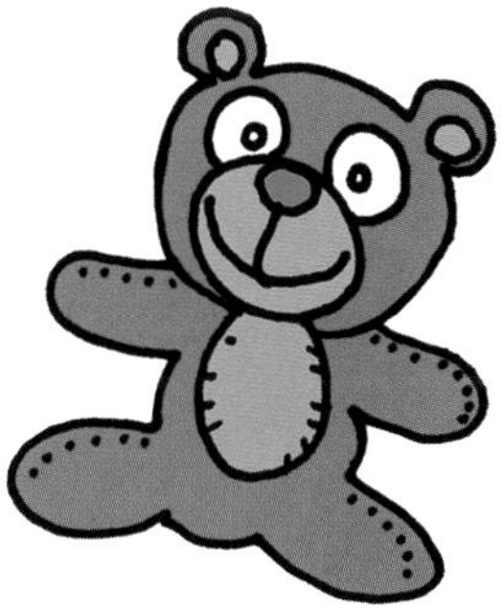

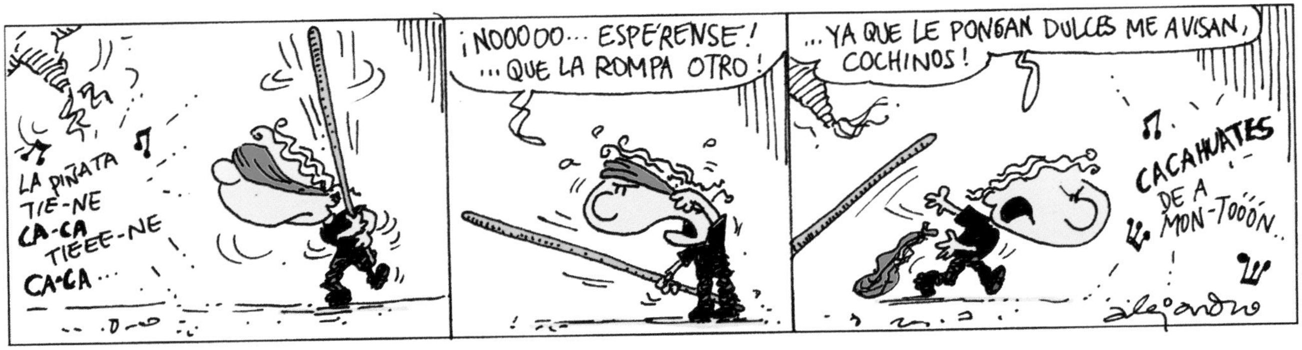
LA PIÑATA TIE-NE CA-CA TIEEE-NE CA-CA...
¡NOOOOO... ESPÉRENSE! ...QUE LA ROMPA OTRO!
...YA QUE LE PONGAN DULCES ME AVISAN, COCHINOS!
CACAHUATES DE A MON-TOOÓN...
alejandro

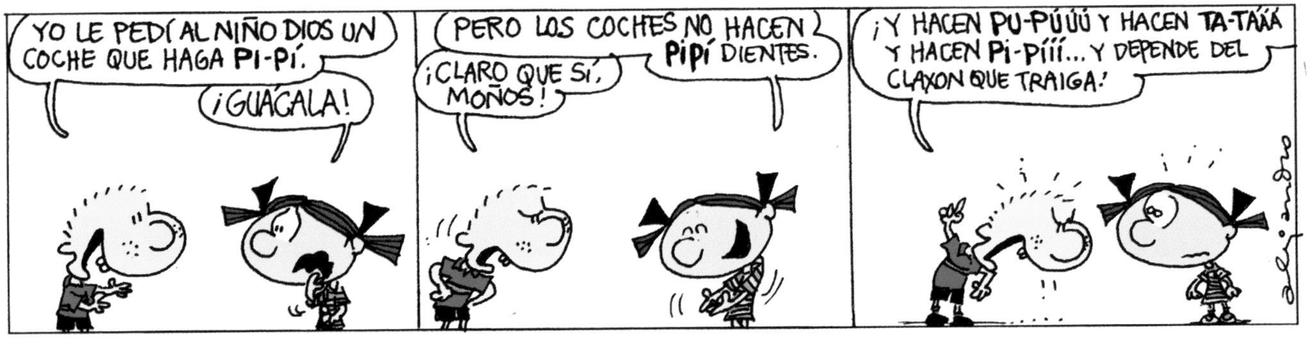
YO LE PEDÍ AL NIÑO DIOS UN COCHE QUE HAGA PI-PÍ.
¡GUÁCALA!
PERO LOS COCHES NO HACEN PIPÍ DIENTES.
¡CLARO QUE SÍ, MOÑOS!
¡Y HACEN PU-PÚÚÚ Y HACEN TA-TÁÁÁ Y HACEN PI-PÍÍÍ... Y DEPENDE DEL CLAXON QUE TRAIGA!
alejandro

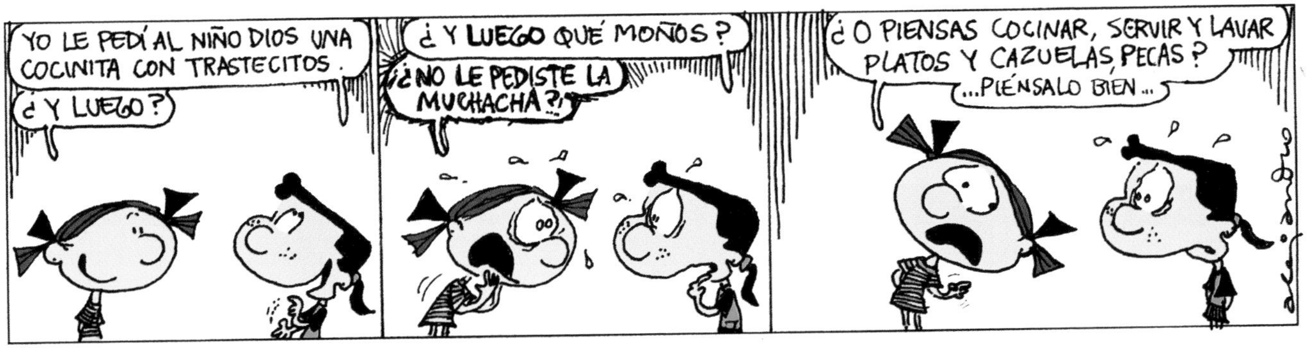
YO LE PEDÍ AL NIÑO DIOS UNA COCINITA CON TRASTECITOS.
¿Y LUEGO?
¿Y LUEGO QUÉ MOÑOS?
¿NO LE PEDISTE LA MUCHACHA?
¿O PIENSAS COCINAR, SERVIR Y LAVAR PLATOS Y CAZUELAS, PECAS?
...PIÉNSALO BIEN...
alejandro

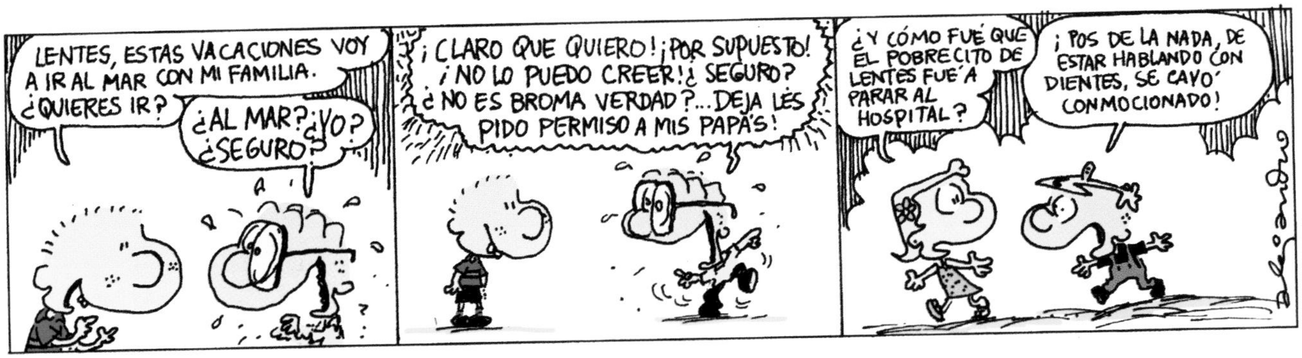
LENTES, ESTAS VACACIONES VOY A IR AL MAR CON MI FAMILIA. ¿QUIERES IR?
¿AL MAR? ¿YO? ¿SEGURO?
¡CLARO QUE QUIERO! ¡POR SUPUESTO! ¡NO LO PUEDO CREER! ¿SEGURO? ¿NO ES BROMA VERDAD?... DEJA LES PIDO PERMISO A MIS PAPÁS!
¿Y CÓMO FUE QUE EL POBRECITO DE LENTES FUE A PARAR AL HOSPITAL?
¡POS DE LA NADA, DE ESTAR HABLANDO CON DIENTES, SE CAYÓ CONMOCIONADO!
alejandro

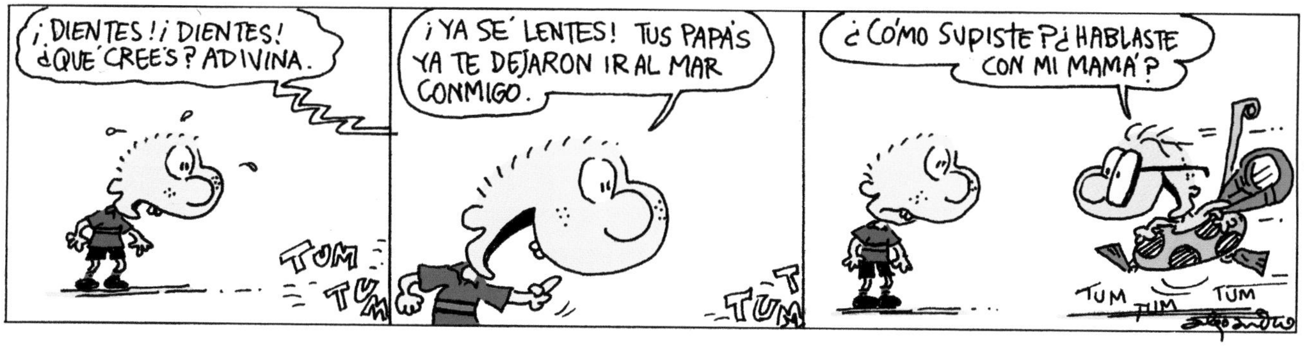
¡DIENTES! ¡DIENTES! ¿QUÉ CREES? ADIVINA.
TUM TUM
¡YA SÉ LENTES! TUS PAPÁS YA TE DEJARON IR AL MAR CONMIGO.
TUM
¿CÓMO SUPISTE? ¿HABLASTE CON MI MAMÁ?
TUM TUM TUM

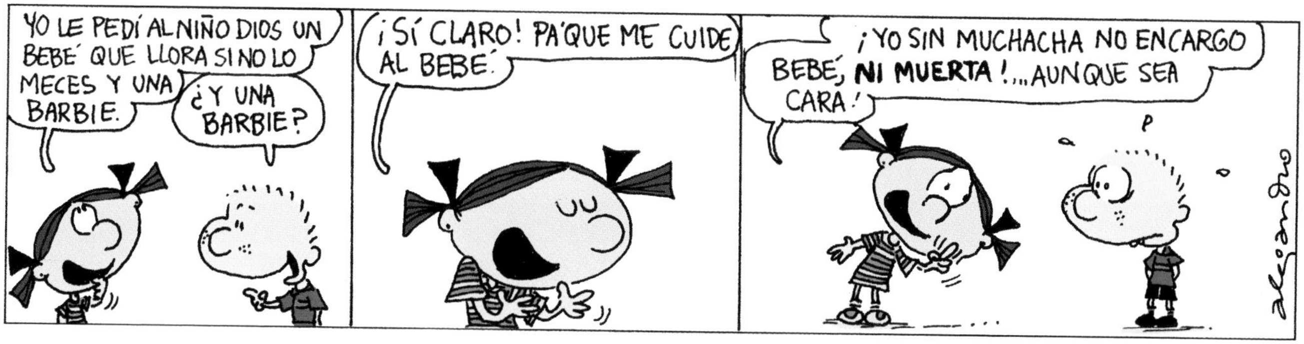
YO LE PEDÍ AL NIÑO DIOS UN BEBÉ QUE LLORA SI NO LO MECES Y UNA BARBIE.
¿Y UNA BARBIE?
¡SÍ CLARO! PA'QUE ME CUIDE AL BEBÉ.
¡YO SIN MUCHACHA NO ENCARGO BEBÉ, NI MUERTA!... AUNQUE SEA CARA!

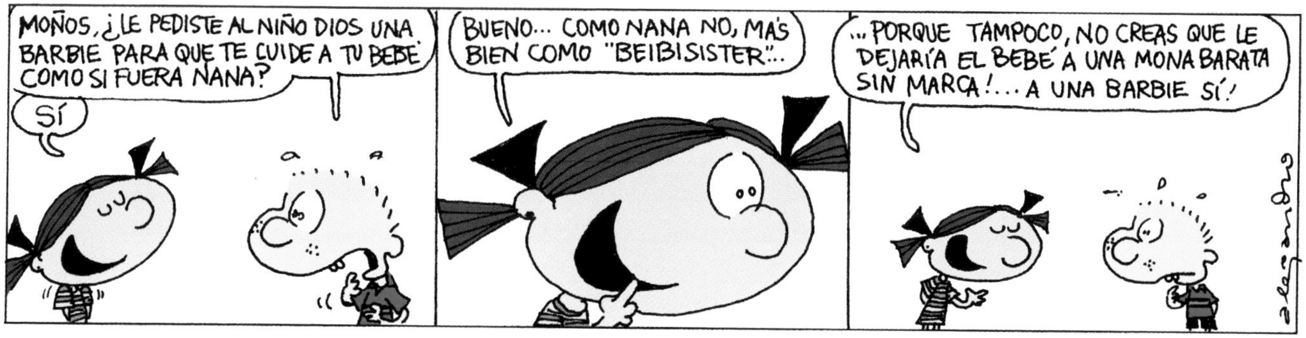
MOÑOS, ¿LE PEDISTE AL NIÑO DIOS UNA BARBIE PARA QUE TE CUIDE A TU BEBÉ COMO SI FUERA NANA?
SÍ
BUENO... COMO NANA NO, MÁS BIEN COMO "BEIBISISTER"...
...PORQUE TAMPOCO, NO CREAS QUE LE DEJARÍA EL BEBÉ A UNA MONA BARATA SIN MARCA!... A UNA BARBIE SÍ!

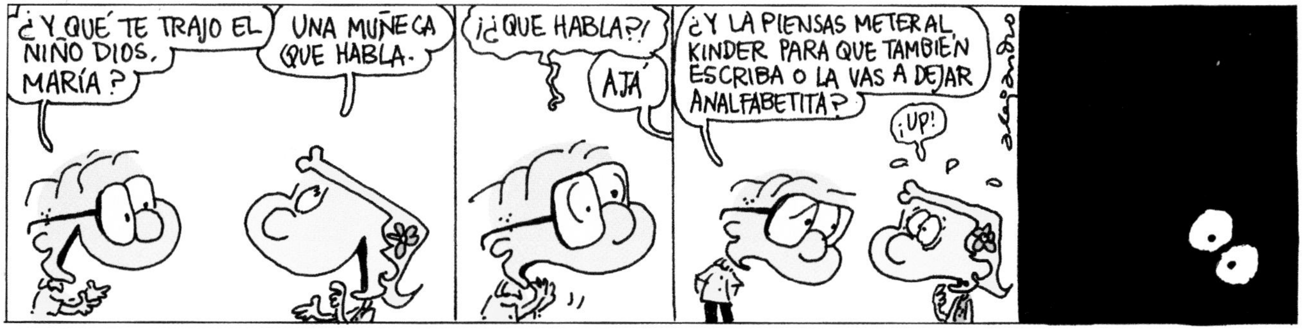
¿Y QUÉ TE TRAJO EL NIÑO DIOS, MARÍA?
UNA MUÑECA QUE HABLA.
¡¿QUE HABLA?!
AJÁ
¿Y LA PIENSAS METER AL KINDER PARA QUE TAMBIÉN ESCRIBA O LA VAS A DEJAR ANALFABETITA?
¡UP!

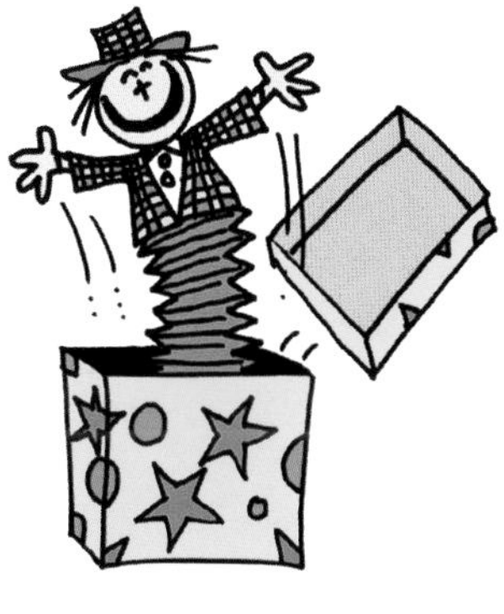

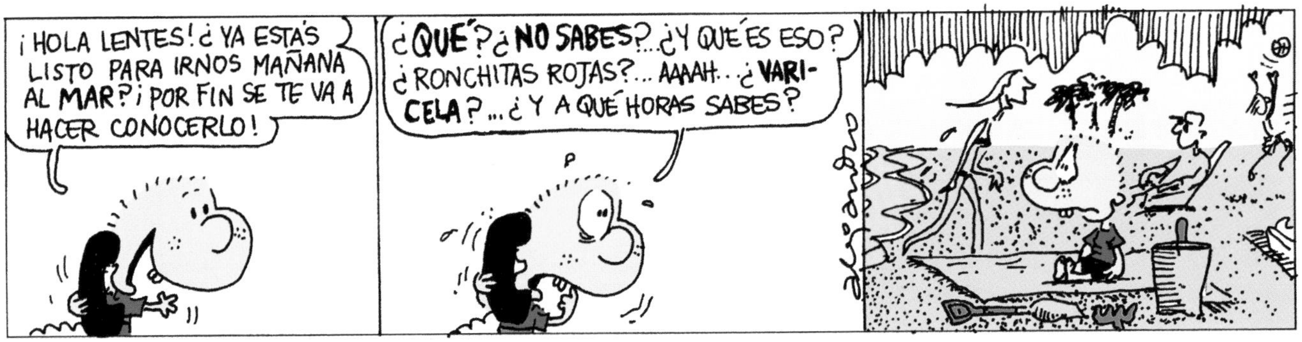
¡HOLA LENTES! ¿YA ESTÁS LISTO PARA IRNOS MAÑANA AL MAR? ¡POR FIN SE TE VA A HACER CONOCERLO!
¿QUÉ? ¿NO SABES? ¿Y QUÉ ES ESO? ¿RONCHITAS ROJAS?... AAAAH... ¿VARI-CELA?... ¿Y A QUÉ HORAS SABES?
escuinclescomic@hotmail.com

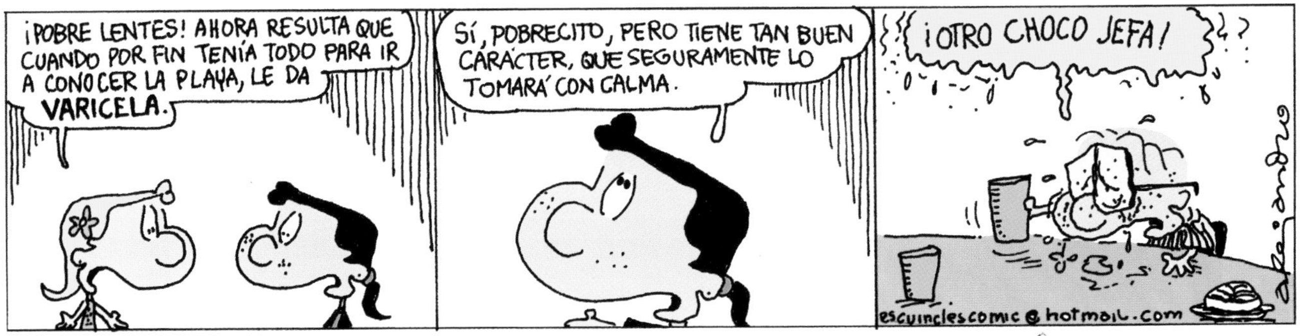
¡POBRE LENTES! AHORA RESULTA QUE CUANDO POR FIN TENÍA TODO PARA IR A CONOCER LA PLAYA, LE DA VARICELA.
SÍ, POBRECITO, PERO TIENE TAN BUEN CARÁCTER, QUE SEGURAMENTE LO TOMARÁ CON CALMA.
¡OTRO CHOCO JEFA!
escuinclescomic@hotmail.com

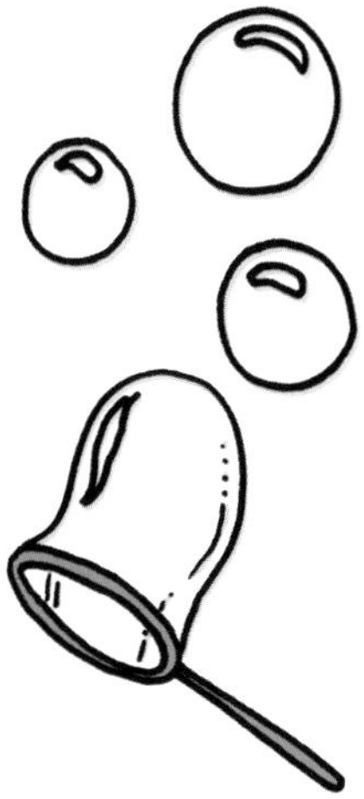

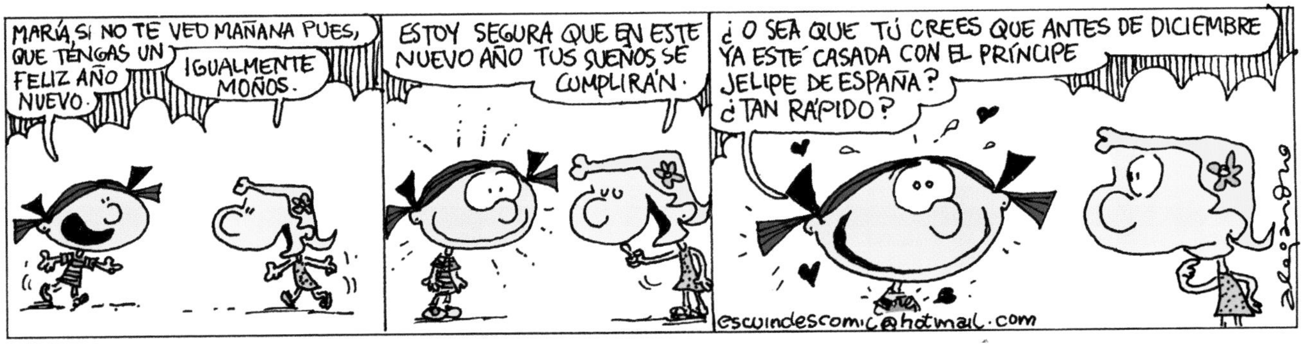
MARÍA, SI NO TE VEO MAÑANA PUES, QUE TENGAS UN FELIZ AÑO NUEVO.
IGUALMENTE MOÑOS.
ESTOY SEGURA QUE EN ESTE NUEVO AÑO TUS SUEÑOS SE CUMPLIRÁN.
¿O SEA QUE TÚ CREES QUE ANTES DE DICIEMBRE YA ESTÉ CASADA CON EL PRÍNCIPE JELIPE DE ESPAÑA? ¿TAN RÁPIDO?
escuinclescomic@hotmail.com

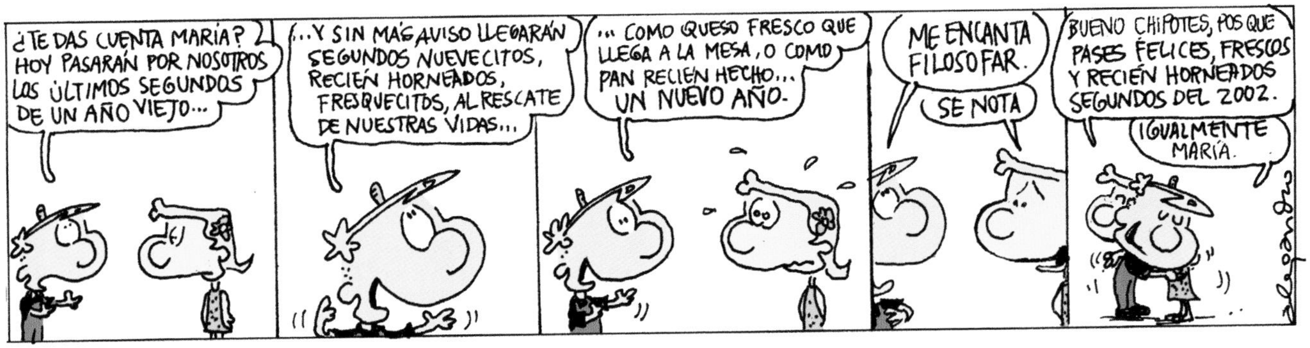
¿TE DAS CUENTA MARÍA? HOY PASARÁN POR NOSOTROS LOS ÚLTIMOS SEGUNDOS DE UN AÑO VIEJO...
...Y SIN MÁS AVISO LLEGARÁN SEGUNDOS NUEVECITOS, RECIÉN HORNEADOS, FRESQUECITOS, AL RESCATE DE NUESTRAS VIDAS...
... COMO QUESO FRESCO QUE LLEGA A LA MESA, O COMO PAN RECIÉN HECHO... UN NUEVO AÑO.
ME ENCANTA FILOSOFAR.
SE NOTA
BUENO CHIPOTES, POS QUE PASES FELICES, FRESCOS Y RECIÉN HORNEADOS SEGUNDOS DEL 2002.
IGUALMENTE MARÍA.

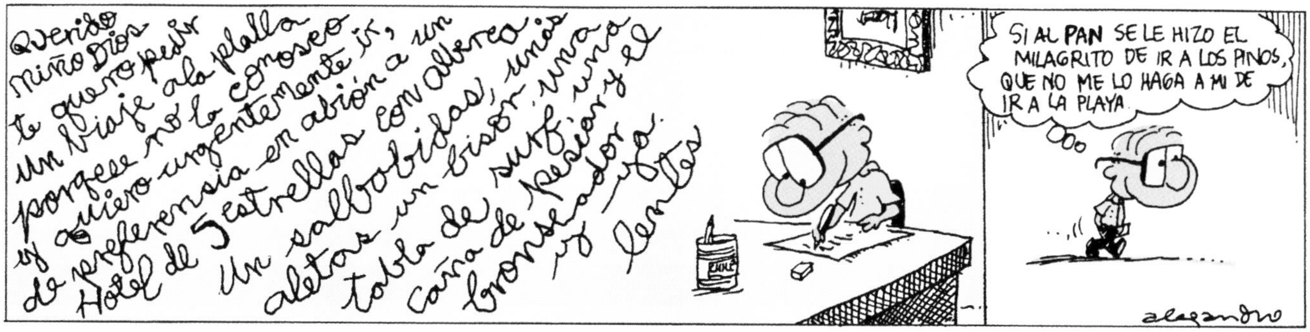
Querido niño Dios
te quiero pedir
un Viaje ala plalla
porqee no la conoseo
y quiero urgentemente ir,
de preferensia en abión a un
Hotel de 5 estrellas con alberca
Un salbabidas, unas
aletas un bisor, una
tabla de surf y el
caña de pesiar y el
bronseador ya
y lentes
SI AL PAN SE LE HIZO EL MILAGRITO DE IR A LOS PINOS, QUE NO ME LO HAGA A MI DE IR A LA PLAYA
alejandro

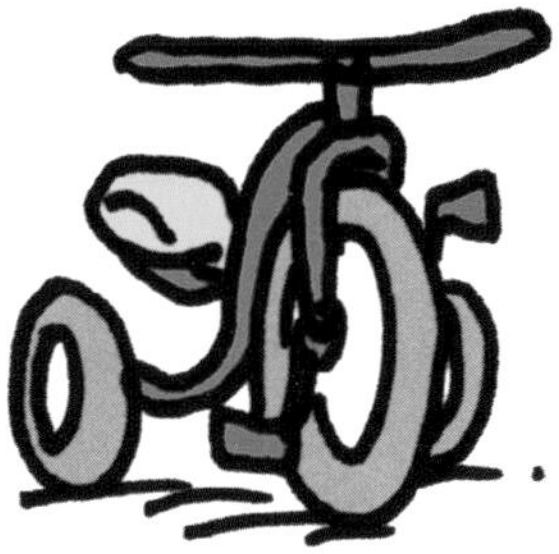

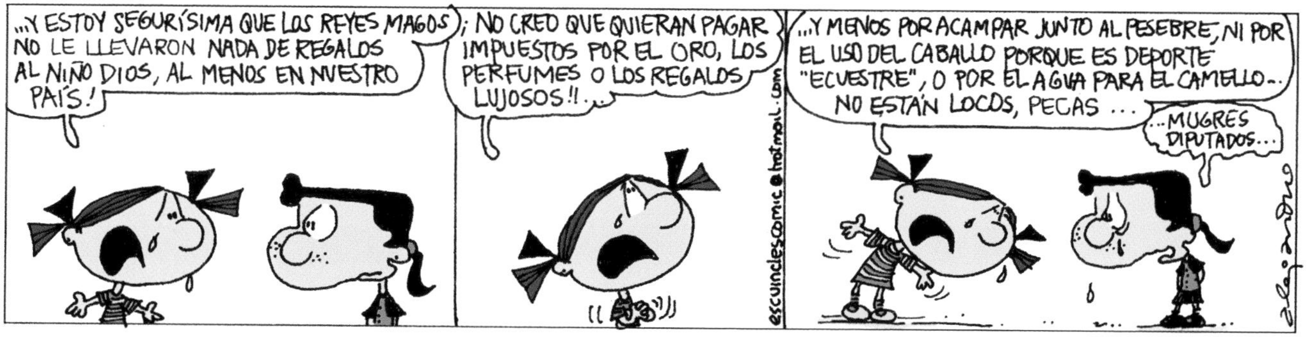
...Y ESTOY SEGURÍSIMA QUE LOS REYES MAGOS NO LE LLEVARON NADA DE REGALOS AL NIÑO DIOS, AL MENOS EN NUESTRO PAÍS!
¡ NO CREO QUE QUIERAN PAGAR IMPUESTOS POR EL ORO, LOS PERFUMES O LOS REGALOS LUJOSOS !!...
escuinclescomic@hotmail.com
...Y MENOS POR ACAMPAR JUNTO AL PESEBRE, NI POR EL USO DEL CABALLO PORQUE ES DEPORTE "ECUESTRE", O POR EL AGUA PARA EL CAMELLO... NO ESTÁN LOCOS, PECAS ...
...MUGRES DIPUTADOS...
alejandro

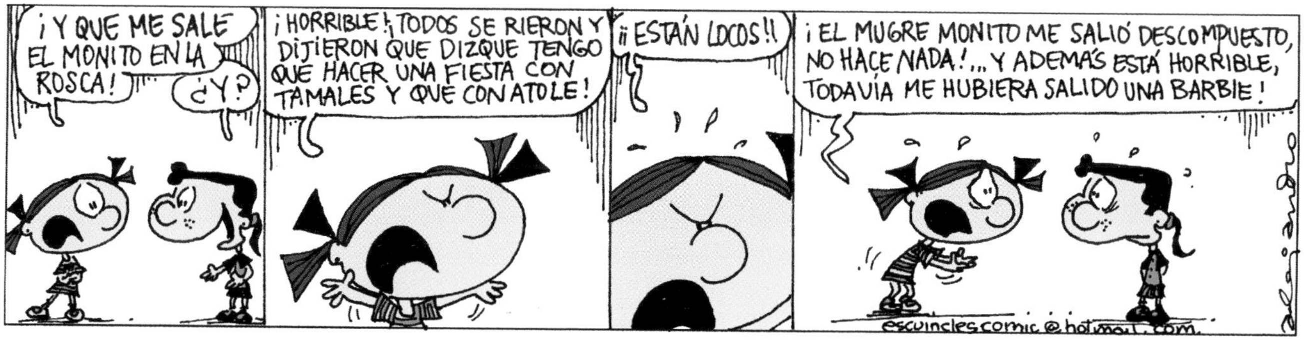
¡ Y QUE ME SALE EL MONITO EN LA ROSCA!
¿Y?
¡ HORRIBLE ! ¡ TODOS SE RIERON Y DIJIERON QUE DIZQUE TENGO QUE HACER UNA FIESTA CON TAMALES Y QUE CON ATOLE !
¡¡ ESTÁN LOCOS !!
¡ EL MUGRE MONITO ME SALIÓ DESCOMPUESTO, NO HACE NADA ! ... Y ADEMÁS ESTÁ HORRIBLE, TODAVÍA ME HUBIERA SALIDO UNA BARBIE !
escuinclescomic@hotmail.com
alejandro

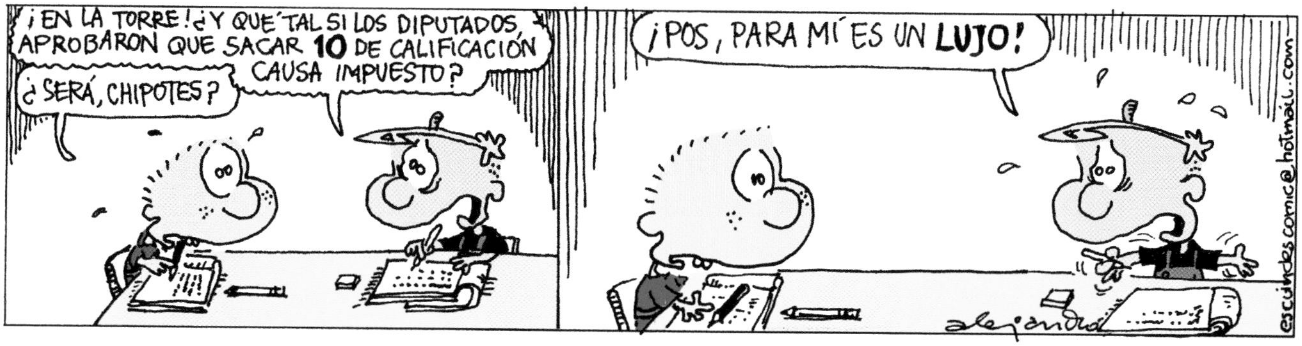
¡ EN LA TORRE ! ¿ Y QUÉ TAL SI LOS DIPUTADOS APROBARON QUE SACAR 10 DE CALIFICACIÓN CAUSA IMPUESTO ?
¿ SERÁ, CHIPOTES ?
¡ POS, PARA MÍ ES UN LUJO !
escuinclescomic@hotmail.com
alejandro

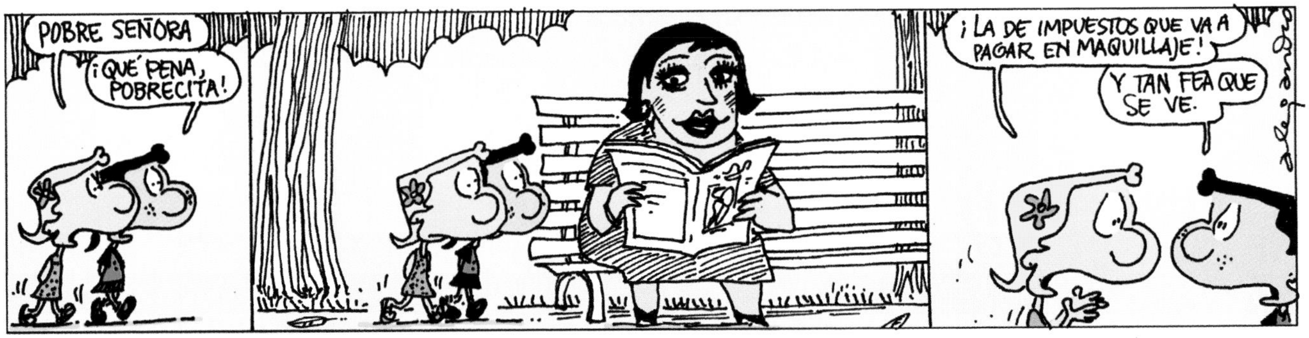
POBRE SEÑORA
¡QUÉ PENA, POBRECITA!
¡LA DE IMPUESTOS QUE VA A PAGAR EN MAQUILLAJE!
Y TAN FEA QUE SE VE.
alejandro

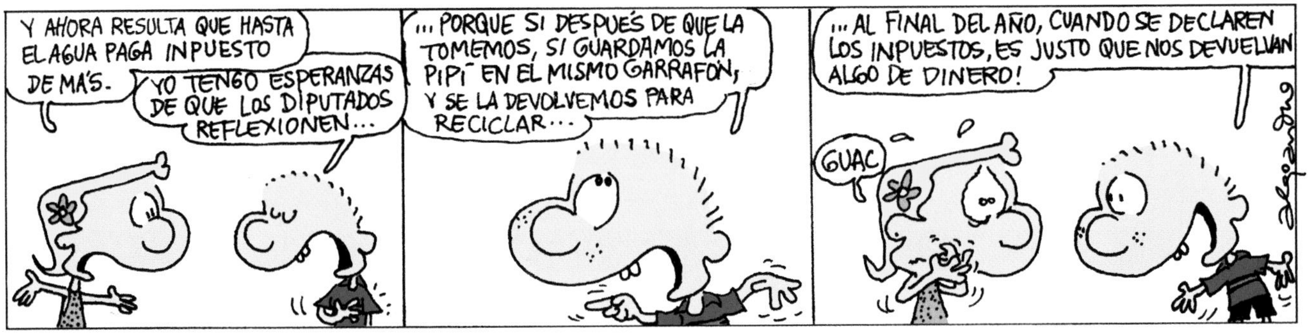
Y AHORA RESULTA QUE HASTA EL AGUA PAGA INPUESTO DE MÁS.
YO TENGO ESPERANZAS DE QUE LOS DIPUTADOS REFLEXIONEN...
...PORQUE SI DESPUÉS DE QUE LA TOMEMOS, SI GUARDAMOS LA PIPÍ EN EL MISMO GARRAFÓN, Y SE LA DEVOLVEMOS PARA RECICLAR...
...AL FINAL DEL AÑO, CUANDO SE DECLAREN LOS INPUESTOS, ES JUSTO QUE NOS DEVUELVAN ALGO DE DINERO!
GUAC
alejandro

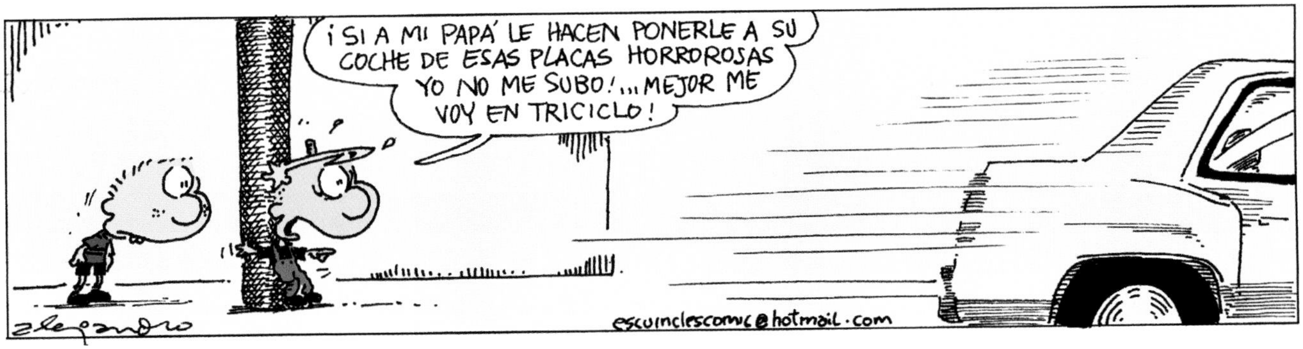
¡SI A MI PAPÁ LE HACEN PONERLE A SU COCHE DE ESAS PLACAS HORROROSAS YO NO ME SUBO!...MEJOR ME VOY EN TRICICLO!
alejandro
escuinclescomic@hotmail.com

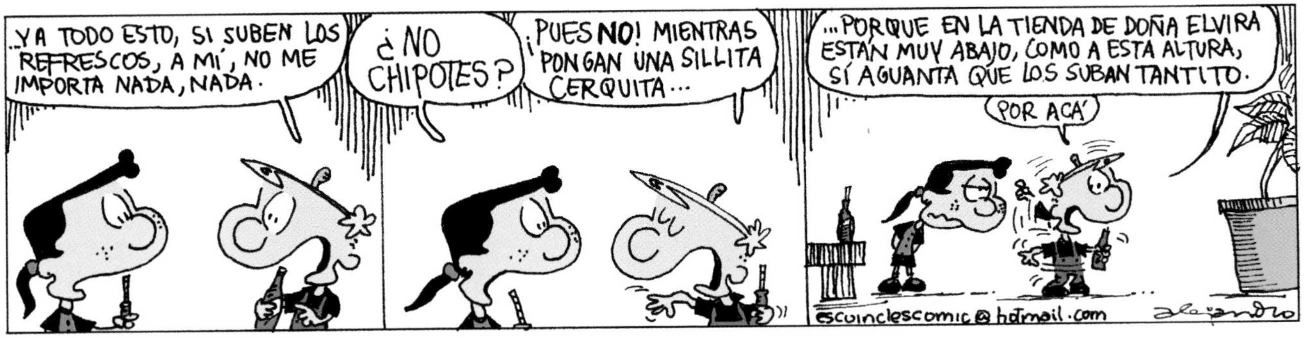
..Y A TODO ESTO, SI SUBEN LOS REFRESCOS, A MÍ, NO ME IMPORTA NADA, NADA.
¿NO CHIPOTES?
¡PUES NO! MIENTRAS PONGAN UNA SILLITA CERQUITA...
...PORQUE EN LA TIENDA DE DOÑA ELVIRA ESTÁN MUY ABAJO, COMO A ESTA ALTURA, SÍ AGUANTA QUE LOS SUBAN TANTITO.
POR ACÁ
escuinclescomic@hotmail.com
alejandro

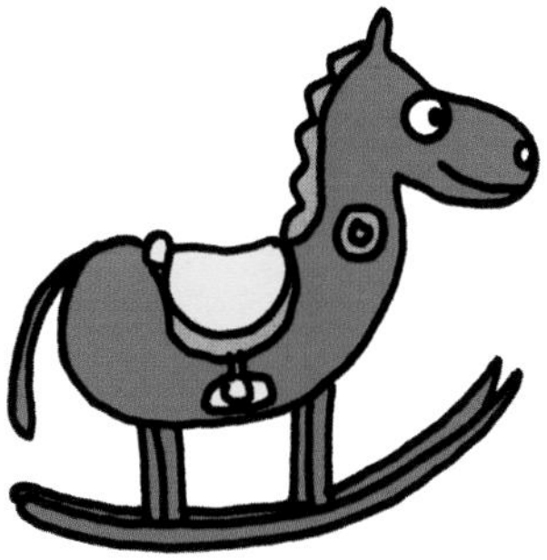

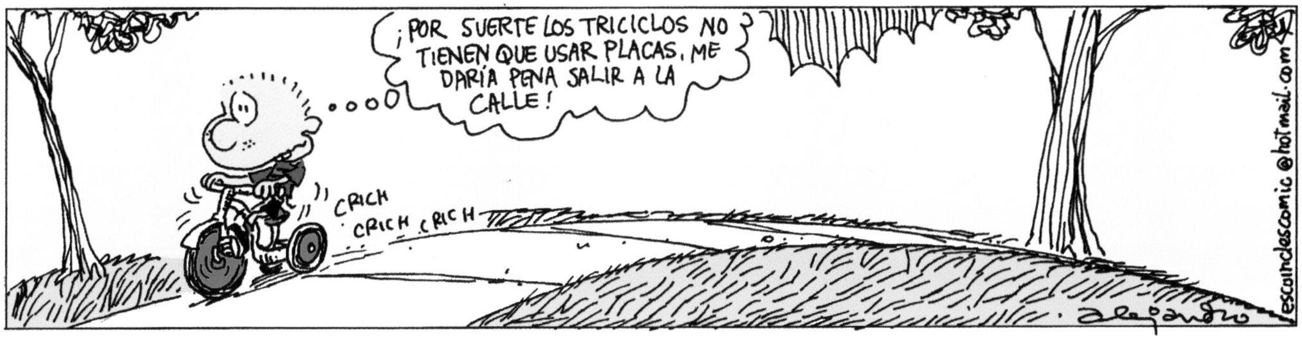
¡POR SUERTE LOS TRICICLOS NO TIENEN QUE USAR PLACAS, ME DARÍA PENA SALIR A LA CALLE!
CRICH CRICH CRICH

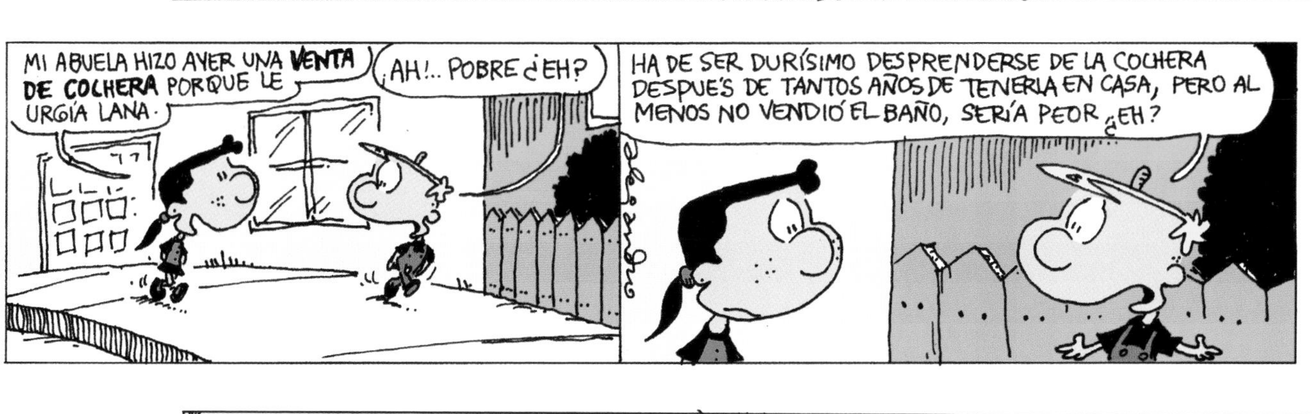
MI ABUELA HIZO AYER UNA **VENTA DE COCHERA** PORQUE LE URGÍA LANA.
¡AH!.. POBRE ¿EH?
HA DE SER DURÍSIMO DESPRENDERSE DE LA COCHERA DESPUÉS DE TANTOS AÑOS DE TENERLA EN CASA, PERO AL MENOS NO VENDIÓ EL BAÑO, SERÍA PEOR ¿EH?

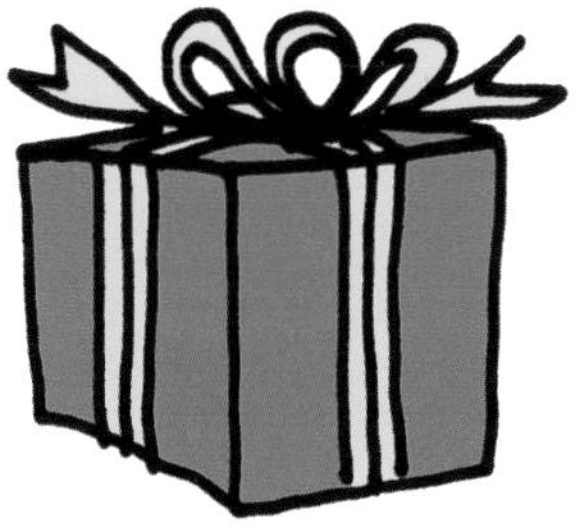

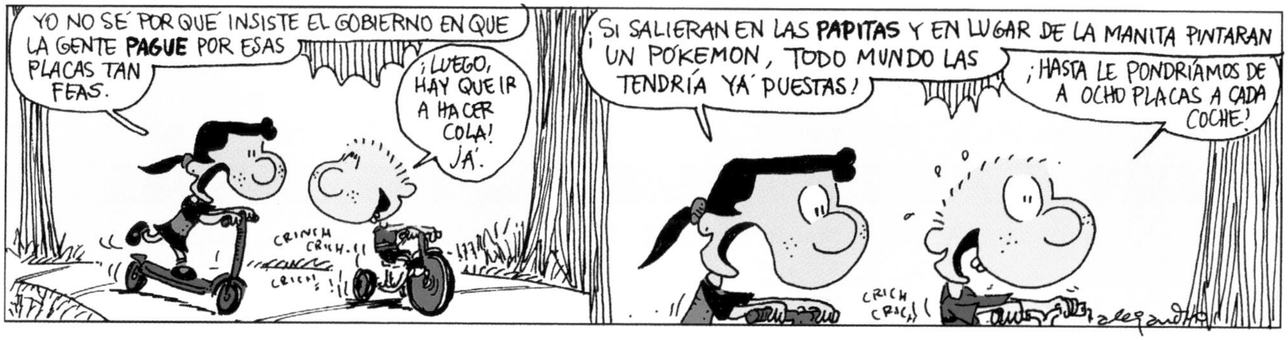
YO NO SÉ POR QUÉ INSISTE EL GOBIERNO EN QUE LA GENTE **PAGUE** POR ESAS PLACAS TAN FEAS.
¡LUEGO, HAY QUE IR A HACER COLA! ¡JA!
CRINCH CRICH
¡SI SALIERAN EN LAS **PAPITAS** Y EN LUGAR DE LA MANITA PINTARAN UN POKEMON, TODO MUNDO LAS TENDRÍA YA PUESTAS!
¡HASTA LE PONDRÍAMOS DE A OCHO PLACAS A CADA COCHE!
CRICH CRICH

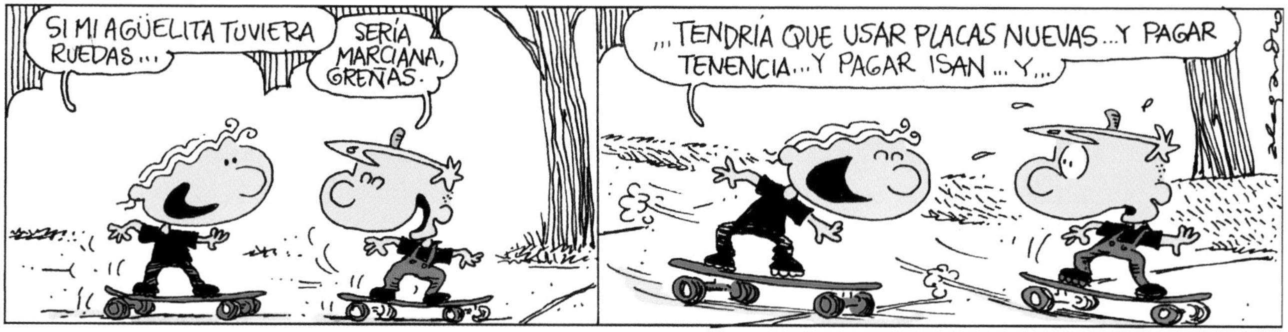
SI MI AGÜELITA TUVIERA RUEDAS...
SERÍA MARCIANA, GREÑAS.
...TENDRÍA QUE USAR PLACAS NUEVAS...Y PAGAR TENENCIA...Y PAGAR ISAN...Y...

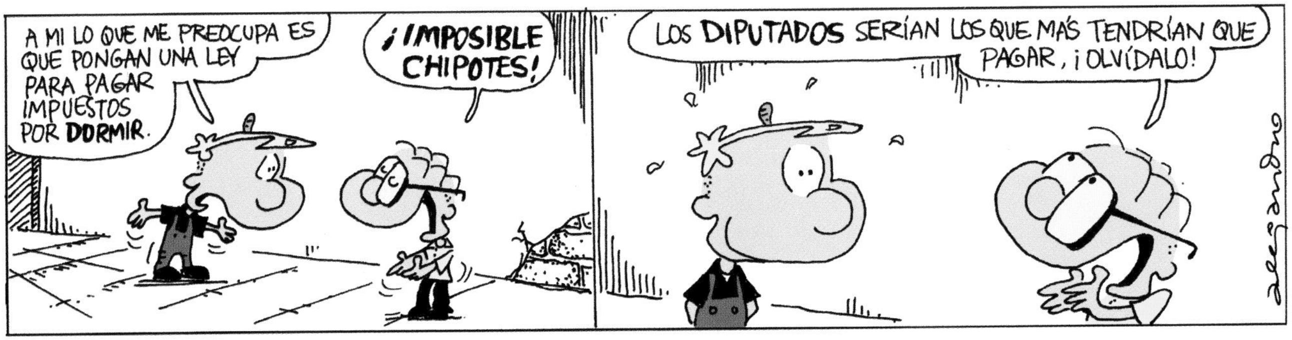
A MI LO QUE ME PREOCUPA ES QUE PONGAN UNA LEY PARA PAGAR IMPUESTOS POR **DORMIR**.
¡IMPOSIBLE CHIPOTES!
LOS **DIPUTADOS** SERÍAN LOS QUE MÁS TENDRÍAN QUE PAGAR, ¡OLVÍDALO!
alejandro

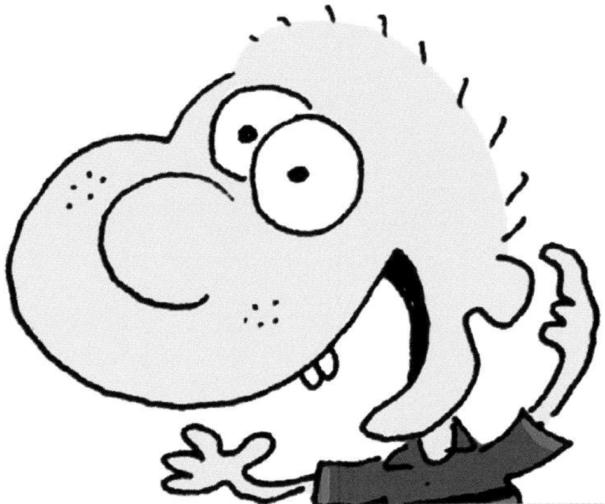

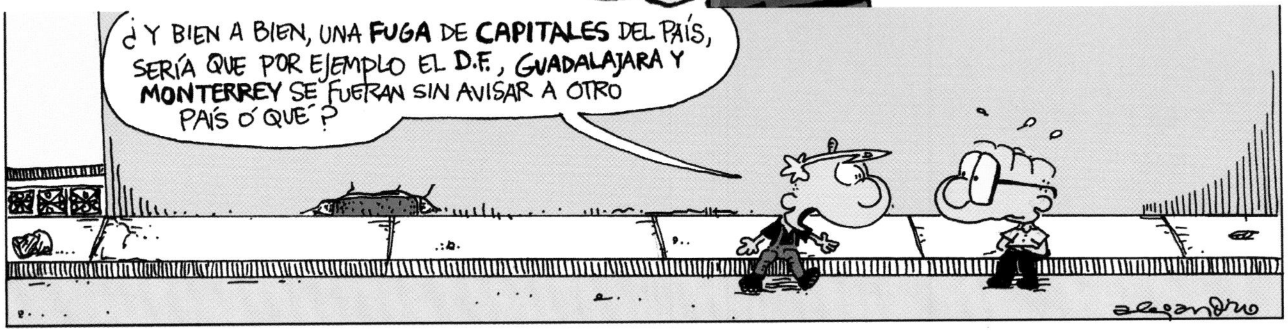
¿Y BIEN A BIEN, UNA **FUGA** DE **CAPITALES** DEL PAÍS, SERÍA QUE POR EJEMPLO EL **D.F.**, **GUADALAJARA** Y **MONTERREY** SE FUERAN SIN AVISAR A OTRO PAÍS O QUÉ?
alejandro

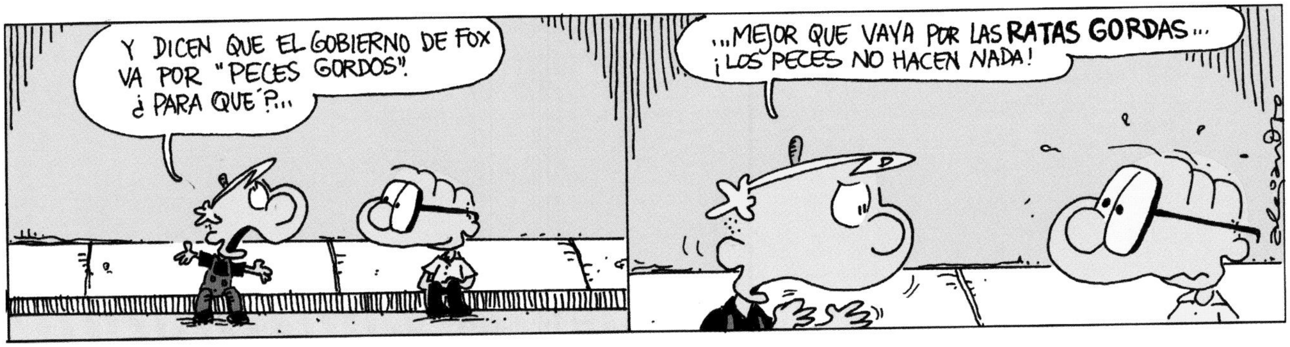
Y DICEN QUE EL GOBIERNO DE FOX VA POR "PECES GORDOS". ¿PARA QUÉ?...
...MEJOR QUE VAYA POR LAS **RATAS GORDAS**... ¡LOS PECES NO HACEN NADA!
alejandro

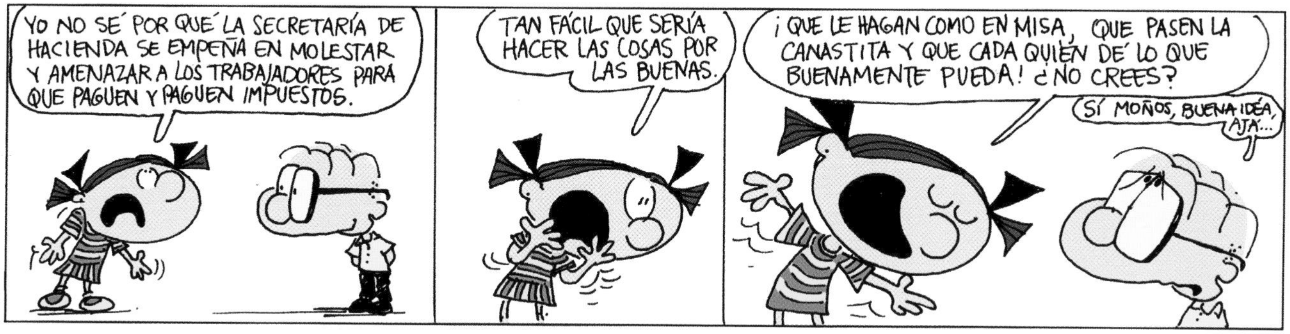
YO NO SÉ POR QUÉ LA SECRETARÍA DE HACIENDA SE EMPEÑA EN MOLESTAR Y AMENAZAR A LOS TRABAJADORES PARA QUE PAGUEN Y PAGUEN IMPUESTOS.
TAN FÁCIL QUE SERÍA HACER LAS COSAS POR LAS BUENAS.
¡QUE LE HAGAN COMO EN MISA, QUE PASEN LA CANASTITA Y QUE CADA QUIÉN DÉ LO QUE BUENAMENTE PUEDA! ¿NO CREES?
SÍ MOÑOS, BUENA IDEA, AJÁ...

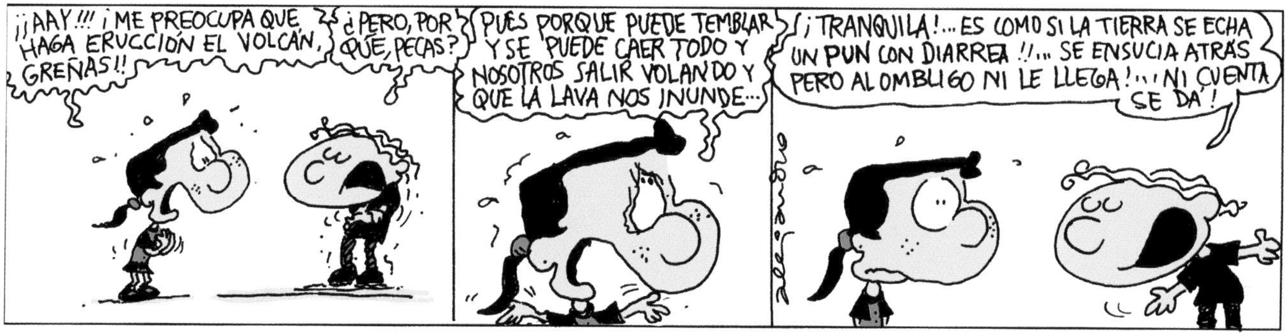
¡¡AAY!!! ¡ME PREOCUPA QUE HAGA ERUCCIÓN EL VOLCÁN, GREÑAS!!
¿PERO, POR QUÉ, PECAS?
PUES PORQUE PUEDE TEMBLAR Y SE PUEDE CAER TODO Y NOSOTROS SALIR VOLANDO Y QUE LA LAVA NOS INUNDE...
¡TRANQUILA!... ES COMO SI LA TIERRA SE ECHA UN PUN CON DIARREA !!... SE ENSUCIA ATRÁS PERO AL OMBLIGO NI LE LLEGA!... ¡NI CUENTA SE DA!

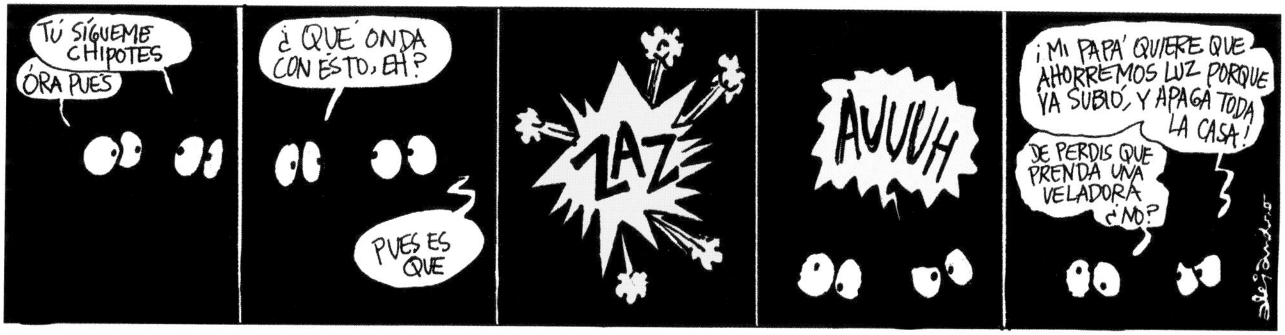
TÚ SÍGUEME CHIPOTES
ÓRA PUES
¿QUÉ ONDA CON ESTO, EH?
PUES ES QUE
ZAZ
AUUUH
¡MI PAPÁ QUIERE QUE AHORREMOS LUZ PORQUE YA SUBIÓ, Y APAGA TODA LA CASA!
DE PERDIS QUE PRENDA UNA VELADORA ¿NO?

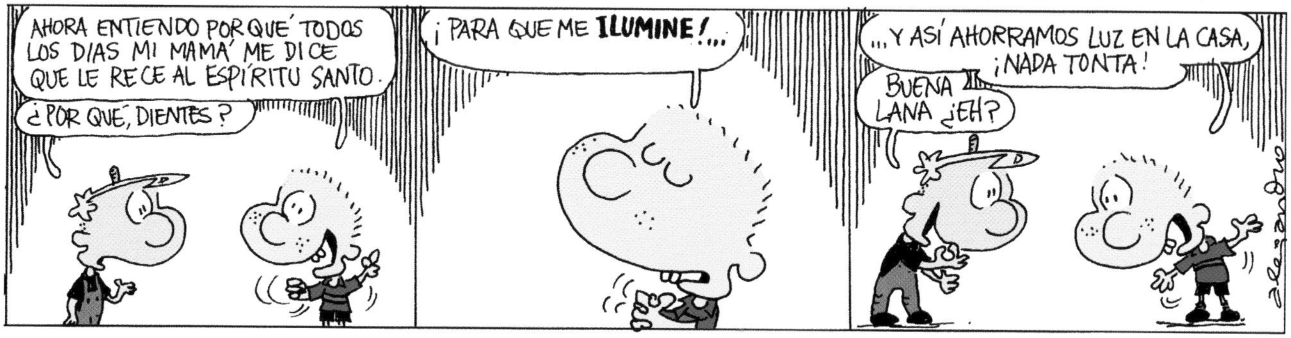
AHORA ENTIENDO POR QUÉ TODOS LOS DIAS MI MAMÁ ME DICE QUE LE RECE AL ESPÍRITU SANTO.
¿POR QUÉ, DIENTES?
¡PARA QUE ME ILUMINE!...
...Y ASÍ AHORRAMOS LUZ EN LA CASA, ¡NADA TONTA!
BUENA LANA ¿EH?

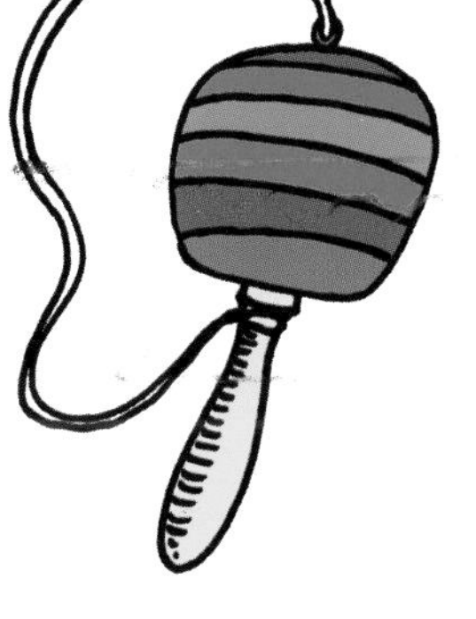

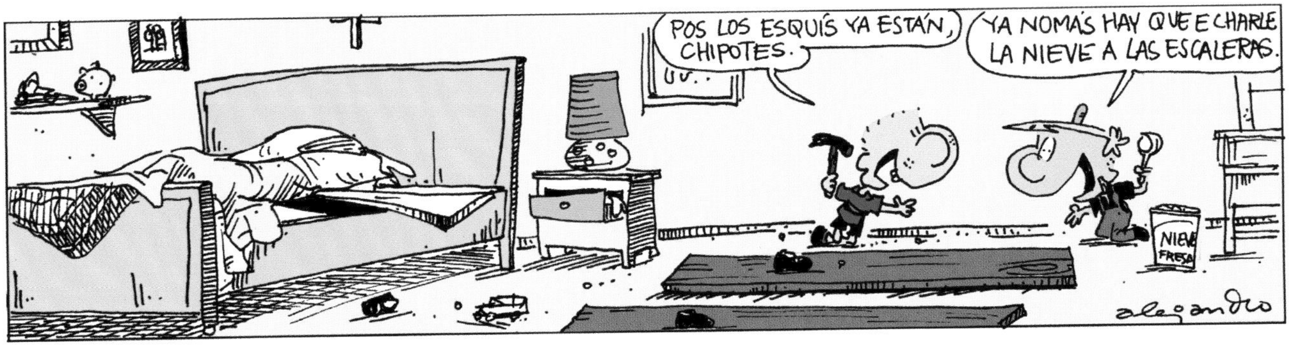
POS LOS ESQUÍS YA ESTÁN, CHIPOTES.
YA NOMÁS HAY QUE ECHARLE LA NIEVE A LAS ESCALERAS.
NIEVE FRESA
alejandro

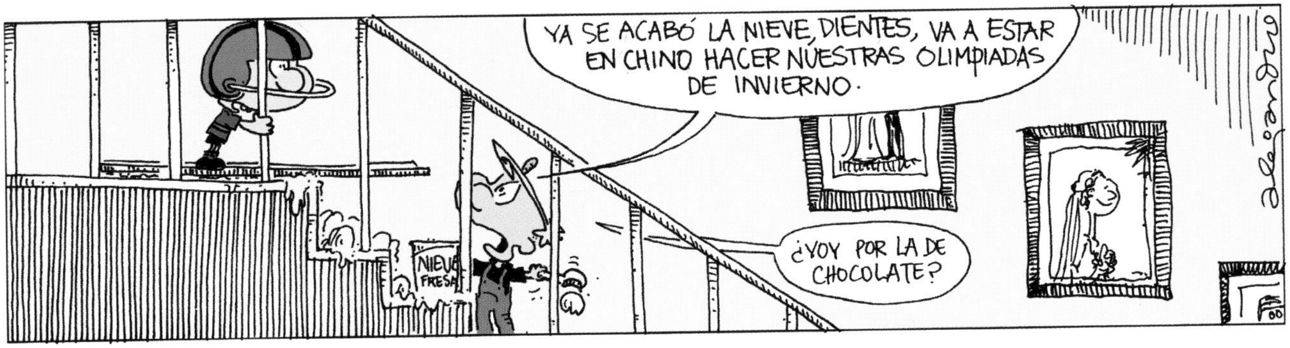
YA SE ACABÓ LA NIEVE, DIENTES, VA A ESTAR EN CHINO HACER NUESTRAS OLIMPIADAS DE INVIERNO.
¿VOY POR LA DE CHOCOLATE?
NIEVE FRESA
alejandro

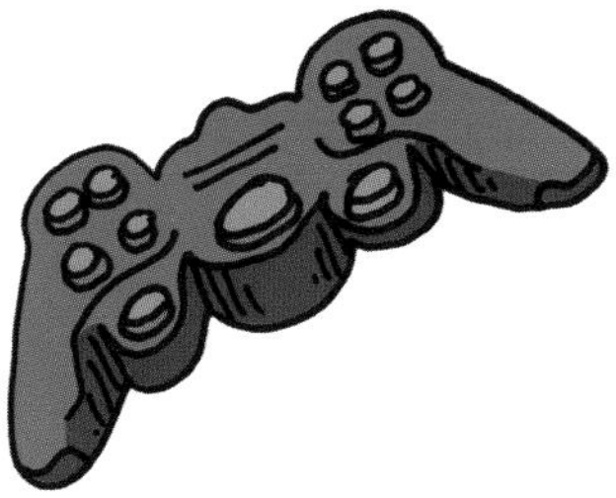

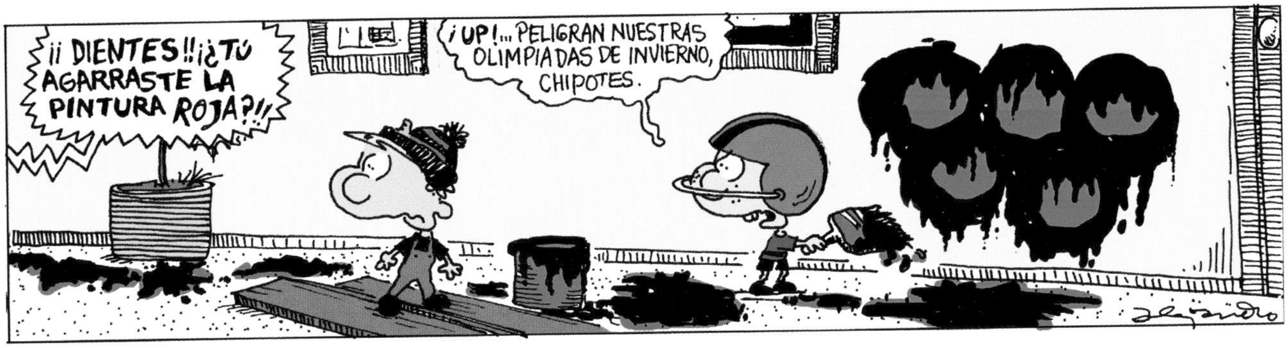
¡¡ DIENTES!! ¿¡TÚ AGARRASTE LA PINTURA ROJA?!!
¡UP!... PELIGRAN NUESTRAS OLIMPIADAS DE INVIERNO, CHIPOTES.
alejandro

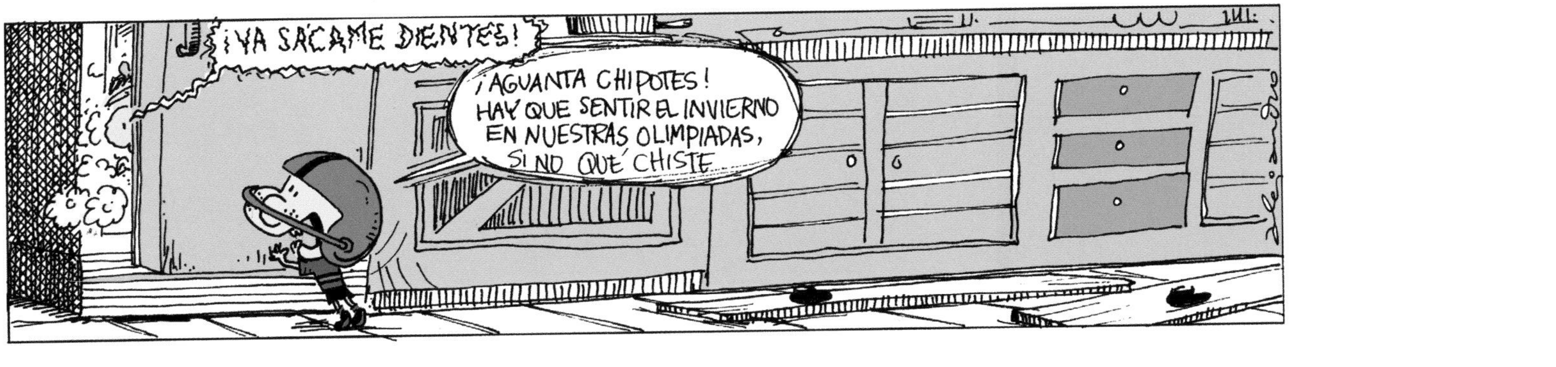
¡YA SÁCAME DIENTES!
¡AGUANTA CHIPOTES! HAY QUE SENTIR EL INVIERNO EN NUESTRAS OLIMPIADAS, SI NO QUÉ CHISTE.
alejandro

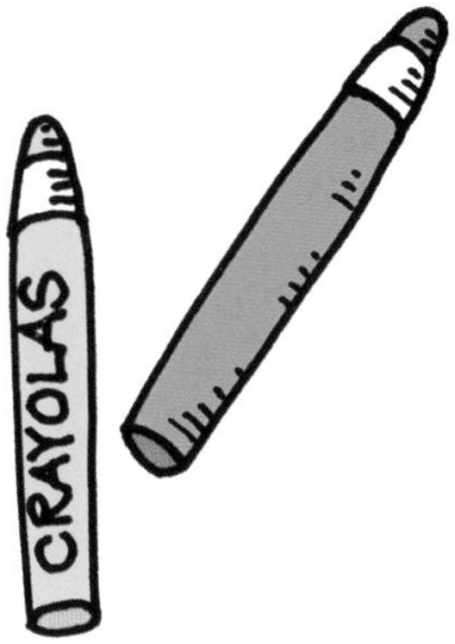
CRAYOLAS

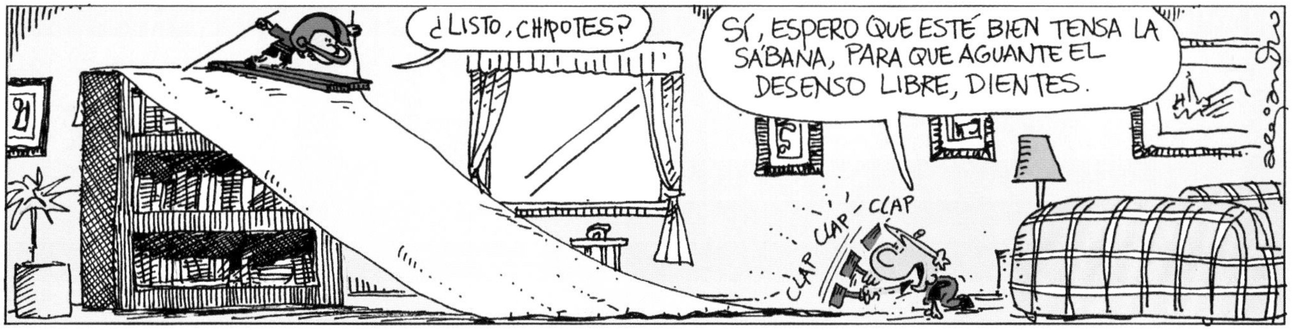
¿LISTO, CHIPOTES?
SÍ, ESPERO QUE ESTÉ BIEN TENSA LA SÁBANA, PARA QUE AGUANTE EL DESENSO LIBRE, DIENTES.
CLAP CLAP CLAP

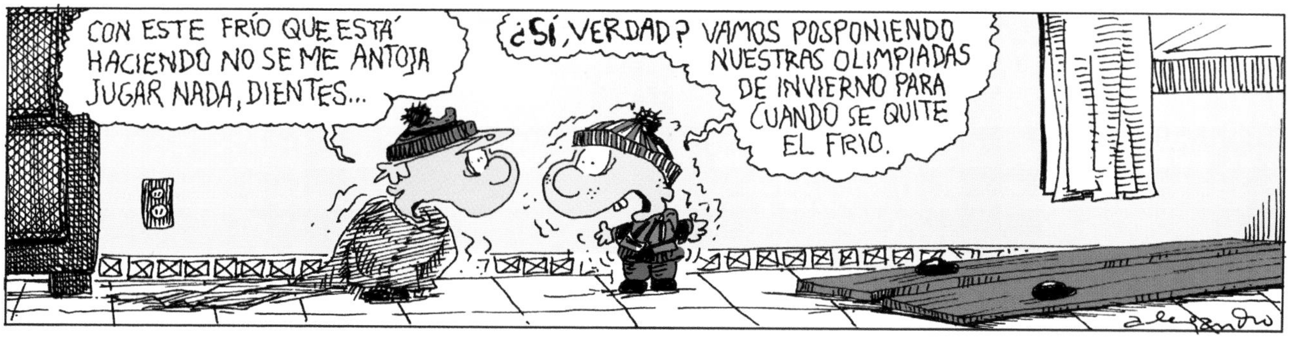
CON ESTE FRÍO QUE ESTÁ HACIENDO NO SE ME ANTOJA JUGAR NADA, DIENTES...
¿SÍ, VERDAD? VAMOS POSPONIENDO NUESTRAS OLIMPIADAS DE INVIERNO PARA CUANDO SE QUITE EL FRIO.

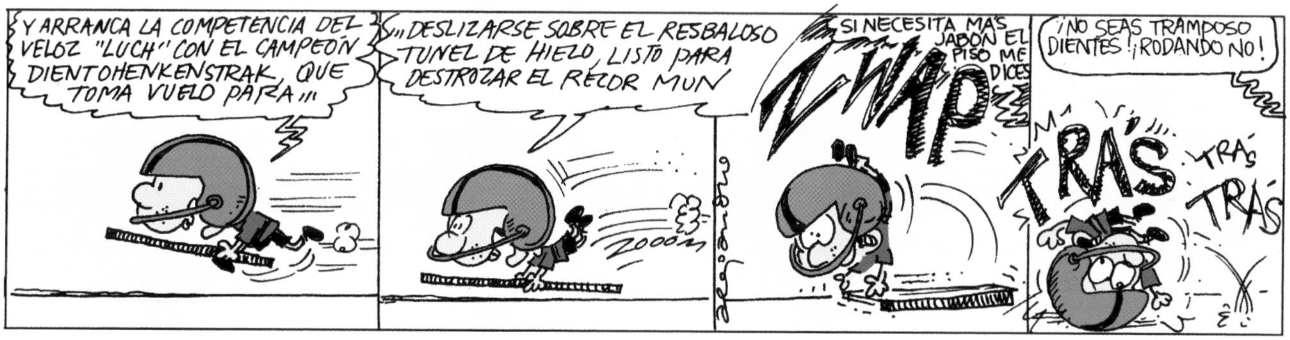
Y ARRANCA LA COMPETENCIA DEL VELOZ "LUCH" CON EL CAMPEÓN DIENTOHENKENSTRAK, QUE TOMA VUELO PARA...
...DESLIZARSE SOBRE EL RESBALOSO TUNEL DE HIELO, LISTO PARA DESTROZAR EL RÉCOR MUN
ZOOOM
SI NECESITA MÁS JABÓN EL PISO ME DICES
ZWAP
¡NO SEAS TRAMPOSO DIENTES! ¡RODANDO NO!
TRÁS
TRÁS
TRÁS

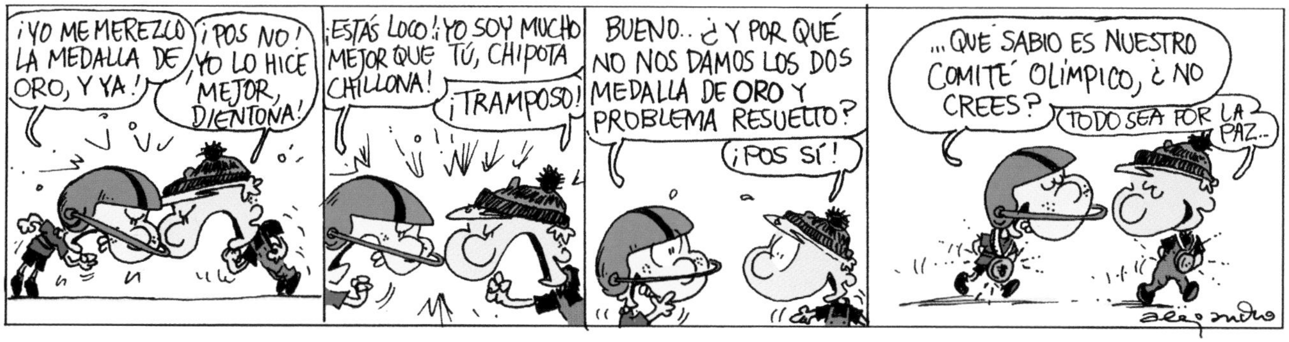
¡YO ME MEREZCO LA MEDALLA DE ORO, Y YA!
¡POS NO! YO LO HICE MEJOR, DIENTONA!
¡ESTÁS LOCO! ¡YO SOY MUCHO MEJOR QUE TÚ, CHIPOTA CHILLONA!
¡TRAMPOSO!
BUENO.. ¿Y POR QUÉ NO NOS DAMOS LOS DOS MEDALLA DE ORO Y PROBLEMA RESUELTO?
¡POS SÍ!
...QUE SABIO ES NUESTRO COMITÉ OLÍMPICO, ¿NO CREES?
TODO SEA POR LA PAZ...

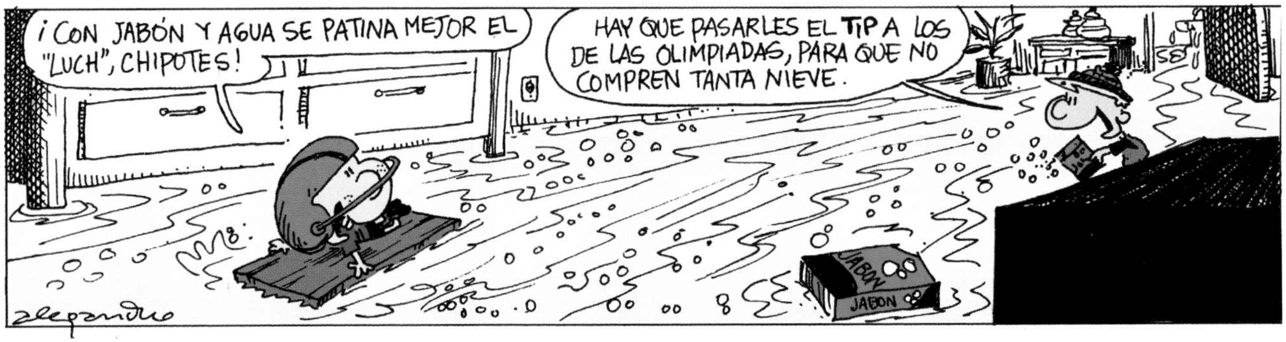
¡CON JABÓN Y AGUA SE PATINA MEJOR EL "LUCH", CHIPOTES!
HAY QUE PASARLES EL TIP A LOS DE LAS OLIMPIADAS, PARA QUE NO COMPREN TANTA NIEVE.
JABON
JABON

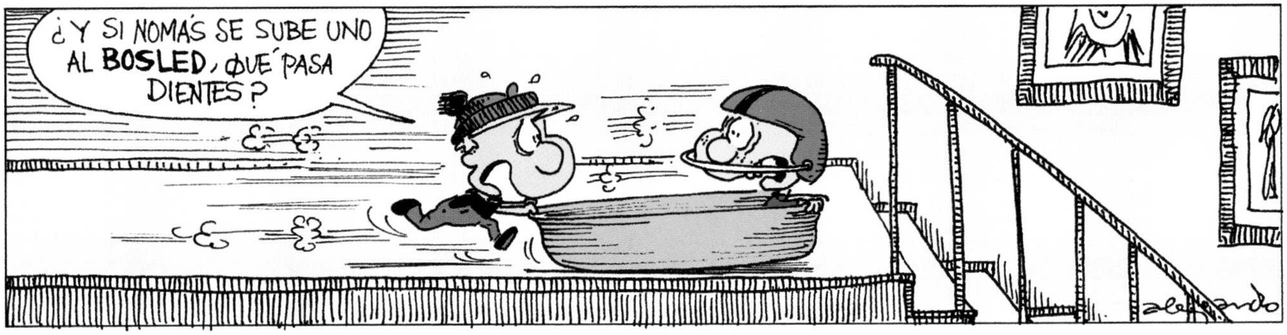
¿Y SI NOMÁS SE SUBE UNO AL BOSLED, QUÉ PASA DIENTES?

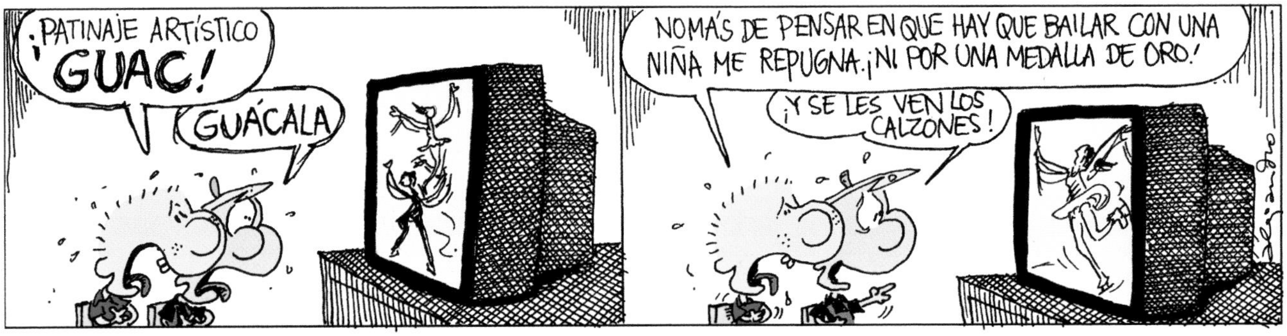
¡PATINAJE ARTÍSTICO ¡GUAC!
GUÁCALA
NOMÁS DE PENSAR EN QUE HAY QUE BAILAR CON UNA NIÑA ME REPUGNA. ¡NI POR UNA MEDALLA DE ORO!
¡Y SE LES VEN LOS CALZONES!

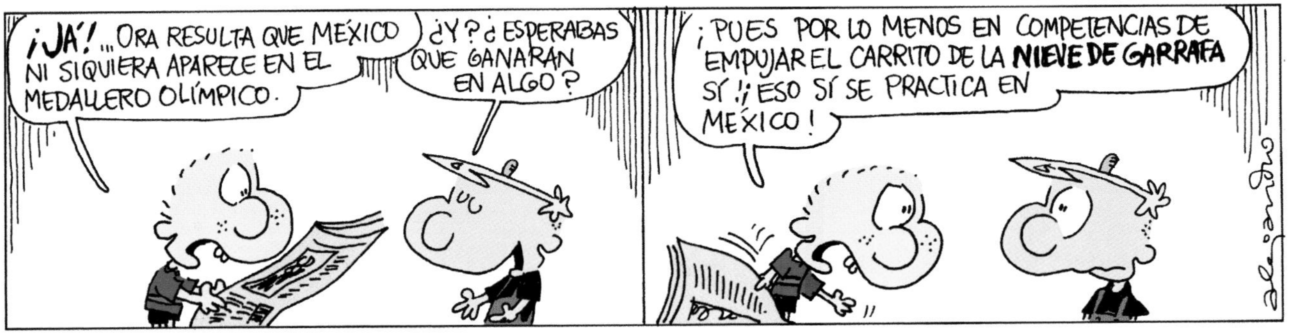
¡JA!... ORA RESULTA QUE MÉXICO NI SIQUIERA APAREZE EN EL MEDALLERO OLÍMPICO.
¿Y? ¿ESPERABAS QUE GANARAN EN ALGO?
¡PUES POR LO MENOS EN COMPETENCIAS DE EMPUJAR EL CARRITO DE LA NIEVE DE GARRAFA SÍ! ¡ESO SÍ SE PRACTICA EN MÉXICO!

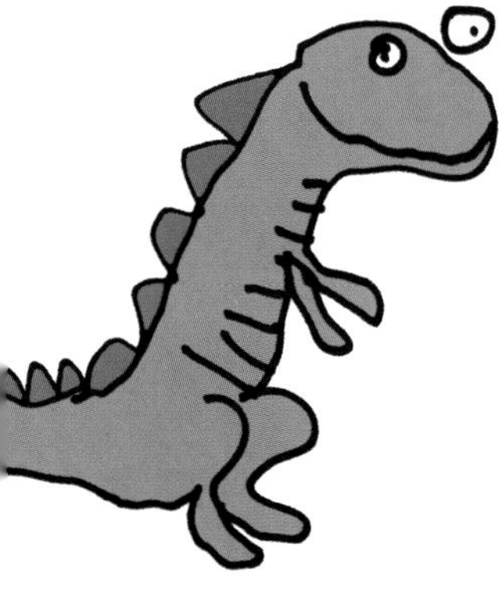

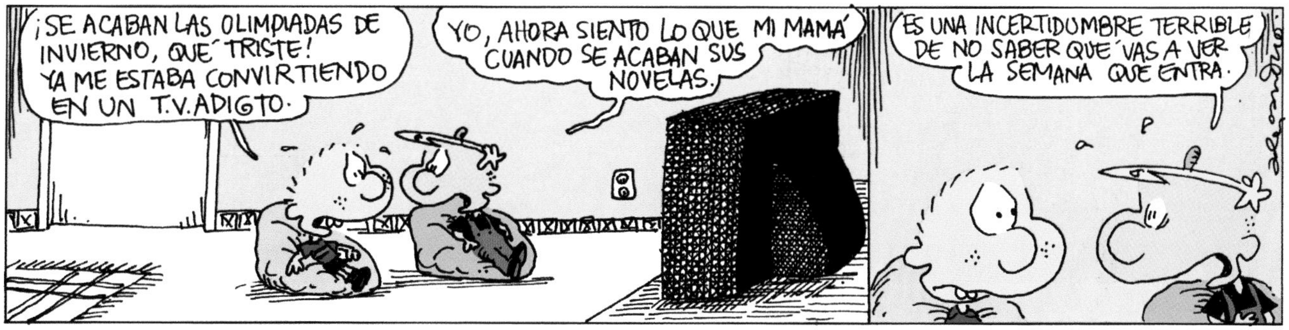
¡SE ACABAN LAS OLIMPIADAS DE INVIERNO, QUÉ TRISTE! YA ME ESTABA CONVIRTIENDO EN UN T.V. ADIGTO.
YO, AHORA SIENTO LO QUE MI MAMÁ CUANDO SE ACABAN SUS NOVELAS.
ES UNA INCERTIDUMBRE TERRIBLE DE NO SABER QUÉ VAS A VER LA SEMANA QUE ENTRA.

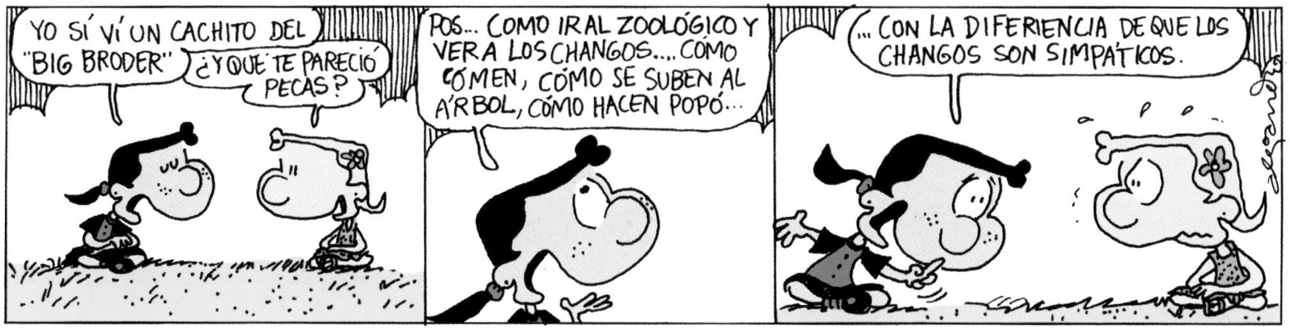
YO SÍ VÍ UN CACHITO DEL "BIG BRODER"
¿Y QUÉ TE PARECIÓ PECAS?
POS... COMO IR AL ZOOLÓGICO Y VER A LOS CHANGOS.... CÓMO CÓMEN, CÓMO SE SUBEN AL ÁRBOL, CÓMO HACEN POPÓ...
... CON LA DIFERIENCIA DE QUE LOS CHANGOS SON SIMPÁTICOS.

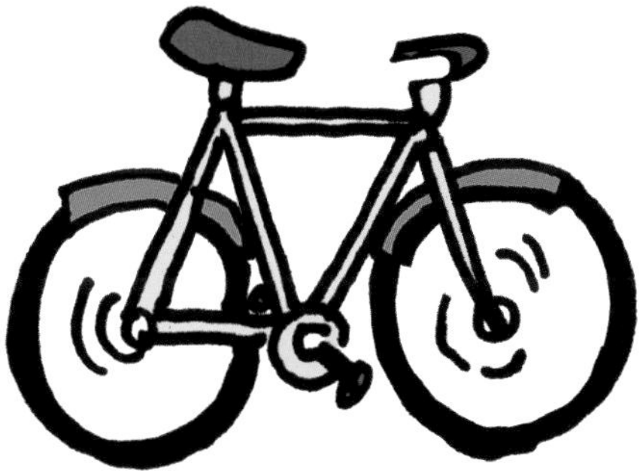

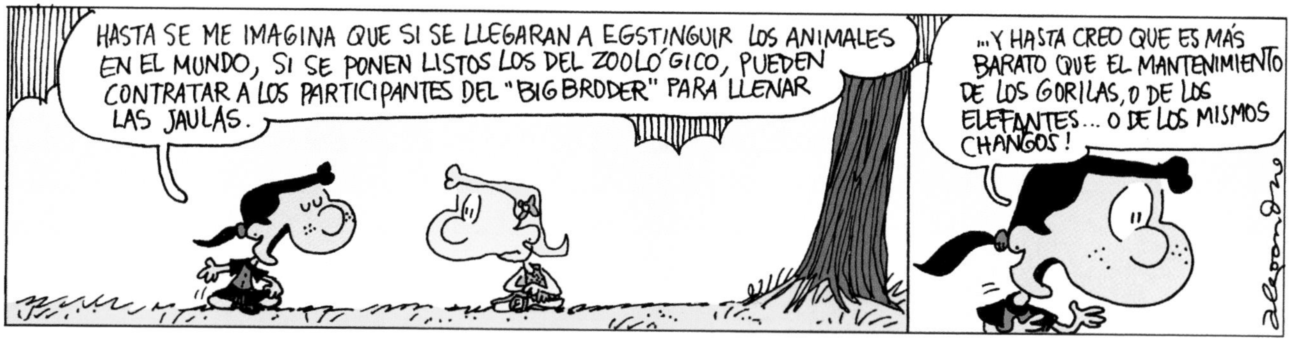
HASTA SE ME IMAGINA QUE SI SE LLEGARAN A EGSTINGUIR LOS ANIMALES EN EL MUNDO, SI SE PONEN LISTOS LOS DEL ZOOLÓGICO, PUEDEN CONTRATAR A LOS PARTICIPANTES DEL "BIG BRODER" PARA LLENAR LAS JAULAS.
... Y HASTA CREO QUE ES MÁS BARATO QUE EL MANTENIMIENTO DE LOS GORILAS, O DE LOS ELEFANTES... O DE LOS MISMOS CHANGOS!

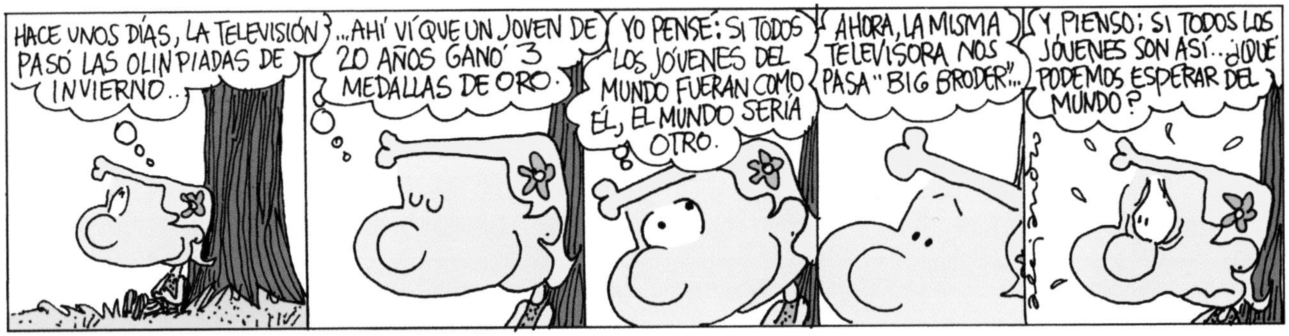
HACE UNOS DÍAS, LA TELEVISIÓN PASÓ LAS OLINPIADAS DE INVIERNO...
...AHÍ VÍ QUE UN JOVEN DE 20 AÑOS GANÓ 3 MEDALLAS DE ORO.
YO PENSÉ: SI TODOS LOS JÓVENES DEL MUNDO FUERAN COMO ÉL, EL MUNDO SERÍA OTRO.
AHORA, LA MISMA TELEVISORA NOS PASA "BIG BRODER"...
Y, PIENSO: SI TODOS LOS JÓVENES SON ASÍ... ¿QUÉ PODEMOS ESPERAR DEL MUNDO?

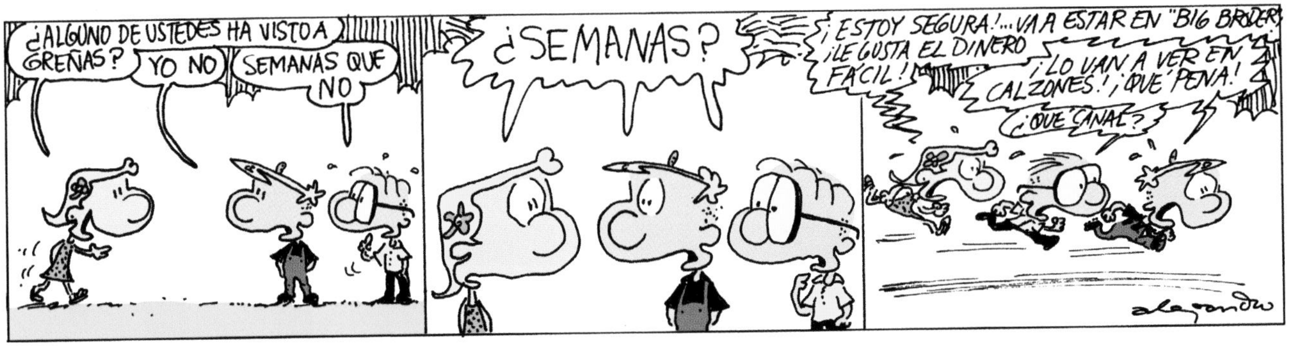
¿ALGUNO DE USTEDES HA VISTO A GREÑAS?
YO NO
SEMANAS QUE NO
¿SEMANAS?
¡ESTOY SEGURA!... VA A ESTAR EN "BIG BRODER"!
¡LE GUSTA EL DINERO FÁCIL!
¡LO VAN A VER EN CALZONES! ¡QUÉ PENA!
¿QUÉ CANAL?
alejandro

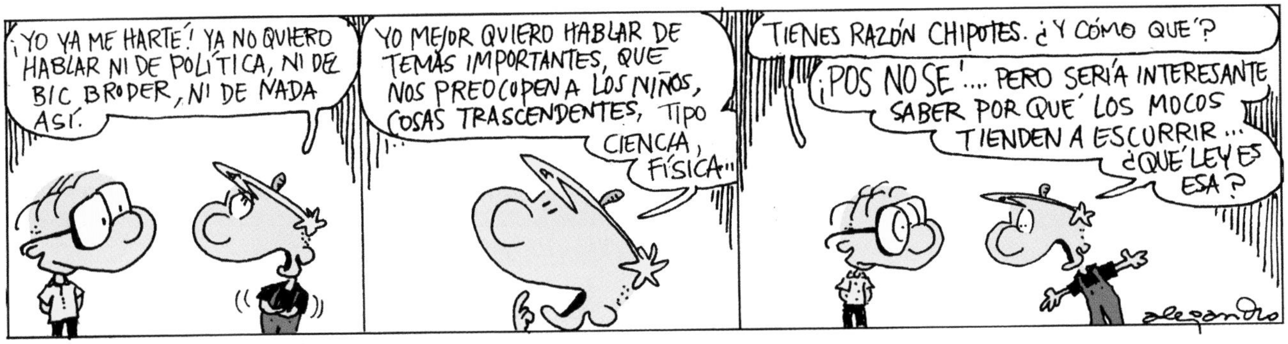
¡YO YA ME HARTÉ! YA NO QUIERO HABLAR NI DE POLÍTICA, NI DEL BIC BRODER, NI DE NADA ASÍ.
YO MEJOR QUIERO HABLAR DE TEMAS IMPORTANTES, QUE NOS PREOCUPEN A LOS NIÑOS, COSAS TRASCENDENTES, TIPO CIENCIA, FÍSICA...
TIENES RAZÓN CHIPOTES. ¿Y CÓMO QUÉ?
¡POS NO SÉ!... PERO SERÍA INTERESANTE SABER POR QUÉ LOS MOCOS TIENDEN A ESCURRIR... ¿QUÉ LEY ES ESA?
alejandro

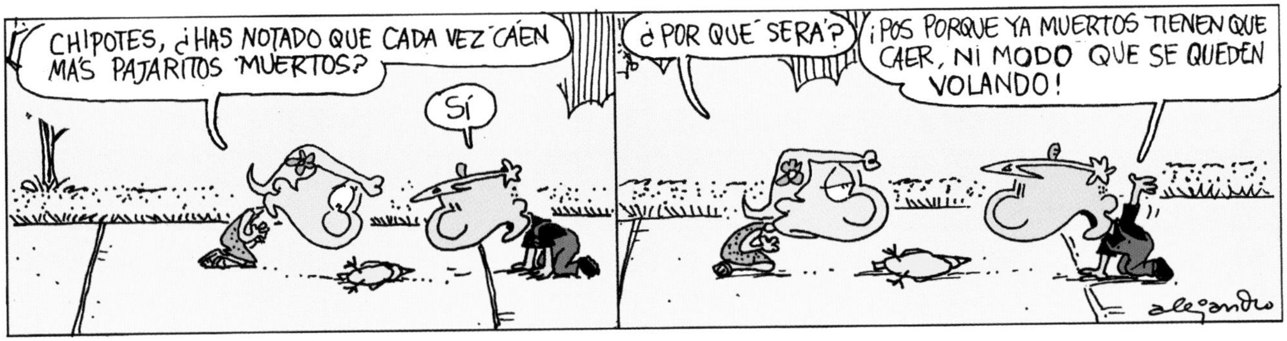
CHIPOTES, ¿HAS NOTADO QUE CADA VEZ CÁEN MÁS PAJARITOS MUERTOS?
SÍ
¿POR QUÉ SERÁ?
¡POS PORQUE YA MUERTOS TIENEN QUE CAER, NI MODO QUE SE QUEDEN VOLANDO!
alejandro

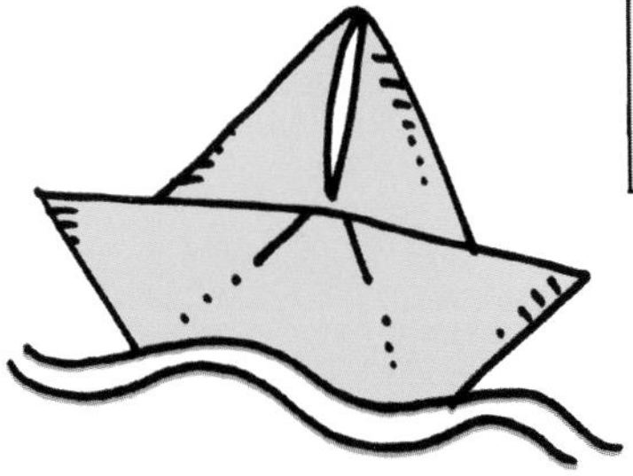

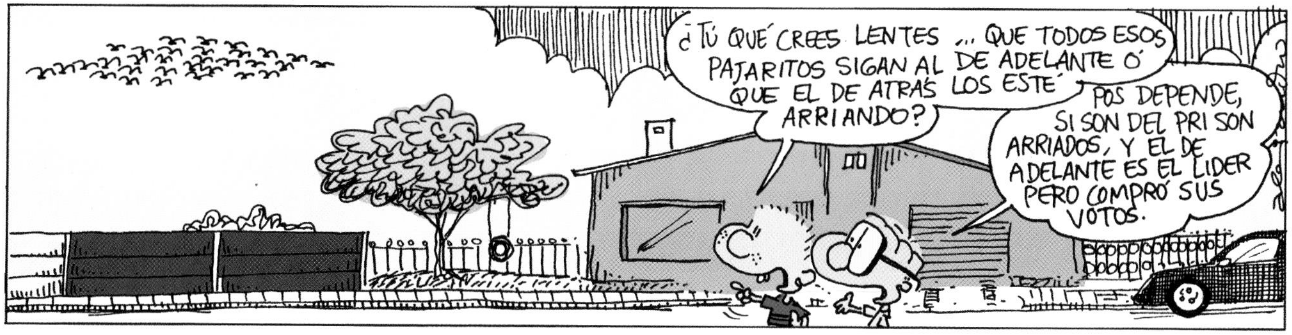
¿TÚ QUÉ CREES LENTES ... QUE TODOS ESOS PAJARITOS SIGAN AL DE ADELANTE Ó QUE EL DE ATRÁS LOS ESTÉ ARRIANDO?
POS DEPENDE, SI SON DEL PRI SON ARRIADOS, Y EL DE ADELANTE ES EL LÍDER PERO COMPRÓ SUS VOTOS.

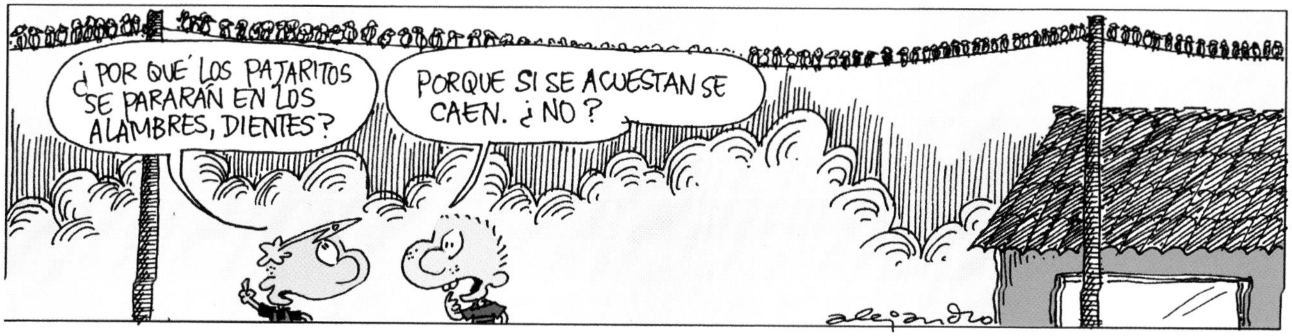
¿POR QUÉ LOS PAJARITOS SE PARARÁN EN LOS ALAMBRES, DIENTES?
PORQUE SI SE ACUESTAN SE CAEN. ¿NO?
alejandro

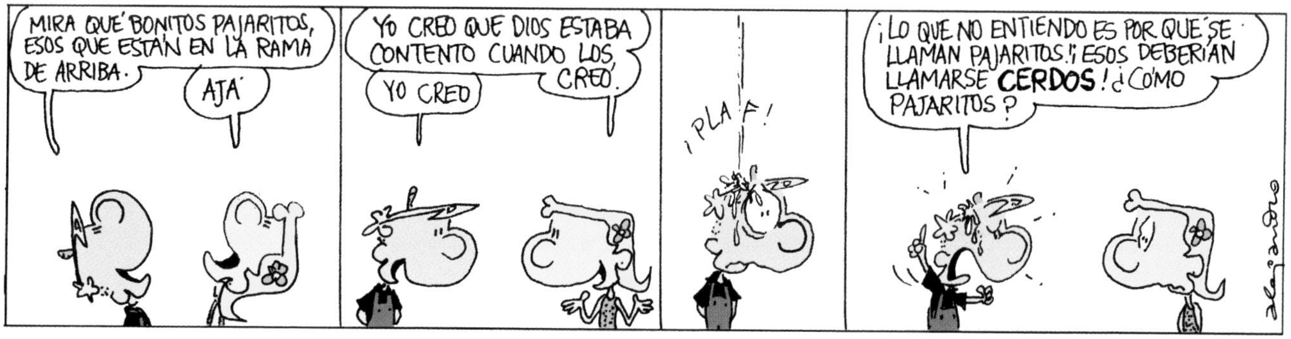
MIRA QUÉ BONITOS PAJARITOS, ESOS QUE ESTÁN EN LA RAMA DE ARRIBA.
AJÁ
YO CREO QUE DIOS ESTABA CONTENTO CUANDO LOS CREÓ.
YO CREO
¡PLAF!
¡LO QUE NO ENTIENDO ES POR QUÉ SE LLAMAN PAJARITOS!¡ESOS DEBERÍAN LLAMARSE CERDOS! ¿CÓMO PAJARITOS?
alejandro

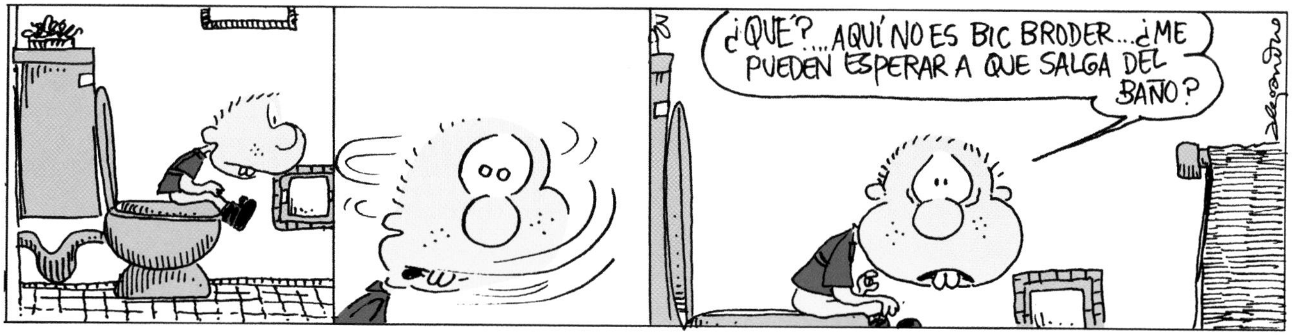
¿QUÉ?... AQUÍ NO ES BIC BRODER... ¿ME PUEDEN ESPERAR A QUE SALGA DEL BAÑO?
alejandro

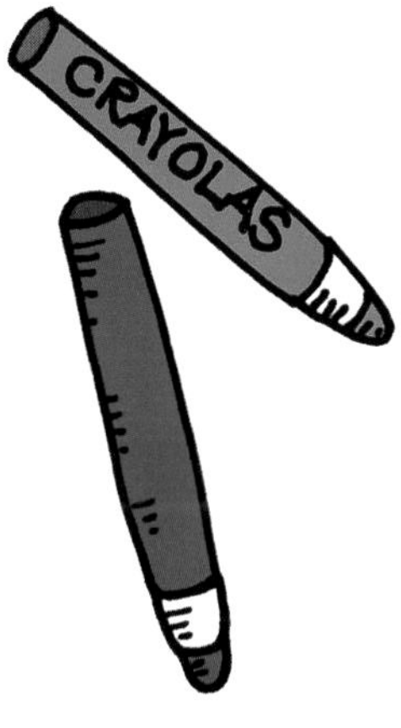
CRAYOLAS

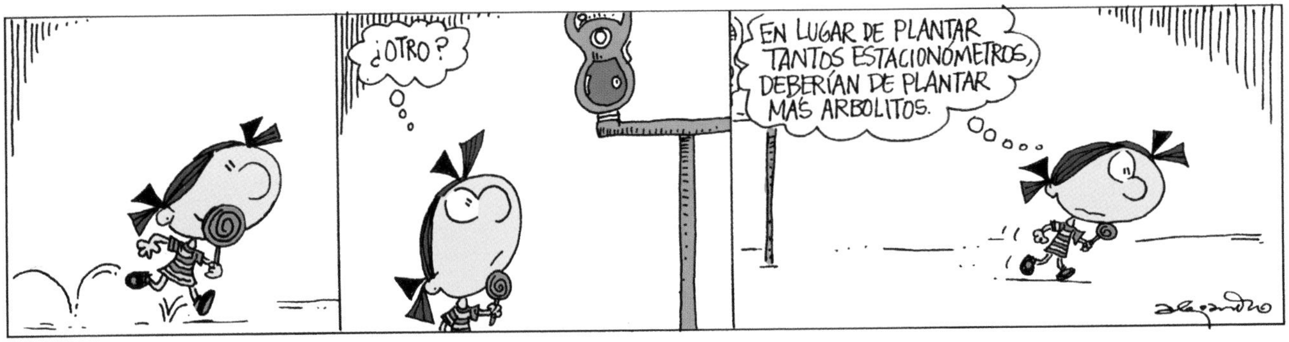
¿OTRO?
EN LUGAR DE PLANTAR TANTOS ESTACIONÓMETROS, DEBERÍAN DE PLANTAR MÁS ARBOLITOS.

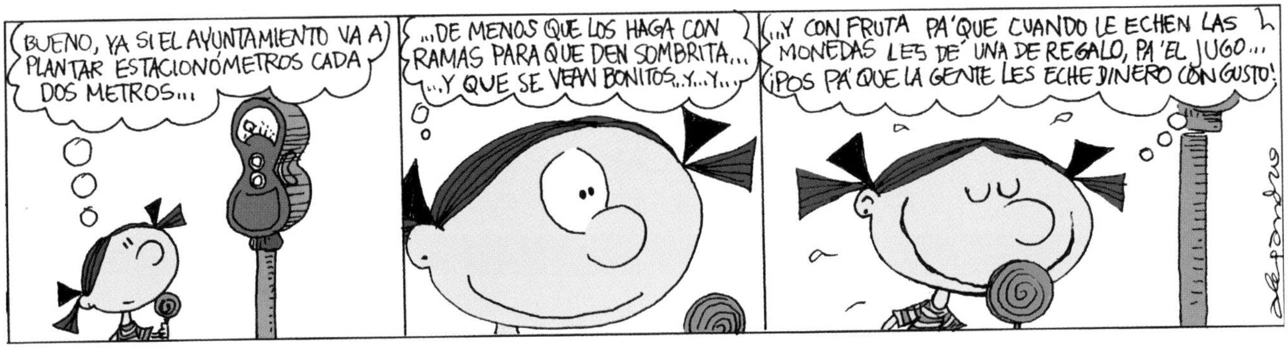
BUENO, YA SI EL AYUNTAMIENTO VA A PLANTAR ESTACIONÓMETROS CADA DOS METROS...
...DE MENOS QUE LOS HAGA CON RAMAS PARA QUE DEN SOMBRITA... ...Y QUE SE VEAN BONITOS...Y...Y...
...Y CON FRUTA PA'QUE CUANDO LE ECHEN LAS MONEDAS LES DÉ UNA DE REGALO, PA'EL JUGO... ¡POS PA'QUE LA GENTE LES ECHE DINERO CON GUSTO!

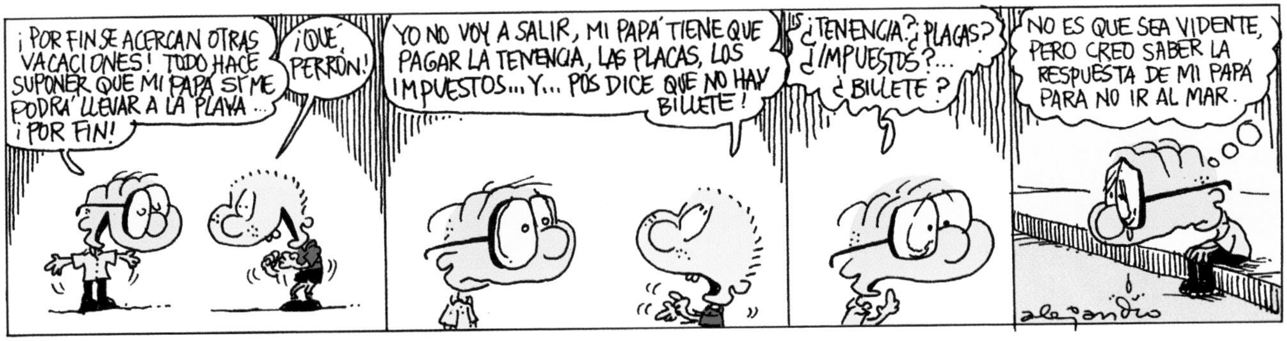
¡POR FIN SE ACERCAN OTRAS VACACIONES! TODO HACE SUPONER QUE MI PAPÁ SÍ ME PODRÁ LLEVAR A LA PLAYA... ¡POR FIN!
¡QUÉ PERRÓN!
YO NO VOY A SALIR, MI PAPÁ TIENE QUE PAGAR LA TENENCIA, LAS PLACAS, LOS IMPUESTOS... Y... POS DICE QUE NO HAY BILLETE!
¿TENENCIA? ¿PLACAS? ¿IMPUESTOS?... ¿BILLETE?
NO ES QUE SEA VIDENTE, PERO CREO SABER LA RESPUESTA DE MI PAPÁ PARA NO IR AL MAR.

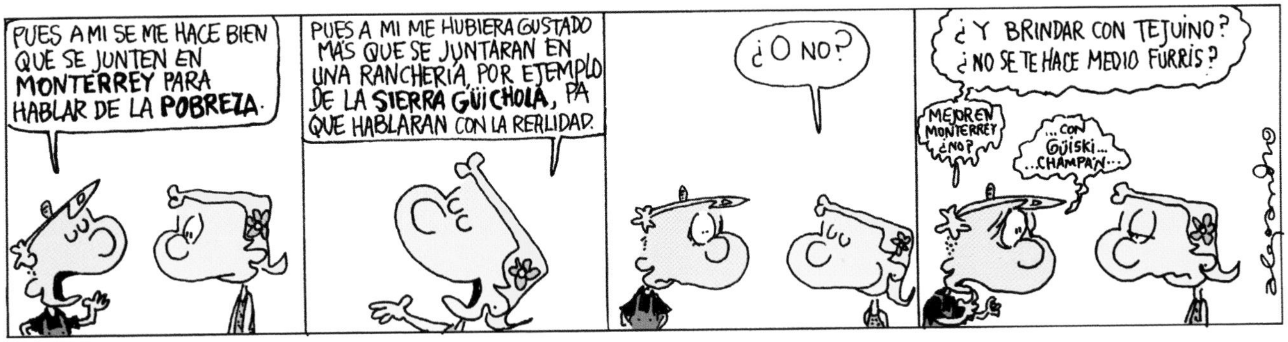
PUES A MÍ SE ME HACE BIEN QUE SE JUNTEN EN MONTERREY PARA HABLAR DE LA POBREZA.
PUES A MÍ ME HUBIERA GUSTADO MÁS QUE SE JUNTARAN EN UNA RANCHERÍA, POR EJEMPLO DE LA SIERRA GÜICHOLA, PA QUE HABLARAN CON LA REALIDAD.
¿O NO?
¿Y BRINDAR CON TEJUINO? ¿NO SE TE HACE MEDIO FURRIS?
MEJOR EN MONTERREY ¿NO?
...CON GÜISKI... ...CHAMPÁN...

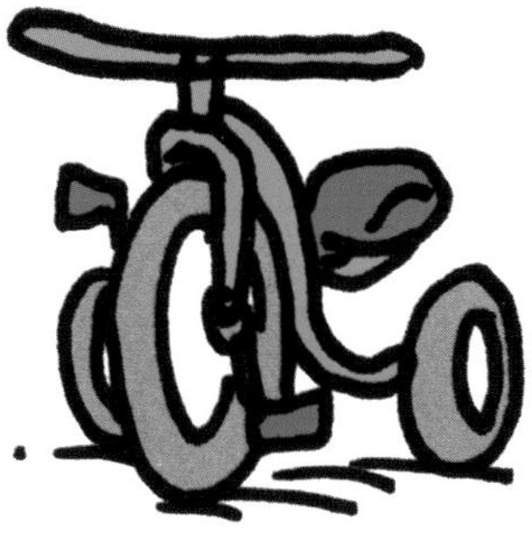

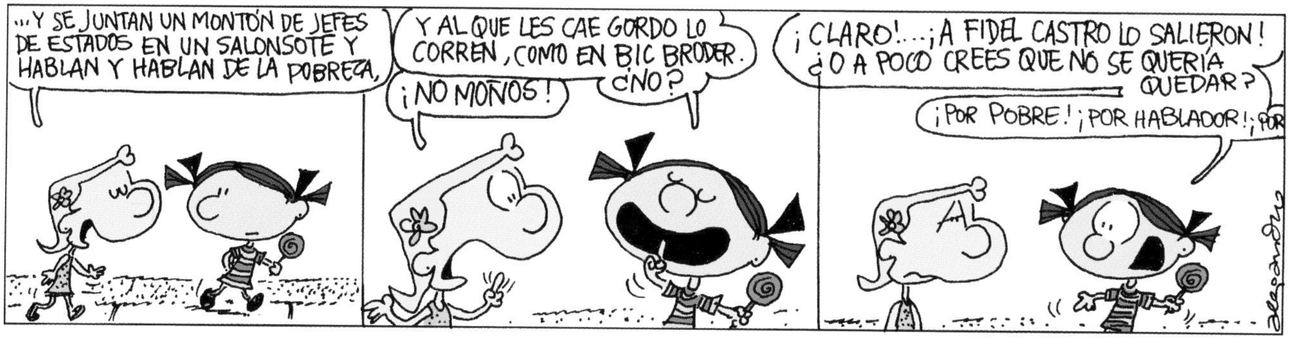
...Y SE JUNTAN UN MONTÓN DE JEFES DE ESTADOS EN UN SALONSOTE Y HABLAN Y HABLAN DE LA POBREZA,
Y AL QUE LES CAE GORDO LO CORREN, COMO EN BIC BRODER.
¡NO MOÑOS!
¿NO?
¡CLARO!...¡A FIDEL CASTRO LO SALIERON! ¿O A POCO CREES QUE NO SE QUERÍA QUEDAR?
¡POR POBRE! ¡POR HABLADOR! ¡POR
alejandro

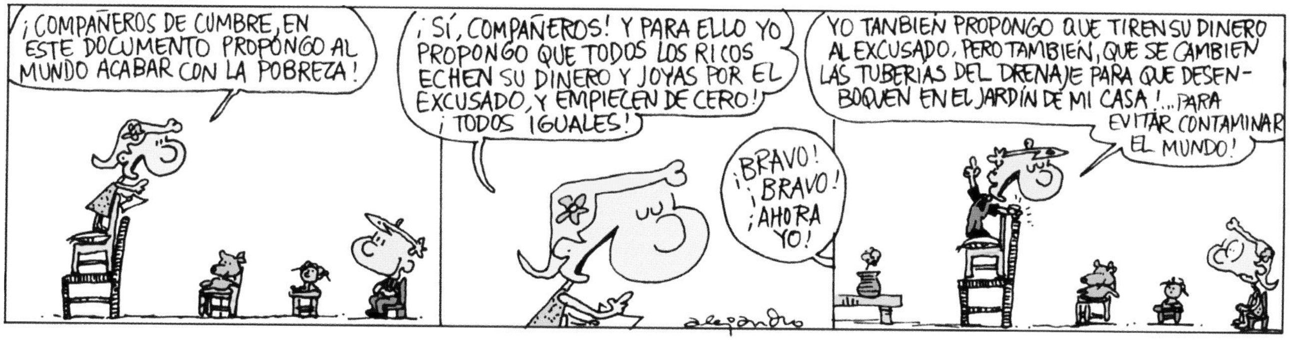
¡COMPAÑEROS DE CUMBRE, EN ESTE DOCUMENTO PROPONGO AL MUNDO ACABAR CON LA POBREZA!
¡SÍ, COMPAÑEROS! Y PARA ELLO YO PROPONGO QUE TODOS LOS RICOS ECHEN SU DINERO Y JOYAS POR EL EXCUSADO, Y EMPIECEN DE CERO! ¡TODOS IGUALES!
¡BRAVO! ¡BRAVO! ¡AHORA YO!
alejandro
YO TANBIÉN PROPONGO QUE TIREN SU DINERO AL EXCUSADO, PERO TAMBIÉN, QUE SE CAMBIEN LAS TUBERÍAS DEL DRENAJE PARA QUE DESENBOQUEN EN EL JARDÍN DE MI CASA!...PARA EVITAR CONTAMINAR EL MUNDO!

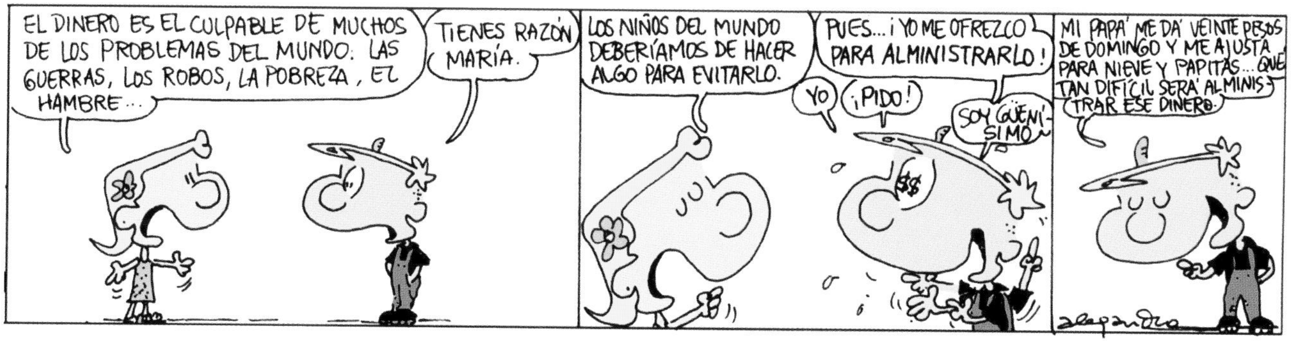
EL DINERO ES EL CULPABLE DE MUCHOS DE LOS PROBLEMAS DEL MUNDO. LAS GUERRAS, LOS ROBOS, LA POBREZA, EL HAMBRE...
TIENES RAZÓN MARÍA.
LOS NIÑOS DEL MUNDO DEBERÍAMOS DE HACER ALGO PARA EVITARLO.
PUES...¡YO ME OFREZCO PARA ALMINISTRARLO!
YO
¡PIDO!
SOY GÜENÍSIMO
MI PAPÁ ME DA VEINTE PESOS DE DOMINGO Y ME AJUSTA PARA NIEVE Y PAPITAS... QUÉ TAN DIFÍCIL SERÁ ALMINISTRAR ESE DINERO.
alejandro

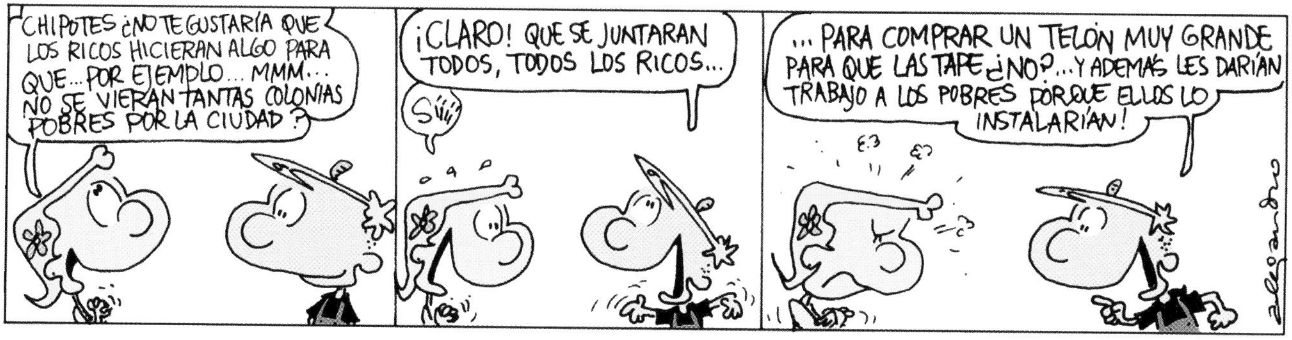
CHIPOTES ¿NO TE GUSTARÍA QUE LOS RICOS HICIERAN ALGO PARA QUE... POR EJEMPLO... MMM... NO SE VIERAN TANTAS COLONIAS POBRES POR LA CIUDAD?
¡CLARO! QUE SE JUNTARAN TODOS, TODOS LOS RICOS...
SÍ
...PARA COMPRAR UN TELÓN MUY GRANDE PARA QUE LAS TAPE ¿NO?...Y ADEMÁS LES DARÍAN TRABAJO A LOS POBRES PORQUE ELLOS LO INSTALARÍAN!
alejandro

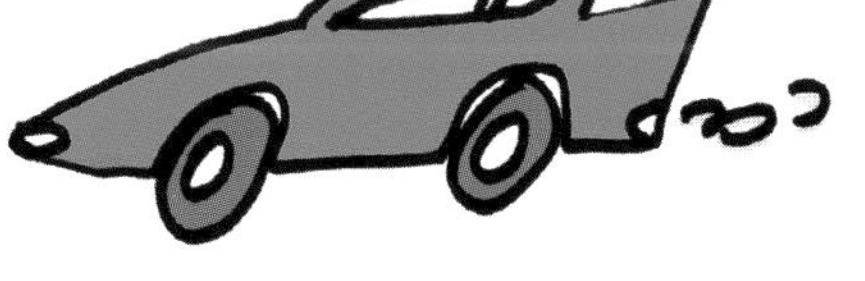

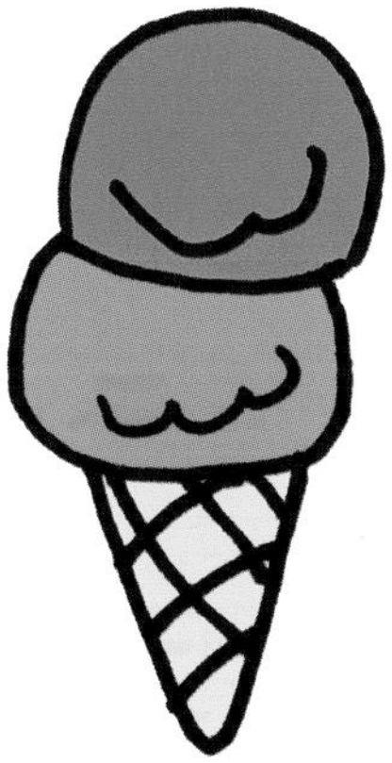

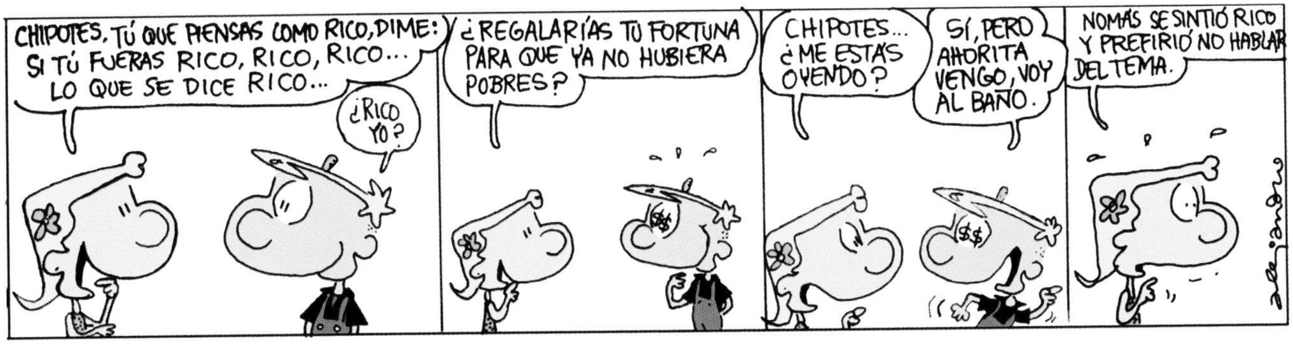
CHIPOTES, TÚ QUE PIENSAS COMO RICO, DIME: SI TÚ FUERAS RICO, RICO, RICO... LO QUE SE DICE RICO...
¿RICO YO?
¿REGALARÍAS TU FORTUNA PARA QUE YA NO HUBIERA POBRES?
CHIPOTES... ¿ME ESTÁS OYENDO?
SÍ, PERO AHORITA VENGO, VOY AL BAÑO.
NOMÁS SE SINTIÓ RICO Y PREFIRIÓ NO HABLAR DEL TEMA.

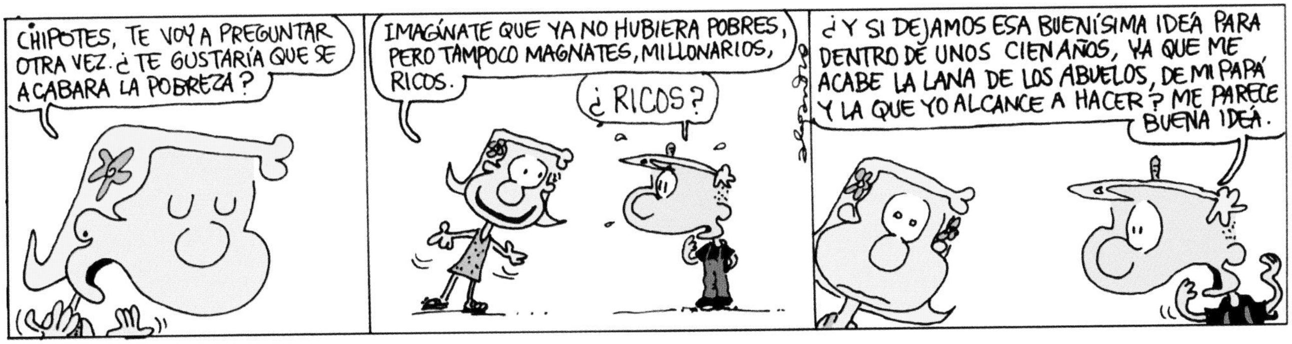
CHIPOTES, TE VOY A PREGUNTAR OTRA VEZ. ¿TE GUSTARÍA QUE SE ACABARA LA POBREZA?
IMAGÍNATE QUE YA NO HUBIERA POBRES, PERO TAMPOCO MAGNATES, MILLONARIOS, RICOS.
¿RICOS?
¿Y SI DEJAMOS ESA BUENÍSIMA IDEA PARA DENTRO DE UNOS CIEN AÑOS, YA QUE ME ACABE LA LANA DE LOS ABUELOS, DE MI PAPÁ Y LA QUE YO ALCANCE A HACER? ME PARECE BUENA IDEA.

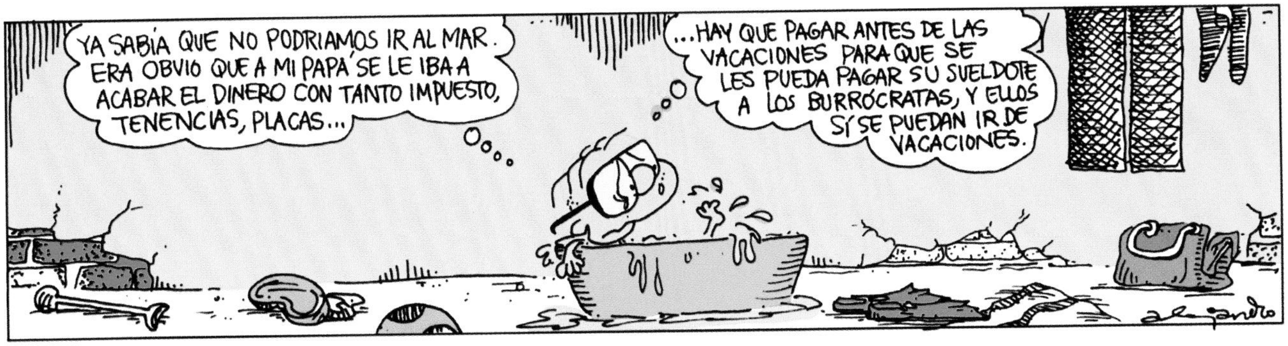
YA SABÍA QUE NO PODRIAMOS IR AL MAR. ERA OBVIO QUE A MI PAPÁ SE LE IBA A ACABAR EL DINERO CON TANTO IMPUESTO, TENENCIAS, PLACAS...
...HAY QUE PAGAR ANTES DE LAS VACACIONES PARA QUE SE LES PUEDA PAGAR SU SUELDOTE A LOS BURRÓCRATAS, Y ELLOS SÍ SE PUEDAN IR DE VACACIONES.

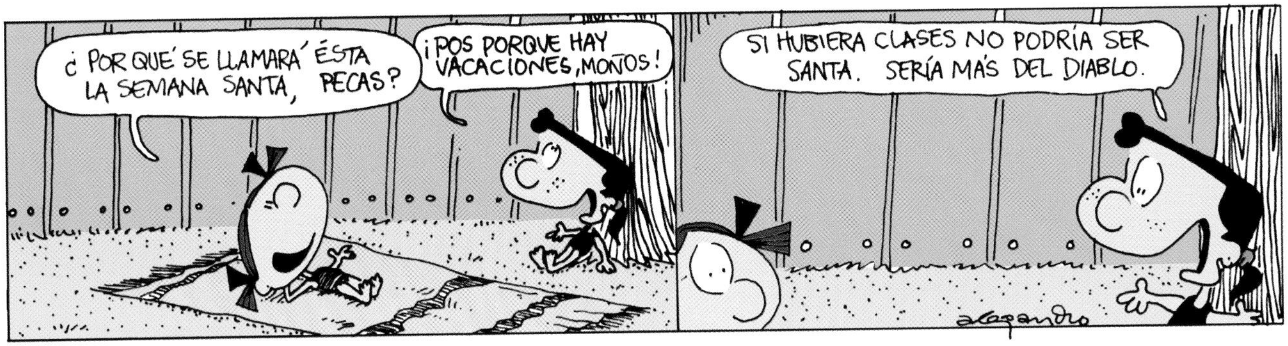
¿POR QUÉ SE LLAMARÁ ÉSTA LA SEMANA SANTA, PECAS?
¡POS PORQUE HAY VACACIONES, MOÑOS!
SI HUBIERA CLASES NO PODRÍA SER SANTA. SERÍA MÁS DEL DIABLO.

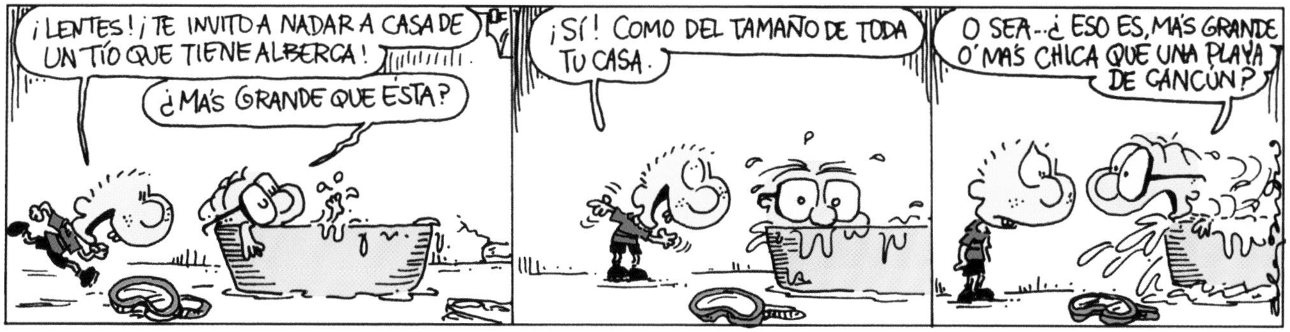
¡LENTES! ¡TE INVITO A NADAR A CASA DE UN TÍO QUE TIENE ALBERCA!
¿MÁS GRANDE QUE ESTA?
¡SÍ! COMO DEL TAMAÑO DE TODA TU CASA.
O SEA...¿ESO ES, MÁS GRANDE O MÁS CHICA QUE UNA PLAYA DE CANCÚN?

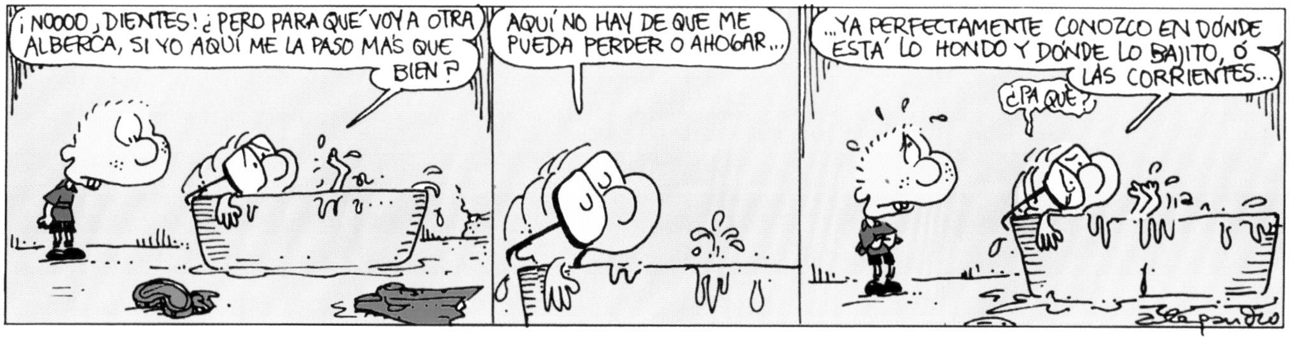
¡NOOOO, DIENTES! ¿PERO PARA QUÉ VOY A OTRA ALBERCA, SI YO AQUÍ ME LA PASO MÁS QUE BIEN?
AQUÍ NO HAY DE QUE ME PUEDA PERDER O AHOGAR...
...YA PERFECTAMENTE CONOZCO EN DÓNDE ESTÁ LO HONDO Y DÓNDE LO BAJITO, O LAS CORRIENTES...
¿PA QUÉ?

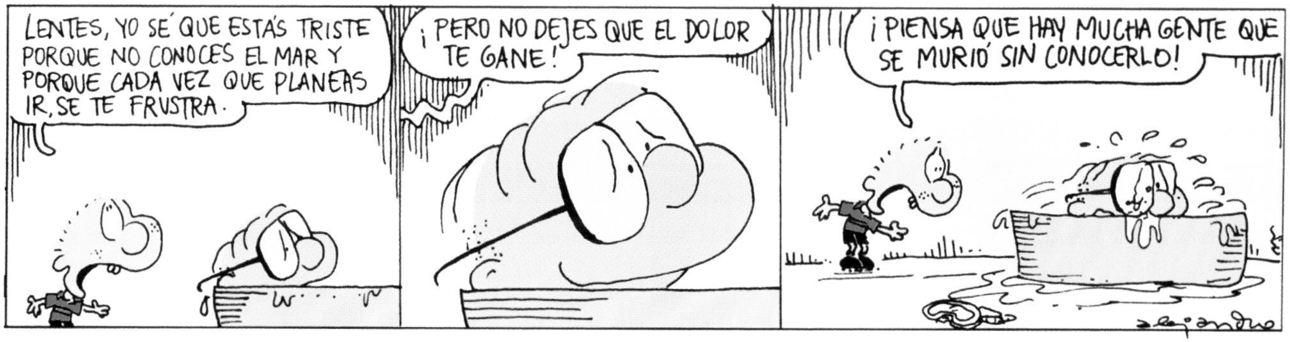
LENTES, YO SÉ QUE ESTÁS TRISTE PORQUE NO CONOCES EL MAR Y PORQUE CADA VEZ QUE PLANEAS IR, SE TE FRUSTRA.
¡PERO NO DEJES QUE EL DOLOR TE GANE!
¡PIENSA QUE HAY MUCHA GENTE QUE SE MURIÓ SIN CONOCERLO!

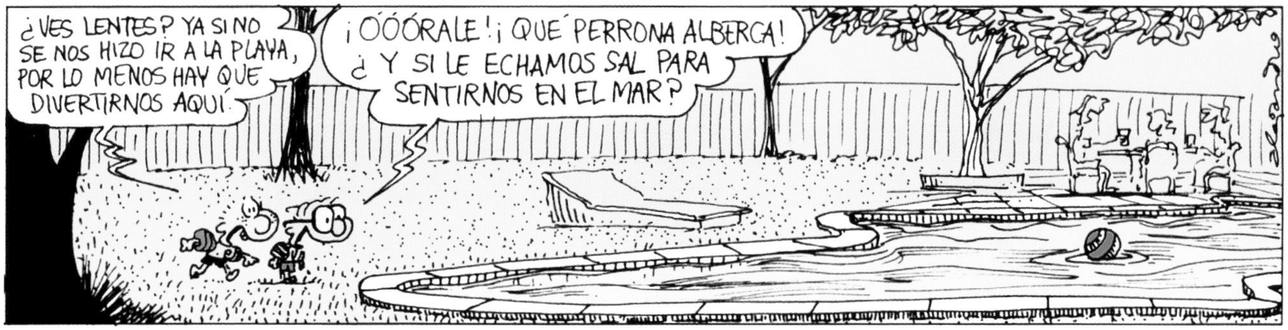
¿VES LENTES? YA SI NO SE NOS HIZO IR A LA PLAYA, POR LO MENOS HAY QUE DIVERTIRNOS AQUÍ.
¡ÓÓÓRALE! ¡QUÉ PERRONA ALBERCA! ¿Y SI LE ECHAMOS SAL PARA SENTIRNOS EN EL MAR?

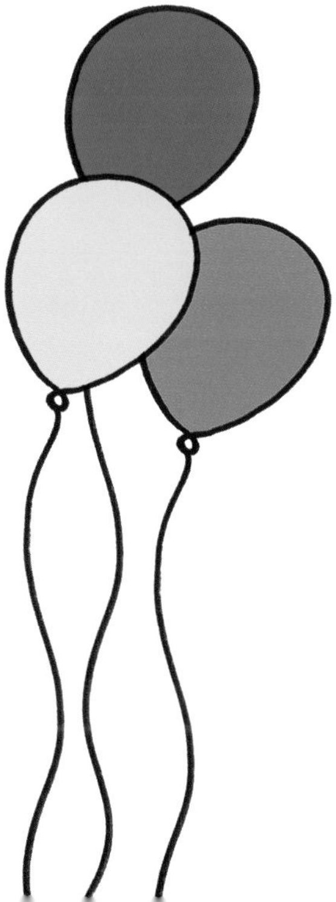

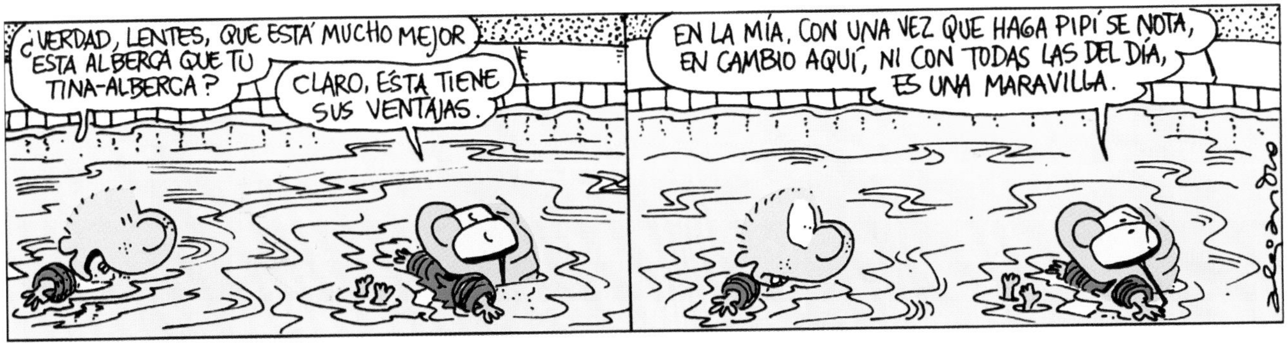
¿VERDAD, LENTES, QUE ESTÁ MUCHO MEJOR ESTA ALBERCA QUE TU TINA-ALBERCA?
CLARO, ÉSTA TIENE SUS VENTAJAS.
EN LA MÍA, CON UNA VEZ QUE HAGA PIPÍ SE NOTA, EN CAMBIO AQUÍ, NI CON TODAS LAS DEL DÍA, ES UNA MARAVILLA.

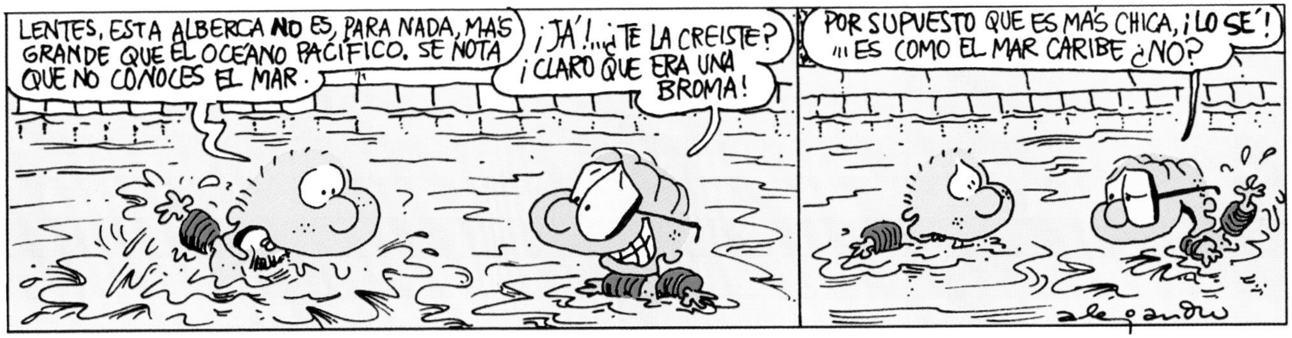
LENTES, ESTA ALBERCA NO ES, PARA NADA, MÁS GRANDE QUE EL OCÉANO PACÍFICO. SE NOTA QUE NO CONOCES EL MAR.
¡JA!...¿TE LA CREISTE? ¡CLARO QUE ERA UNA BROMA!
POR SUPUESTO QUE ES MÁS CHICA, ¡LO SÉ! ...ES COMO EL MAR CARIBE ¿NO?

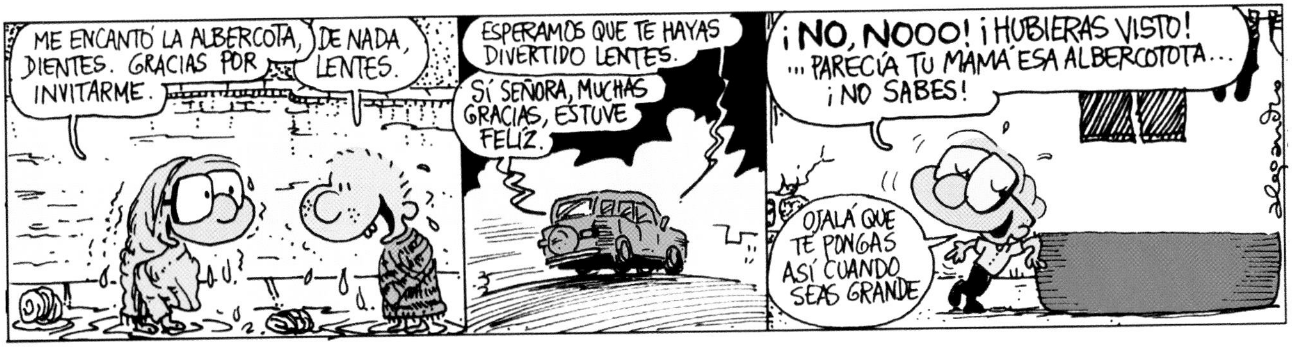
ME ENCANTÓ LA ALBERCOTA, DIENTES. GRACIAS POR INVITARME.
DE NADA, LENTES.
ESPERAMOS QUE TE HAYAS DIVERTIDO LENTES.
SÍ SEÑORA, MUCHAS GRACIAS, ESTUVE FELÍZ.
¡NO, NOOO! ¡HUBIERAS VISTO! ...PARECÍA TU MAMÁ ESA ALBERCOTOTA... ¡NO SABES!
OJALÁ QUE TE PONGAS ASÍ CUANDO SEAS GRANDE

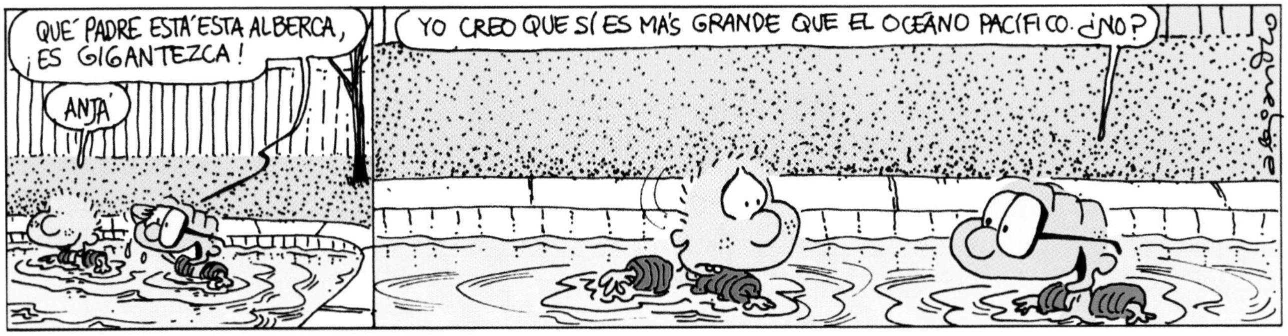
QUÉ PADRE ESTÁ ESTA ALBERCA, ¡ES GIGANTEZCA!
ANJÁ
YO CREO QUE SÍ ES MÁS GRANDE QUE EL OCÉANO PACÍFICO. ¿NO?

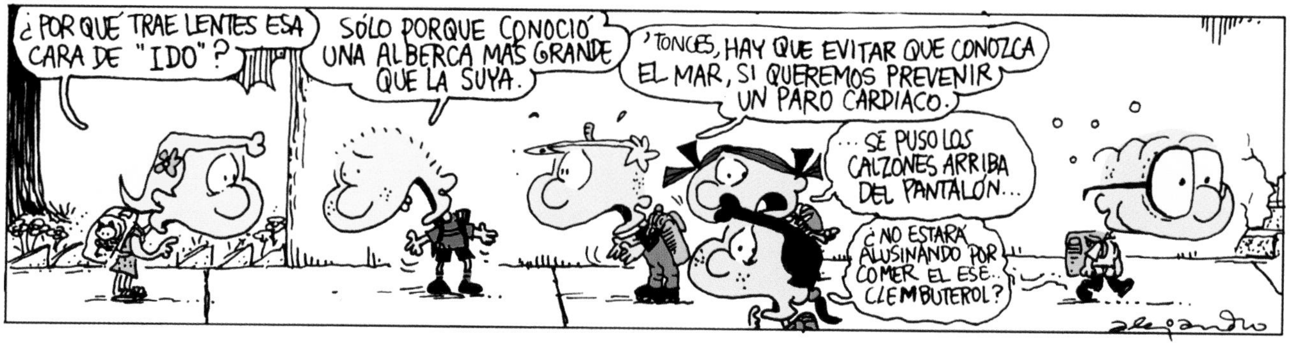
¿POR QUÉ TRAE LENTES ESA CARA DE "IDO"?
SÓLO PORQUE CONOCIÓ UNA ALBERCA MÁS GRANDE QUE LA SUYA.
'TONCES, HAY QUE EVITAR QUE CONOZCA EL MAR, SI QUEREMOS PREVENIR UN PARO CARDIACO.
...SE PUSO LOS CALZONES ARRIBA DEL PANTALÓN...
¿NO ESTARÁ ALUSINANDO POR COMER EL ESE... CLEMBUTEROL?

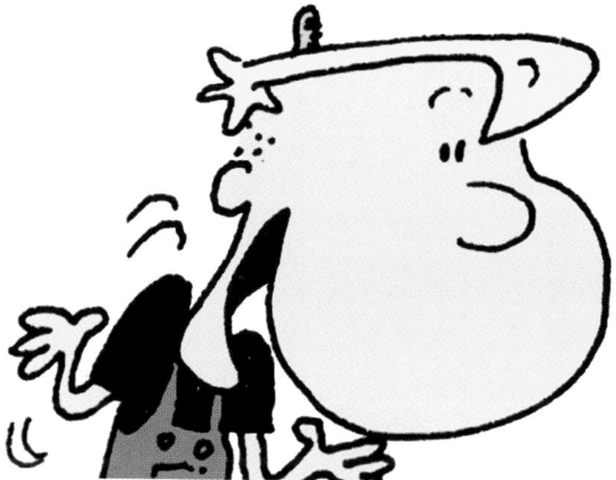

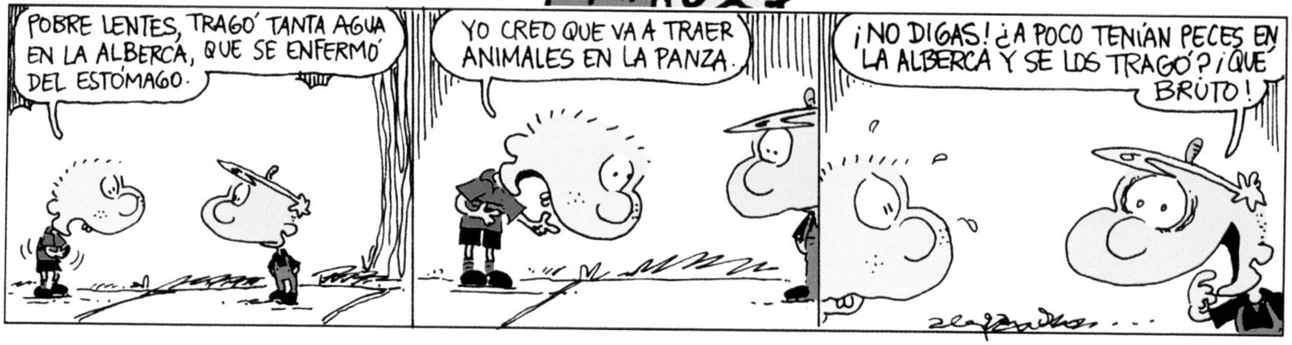
POBRE LENTES, TRAGÓ TANTA AGUA EN LA ALBERCA, QUE SE ENFERMÓ DEL ESTÓMAGO.
YO CREO QUE VA A TRAER ANIMALES EN LA PANZA.
¡NO DIGAS! ¿A POCO TENÍAN PECES EN LA ALBERCA Y SE LOS TRAGÓ? ¡QUÉ BRUTO!

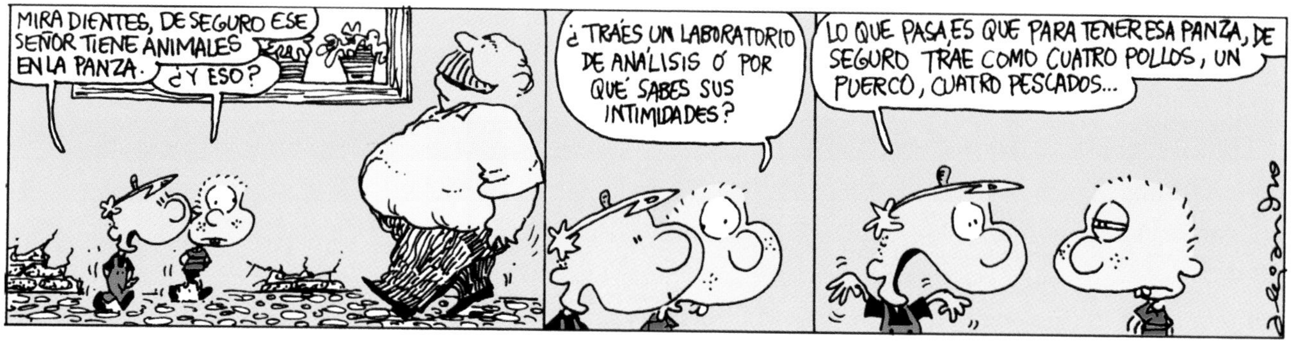
MIRA DIENTES, DE SEGURO ESE SEÑOR TIENE ANIMALES EN LA PANZA.
¿Y ESO?
¿TRAÉS UN LABORATORIO DE ANÁLISIS O POR QUÉ SABES SUS INTIMIDADES?
LO QUE PASA ES QUE PARA TENER ESA PANZA, DE SEGURO TRAE COMO CUATRO POLLOS, UN PUERCO, CUATRO PESCADOS...

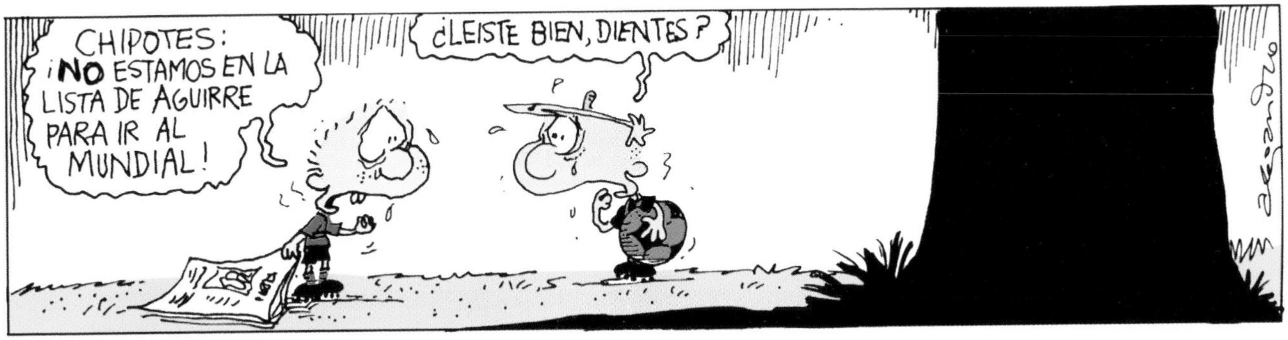
CHIPOTES: ¡NO ESTAMOS EN LA LISTA DE AGUIRRE PARA IR AL MUNDIAL!
¿LEISTE BIEN, DIENTES?

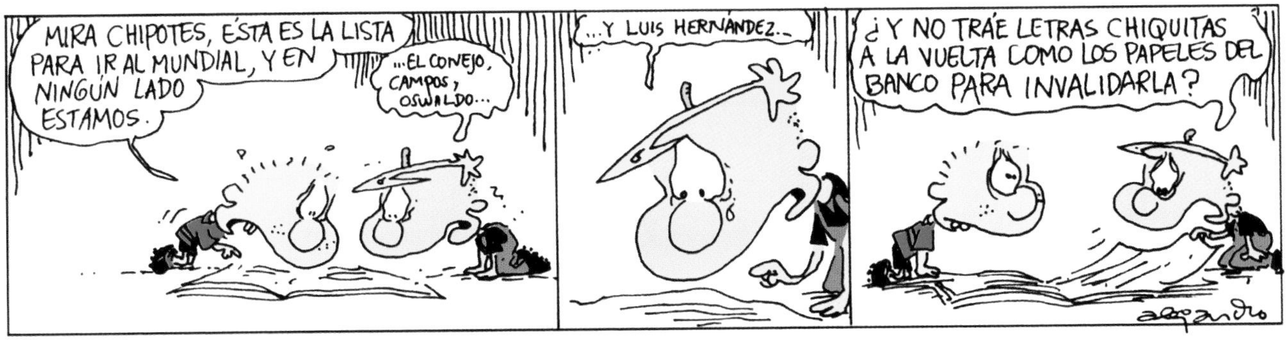
MIRA CHIPOTES, ÉSTA ES LA LISTA PARA IR AL MUNDIAL, Y EN NINGÚN LADO ESTAMOS.
...EL CONEJO, CAMPOS, OSWALDO...
...Y LUIS HERNÁNDEZ...
¿Y NO TRAE LETRAS CHIQUITAS A LA VUELTA COMO LOS PAPELES DEL BANCO PARA INVALIDARLA?

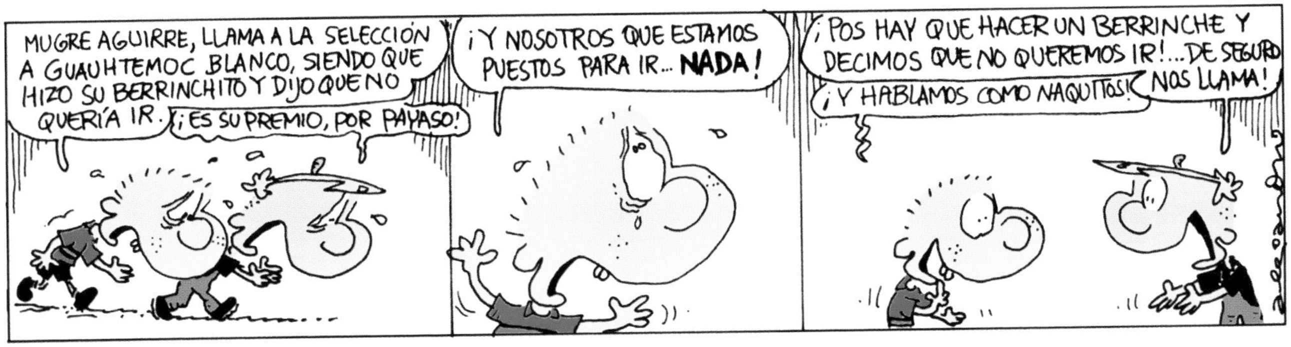
MUGRE AGUIRRE, LLAMA A LA SELECCIÓN A GUAUHTEMOC BLANCO, SIENDO QUE HIZO SU BERRINCHITO Y DIJO QUE NO QUERÍA IR.
¡ES SU PREMIO, POR PAYASO!
¡Y NOSOTROS QUE ESTAMOS PUESTOS PARA IR... NADA!
¡POS HAY QUE HACER UN BERRINCHE Y DECIMOS QUE NO QUEREMOS IR!... DE SEGURO NOS LLAMA!
¡Y HABLAMOS COMO NAQUITOS!

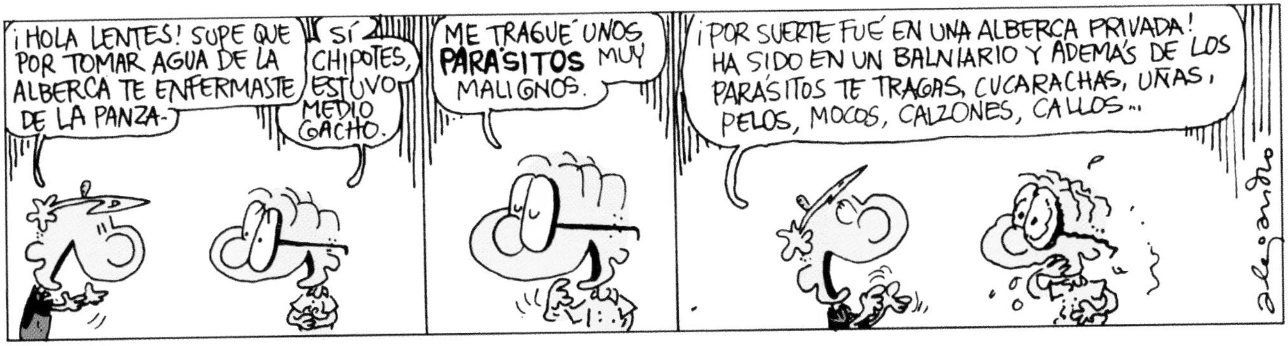
¡HOLA LENTES! SUPE QUE POR TOMAR AGUA DE LA ALBERCA TE ENFERMASTE DE LA PANZA.
SÍ CHIPOTES, ESTUVO MEDIO GACHO.
ME TRAGUÉ UNOS PARÁSITOS MUY MALIGNOS.
¡POR SUERTE FUÉ EN UNA ALBERCA PRIVADA! HA SIDO EN UN BALNIARIO Y ADEMÁS DE LOS PARÁSITOS TE TRAGAS, CUCARACHAS, UÑAS, PELOS, MOCOS, CALZONES, CALLOS...

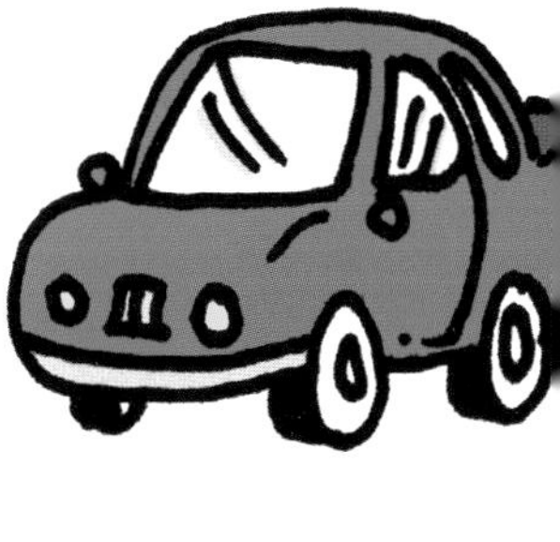

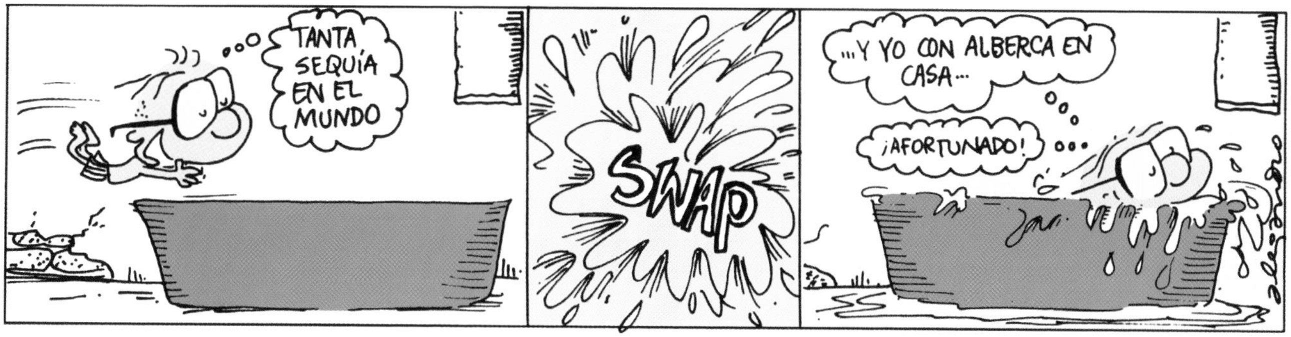
TANTA SEQUÍA EN EL MUNDO
SWAP
...Y YO CON ALBERCA EN CASA...
¡AFORTUNADO!

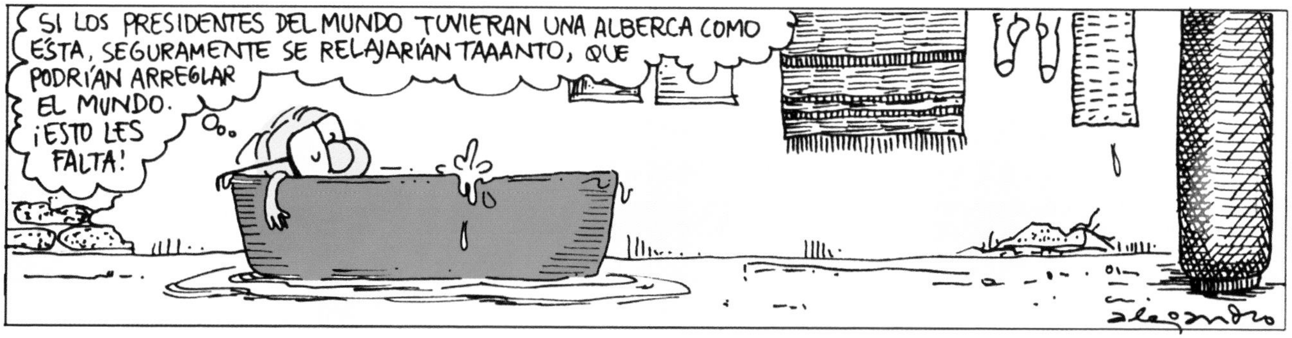
SI LOS PRESIDENTES DEL MUNDO TUVIERAN UNA ALBERCA COMO ÉSTA, SEGURAMENTE SE RELAJARÍAN TAAANTO, QUE PODRÍAN ARREGLAR EL MUNDO.
¡ESTO LES FALTA!

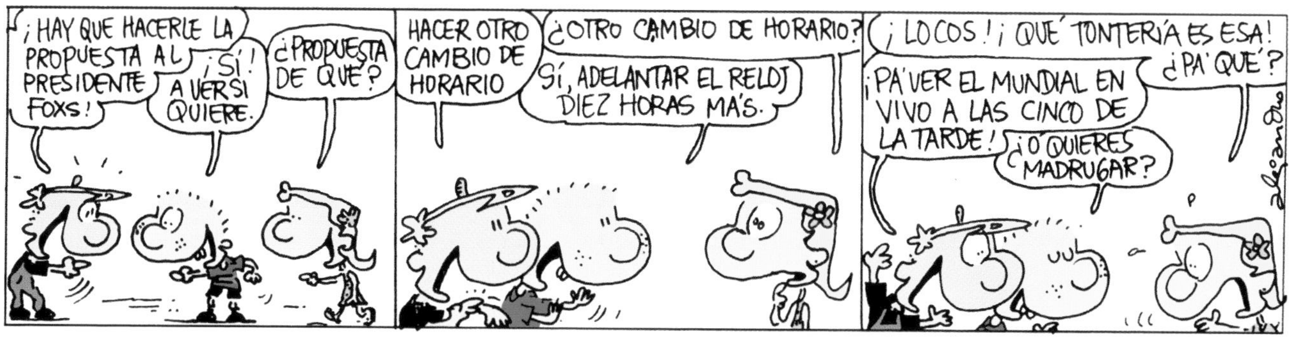
¡HAY QUE HACERLE LA PROPUESTA AL PRESIDENTE FOXS!
¡SÍ! A VER SI QUIERE.
¿PROPUESTA DE QUÉ?
HACER OTRO CAMBIO DE HORARIO
¿OTRO CAMBIO DE HORARIO?
SÍ, ADELANTAR EL RELOJ DIEZ HORAS MÁS.
¡LOCOS! ¡QUÉ TONTERÍA ES ESA!
¿PA' QUÉ?
¡PA' VER EL MUNDIAL EN VIVO A LAS CINCO DE LA TARDE!
¿O QUIERES MADRUGAR?

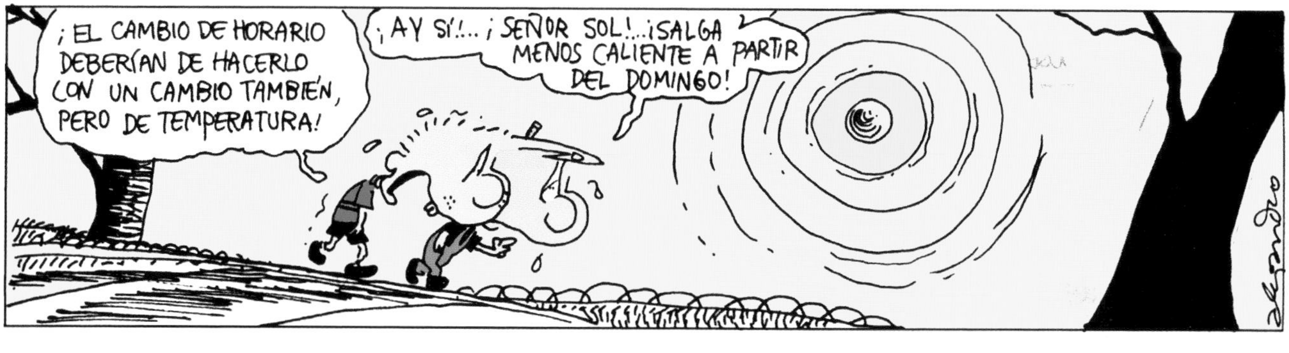
¡EL CAMBIO DE HORARIO DEBERÍAN DE HACERLO CON UN CAMBIO TAMBIÉN, PERO DE TEMPERATURA!
¡AY SÍ!... ¡SEÑOR SOL!... ¡SALGA MENOS CALIENTE A PARTIR DEL DOMINGO!

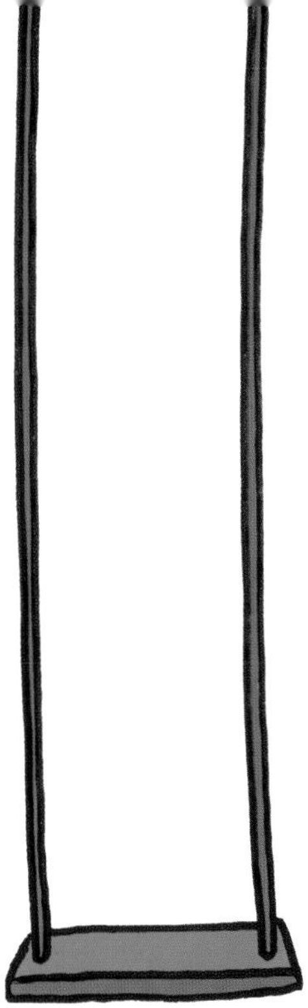

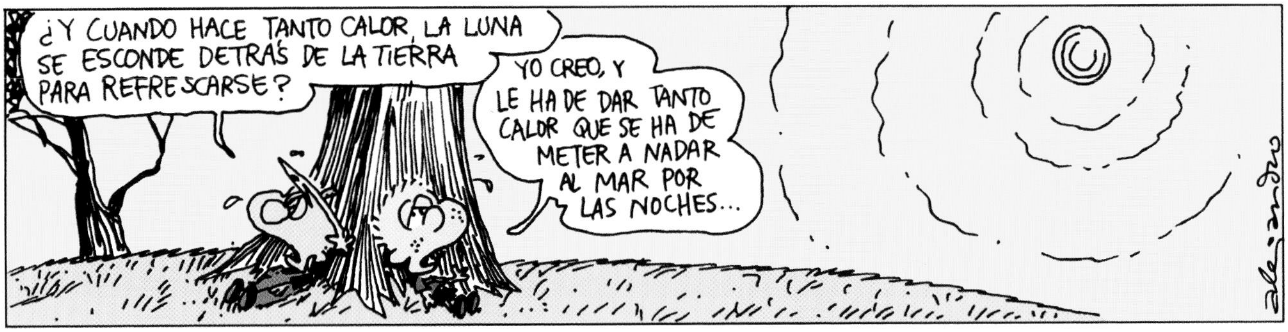
¿Y CUANDO HACE TANTO CALOR, LA LUNA SE ESCONDE DETRÁS DE LA TIERRA PARA REFRESCARSE?
YO CREO, Y LE HA DE DAR TANTO CALOR QUE SE HA DE METER A NADAR AL MAR POR LAS NOCHES...

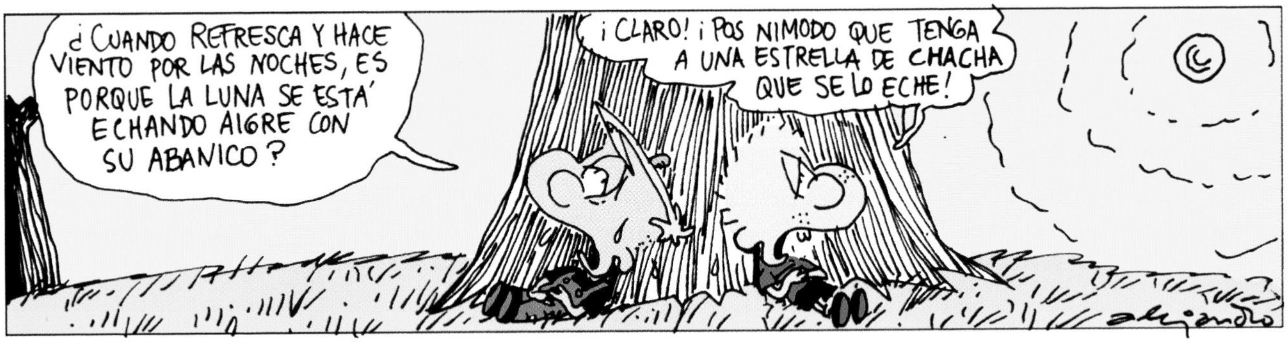
¿CUANDO REFRESCA Y HACE VIENTO POR LAS NOCHES, ES PORQUE LA LUNA SE ESTÁ ECHANDO AIGRE CON SU ABANICO?
¡CLARO! ¡POS NIMODO QUE TENGA A UNA ESTRELLA DE CHACHA QUE SE LO ECHE!

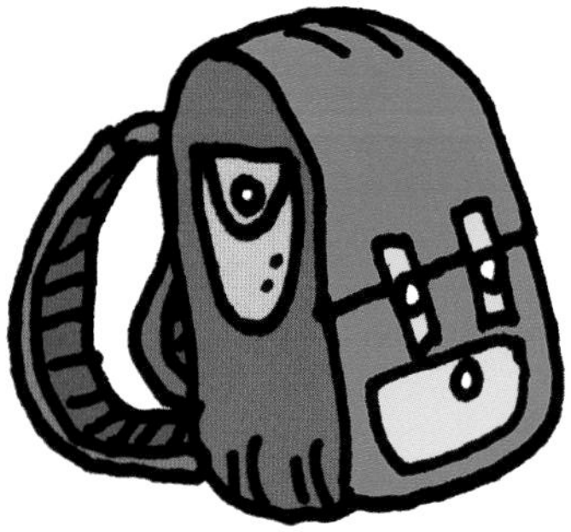

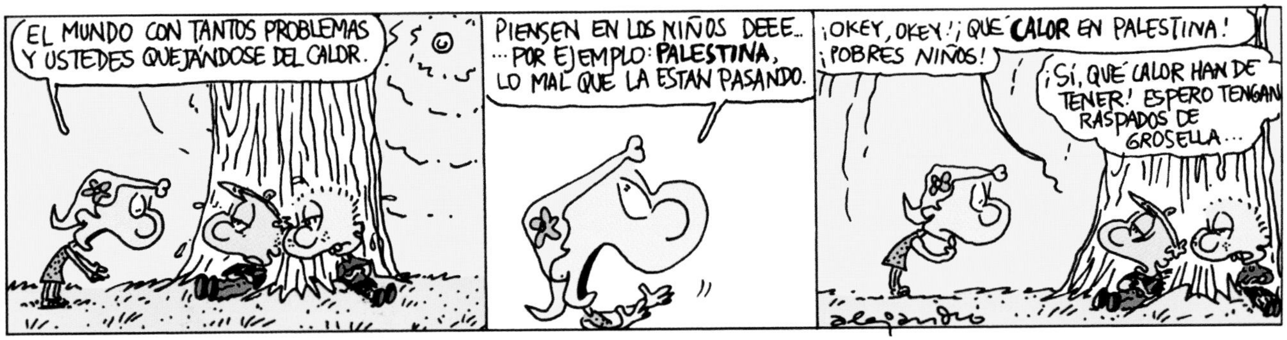
EL MUNDO CON TANTOS PROBLEMAS Y USTEDES QUEJÁNDOSE DEL CALOR.
PIENSEN EN LOS NIÑOS DEEE... ...POR EJEMPLO: PALESTINA, LO MAL QUE LA ESTÁN PASANDO.
¡OKEY, OKEY! ¡QUÉ CALOR EN PALESTINA! ¡POBRES NIÑOS!
¡SÍ, QUÉ CALOR HAN DE TENER! ESPERO TENGAN RASPADOS DE GROSELLA...

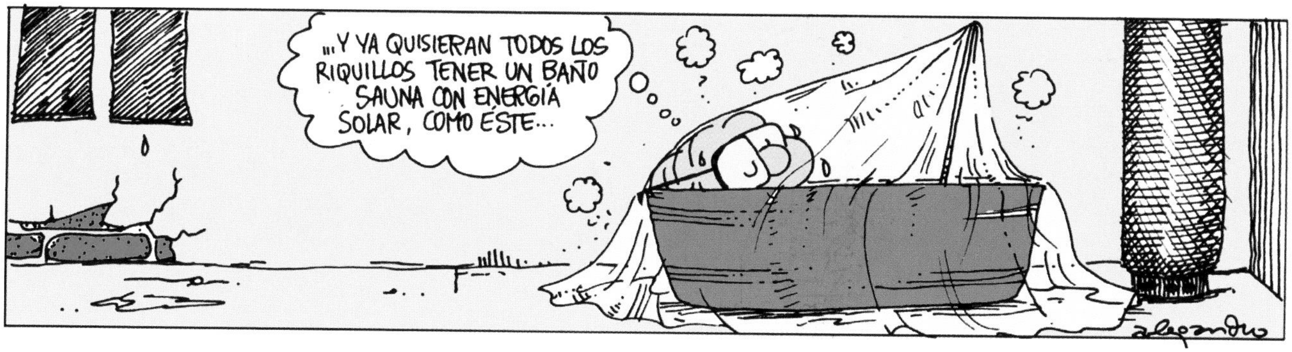
...Y YA QUISIERAN TODOS LOS RIQUILLOS TENER UN BAÑO SAUNA CON ENERGÍA SOLAR, COMO ESTE...

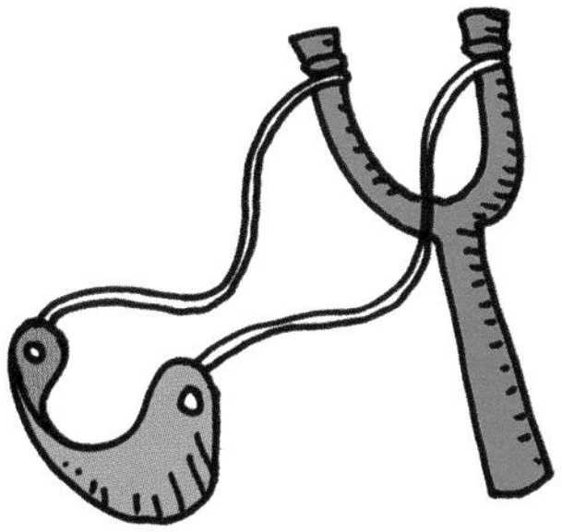

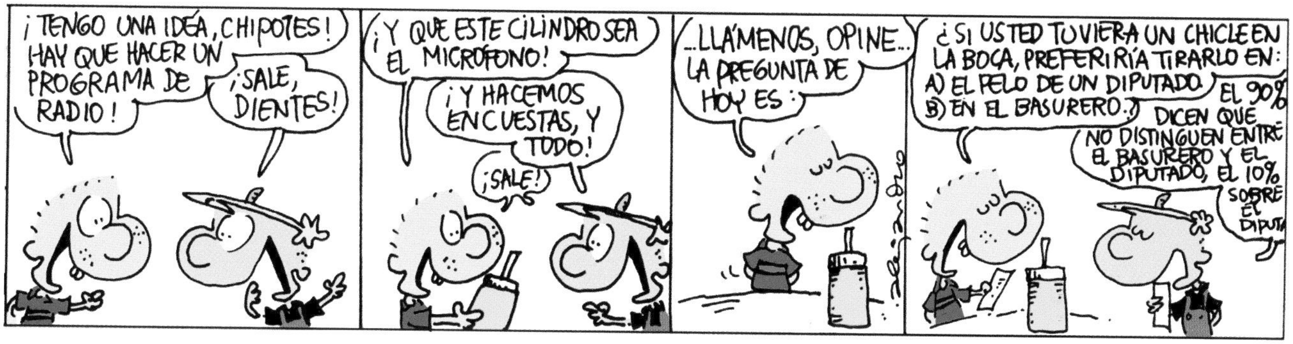
¡TENGO UNA IDEA, CHIPOTES! HAY QUE HACER UN PROGRAMA DE RADIO!
¡SALE, DIENTES!
¡Y QUE ESTE CILINDRO SEA EL MICRÓFONO!
¡Y HACEMOS ENCUESTAS, Y TODO!
¡SALE!
...LLÁMENOS, OPINE... LA PREGUNTA DE HOY ES:
¿SI USTED TUVIERA UN CHICLE EN LA BOCA, PREFERIRÍA TIRARLO EN: A) EL PELO DE UN DIPUTADO B) EN EL BASURERO?
EL 90% DICEN QUE NO DISTINGUEN ENTRE EL BASURERO Y EL DIPUTADO, EL 10% SOBRE EL DIPUTA

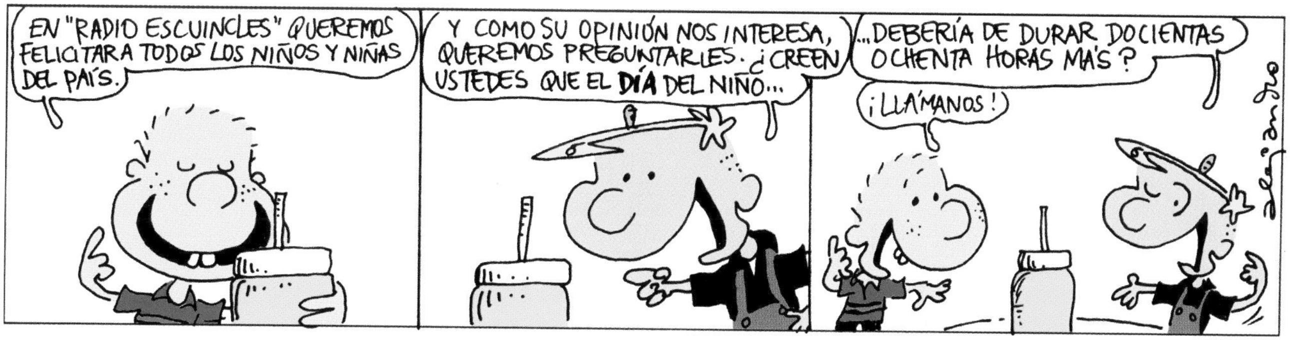
EN "RADIO ESCUINCLES" QUEREMOS FELICITAR A TODOS LOS NIÑOS Y NIÑAS DEL PAÍS.
Y COMO SU OPINIÓN NOS INTERESA, QUEREMOS PREGUNTARLES. ¿CREEN USTEDES QUE EL DÍA DEL NIÑO...
...DEBERÍA DE DURAR DOCIENTAS OCHENTA HORAS MÁS?
¡LLÁMANOS!

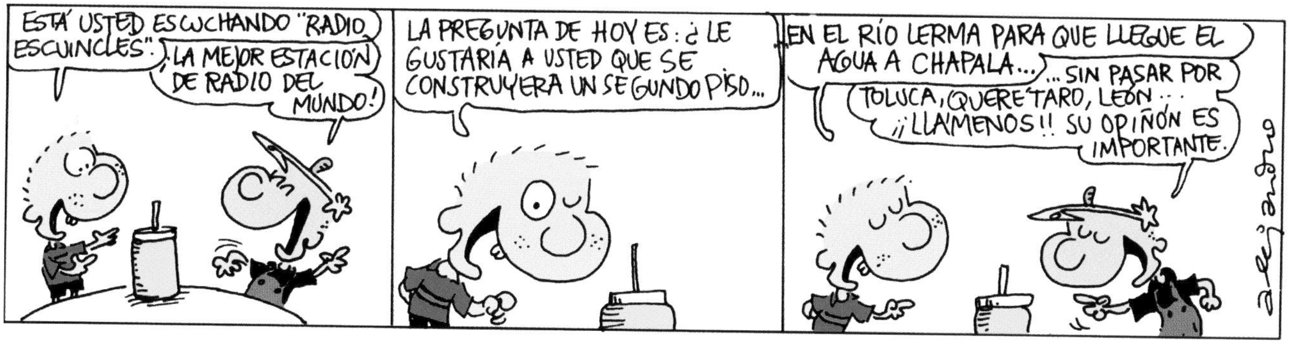
ESTÁ USTED ESCUCHANDO "RADIO ESCUINCLES".
¡LA MEJOR ESTACIÓN DE RADIO DEL MUNDO!
LA PREGUNTA DE HOY ES: ¿LE GUSTARÍA A USTED QUE SE CONSTRUYERA UN SEGUNDO PISO...
...EN EL RÍO LERMA PARA QUE LLEGUE EL AGUA A CHAPALA...
...SIN PASAR POR TOLUCA, QUERÉTARO, LEÓN... ¡¡LLÁMENOS!! SU OPIÑÓN ES IMPORTANTE.

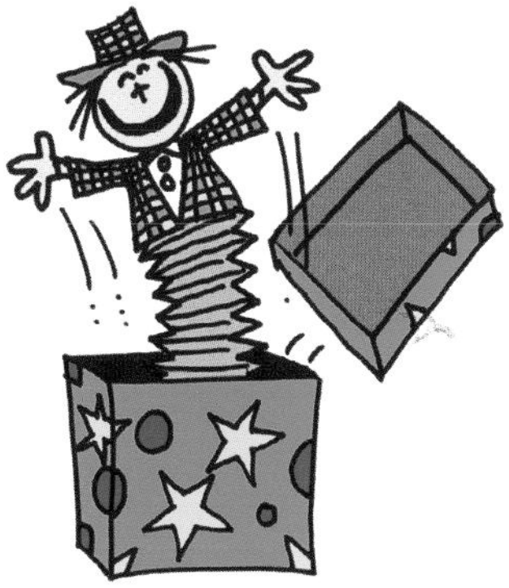

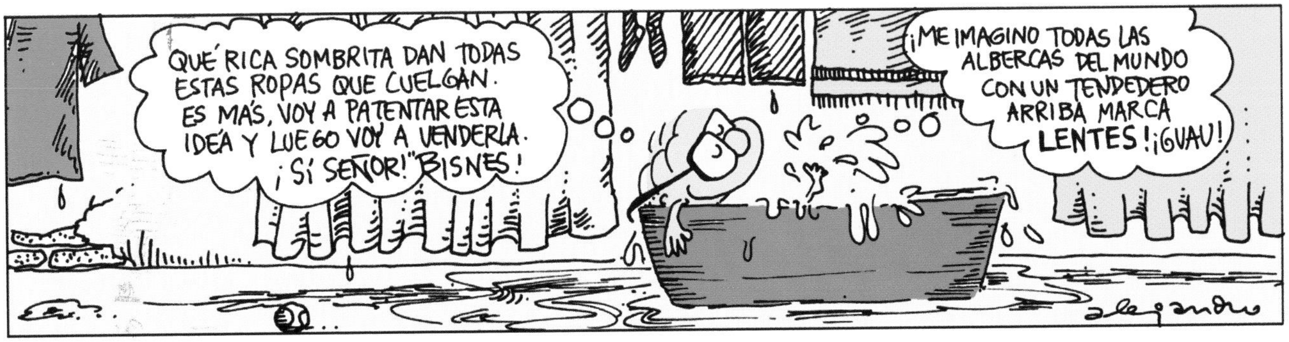
QUÉ RICA SOMBRITA DAN TODAS ESTAS ROPAS QUE CUELGAN. ES MÁS, VOY A PATENTAR ESTA IDEA Y LUEGO VOY A VENDERLA. ¡SÍ SEÑOR! ¡BISNES!
¡ME IMAGINO TODAS LAS ALBERCAS DEL MUNDO CON UN TENDEDERO ARRIBA MARCA LENTES! ¡GUAU!
alejandro

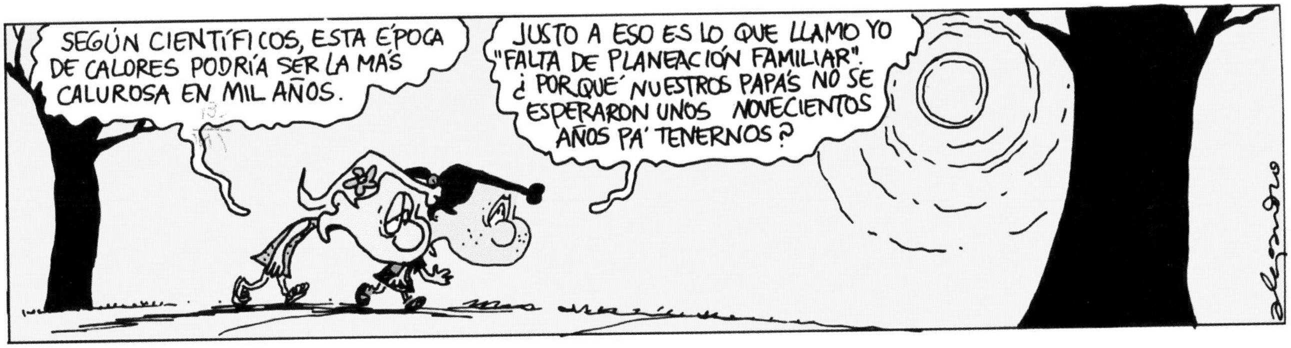
SEGÚN CIENTÍFICOS, ESTA ÉPOCA DE CALORES PODRÍA SER LA MÁS CALUROSA EN MIL AÑOS.
JUSTO A ESO ES LO QUE LLAMO YO "FALTA DE PLANEACIÓN FAMILIAR". ¿POR QUÉ NUESTROS PAPÁS NO SE ESPERARON UNOS NOVECIENTOS AÑOS PA' TENERNOS?
alejandro

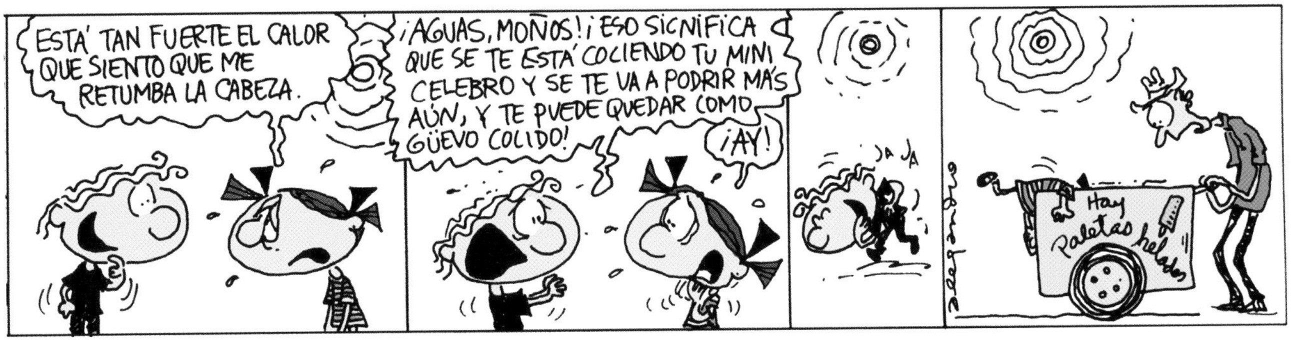
ESTÁ TAN FUERTE EL CALOR QUE SIENTO QUE ME RETUMBA LA CABEZA.
¡AGUAS, MOÑOS! ¡ESO SIGNIFICA QUE SE TE ESTÁ COCIENDO TU MINI CELEBRO Y SE TE VA A PODRIR MÁS AÚN, Y TE PUEDE QUEDAR COMO GÜEVO COCIDO!
¡AY!
JA JA
alejandro
Hay Paletas heladas

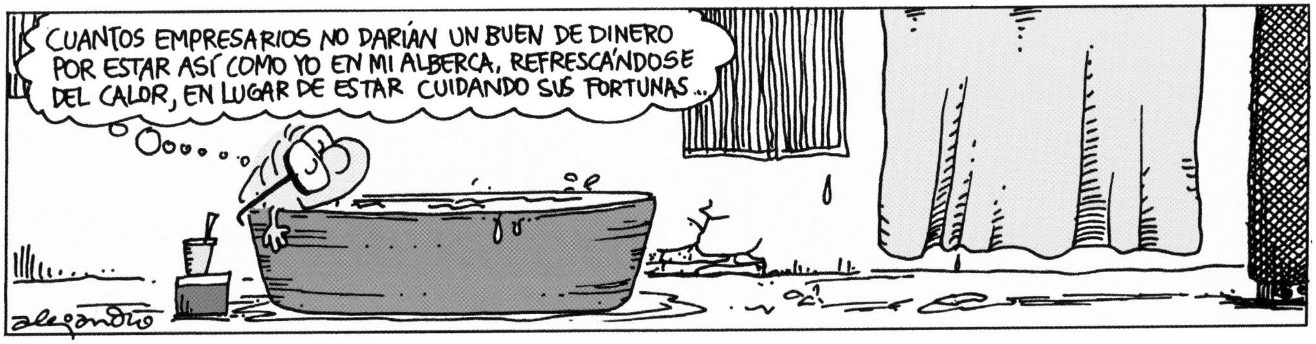
CUANTOS EMPRESARIOS NO DARÍAN UN BUEN DE DINERO POR ESTAR ASÍ COMO YO EN MI ALBERCA, REFRESCÁNDOSE DEL CALOR, EN LUGAR DE ESTAR CUIDANDO SUS FORTUNAS...
alejandro

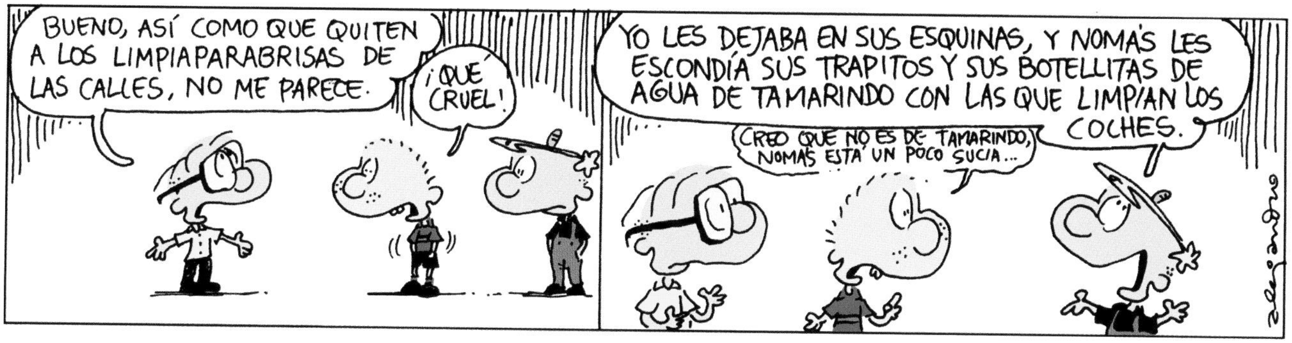
BUENO, ASÍ COMO QUE QUITEN A LOS LIMPIAPARABRISAS DE LAS CALLES, NO ME PARECE.
¡QUÉ CRUEL!
YO LES DEJABA EN SUS ESQUINAS, Y NOMÁS LES ESCONDÍA SUS TRAPITOS Y SUS BOTELLITAS DE AGUA DE TAMARINDO CON LAS QUE LIMPIAN LOS COCHES.
CREO QUE NO ES DE TAMARINDO, NOMÁS ESTÁ UN POCO SUCIA...

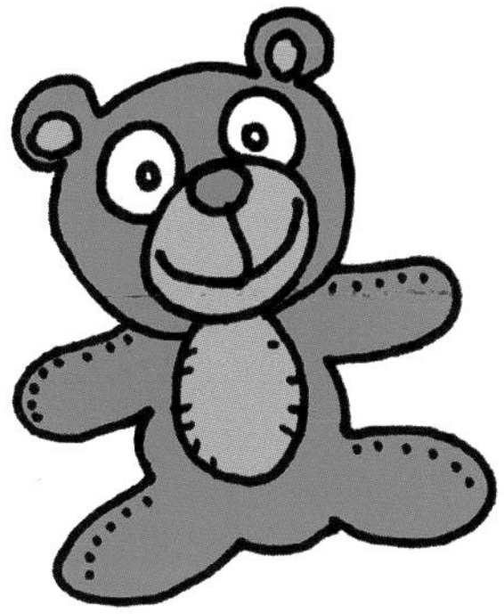

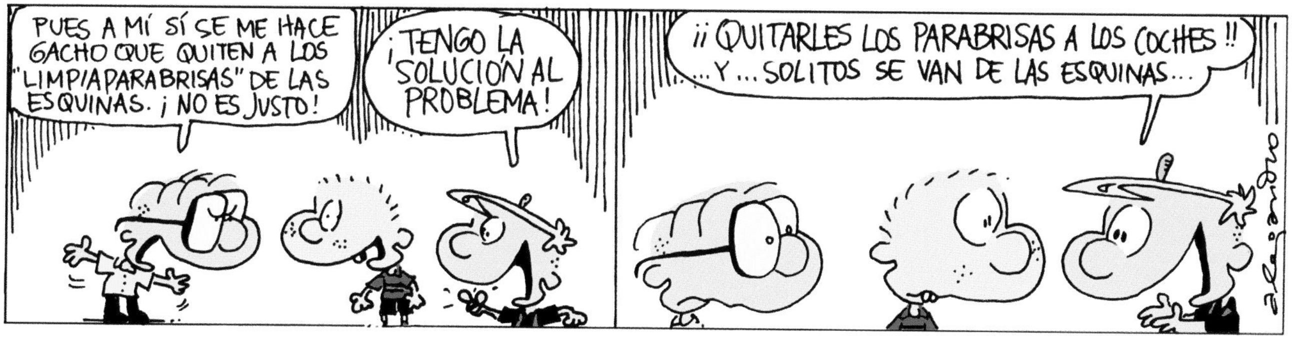
PUES A MÍ SÍ SE ME HACE GACHO QUE QUITEN A LOS "LIMPIAPARABRISAS" DE LAS ESQUINAS. ¡NO ES JUSTO!
¡TENGO LA SOLUCIÓN AL PROBLEMA!
¡¡QUITARLES LOS PARABRISAS A LOS COCHES!! ...Y... SOLITOS SE VAN DE LAS ESQUINAS...

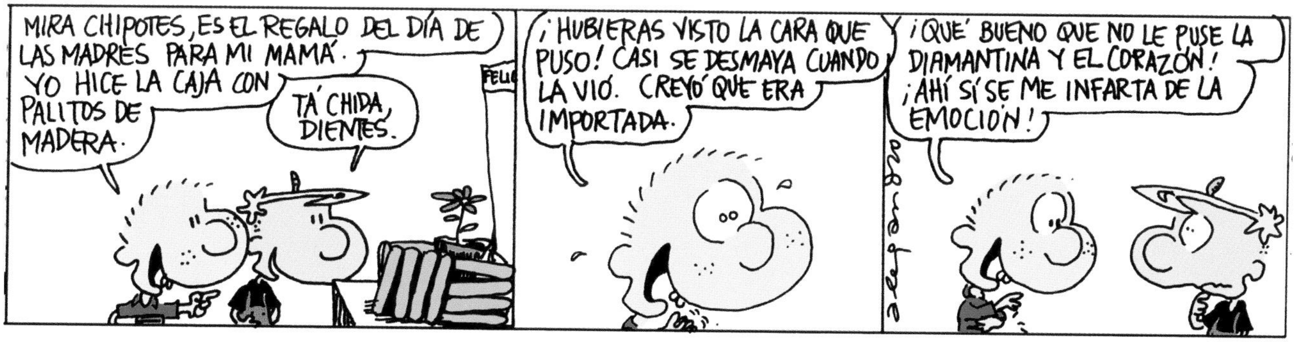
MIRA CHIPOTES, ES EL REGALO DEL DÍA DE LAS MADRES PARA MI MAMÁ. YO HICE LA CAJA CON PALITOS DE MADERA.
TÁ CHIDA, DIENTES.
¡HUBIERAS VISTO LA CARA QUE PUSO! CASI SE DESMAYA CUANDO LA VIÓ. CREYÓ QUE ERA IMPORTADA.
¡QUÉ BUENO QUE NO LE PUSE LA DIAMANTINA Y EL CORAZÓN! ¡AHÍ SÍ SE ME INFARTA DE LA EMOCIÓN!

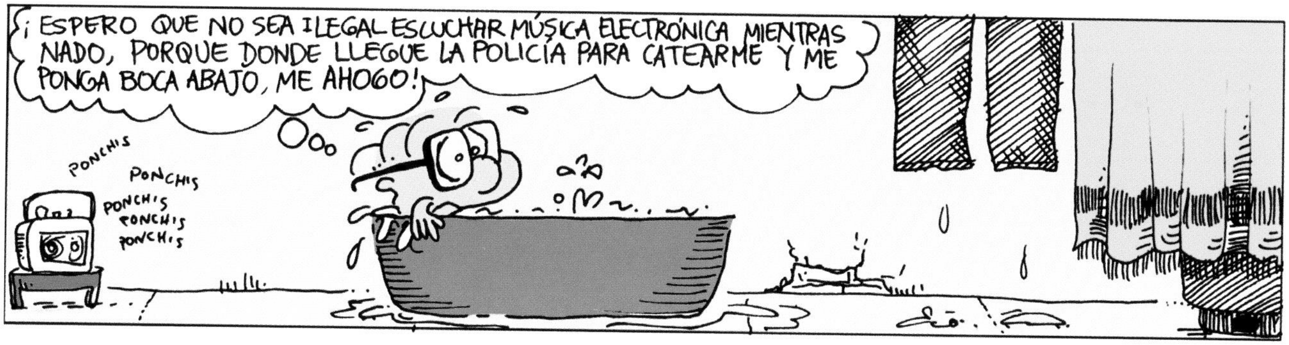
¡ESPERO QUE NO SEA ILEGAL ESCUCHAR MÚSICA ELECTRÓNICA MIENTRAS NADO, PORQUE DONDE LLEGUE LA POLICÍA PARA CATEARME Y ME PONGA BOCA ABAJO, ME AHOGO!
PONCHIS
PONCHIS
PONCHIS
PONCHIS
PONCHIS

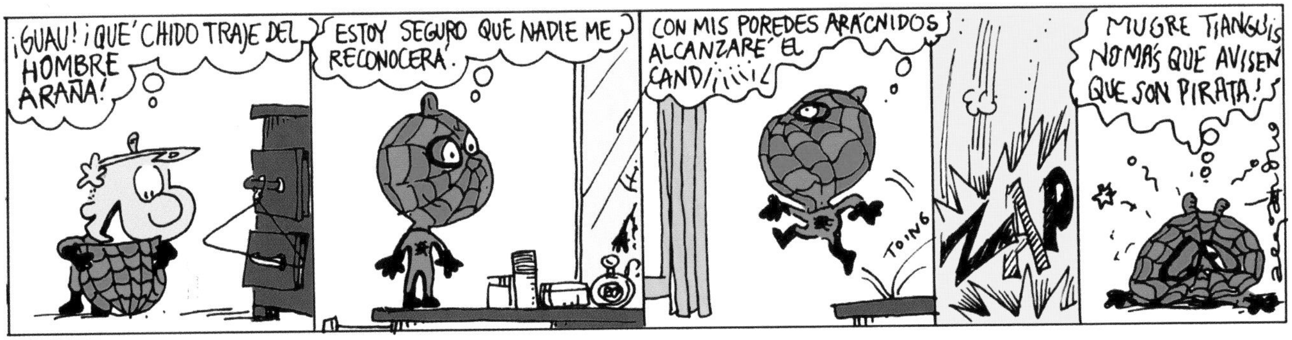
¡GUAU! ¡QUÉ CHIDO TRAJE DEL HOMBRE ARAÑA!
ESTOY SEGURO QUE NADIE ME RECONOCERÁ.
CON MIS POREDES ARÁCNIDOS ALCANZARÉ EL CANDI¡¡¡¡¡¡
TOING
ZAP
MUGRE TIANGUIS NOMÁS QUE AVISEN QUE SON PIRATA!
alejandro

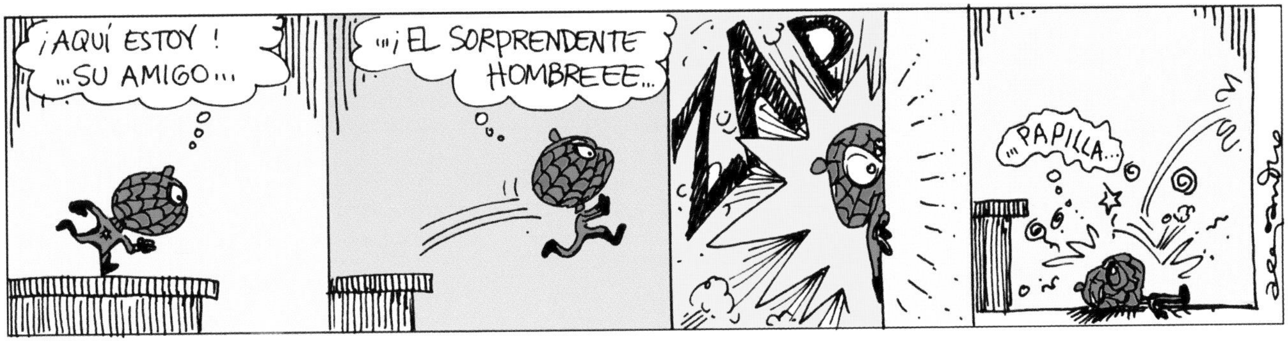
¡AQUÍ ESTOY! ...SU AMIGO...
...¡EL SORPRENDENTE HOMBREEE...
ZAP
...PAPILLA...
alejandro

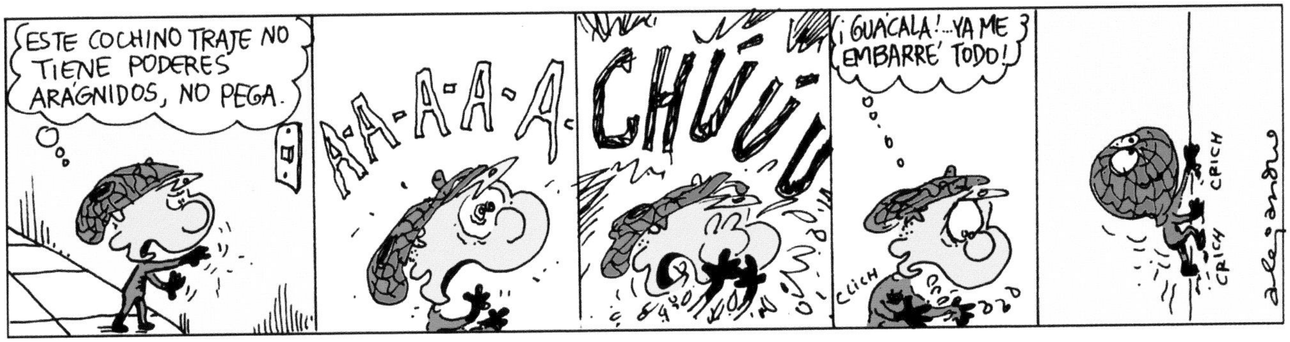
ESTE COCHINO TRAJE NO TIENE PODERES ARÁGNIDOS, NO PEGA.
A-A-A-A-A-A
CHÚÚÚ
¡GUÁCALA! ...YA ME EMBARRÉ TODO!
CLICH
CRICH
CRICH
CRICH
alejandro

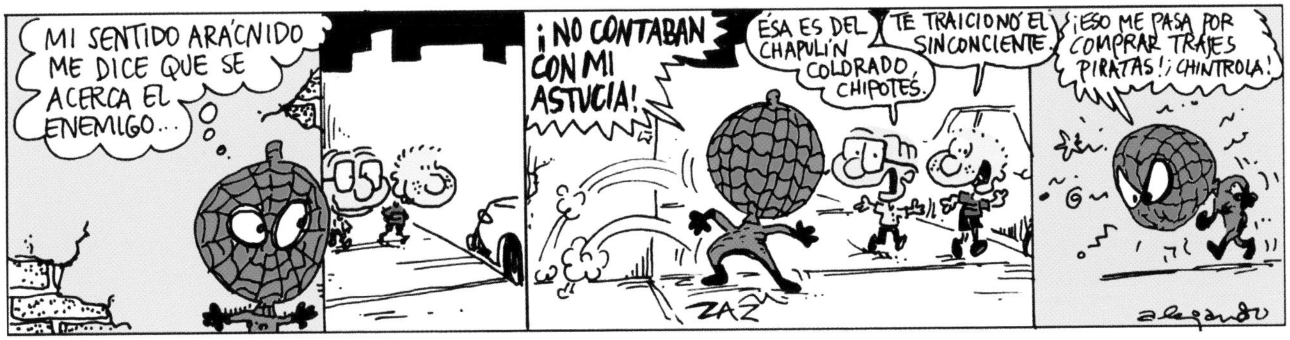
MI SENTIDO ARÁCNIDO ME DICE QUE SE ACERCA EL ENEMIGO...
¡NO CONTABAN CON MI ASTUCIA!
ZAZ
ÉSA ES DEL CHAPULÍN COLDRADO, CHIPOTES.
TE TRAICIONÓ EL SINCONCIENTE.
¡ESO ME PASA POR COMPRAR TRAJES PIRATAS! ¡CHINTROLA!
alejandro

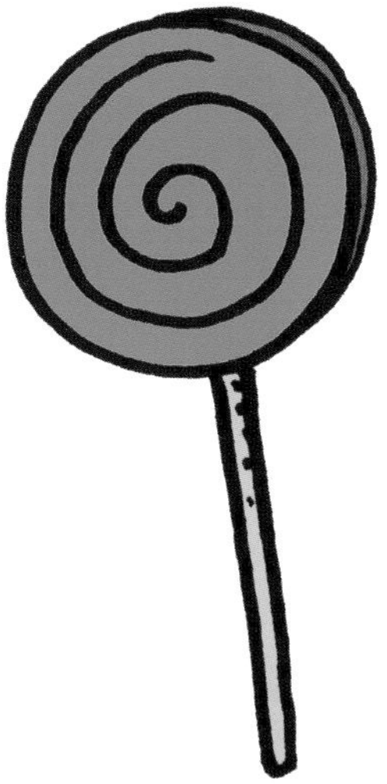

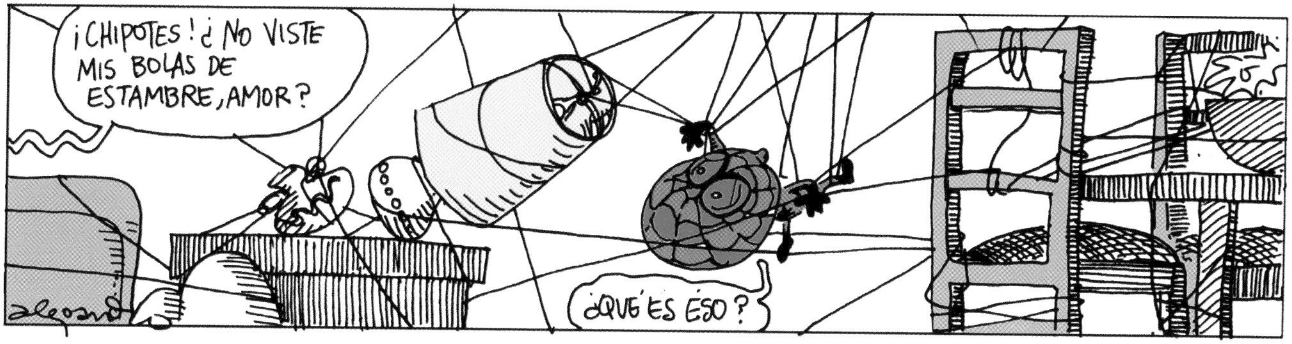
¡CHIPOTES! ¿NO VISTE MIS BOLAS DE ESTAMBRE, AMOR?
¿QUÉ ES ESO?

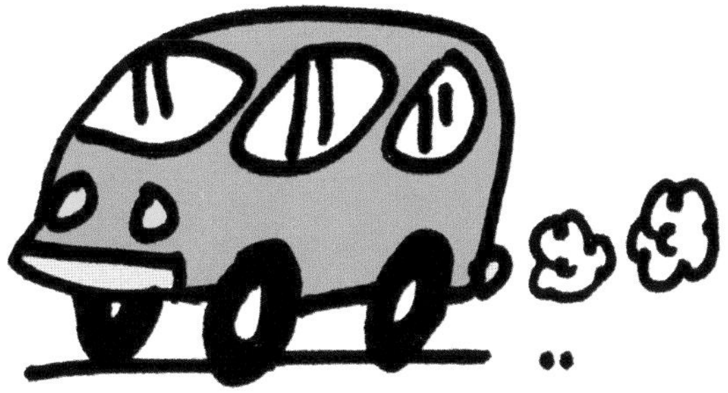

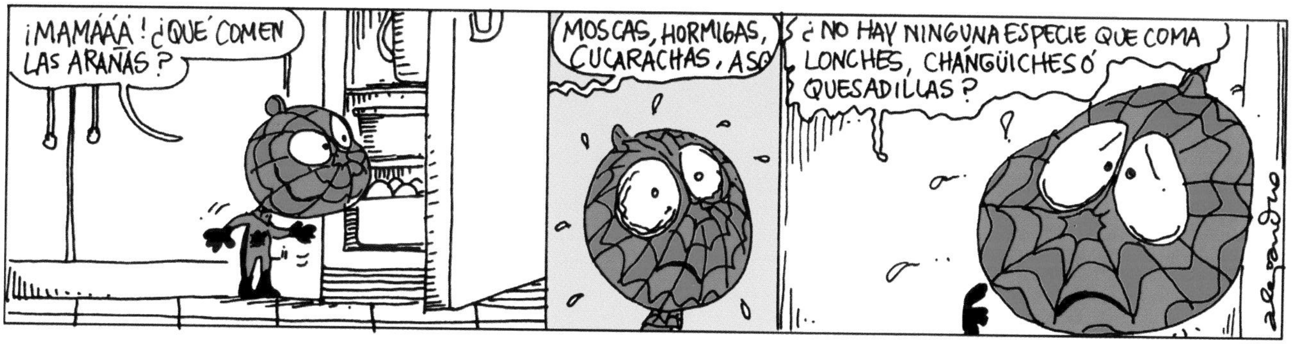
¡MAMÁÁÁ! ¿QUÉ COMEN LAS ARAÑAS?
MOSCAS, HORMIGAS, CUCARACHAS, ASO
¿NO HAY NINGUNA ESPECIE QUE COMA LONCHES, CHÁNGÜICHES Ó QUESADILLAS?

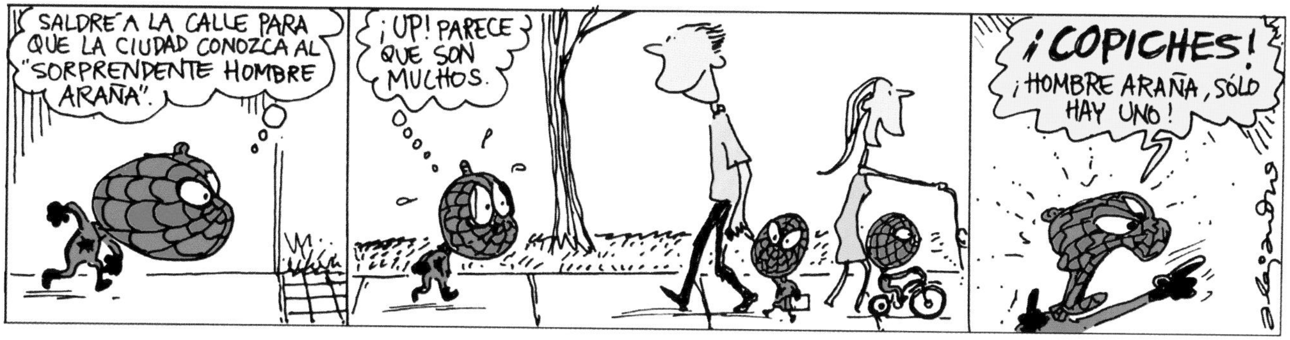
SALDRÉ A LA CALLE PARA QUE LA CIUDAD CONOZCA AL "SORPRENDENTE HOMBRE ARAÑA".
¡UP! PARECE QUE SON MUCHOS.
¡COPICHES!
¡HOMBRE ARAÑA, SÓLO HAY UNO!

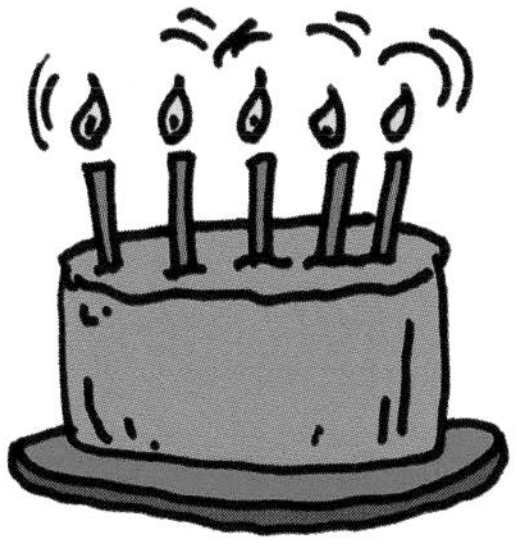

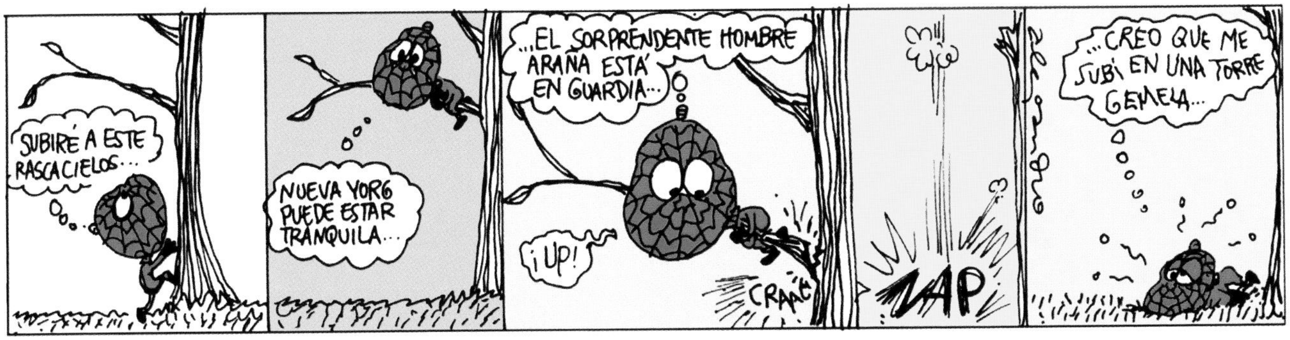

SUBIRÉ A ESTE RASCACIELOS...
NUEVA YORG PUEDE ESTAR TRANQUILA...
...EL SORPRENDENTE HOMBRE ARAÑA ESTÁ EN GUARDIA...
¡UP!
CRAAC
ZAP
...CREO QUE ME SUBÍ EN UNA TORRE GEMELA...

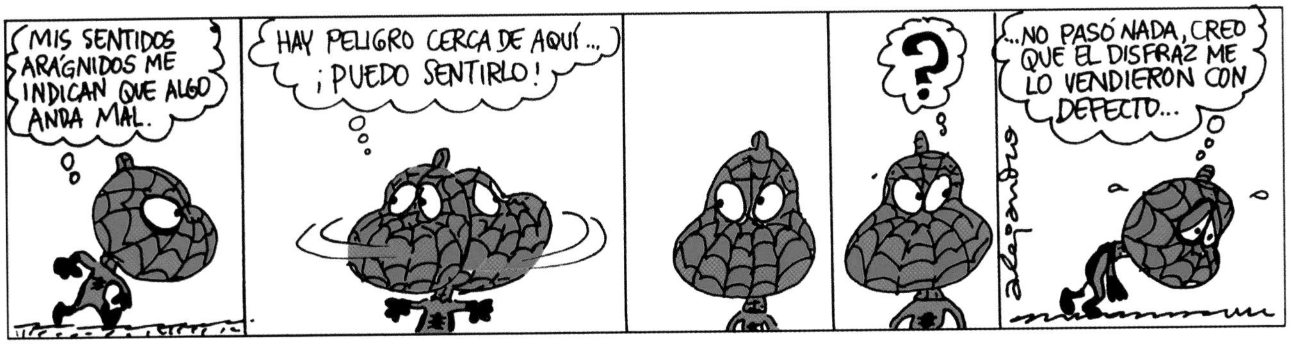

MIS SENTIDOS ARÁGNIDOS ME INDICAN QUE ALGO ANDA MAL.
HAY PELIGRO CERCA DE AQUÍ... ¡PUEDO SENTIRLO!
?
...NO PASÓ NADA, CREO QUE EL DISFRAZ ME LO VENDIERON CON DEFECTO...

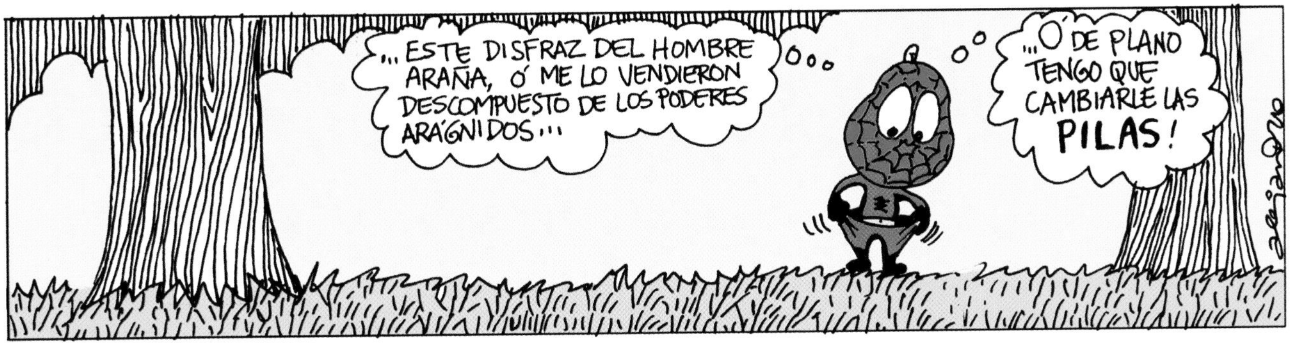

...ESTE DISFRAZ DEL HOMBRE ARAÑA, Ó ME LO VENDIERON DESCOMPUESTO DE LOS PODERES ARÁGNIDOS...
...Ó DE PLANO TENGO QUE CAMBIARLE LAS PILAS!

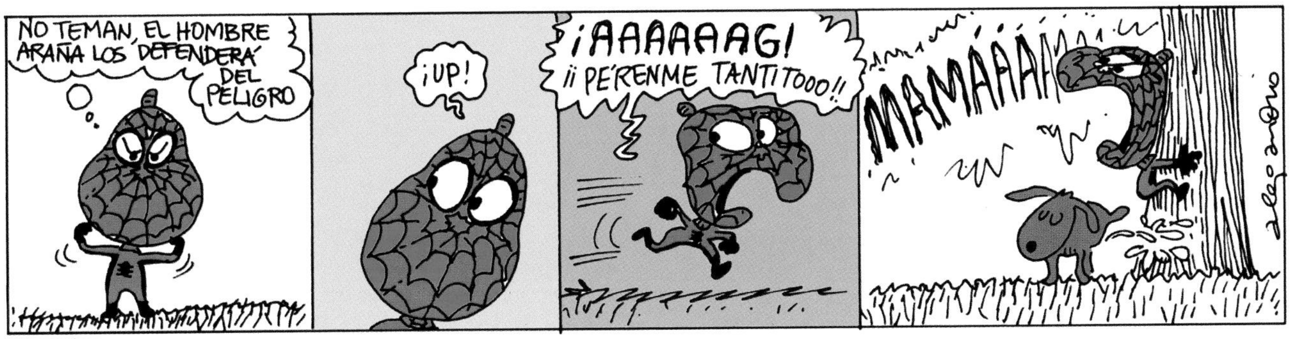

NO TEMAN, EL HOMBRE ARAÑA LOS DEFENDERÁ DEL PELIGRO
¡UP!
¡AAAAAAG! ¡¡PÉRENME TANTITOOO!!
MAMÁÁÁ

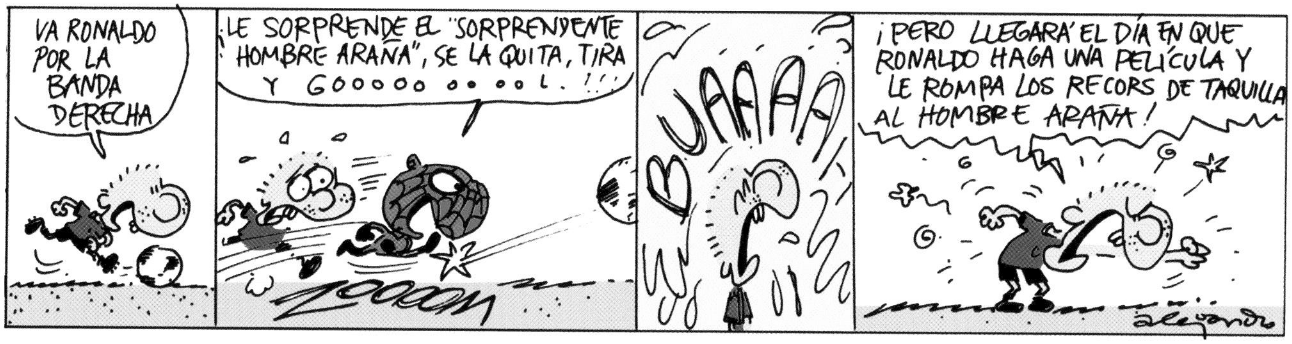
VA RONALDO POR LA BANDA DERECHA
¡LE SORPRENDE EL "SORPRENDENTE HOMBRE ARAÑA", SE LA QUITA, TIRA Y GOOOOOO OOOOL.!!!
ZOOOOM
BUAAAA
¡PERO LLEGARÁ EL DÍA EN QUE RONALDO HAGA UNA PELÍCULA Y LE ROMPA LOS RECORS DE TAQUILLA AL HOMBRE ARAÑA!

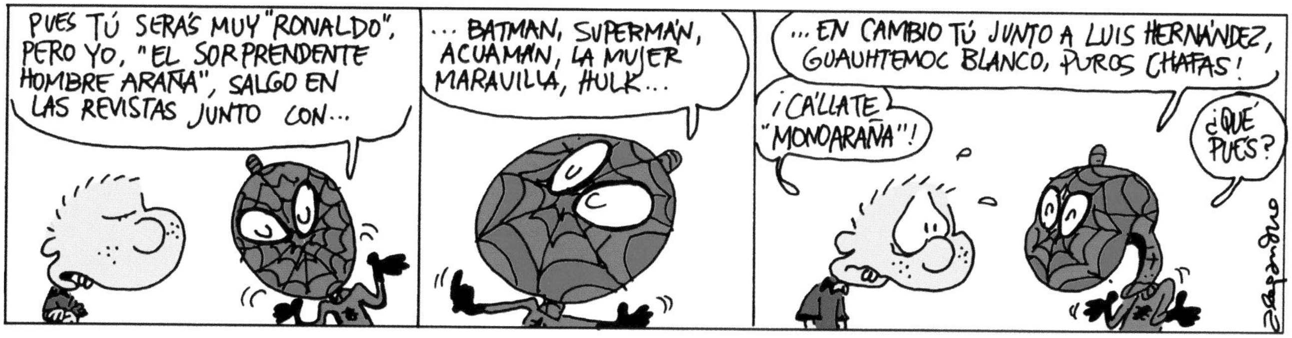
PUES TÚ SERÁS MUY "RONALDO", PERO YO, "EL SORPRENDENTE HOMBRE ARAÑA", SALGO EN LAS REVISTAS JUNTO CON...
...BATMAN, SUPERMÁN, ACUAMÁN, LA MUJER MARAVILLA, HULK...
...EN CAMBIO TÚ JUNTO A LUIS HERNÁNDEZ, GUAUHTEMOC BLANCO, PUROS CHAFAS!
¡CÁLLATE "MONOARAÑA"!
¿QUÉ PUÉS?

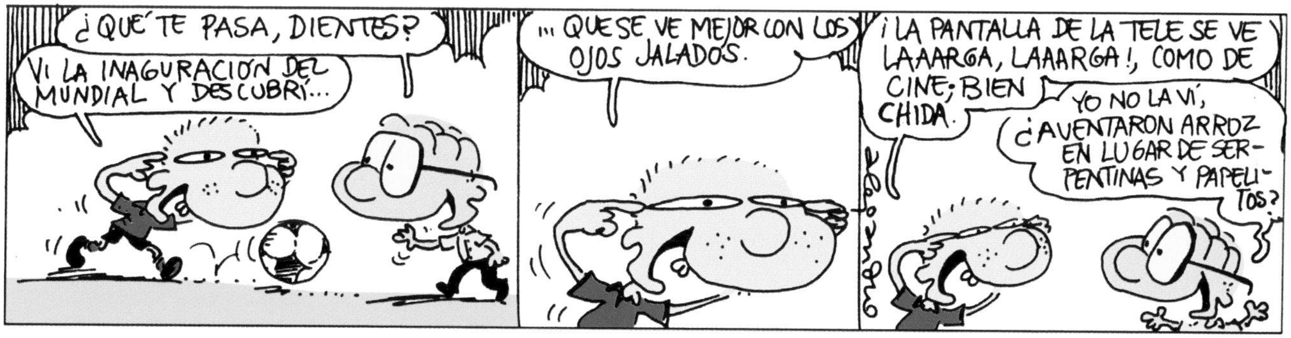
¿QUÉ TE PASA, DIENTES?
VI LA INAGURACIÓN DEL MUNDIAL Y DESCUBRÍ...
...QUE SE VE MEJOR CON LOS OJOS JALADOS.
¡LA PANTALLA DE LA TELE SE VE LAAARGA, LAAARGA!, COMO DE CINE, BIEN CHIDA.
YO NO LA VÍ, ¿AVENTARON ARROZ EN LUGAR DE SERPENTINAS Y PAPELITOS?

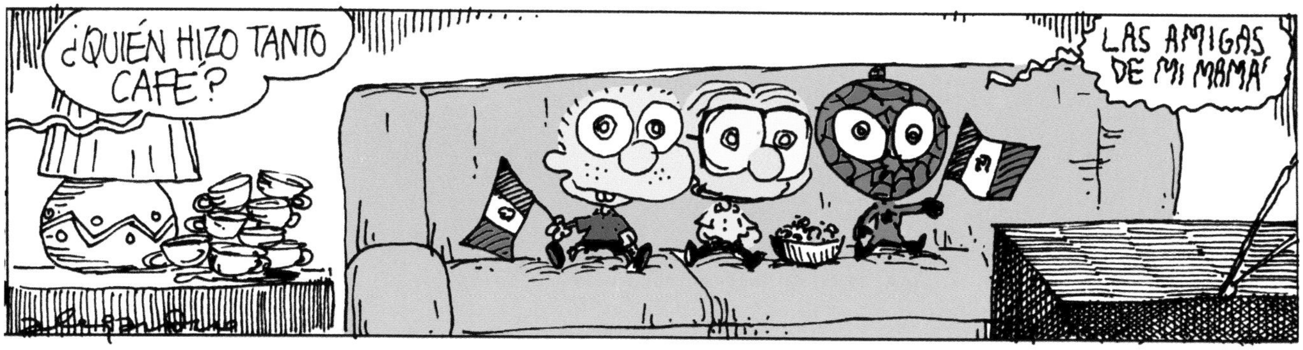
¿QUIÉN HIZO TANTO CAFÉ?
LAS AMIGAS DE MI MAMÁ

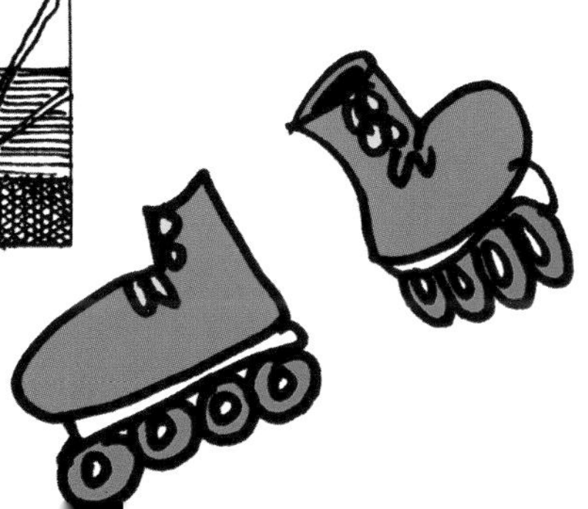

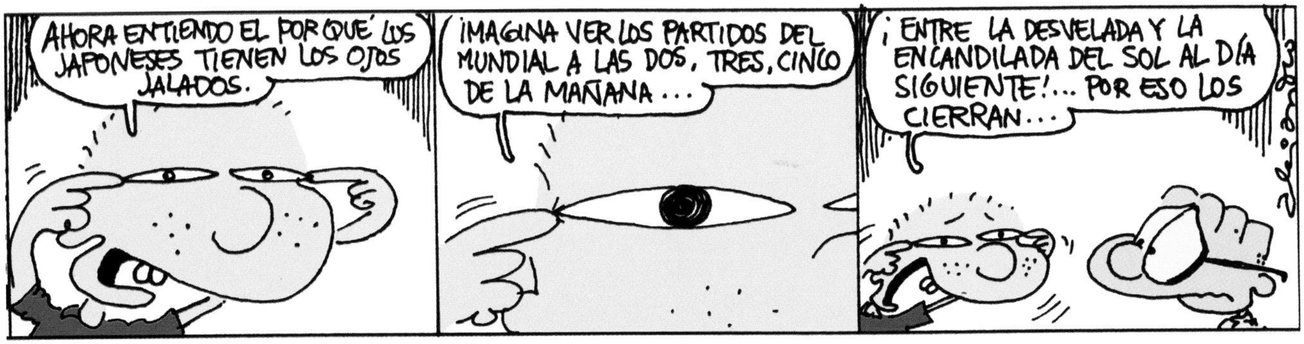
AHORA ENTIENDO EL PORQUÉ LOS JAPONESES TIENEN LOS OJOS JALADOS.
¡IMAGINA VER LOS PARTIDOS DEL MUNDIAL A LAS DOS, TRES, CINCO DE LA MAÑANA...
¡ENTRE LA DESVELADA Y LA ENCANDILADA DEL SOL AL DÍA SIGUIENTE!... POR ESO LOS CIERRAN...

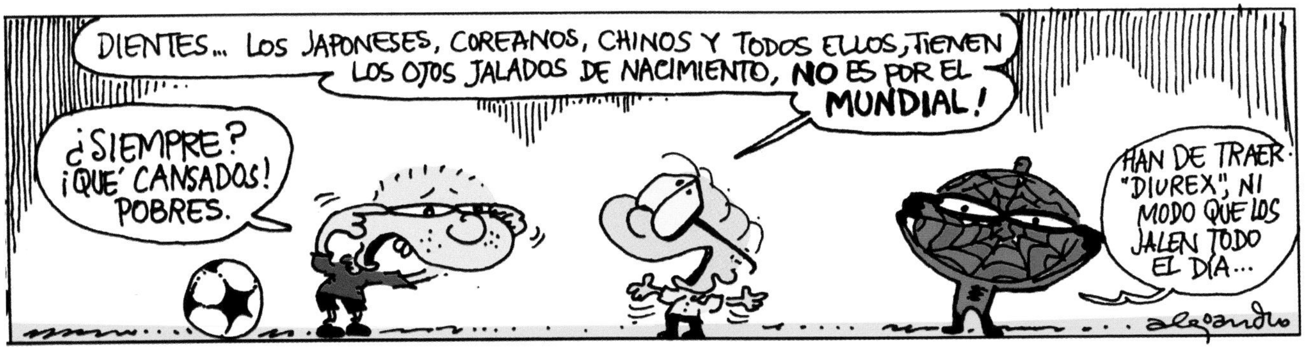
DIENTES... LOS JAPONESES, COREANOS, CHINOS Y TODOS ELLOS, TIENEN LOS OJOS JALADOS DE NACIMIENTO, NO ES POR EL MUNDIAL!
¿SIEMPRE? ¡QUÉ CANSADOS! POBRES.
HAN DE TRAER "DIUREX", NI MODO QUE LOS JALEN TODO EL DÍA...
alejandro

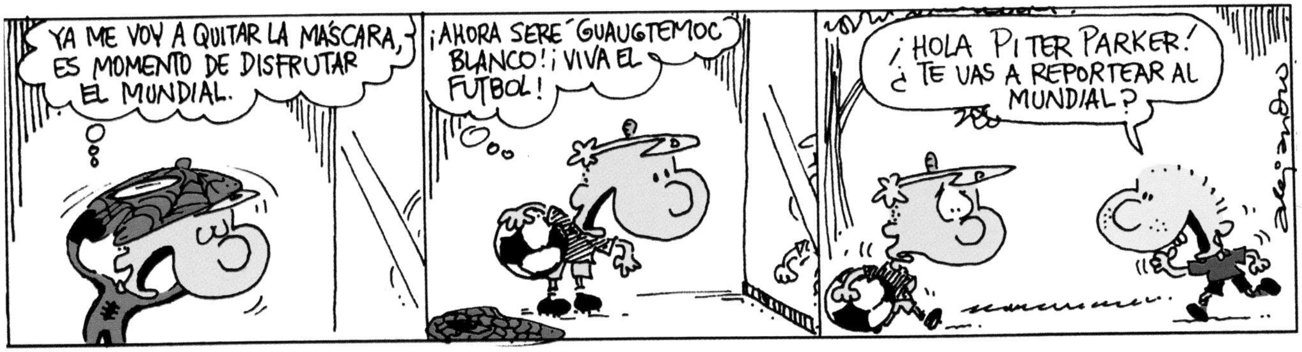
YA ME VOY A QUITAR LA MÁSCARA, ES MOMENTO DE DISFRUTAR EL MUNDIAL.
¡AHORA SERÉ GUAUGTEMOC BLANCO! ¡VIVA EL FUTBOL!
¡HOLA PITER PARKER! ¿TE VAS A REPORTEAR AL MUNDIAL?

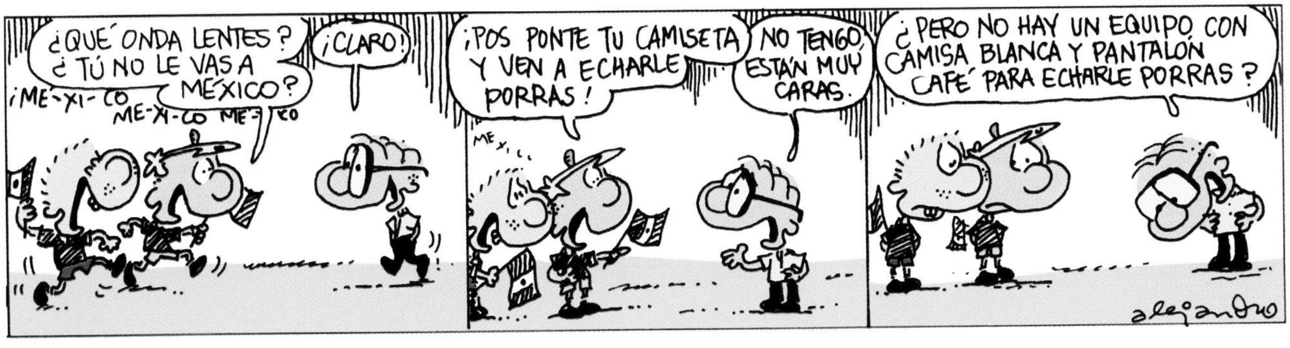
¿QUÉ ONDA LENTES? ¿TÚ NO LE VAS A MÉXICO?
¡CLARO!
¡ME-XI-CO ME-XI-CO ME-XI-CO
¡POS PONTE TU CAMISETA Y VEN A ECHARLE PORRAS!
NO TENGO, ESTÁN MUY CARAS.
¿PERO NO HAY UN EQUIPO CON CAMISA BLANCA Y PANTALÓN CAFÉ PARA ECHARLE PORRAS?
alejandro

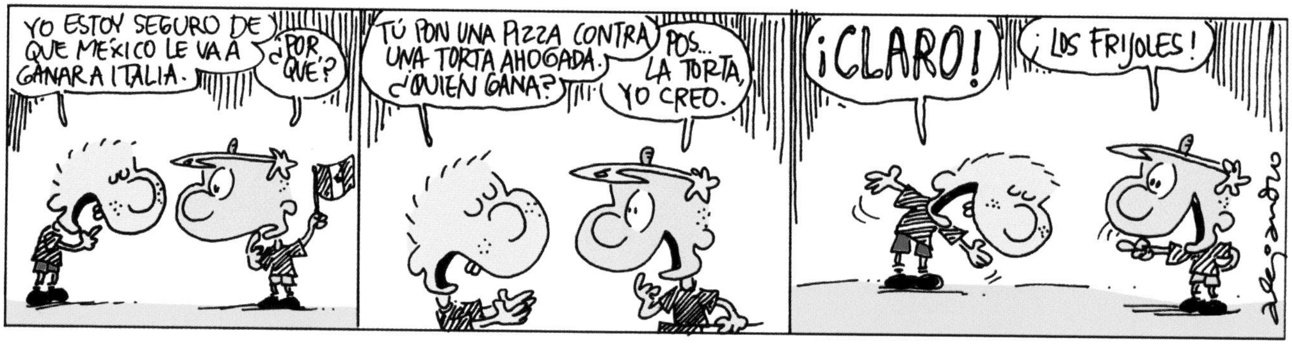
YO ESTOY SEGURO DE QUE MÉXICO LE VA A GANAR A ITALIA.
¿POR QUÉ?
TÚ PON UNA PIZZA CONTRA UNA TORTA AHOGADA. ¿QUIÉN GANA?
POS... LA TORTA, YO CREO.
¡CLARO!
¡LOS FRIJOLES!

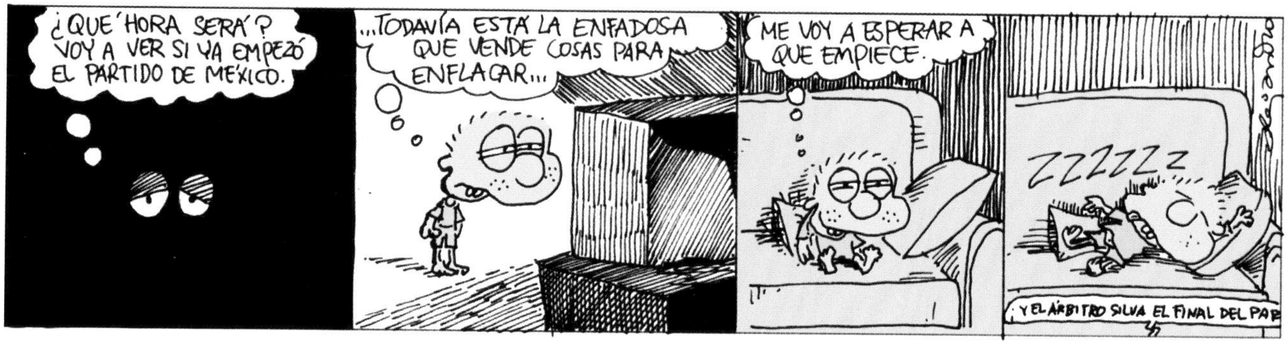
¿QUÉ HORA SERÁ? VOY A VER SI YA EMPEZÓ EL PARTIDO DE MÉXICO.
...TODAVÍA ESTÁ LA ENFADOSA QUE VENDE COSAS PARA ENFLACAR...
ME VOY A ESPERAR A QUE EMPIECE.
ZZZZZZ
¡Y EL ÁRBITRO SILVA EL FINAL DEL PAR

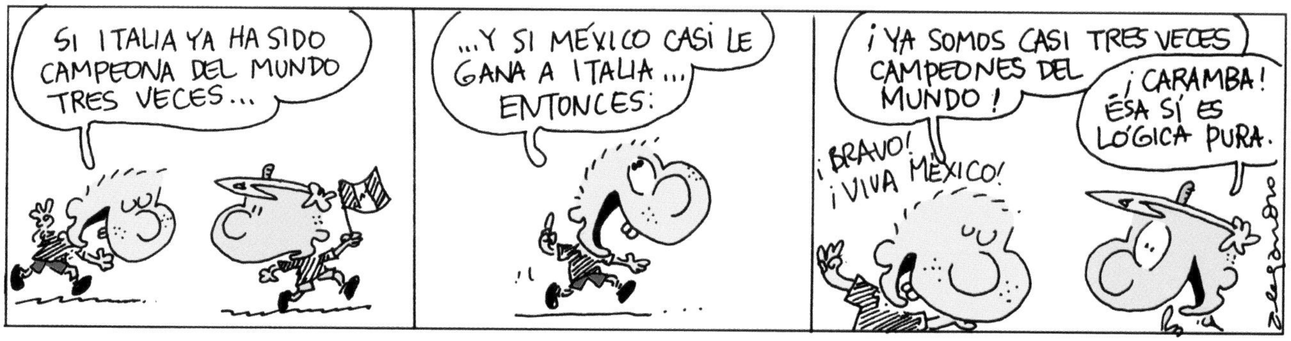
SI ITALIA YA HA SIDO CAMPEONA DEL MUNDO TRES VECES...
...Y SI MÉXICO CASI LE GANA A ITALIA... ENTONCES:
¡YA SOMOS CASI TRES VECES CAMPEONES DEL MUNDO!
¡BRAVO! ¡VIVA MÉXICO!
¡CARAMBA! ÉSA SÍ ES LÓGICA PURA.

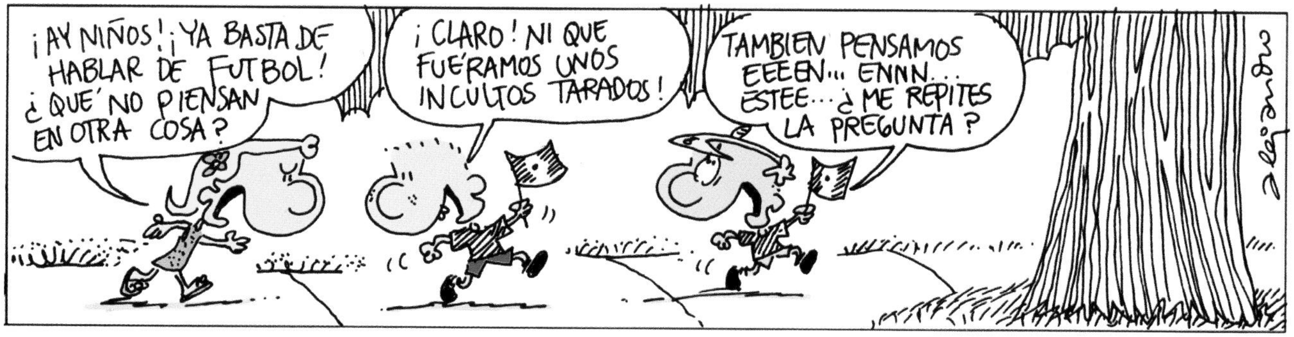
¡AY NIÑOS! ¡YA BASTA DE HABLAR DE FUTBOL! ¿QUÉ NO PIENSAN EN OTRA COSA?
¡CLARO! NI QUE FUÉRAMOS UNOS INCULTOS TARADOS!
TAMBIÉN PENSAMOS EEEEN... ENNN... ESTEE... ¿ME REPITES LA PREGUNTA?

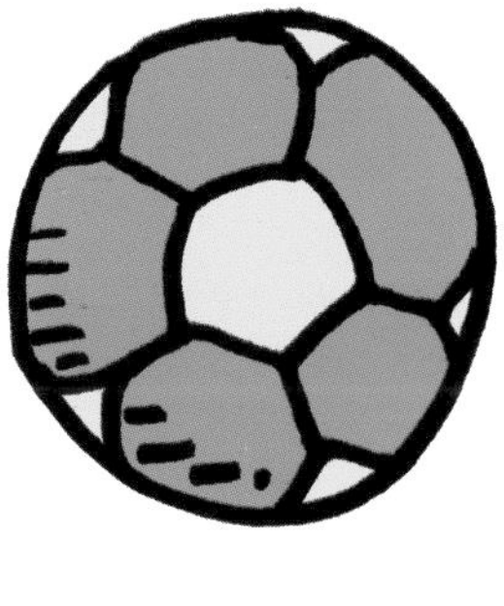

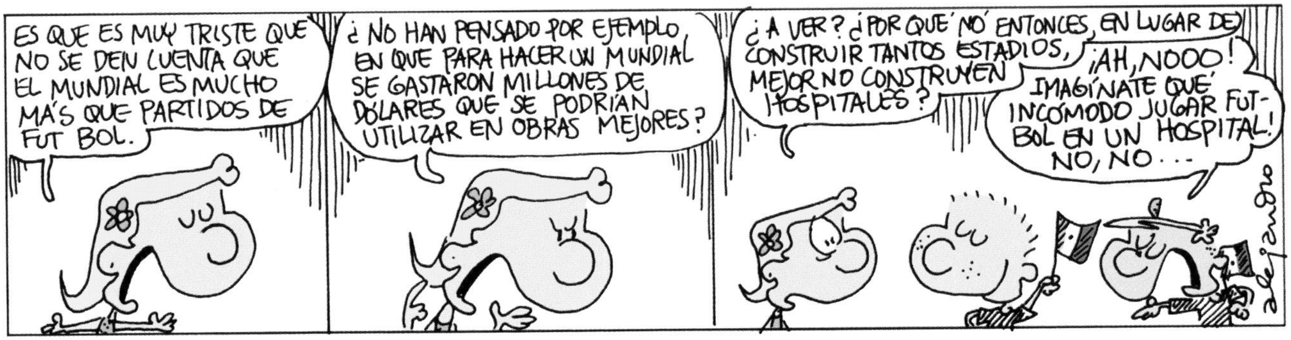
ES QUE ES MUY TRISTE QUE NO SE DEN CUENTA QUE EL MUNDIAL ES MUCHO MÁS QUE PARTIDOS DE FUT BOL.
¿NO HAN PENSADO POR EJEMPLO EN QUE PARA HACER UN MUNDIAL SE GASTARON MILLONES DE DÓLARES QUE SE PODRÍAN UTILIZAR EN OBRAS MEJORES?
¿A VER? ¿POR QUÉ NO ENTONCES, EN LUGAR DE CONSTRUIR TANTOS ESTADIOS, MEJOR NO CONSTRUYEN HOSPITALES?
¡AH, NOOO! IMAGÍNATE QUÉ INCÓMODO JUGAR FUTBOL EN UN HOSPITAL! NO, NO...
alejandro

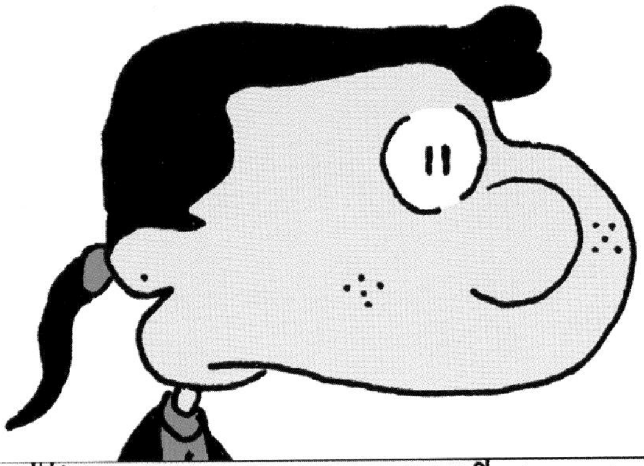

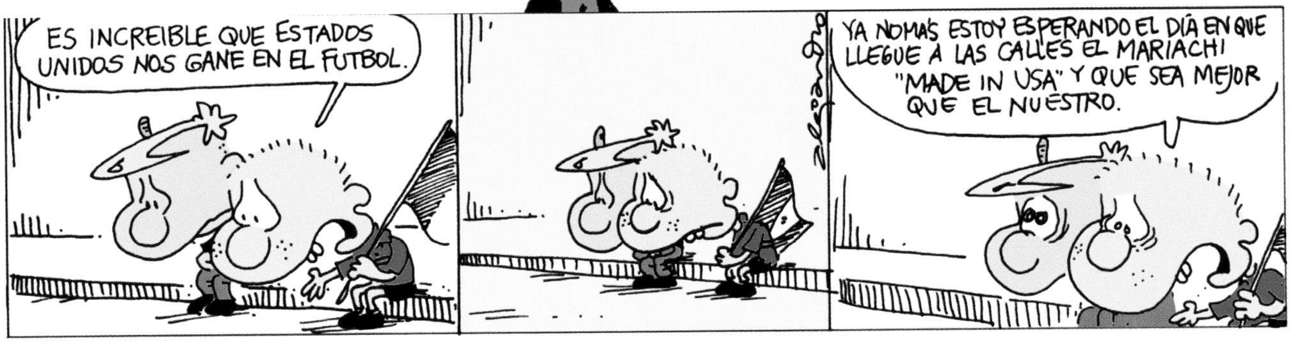
ES INCREIBLE QUE ESTADOS UNIDOS NOS GANE EN EL FUTBOL.
alejandro
YA NOMÁS ESTOY ESPERANDO EL DÍA EN QUE LLEGUE A LAS CALLES EL MARIACHI "MADE IN USA" Y QUE SEA MEJOR QUE EL NUESTRO.

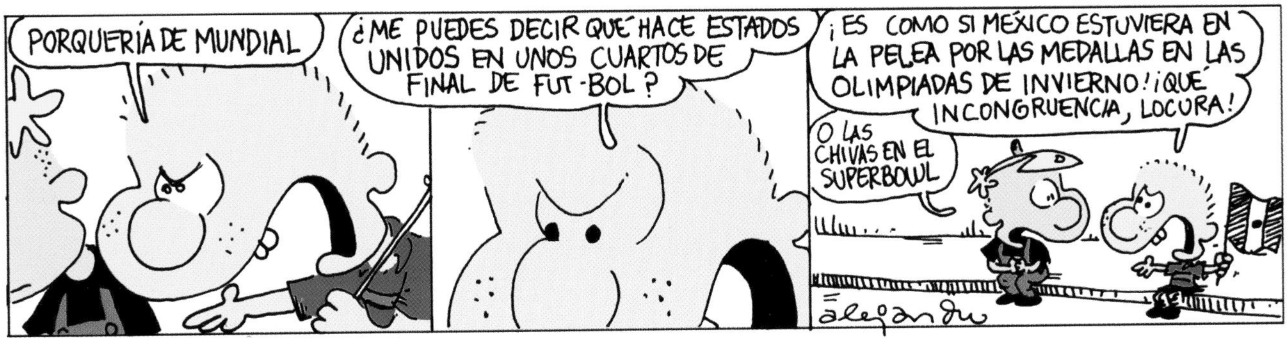
PORQUERÍA DE MUNDIAL
¿ME PUEDES DECIR QUÉ HACE ESTADOS UNIDOS EN UNOS CUARTOS DE FINAL DE FUT-BOL?
¡ES COMO SI MÉXICO ESTUVIERA EN LA PELEA POR LAS MEDALLAS EN LAS OLIMPIADAS DE INVIERNO! ¡QUÉ INCONGRUENCIA, LOCURA!
O LAS CHIVAS EN EL SUPERBOWL
alejandro

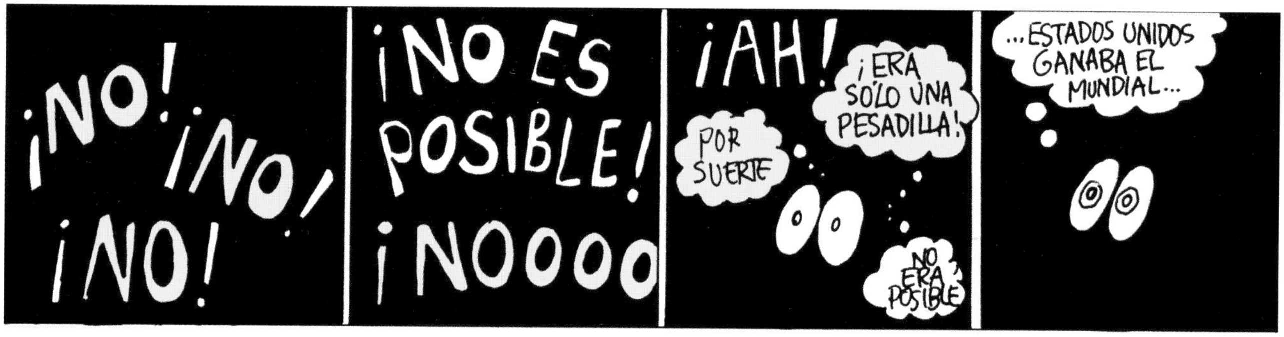
¡NO! ¡NO! ¡NO!
¡NO ES POSIBLE! ¡NOOOO
¡AH!
¡ERA SÓLO UNA PESADILLA!
POR SUERTE
NO ERA POSIBLE
...ESTADOS UNIDOS GANABA EL MUNDIAL...

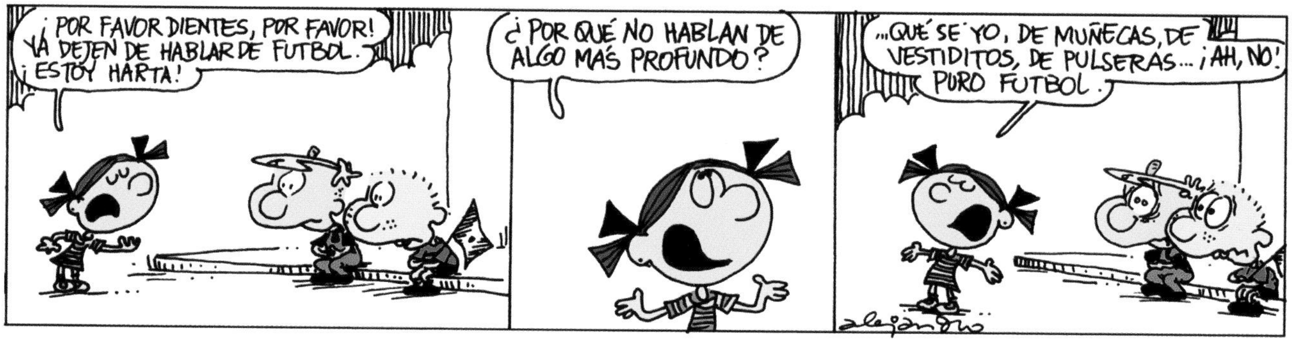
¡POR FAVOR DIENTES, POR FAVOR! YA DEJEN DE HABLAR DE FUTBOL. ¡ESTOY HARTA!
¿POR QUÉ NO HABLAN DE ALGO MÁS PROFUNDO?
...QUÉ SE YO, DE MUÑECAS, DE VESTIDITOS, DE PULSERAS... ¡AH, NO! PURO FUTBOL.
alejandro

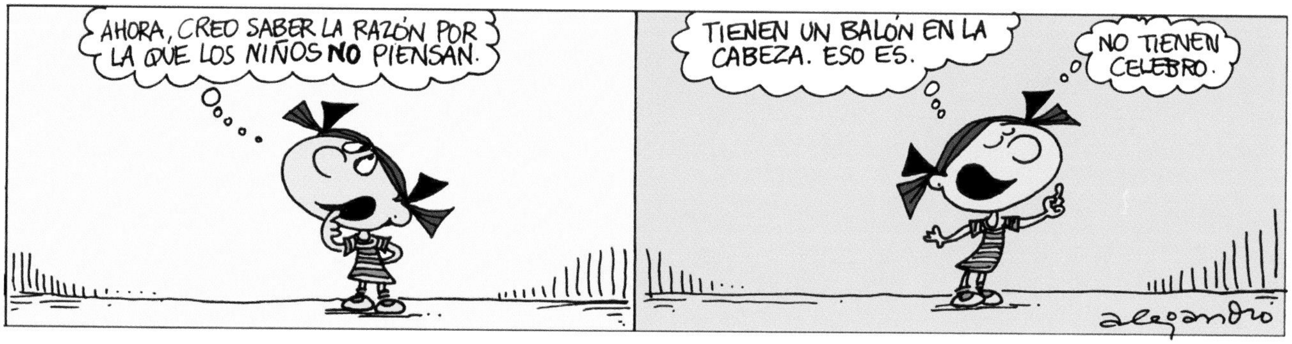
AHORA, CREO SABER LA RAZÓN POR LA QUE LOS NIÑOS **NO** PIENSAN.
TIENEN UN BALÓN EN LA CABEZA. ESO ES.
NO TIENEN CELEBRO.
alejandro

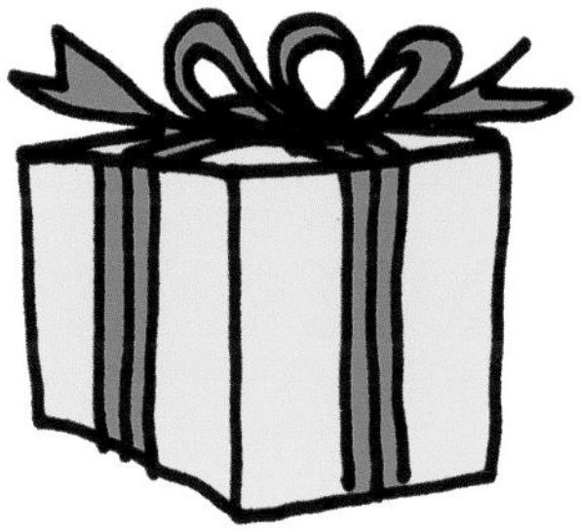

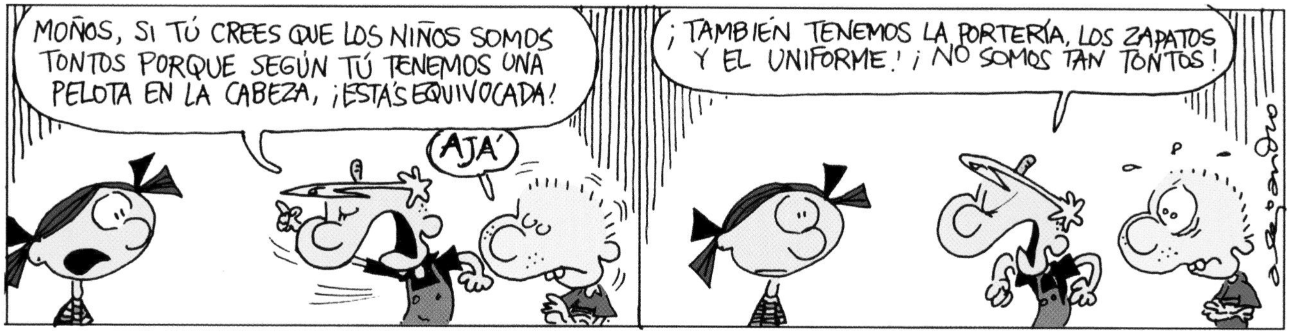
MOÑOS, SI TÚ CREES QUE LOS NIÑOS SOMOS TONTOS PORQUE SEGÚN TÚ TENEMOS UNA PELOTA EN LA CABEZA, ¡ESTÁS EQUIVOCADA!
AJÁ
¡TAMBIÉN TENEMOS LA PORTERÍA, LOS ZAPATOS Y EL UNIFORME! ¡NO SOMOS TAN TONTOS!
alejandro

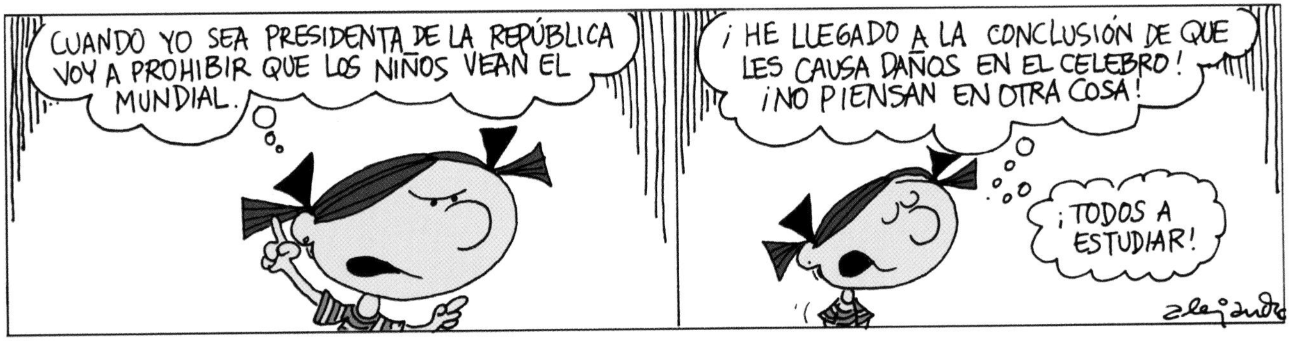
CUANDO YO SEA PRESIDENTA DE LA REPÚBLICA VOY A PROHIBIR QUE LOS NIÑOS VEAN EL MUNDIAL.
¡HE LLEGADO A LA CONCLUSIÓN DE QUE LES CAUSA DAÑOS EN EL CELEBRO! ¡NO PIENSAN EN OTRA COSA!
¡TODOS A ESTUDIAR!

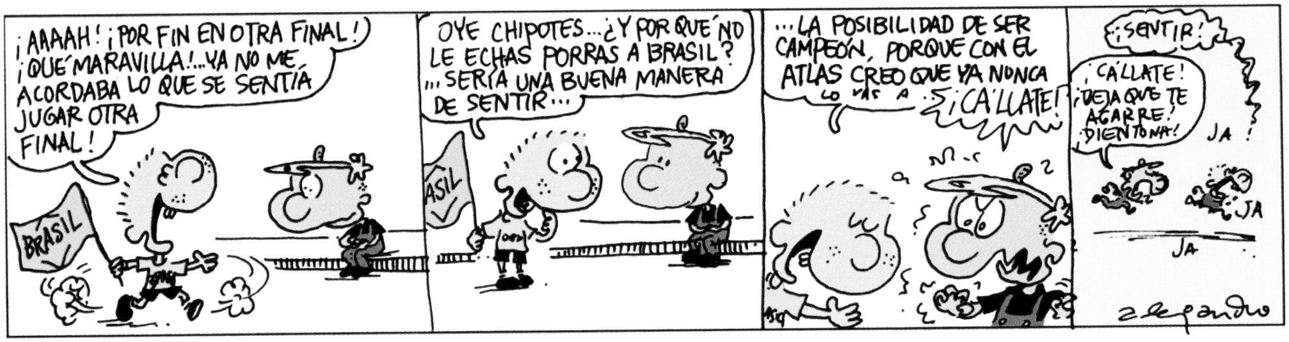
¡AAAAH! ¡POR FIN EN OTRA FINAL! ¡QUÉ MARAVILLA!...YA NO ME ACORDABA LO QUE SE SENTÍA JUGAR OTRA FINAL!
BRASIL
OYE CHIPOTES...¿Y POR QUÉ NO LE ECHAS PORRAS A BRASIL? ...SERÍA UNA BUENA MANERA DE SENTIR...
...LA POSIBILIDAD DE SER CAMPEÓN, PORQUE CON EL ATLAS CREO QUE YA NUNCA LO VAS A
¡CÁLLATE!
¡SENTIR!
¡CÁLLATE! ¡DEJA QUE TE AGARRE, DIENTONA!
JA!
JA
JA

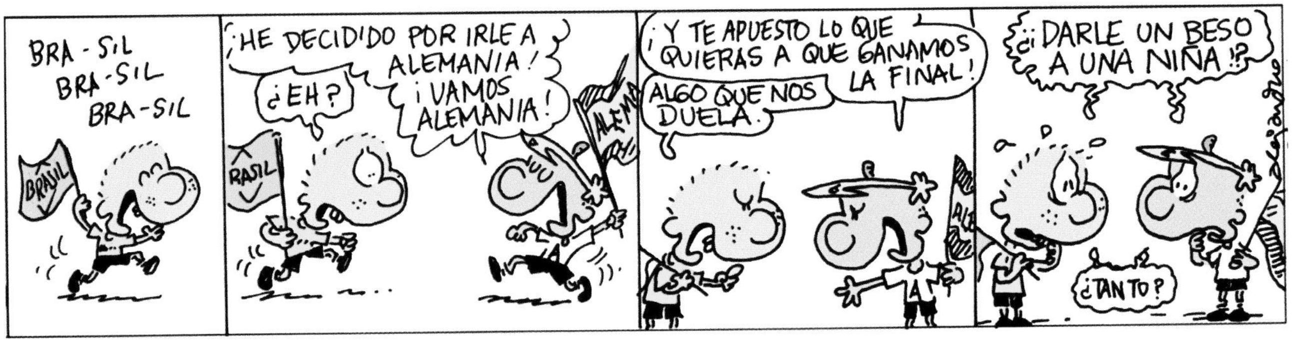
BRA-SIL
BRA-SIL
BRA-SIL
BRASIL
¡HE DECIDIDO POR IRLE A ALEMANIA! ¡VAMOS ALEMANIA!
¿EH?
¡Y TE APUESTO LO QUE QUIERAS A QUE GANAMOS LA FINAL!
ALGO QUE NOS DUELA.
¿¡DARLE UN BESO A UNA NIÑA!?
¿TANTO?

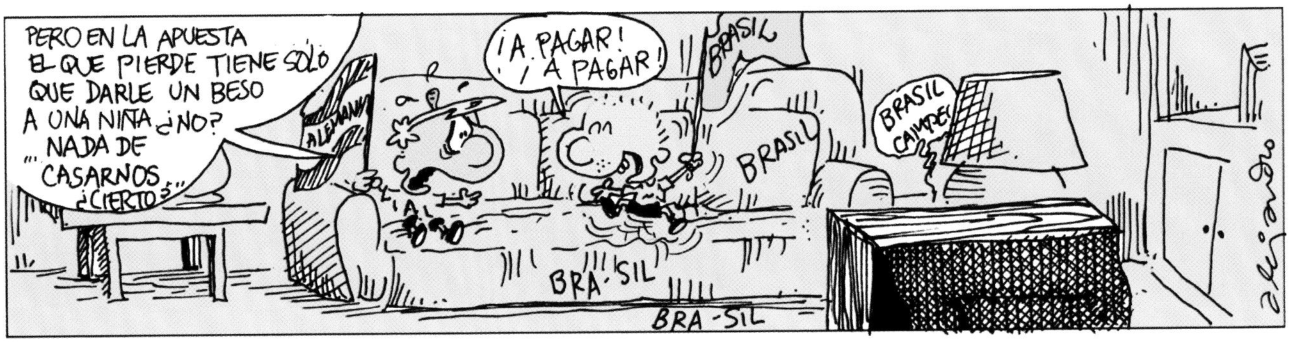
PERO EN LA APUESTA EL QUE PIERDE TIENE SOLO QUE DARLE UN BESO A UNA NIÑA ¿NO? ...NADA DE CASARNOS ¿CIERTO?
¡A PAGAR! ¡A PAGAR!
BRASIL
ALEMANIA
BRASIL
BRASIL CAMPEÓN
BRA-SIL
BRA-SIL

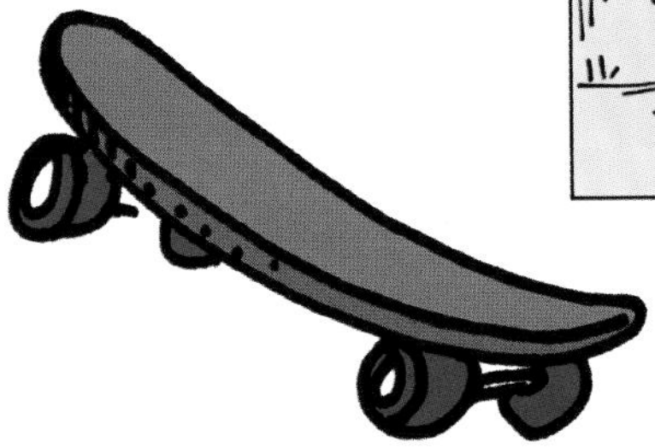

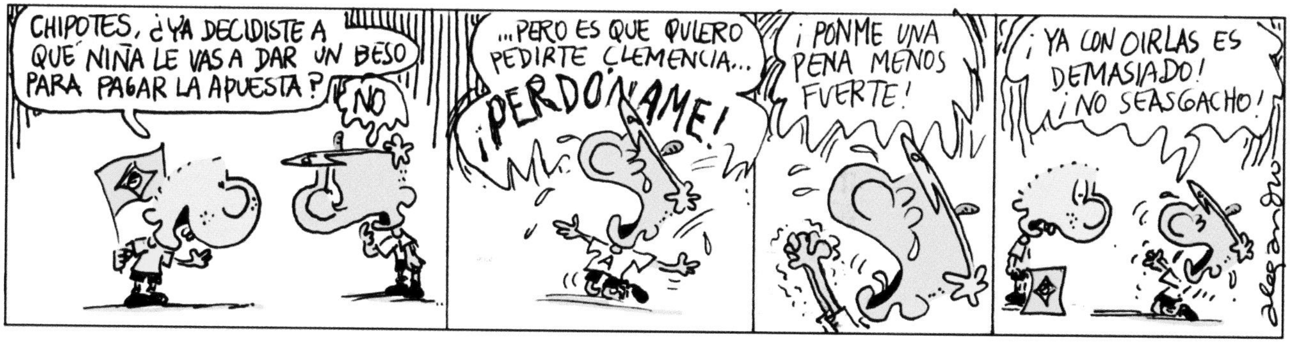
CHIPOTES, ¿YA DECIDISTE A QUÉ NIÑA LE VAS A DAR UN BESO PARA PAGAR LA APUESTA?
NO
...PERO ES QUE QUIERO PEDIRTE CLEMENCIA...
¡PERDÓNAME!
¡PONME UNA PENA MENOS FUERTE!
¡YA CON OIRLAS ES DEMASIADO! ¡NO SEAS GACHO!

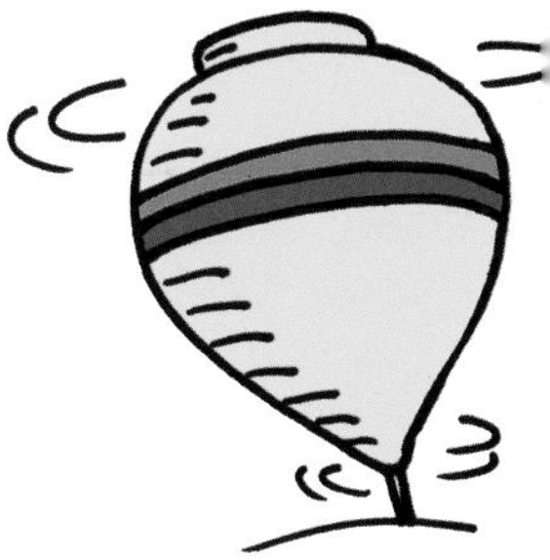

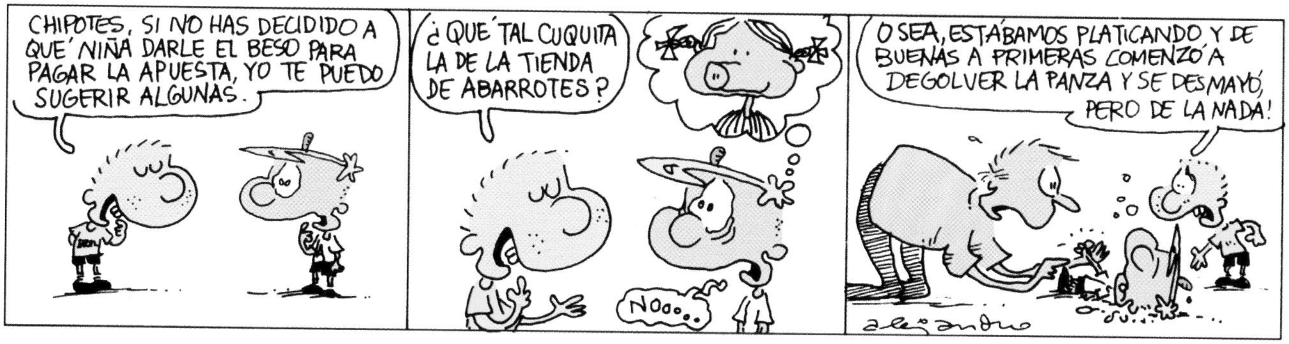
CHIPOTES, SI NO HAS DECIDIDO A QUÉ NIÑA DARLE EL BESO PARA PAGAR LA APUESTA, YO TE PUEDO SUGERIR ALGUNAS.
¿QUÉ TAL CUQUITA LA DE LA TIENDA DE ABARROTES?
NOOO...
O SEA, ESTÁBAMOS PLATICANDO Y DE BUENAS A PRIMERAS COMENZÓ A DEGOLVER LA PANZA Y SE DESMAYÓ, PERO DE LA NADA!

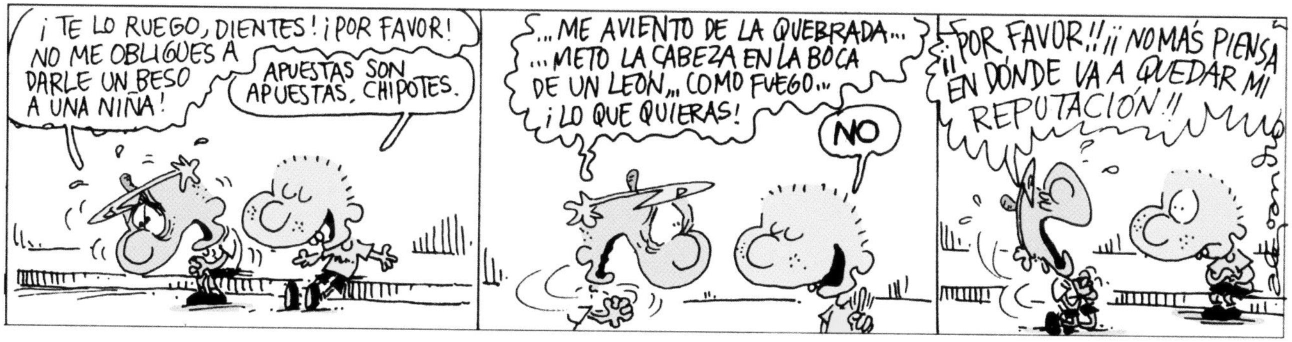
¡TE LO RUEGO, DIENTES! ¡POR FAVOR! NO ME OBLIGUES A DARLE UN BESO A UNA NIÑA!
APUESTAS SON APUESTAS, CHIPOTES.
...ME AVIENTO DE LA QUEBRADA... ...METO LA CABEZA EN LA BOCA DE UN LEON... COMO FUEGO... ¡LO QUE QUIERAS!
NO
¡¡POR FAVOR!! ¡¡NOMÁS PIENSA EN DÓNDE VA A QUEDAR MI REPUTACIÓN!!

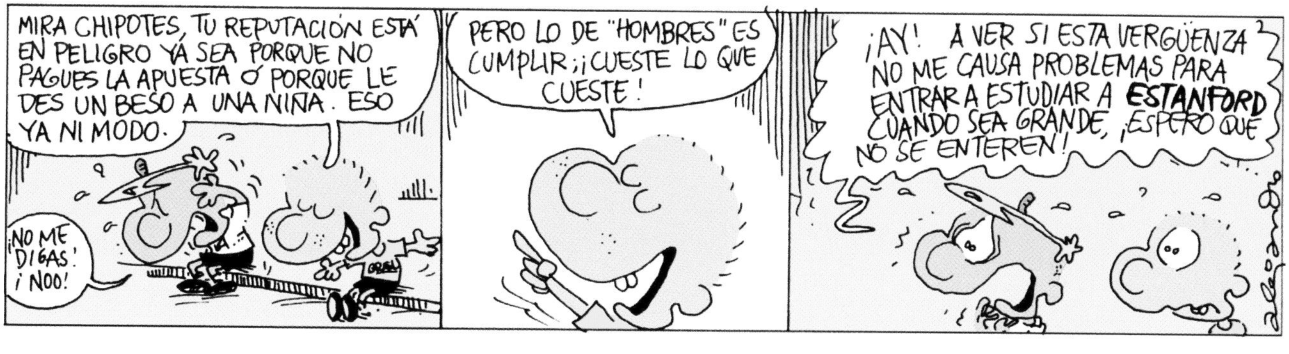
MIRA CHIPOTES, TU REPUTACIÓN ESTÁ EN PELIGRO YA SEA PORQUE NO PAGUES LA APUESTA O PORQUE LE DES UN BESO A UNA NIÑA. ESO YA NI MODO.
¡NO ME DIGAS! ¡NOO!
PERO LO DE "HOMBRES" ES CUMPLIR; ¡CUESTE LO QUE CUESTE!
¡AY! A VER SI ESTA VERGÜENZA NO ME CAUSA PROBLEMAS PARA ENTRAR A ESTUDIAR A ESTANFORD CUANDO SEA GRANDE, ¡ESPERO QUE NO SE ENTEREN!

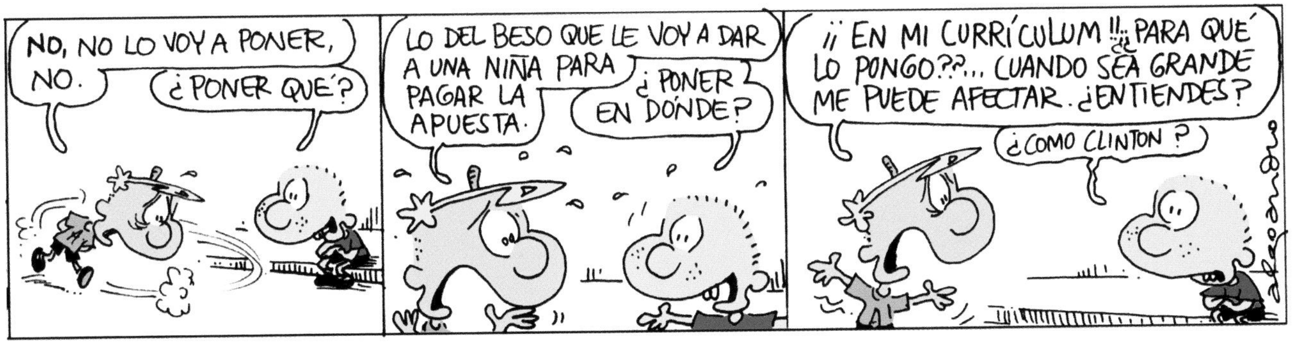
NO, NO LO VOY A PONER, NO.
¿PONER QUÉ?
LO DEL BESO QUE LE VOY A DAR A UNA NIÑA PARA PAGAR LA APUESTA.
¿PONER EN DÓNDE?
¡¡ EN MI CURRÍCULUM !! ¿¿ PARA QUÉ LO PONGO ??... CUANDO SEA GRANDE ME PUEDE AFECTAR. ¿ENTIENDES?
¿COMO CLINTON?

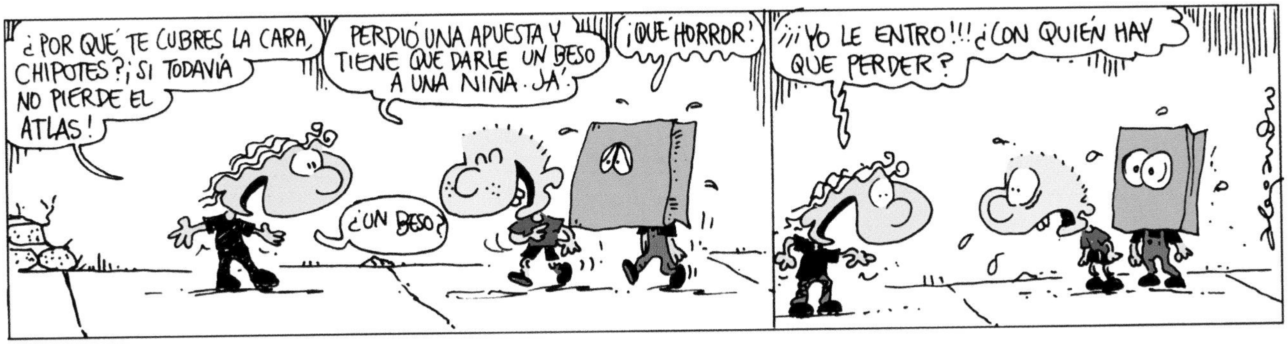
¿POR QUÉ TE CUBRES LA CARA, CHIPOTES? ¡SI TODAVÍA NO PIERDE EL ATLAS!
PERDIÓ UNA APUESTA Y TIENE QUE DARLE UN BESO A UNA NIÑA. JA.
¡QUÉ HORROR!
¿UN BESO?
¡¡¡ YO LE ENTRO !!! ¿CON QUIÉN HAY QUE PERDER?

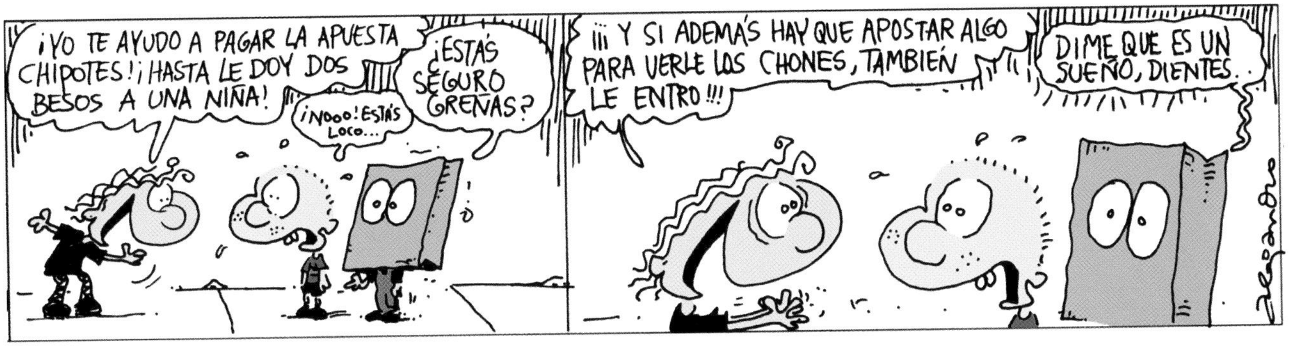
¡YO TE AYUDO A PAGAR LA APUESTA CHIPOTES! ¡HASTA LE DOY DOS BESOS A UNA NIÑA!
¿ESTÁS SEGURO GREÑAS?
¡NOOO! ESTÁS LOCO...
¡¡¡ Y SI ADEMÁS HAY QUE APOSTAR ALGO PARA VERLE LOS CHONES, TAMBIÉN LE ENTRO !!!
DIME QUE ES UN SUEÑO, DIENTES.

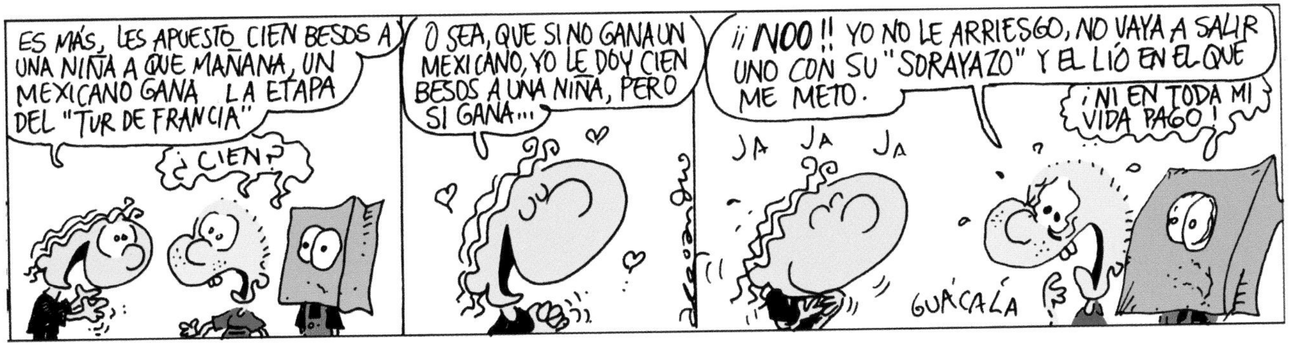
ES MÁS, LES APUESTO CIEN BESOS A UNA NIÑA A QUE MAÑANA, UN MEXICANO GANA LA ETAPA DEL "TUR DE FRANCIA"
¿CIEN?
O SEA, QUE SI NO GANA UN MEXICANO, YO LE DOY CIEN BESOS A UNA NIÑA, PERO SI GANA...
¡¡ NOO !! YO NO LE ARRIESGO, NO VAYA A SALIR UNO CON SU "SORAYAZO" Y EL LÍO EN EL QUE ME METO.
¡NI EN TODA MI VIDA PAGO!
JA JA JA
GUÁCALA

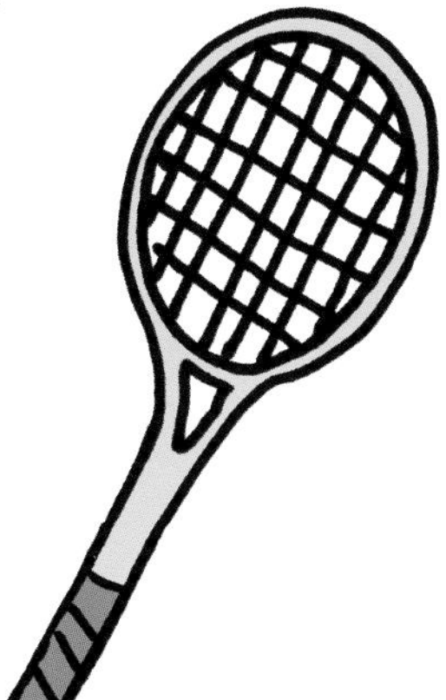

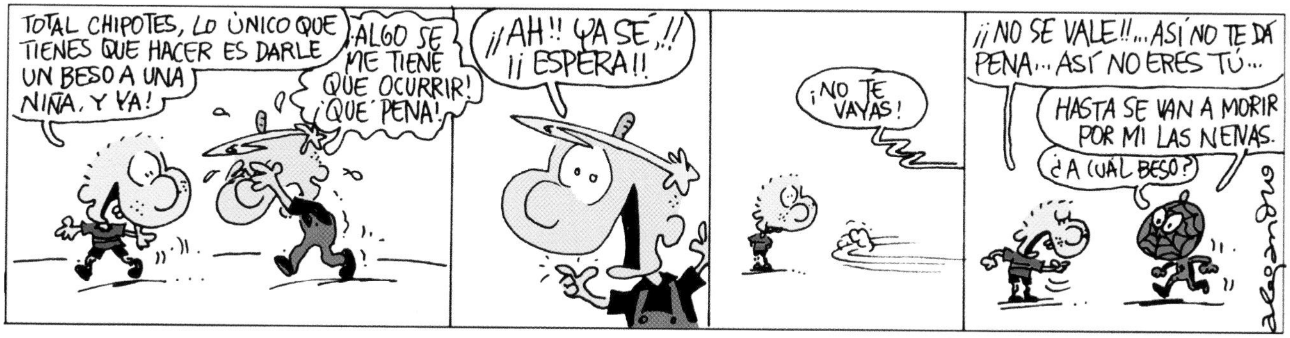
TOTAL CHIPOTES, LO ÚNICO QUE TIENES QUE HACER ES DARLE UN BESO A UNA NIÑA, Y YA!
¡ALGO SE ME TIENE QUE OCURRIR! ¡QUÉ PENA!
¡¡AH!! ¡YA SÉ!! ¡¡ESPERA!!
¡NO TE VAYAS!
¡¡NO SE VALE!!... ASÍ NO TE DA PENA... ASÍ NO ERES TÚ...
HASTA SE VAN A MORIR POR MI LAS NENAS.
¿A CUÁL BESO?

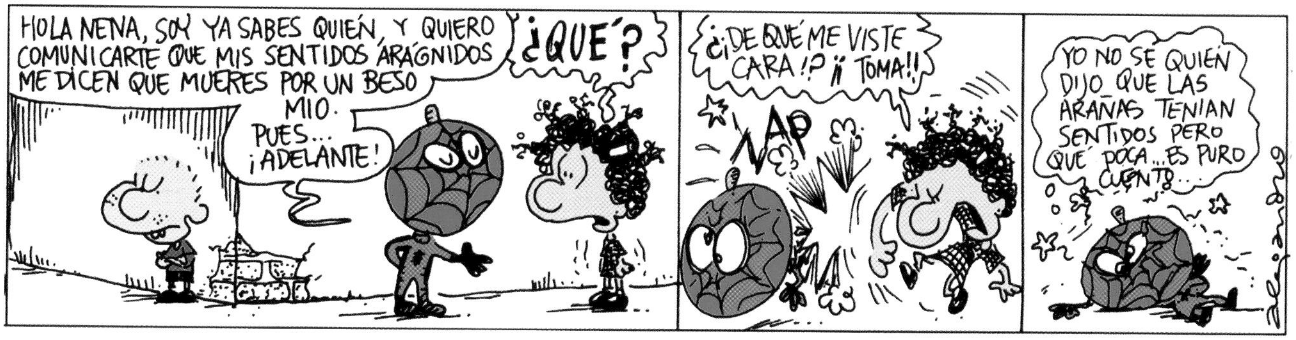
HOLA NENA, SOY YA SABES QUIÉN, Y QUIERO COMUNICARTE QUE MIS SENTIDOS ARÁGNIDOS ME DICEN QUE MUERES POR UN BESO MIO.
PUES... ¡ADELANTE!
¿QUÉ?
¿¡DE QUÉ ME VISTE CARA!? ¡¡TOMA!!
ZAP
YO NO SÉ QUIÉN DIJO QUE LAS ARAÑAS TENIAN SENTIDOS PERO QUÉ POCA... ES PURO CUENTO...

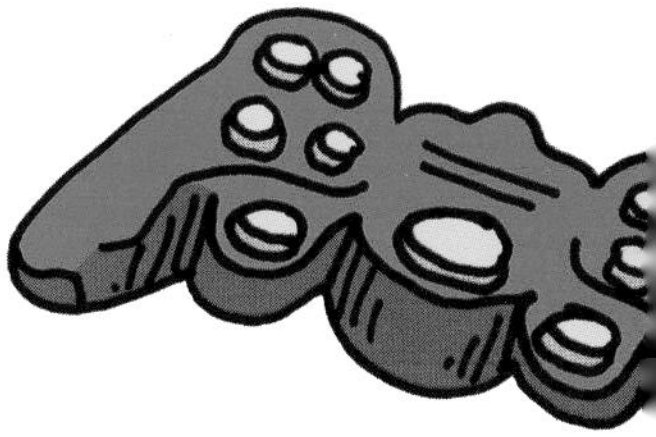

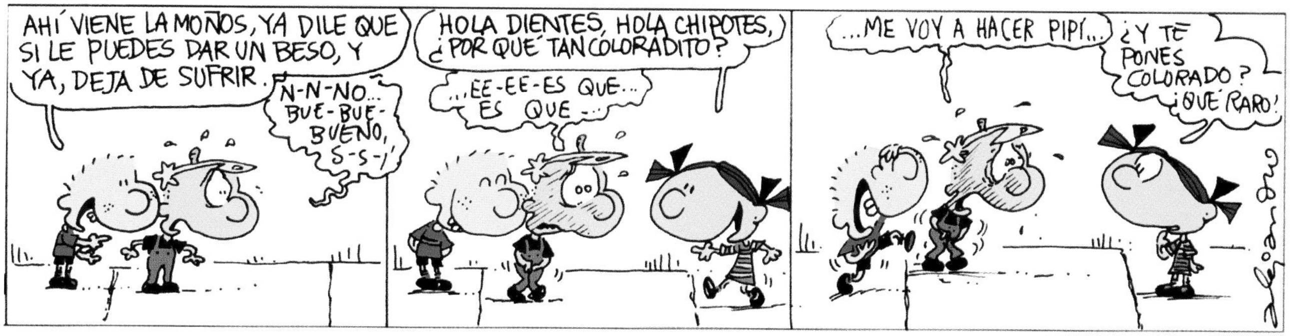
AHÍ VIENE LA MOÑOS, YA DILE QUE SI LE PUEDES DAR UN BESO, Y YA, DEJA DE SUFRIR.
N-N-NO... BUE-BUE-BUENO, S-S-
HOLA DIENTES, HOLA CHIPOTES, ¿POR QUÉ TAN COLORADITO?
...EE-EE-ES QUE... ES QUE...
...ME VOY A HACER PIPÍ...
¿Y TE PONES COLORADO? ¡QUÉ RARO!

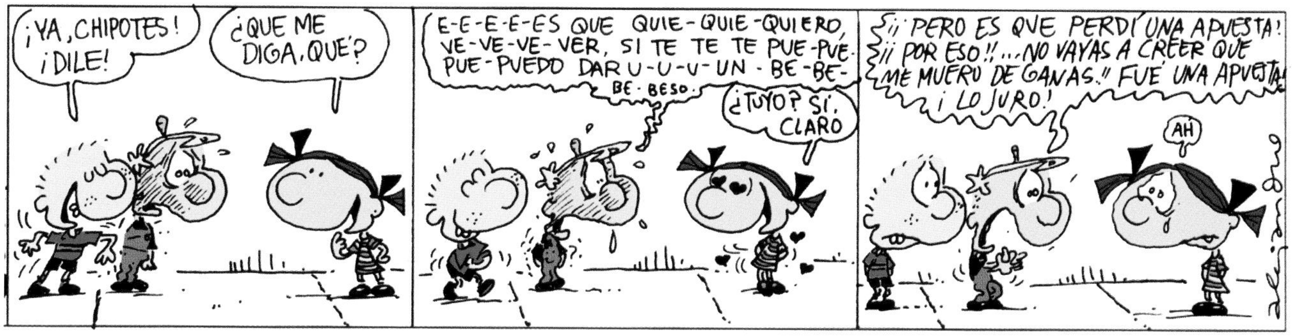
¡YA, CHIPOTES! ¡DILE!
¿QUE ME DIGA, QUÉ?
E-E-E-E-ES QUE QUIE-QUIE-QUIERO, VE-VE-VE-VER, SI TE TE TE PUE-PUE-PUE-PUEDO DAR U-U-U-UN-BE-BE-BE-BESO.
¿TUYO? SÍ. CLARO
¡¡PERO ES QUE PERDÍ UNA APUESTA!! ¡¡POR ESO!!... NO VAYAS A CREER QUE ME MUERO DE GANAS!! FUE UNA APUESTA! ¡LO JURO!
AH

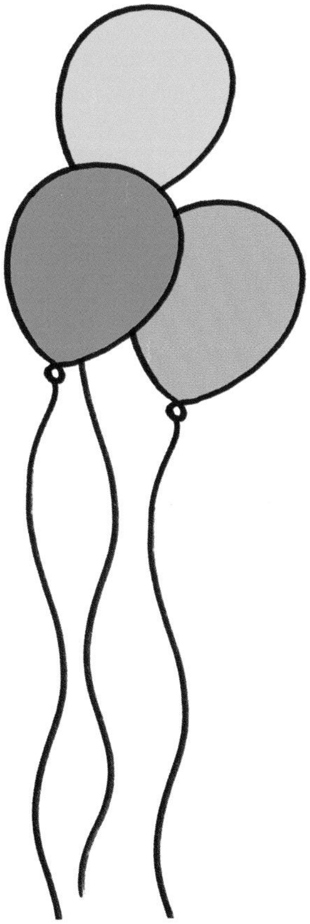

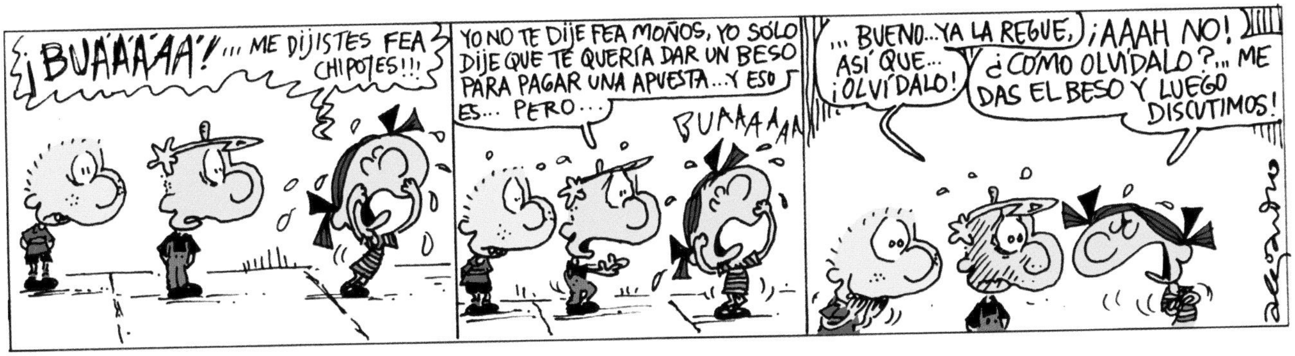

¡BUAAAAA! ... ME DIJISTES FEA CHIPOTES!!!
YO NO TE DIJE FEA MOÑOS, YO SÓLO DIJE QUE TE QUERÍA DAR UN BESO PARA PAGAR UNA APUESTA... Y ESO ES... PERO...
BUAAAAAAA
... BUENO... YA LA REGUE,
ASÍ QUE... ¡OLVÍDALO!
¡AAAH NO!
¿CÓMO OLVÍDALO?... ME DAS EL BESO Y LUEGO DISCUTIMOS!

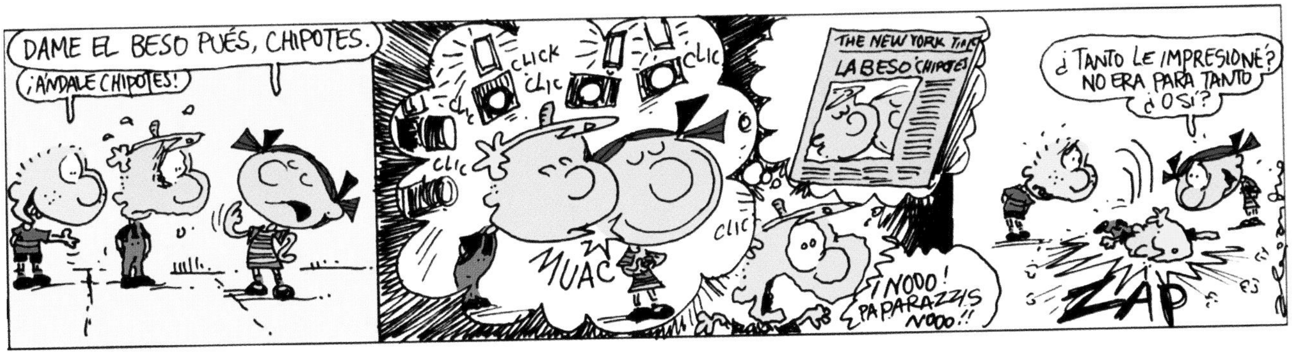

DAME EL BESO PUÉS, CHIPOTES.
¡ÁNDALE CHIPOTES!
CLICK
CLIC
CLIC
MUAC
THE NEW YORK TI
LA BESO CHIPOTES
¡NOOO! PAPARAZZIS NOOO!!
¿TANTO LE IMPRESIONÉ? NO ERA PARA TANTO ¿O SÍ?
ZAP

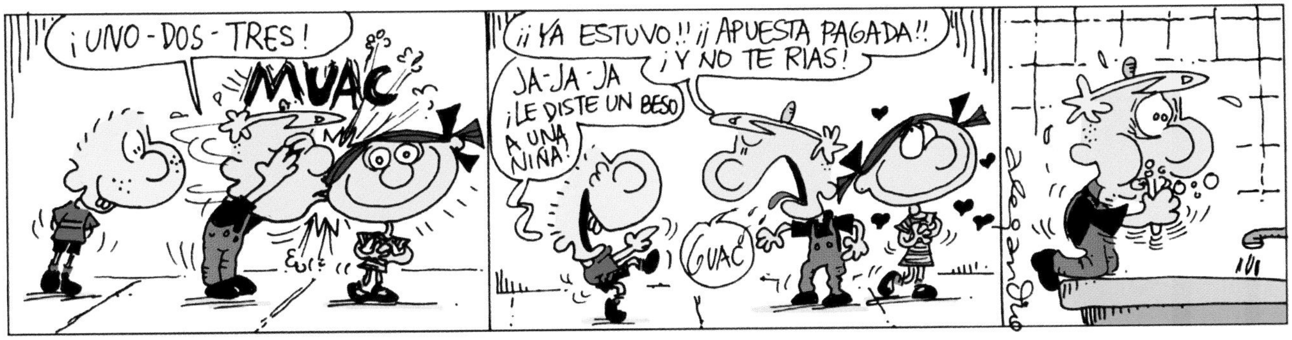

¡UNO-DOS-TRES!
MUAC
¡¡YA ESTUVO!! ¡¡APUESTA PAGADA!!
¡Y NO TE RÍAS!
JA-JA-JA ¡LE DISTE UN BESO A UNA NIÑA!
GUAC

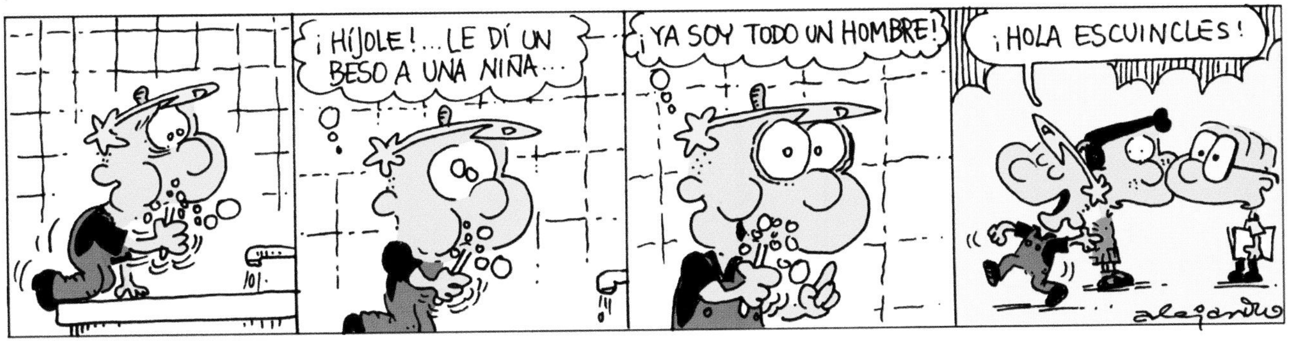

¡HÍJOLE!... LE DÍ UN BESO A UNA NIÑA...
¡YA SOY TODO UN HOMBRE!
¡HOLA ESCUINCLES!

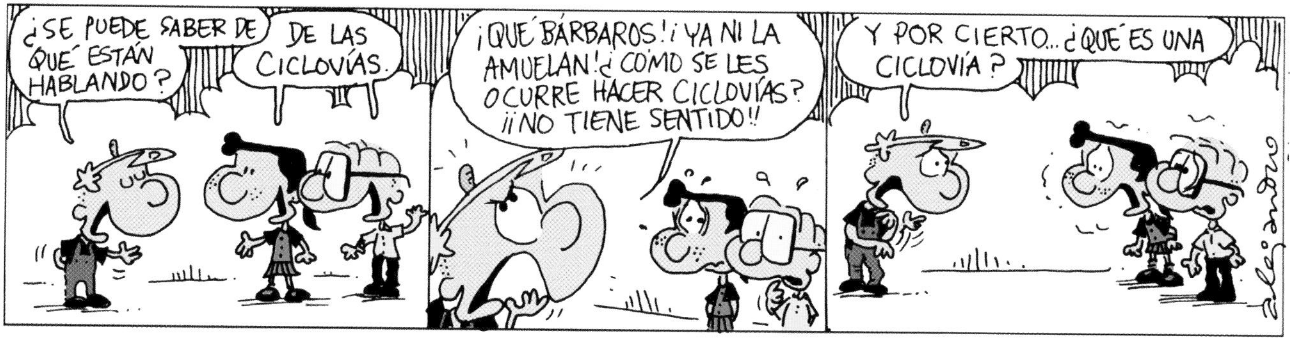
¿SE PUEDE SABER DE QUÉ ESTÁN HABLANDO?
DE LAS CICLOVÍAS.
¡QUÉ BÁRBAROS! ¡YA NI LA AMUELAN! ¿CÓMO SE LES OCURRE HACER CICLOVÍAS? ¡¡NO TIENE SENTIDO!!
Y POR CIERTO... ¿QUÉ ES UNA CICLOVÍA?
alejandro

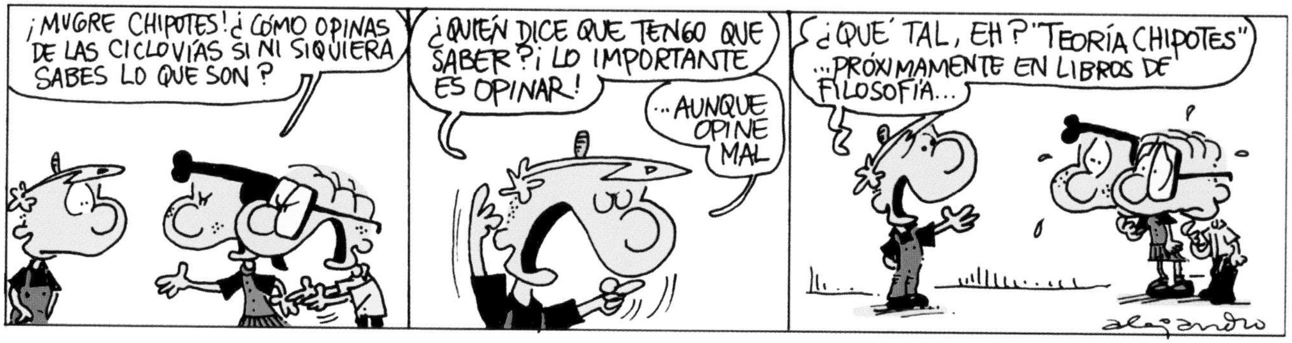
¡MUGRE CHIPOTES! ¿CÓMO OPINAS DE LAS CICLOVÍAS SI NI SIQUIERA SABES LO QUE SON?
¿QUIÉN DICE QUE TENGO QUE SABER? ¡LO IMPORTANTE ES OPINAR!
...AUNQUE OPINE MAL
¿QUÉ TAL, EH? "TEORÍA CHIPOTES" ...PRÓXIMAMENTE EN LIBROS DE FILOSOFÍA...
alejandro

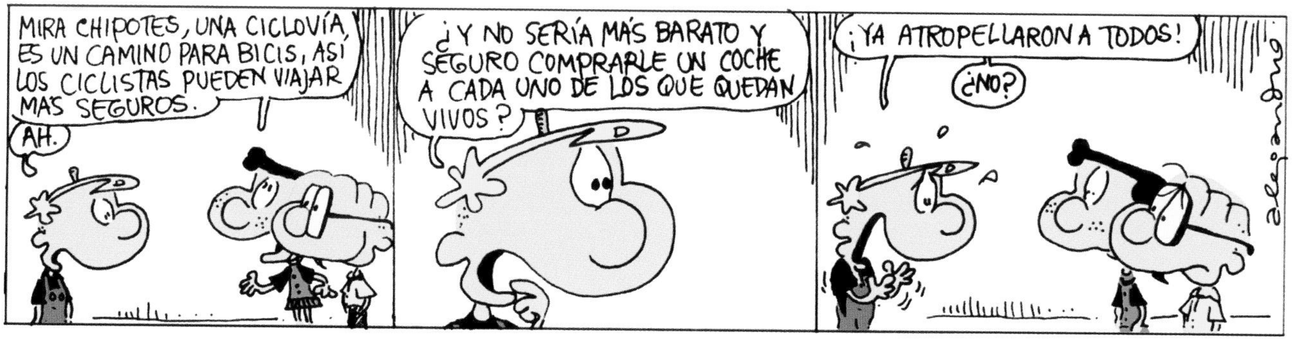
MIRA CHIPOTES, UNA CICLOVÍA ES UN CAMINO PARA BICIS, ASÍ LOS CICLISTAS PUEDEN VIAJAR MÁS SEGUROS.
AH.
¿Y NO SERÍA MÁS BARATO Y SEGURO COMPRARLE UN COCHE A CADA UNO DE LOS QUE QUEDAN VIVOS?
¡YA ATROPELLARON A TODOS!
¿NO?
alejandro

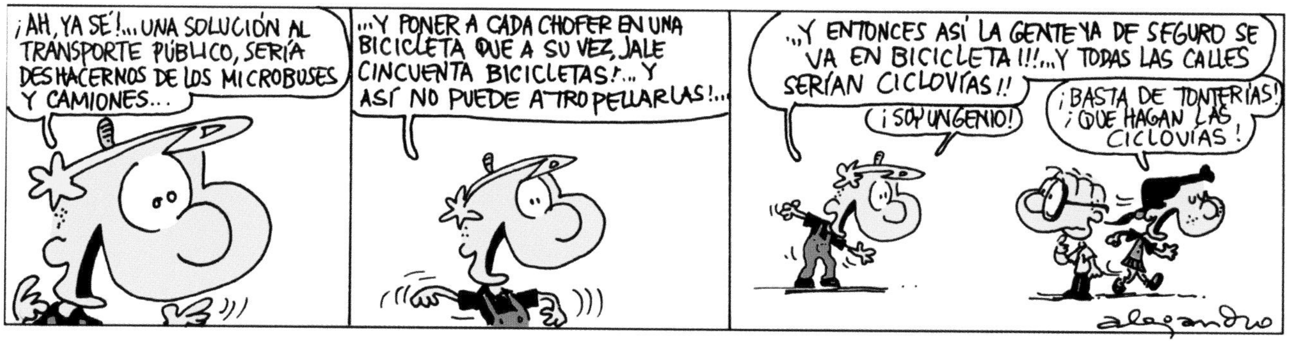
¡AH, YA SÉ!... UNA SOLUCIÓN AL TRANSPORTE PÚBLICO, SERÍA DESHACERNOS DE LOS MICROBUSES Y CAMIONES...
...Y PONER A CADA CHOFER EN UNA BICICLETA QUE A SU VEZ, JALE CINCUENTA BICICLETAS!... Y ASÍ NO PUEDE ATROPELLARLAS!...
...Y ENTONCES ASÍ LA GENTE YA DE SEGURO SE VA EN BICICLETA!!!... Y TODAS LAS CALLES SERÍAN CICLOVÍAS!!
¡SOY UN GENIO!
¡BASTA DE TONTERÍAS! ¡QUE HAGAN LAS CICLOVÍAS!
alejandro

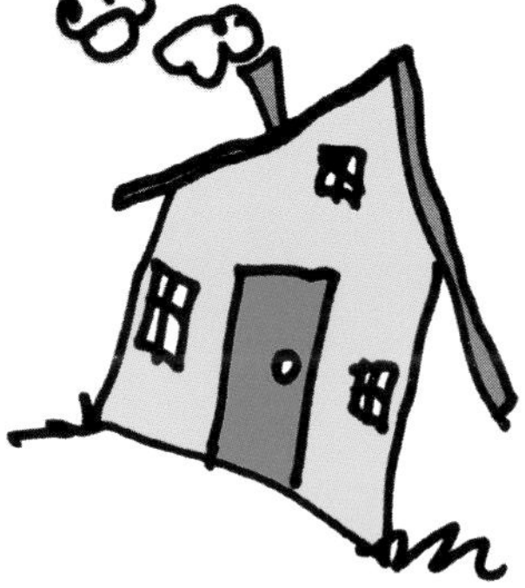

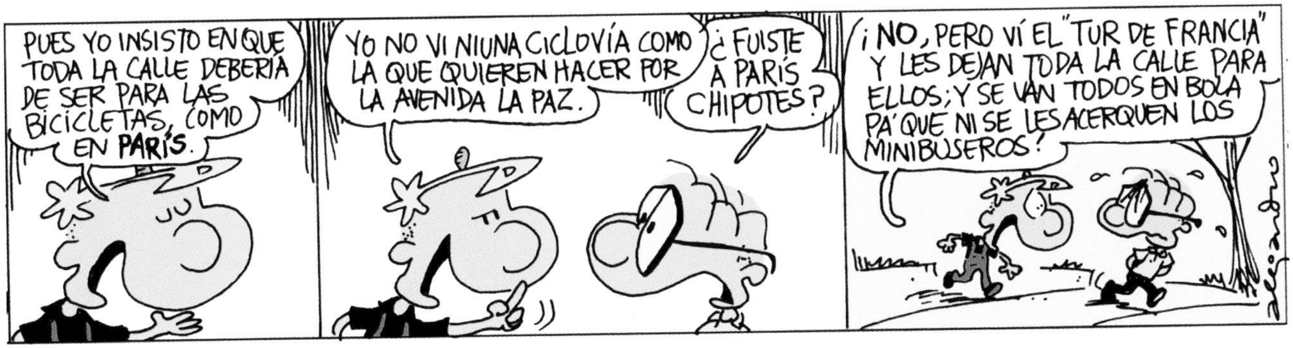
PUES YO INSISTO EN QUE TODA LA CALLE DEBERÍA DE SER PARA LAS BICICLETAS, COMO EN **PARÍS**.
YO NO VI NIUNA CICLOVÍA COMO LA QUE QUIEREN HACER POR LA AVENIDA LA PAZ.
¿FUISTE A PARÍS CHIPOTES?
¡**NO**, PERO VÍ EL "TUR DE FRANCIA" Y LES DEJAN TODA LA CALLE PARA ELLOS; Y SE VAN TODOS EN BOLA PA' QUE NI SE LES ACERQUEN LOS MINIBUSEROS!

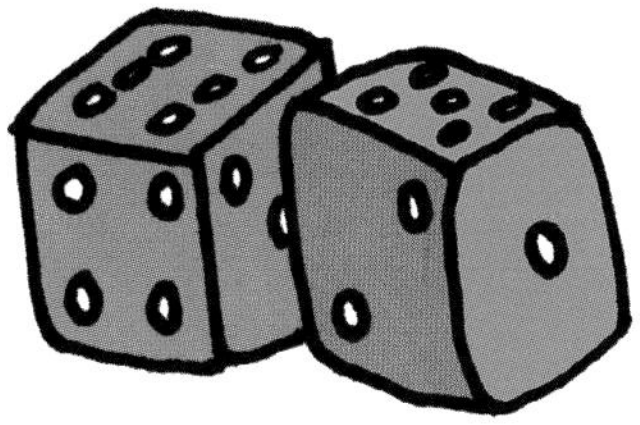

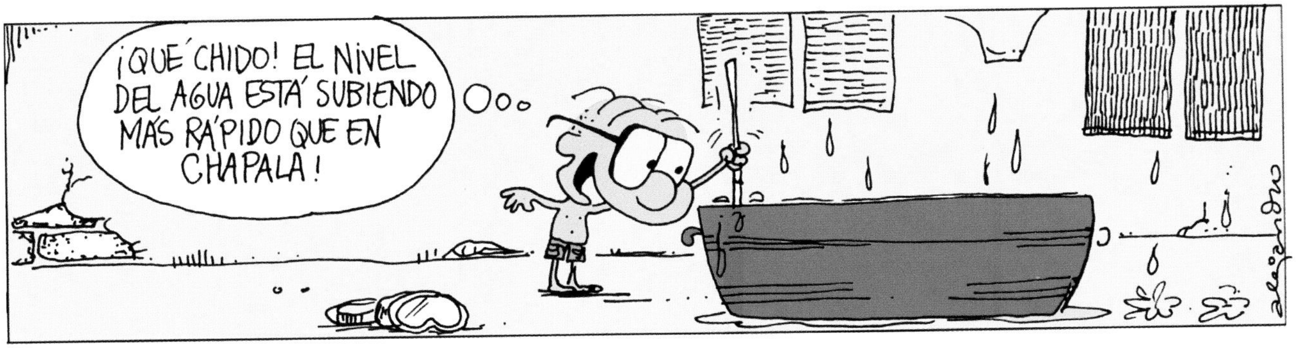
¡QUÉ CHIDO! EL NIVEL DEL AGUA ESTÁ SUBIENDO MÁS RÁPIDO QUE EN CHAPALA!

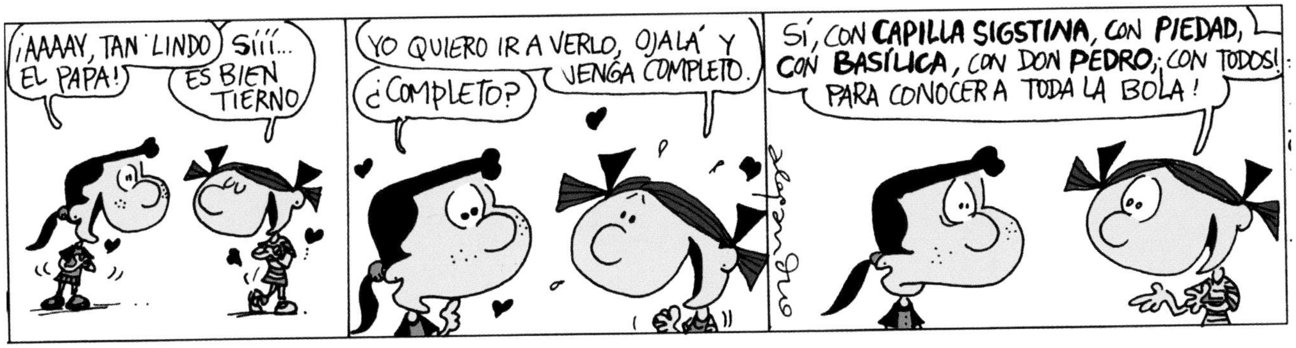
¡AAAAY, TAN LINDO EL PAPA!
SÍÍÍ... ES BIEN TIERNO
YO QUIERO IR A VERLO, OJALÁ Y VENGA COMPLETO.
¿COMPLETO?
SÍ, CON **CAPILLA SIGSTINA**, CON **PIEDAD**, CON **BASÍLICA**, CON DON **PEDRO**, ¡CON TODOS! PARA CONOCER A TODA LA BOLA!

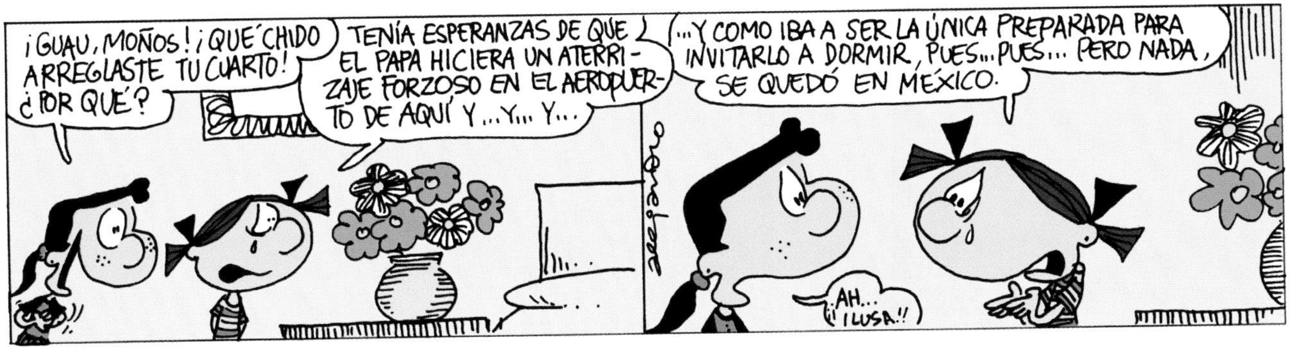
¡GUAU, MOÑOS! ¡QUÉ CHIDO ARREGLASTE TU CUARTO! ¿POR QUÉ?
TENÍA ESPERANZAS DE QUE EL PAPA HICIERA UN ATERRIZAJE FORZOSO EN EL AEROPUERTO DE AQUÍ Y... Y... Y...
...Y COMO IBA A SER LA ÚNICA PREPARADA PARA INVITARLO A DORMIR, PUES... PUES... PERO NADA, SE QUEDÓ EN MÉXICO.
AH... ¡¡ILUSA!!

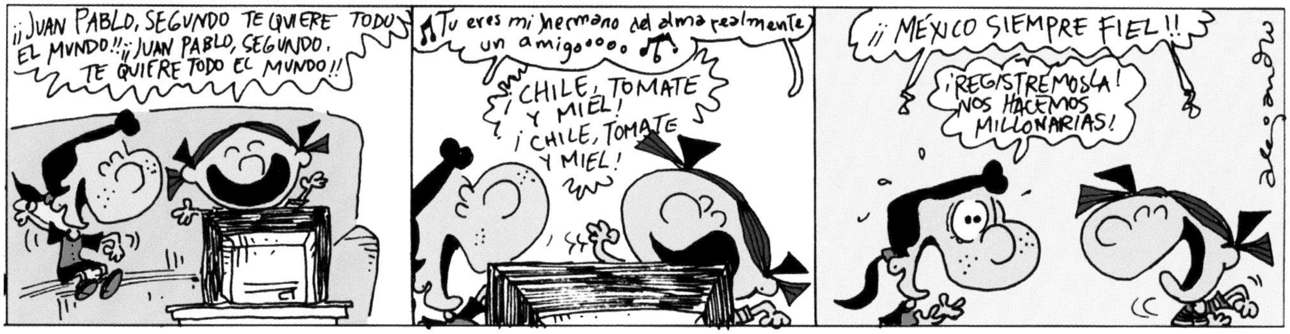
¡¡JUAN PABLO, SEGUNDO TE QUIERE TODO EL MUNDO!! ¡¡JUAN PABLO, SEGUNDO, TE QUIERE TODO EL MUNDO!!
Tu eres mi hermano del alma realmente un amigoooooo
¡CHILE, TOMATE Y MIEL! ¡CHILE, TOMATE Y MIEL!
¡¡MÉXICO SIEMPRE FIEL!!
¡REGISTRÉMOSLA! NOS HACEMOS MILLONARIAS!

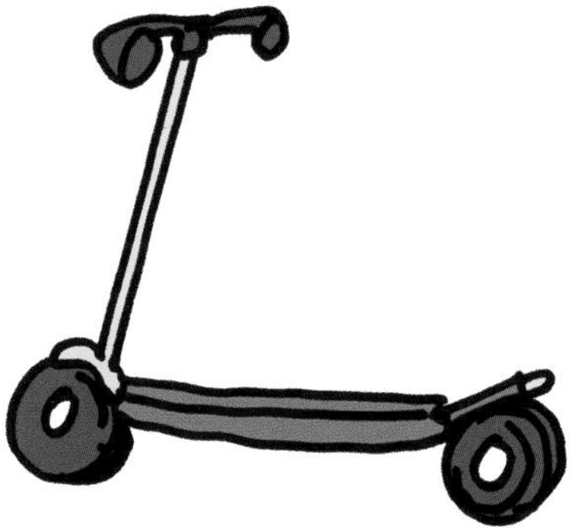

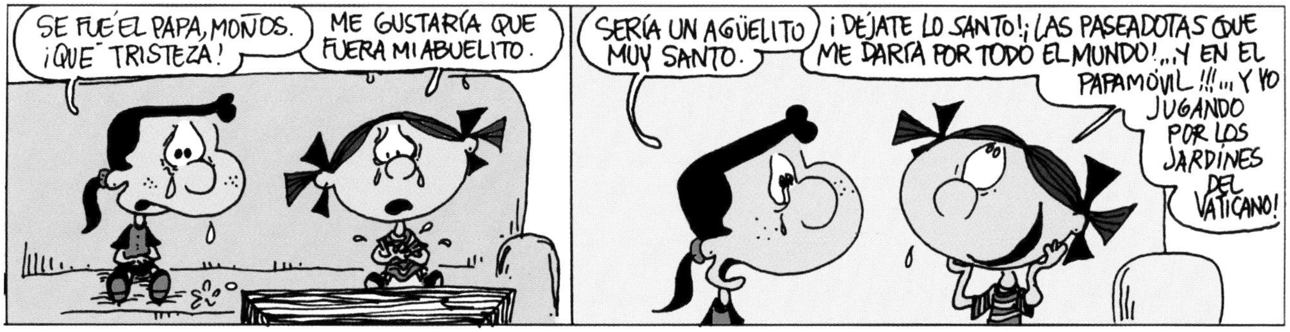
SE FUE EL PAPA, MOÑOS. ¡QUÉ TRISTEZA!
ME GUSTARÍA QUE FUERA MI ABUELITO.
SERÍA UN AGÜELITO MUY SANTO.
¡DÉJATE LO SANTO! ¡LAS PASEADOTAS QUE ME DARÍA POR TODO EL MUNDO!... Y EN EL PAPAMÓVIL!!!... Y YO JUGANDO POR LOS JARDINES DEL VATICANO!

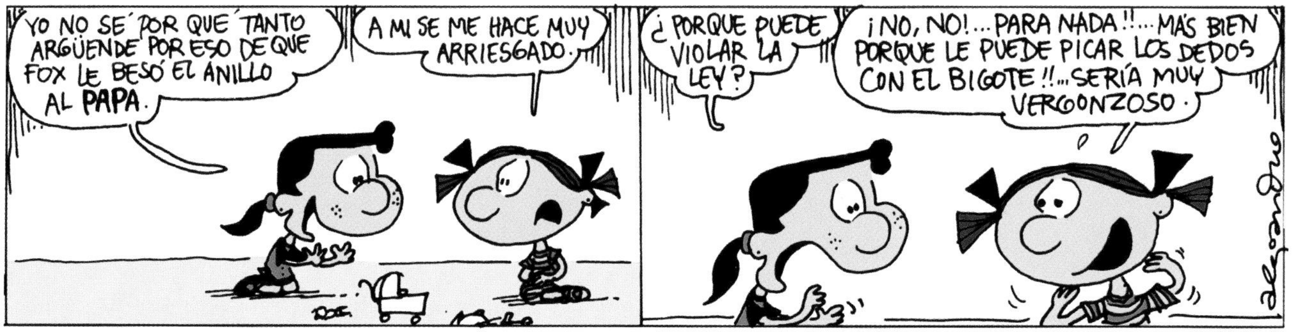
YO NO SÉ POR QUÉ TANTO ARGÜENDE POR ESO DE QUE FOX LE BESÓ EL ANILLO AL PAPA.
A MÍ SE ME HACE MUY ARRIESGADO.
¿PORQUE PUEDE VIOLAR LA LEY?
¡NO, NO!... PARA NADA!!... MÁS BIEN PORQUE LE PUEDE PICAR LOS DEDOS CON EL BIGOTE!!... SERÍA MUY VERGONZOSO.

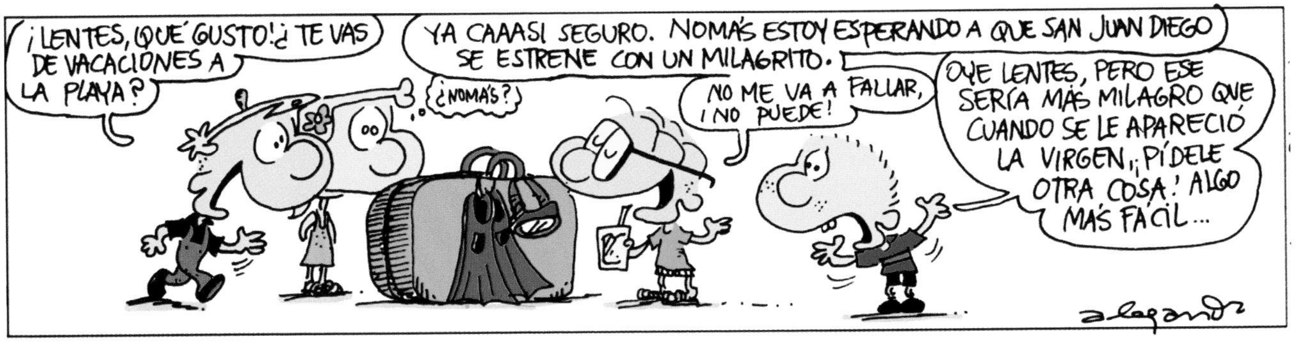

¡LENTES, ¡QUÉ GUSTO! ¿TE VAS DE VACACIONES A LA PLAYA?
YA CAAASI SEGURO. NOMÁS ESTOY ESPERANDO A QUE SAN JUAN DIEGO SE ESTRENE CON UN MILAGRITO.
¿NOMÁS?
¡NO ME VA A FALLAR, ¡NO PUEDE!
OYE LENTES, PERO ESE SERÍA MÁS MILAGRO QUE CUANDO SE LE APARECIÓ LA VIRGEN, ¡PÍDELE OTRA COSA! ALGO MÁS FÁCIL...

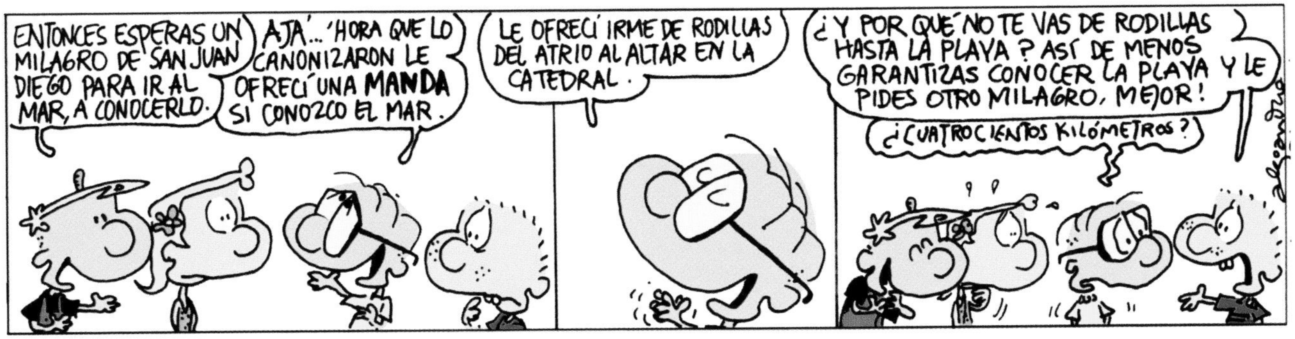

ENTONCES ESPERAS UN MILAGRO DE SAN JUAN DIEGO PARA IR AL MAR, A CONOCERLO.
AJÁ... 'HORA QUE LO CANONIZARON LE OFRECÍ UNA MANDA SI CONOZCO EL MAR.
LE OFRECÍ IRME DE RODILLAS DEL ATRIO AL ALTAR EN LA CATEDRAL.
¿Y POR QUÉ NO TE VAS DE RODILLAS HASTA LA PLAYA? ASÍ DE MENOS GARANTIZAS CONOCER LA PLAYA Y LE PIDES OTRO MILAGRO, MEJOR!
¿CUATROCIENTOS KILÓMETROS?

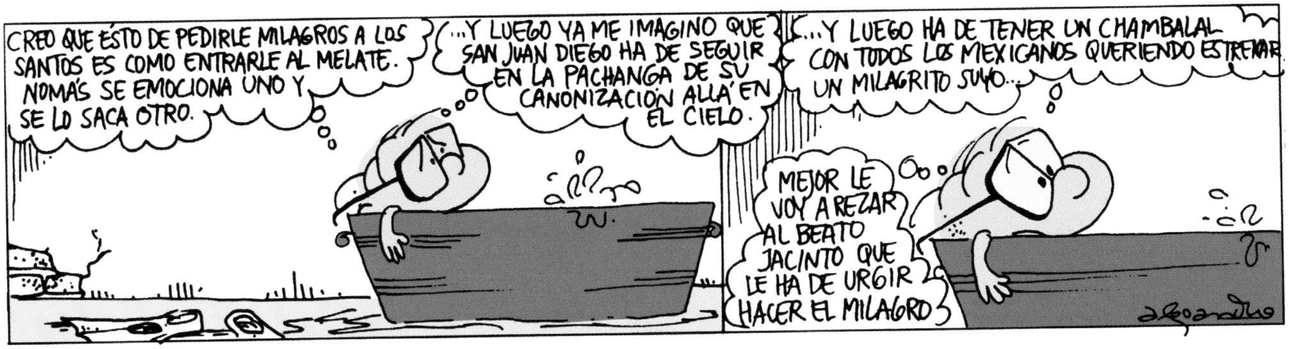

CREO QUE ÉSTO DE PEDIRLE MILAGROS A LOS SANTOS ES COMO ENTRARLE AL MELATE. NOMÁS SE EMOCIONA UNO Y SE LO SACA OTRO.
...Y LUEGO YA ME IMAGINO QUE SAN JUAN DIEGO HA DE SEGUIR EN LA PACHANGA DE SU CANONIZACIÓN ALLÁ EN EL CIELO.
...Y LUEGO HA DE TENER UN CHAMBALAL CON TODOS LOS MEXICANOS QUERIENDO ESTRENAR UN MILAGRITO SUYO...
MEJOR LE VOY A REZAR AL BEATO JACINTO QUE LE HA DE URGIR HACER EL MILAGRO

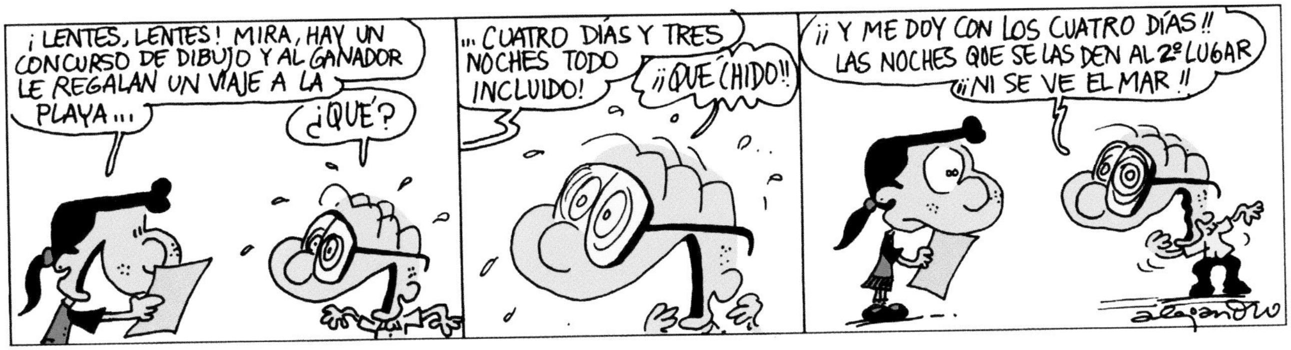

¡LENTES, LENTES! MIRA, HAY UN CONCURSO DE DIBUJO Y AL GANADOR LE REGALAN UN VIAJE A LA PLAYA...
¿QUÉ?
...CUATRO DÍAS Y TRES NOCHES TODO INCLUIDO!
¡¡QUÉ CHIDO!!
¡¡Y ME DOY CON LOS CUATRO DÍAS!! LAS NOCHES QUE SE LAS DEN AL 2º LUGAR ¡¡¡NI SE VE EL MAR!!

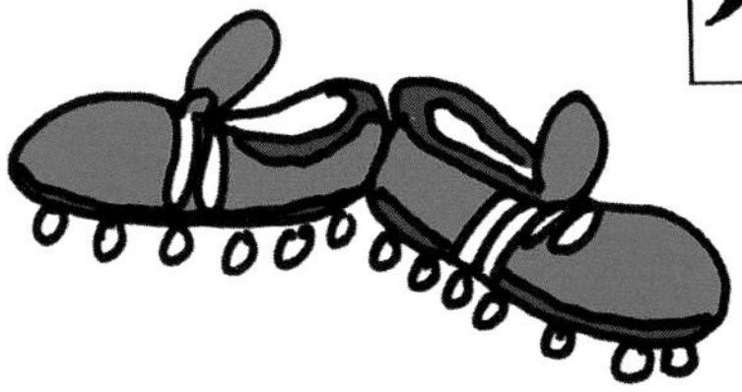

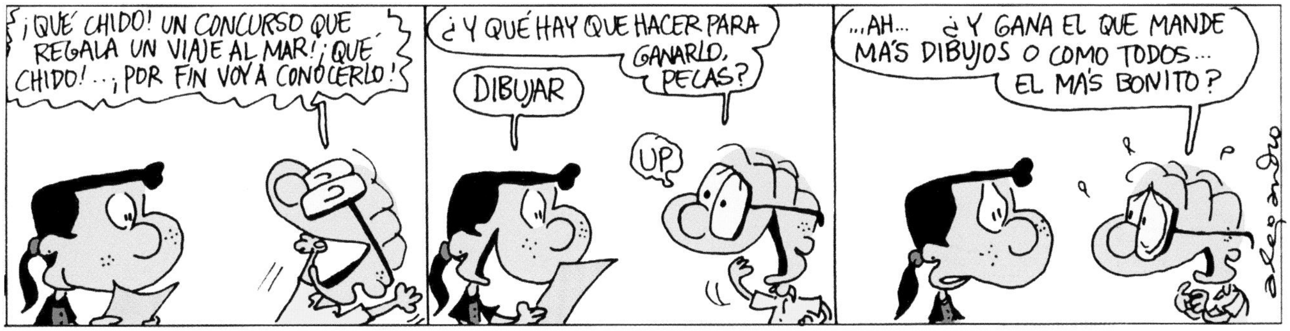
¡QUÉ CHIDO! UN CONCURSO QUE REGALA UN VIAJE AL MAR! ¡QUÉ CHIDO!... ¡POR FIN VOY A CONOCERLO!
¿Y QUÉ HAY QUE HACER PARA GANARLO, PECAS?
DIBUJAR
UP
...AH... ¿Y GANA EL QUE MANDE MÁS DIBUJOS O COMO TODOS... EL MÁS BONITO?

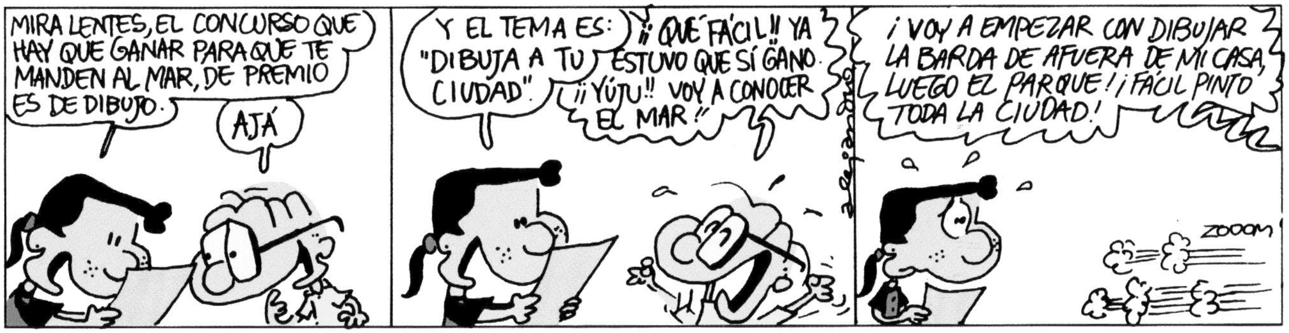
MIRA LENTES, EL CONCURSO QUE HAY QUE GANAR PARA QUE TE MANDEN AL MAR, DE PREMIO ES DE DIBUJO.
AJÁ
Y EL TEMA ES: "DIBUJA A TU CIUDAD".
¡¡QUÉ FÁCIL!! YA ESTUVO QUE SÍ GANO. ¡¡YÚJU!! VOY A CONOCER EL MAR!
¡VOY A EMPEZAR CON DIBUJAR LA BARDA DE AFUERA DE MI CASA, LUEGO EL PARQUE! ¡FÁCIL PINTO TODA LA CIUDAD!
ZOOOM

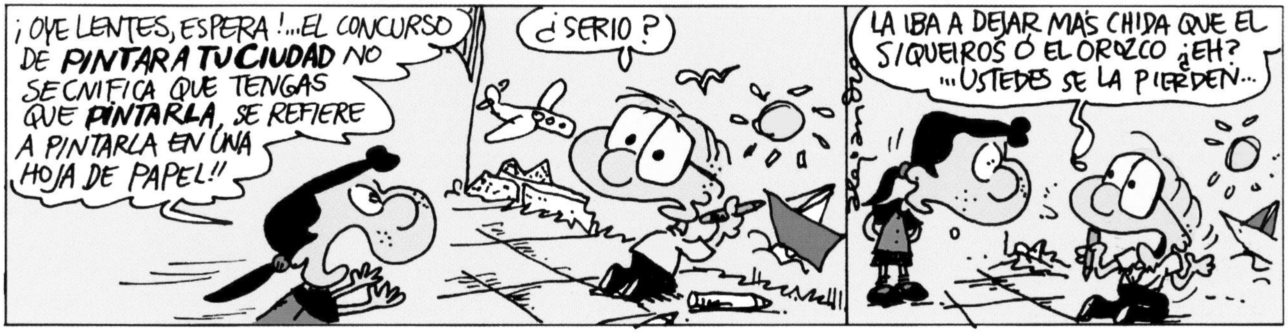
¡OYE LENTES, ESPERA!... EL CONCURSO DE PINTAR A TU CIUDAD NO SIGNIFICA QUE TENGAS QUE PINTARLA, SE REFIERE A PINTARLA EN UNA HOJA DE PAPEL!!
¿SERIO?
LA IBA A DEJAR MÁS CHIDA QUE EL SIQUEIROS O EL OROZCO ¿EH? ...USTEDES SE LA PIERDEN...

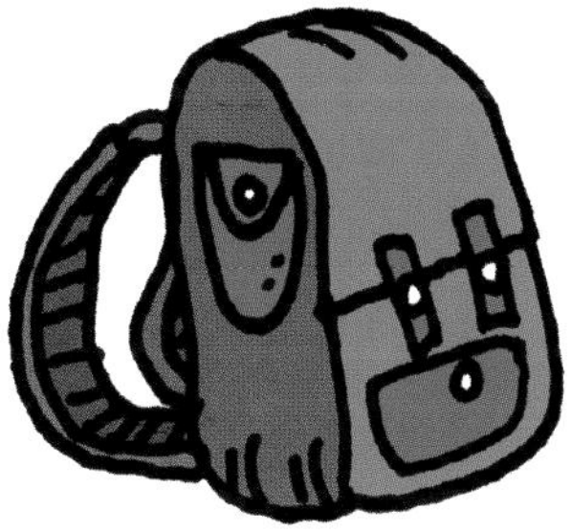

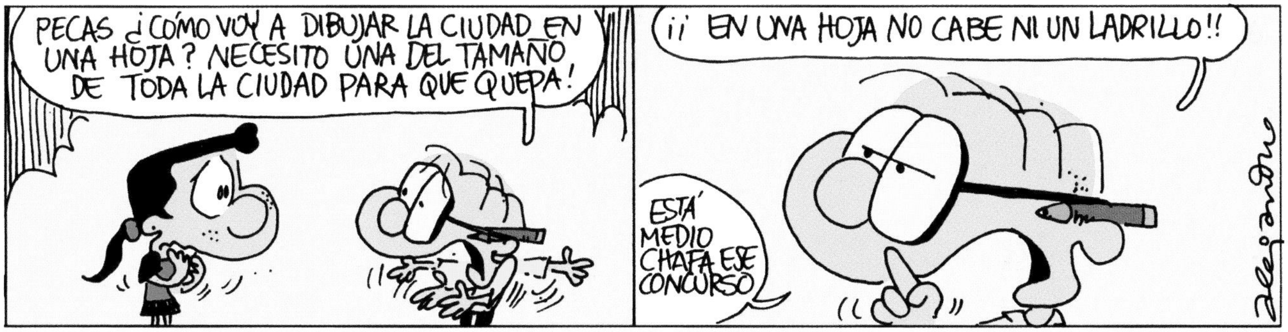
PECAS ¿CÓMO VOY A DIBUJAR LA CIUDAD EN UNA HOJA? NECESITO UNA DEL TAMAÑO DE TODA LA CIUDAD PARA QUE QUEPA!
¡¡ EN UNA HOJA NO CABE NI UN LADRILLO!!
ESTÁ MEDIO CHAFA ESE CONCURSO

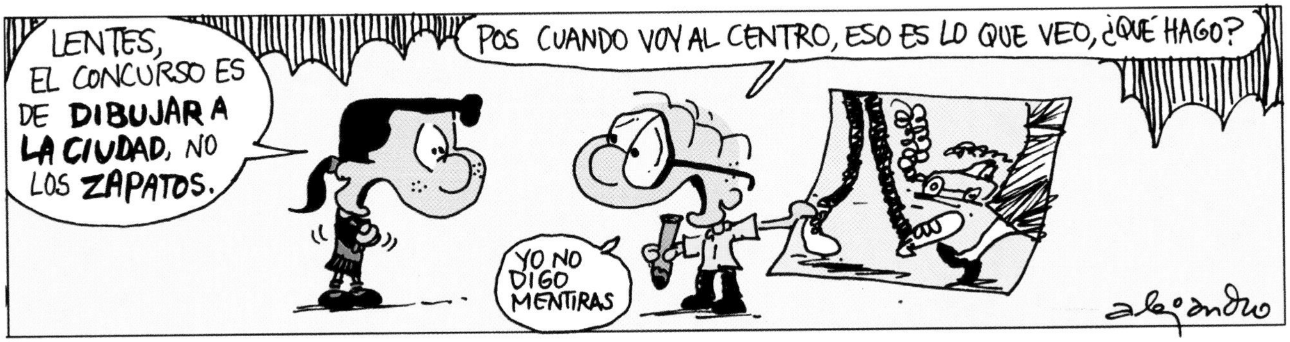
LENTES, EL CONCURSO ES DE DIBUJAR A LA CIUDAD, NO LOS ZAPATOS.
POS CUANDO VOY AL CENTRO, ESO ES LO QUE VEO, ¿QUÉ HAGO?
YO NO DIGO MENTIRAS
alejandro

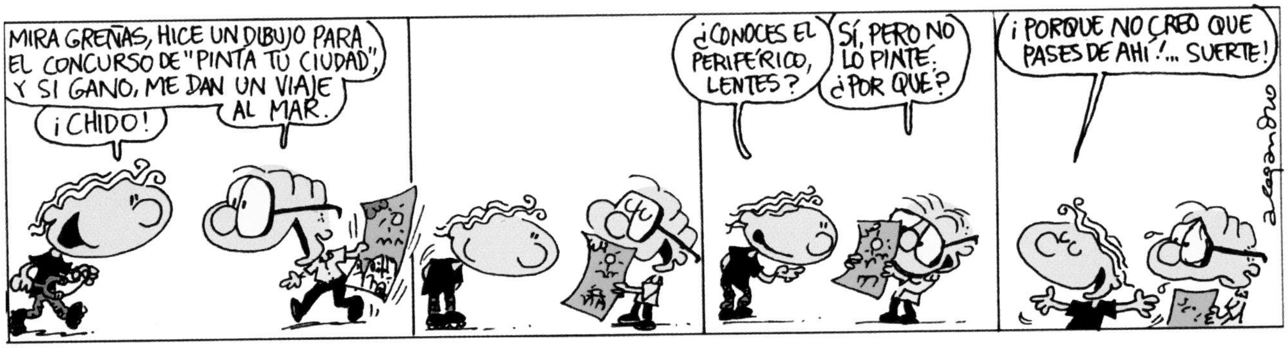
MIRA GREÑAS, HICE UN DIBUJO PARA EL CONCURSO DE "PINTA TU CIUDAD", Y SI GANO, ME DAN UN VIAJE AL MAR.
¡CHIDO!
¿CONOCES EL PERIFÉRICO, LENTES?
SÍ, PERO NO LO PINTE. ¿POR QUÉ?
¡PORQUE NO CREO QUE PASES DE AHÍ!... SUERTE!
alejandro

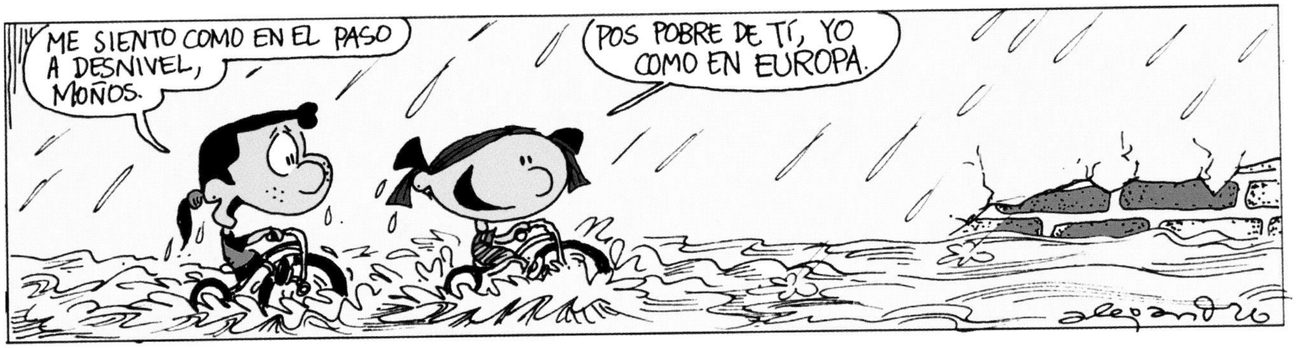
ME SIENTO COMO EN EL PASO A DESNIVEL, MOÑOS.
POS POBRE DE TÍ, YO COMO EN EUROPA.
alejandro

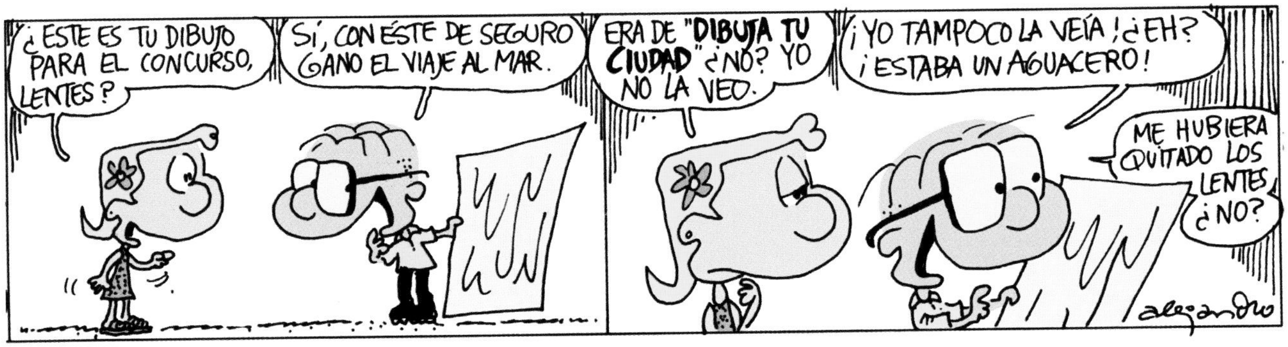
¿ESTE ES TU DIBUJO PARA EL CONCURSO, LENTES?
SÍ, CON ÉSTE DE SEGURO GANO EL VIAJE AL MAR.
ERA DE "DIBUJA TU CIUDAD" ¿NO? YO NO LA VEO.
¡YO TAMPOCO LA VEÍA! ¿EH? ¡ESTABA UN AGUACERO!
ME HUBIERA QUITADO LOS LENTES ¿NO?
alejandro

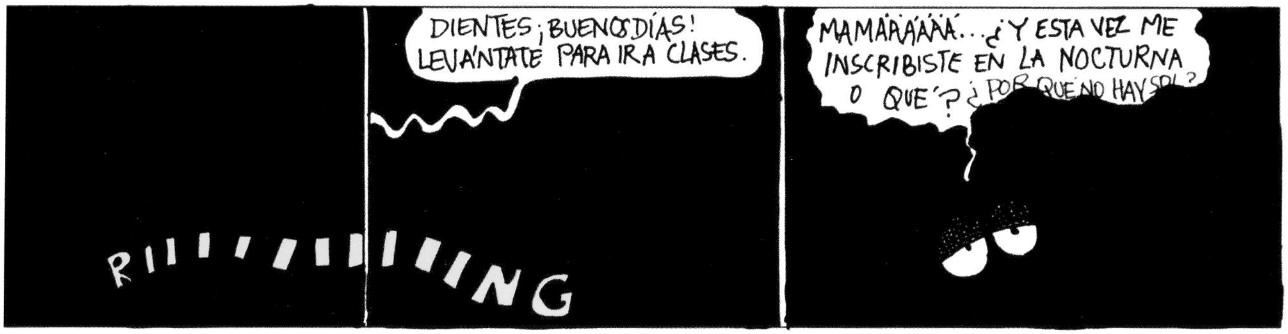
DIENTES ¡BUENOS DÍAS! LEVÁNTATE PARA IR A CLASES.
RIIIIIIIIIIING
MAMÁÁÁÁÁÁ... ¿Y ESTA VEZ ME INSCRIBISTE EN LA NOCTURNA O QUÉ? ¿POR QUÉ NO HAY

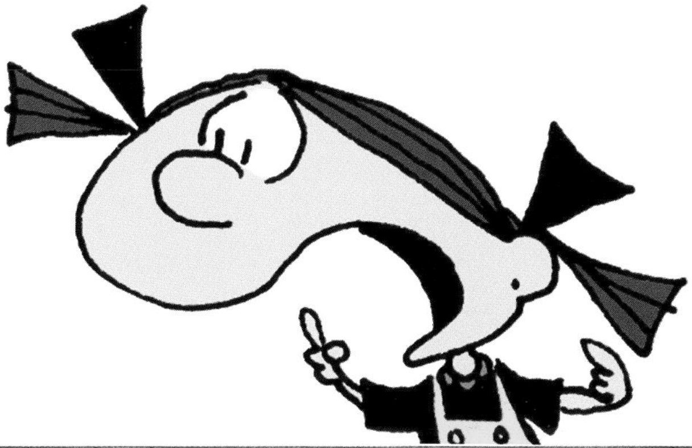

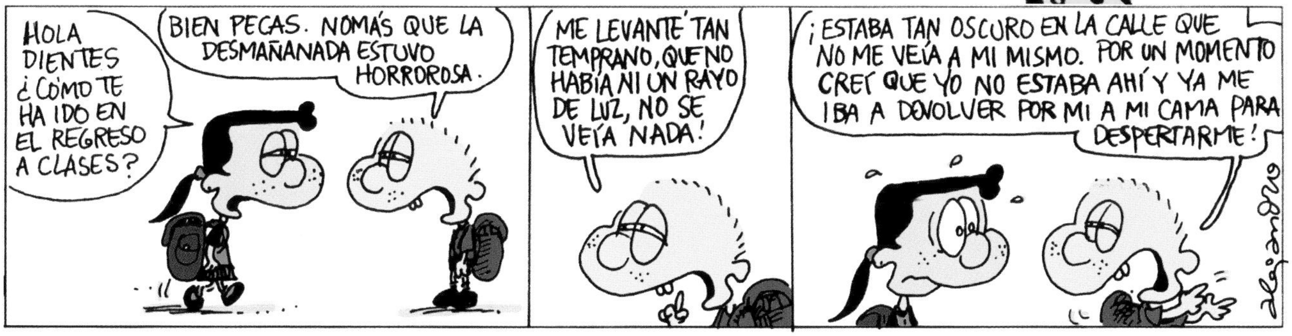
HOLA DIENTES ¿CÓMO TE HA IDO EN EL REGRESO A CLASES?
BIEN PECAS. NOMÁS QUE LA DESMAÑANADA ESTUVO HORROROSA.
ME LEVANTÉ TAN TEMPRANO, QUE NO HABÍA NI UN RAYO DE LUZ, NO SE VEÍA NADA!
¡ESTABA TAN OSCURO EN LA CALLE QUE NO ME VEÍA A MÍ MISMO. POR UN MOMENTO CREÍ QUE YO NO ESTABA AHÍ Y YA ME IBA A DEVOLVER POR MÍ A MI CAMA PARA DESPERTARME!
alejandro

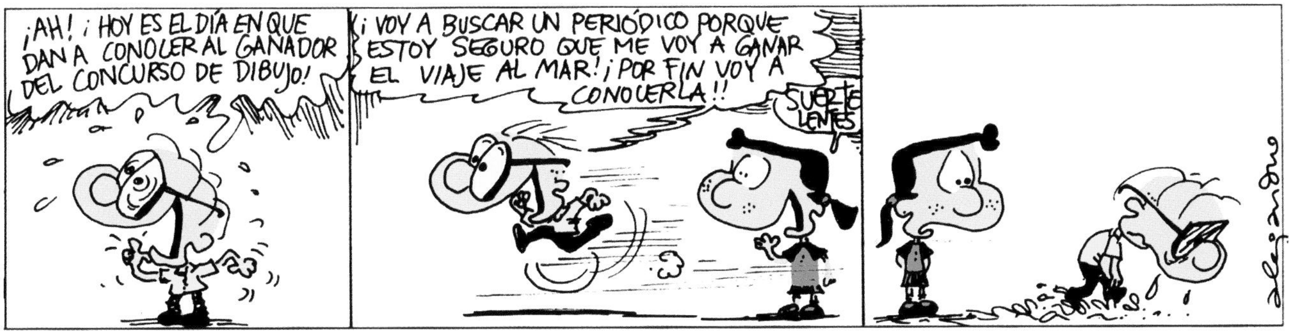
¡AH! ¡HOY ES EL DÍA EN QUE DAN A CONOCER AL GANADOR DEL CONCURSO DE DIBUJO!
¡VOY A BUSCAR UN PERIÓDICO PORQUE ESTOY SEGURO QUE ME VOY A GANAR EL VIAJE AL MAR! ¡POR FIN VOY A CONOCERLA!!
SUERTE LENTES
alejandro